高等学校计算机基础教育规划教材

Visual FoxPro
程序设计实用教程

任向民 齐新军 张志彤 编著

清华大学出版社

北京

内 容 简 介

本书按照《计算机基础教学战略研究与课程教学基本要求》合理组织教学内容结构,满足"大学计算机基础"课程的教学要求和最新大纲要求。本书以通俗易懂原则贯穿始终,以 Visual FoxPro 6.0 为例,按照使用数据库的逻辑原则组织教材内容,包括数据库系统基础、数据库与表的基本操作、查询和视图、关系数据库标准语言 SQL、结构化程序设计、表单设计应用、报表、菜单设计、项目管理器、应用程序系统开发实例等。

本书以突出应用、知识内容组织方式深入浅出为目标,配备相应的实验,使理论与实践相结合,突出对学生的动手能力、应用能力和技能的培养,配有丰富的不同难易程度的习题及参考答案,供教师和学生进行测试和练习,同时每章后都配有对知识点的概括和总结,适合作为普通高等学校非计算机专业计算机基础课程的教材,也可作为高等学校成人教育的培训教材或自学参考书。

图书在版编目(CIP)数据

Visual FoxPro 程序设计实用教程 / 任向民等编著． —北京:清华大学出版社,2010.7
(高等学校计算机基础教育规划教材)
ISBN 978-7-302-21933-0

Ⅰ. ①V… Ⅱ. ①任… Ⅲ. ①关系数据库—数据库管理系统,Visual FoxPro—程序设计—高等学校—教材 Ⅳ. ①TP311.138

中国版本图书馆 CIP 数据核字(2010)第 017065 号

责任编辑:袁勤勇　薛　阳
责任校对:时翠兰
责任印制:李红英

出版发行:清华大学出版社	地　　址:北京清华大学学研大厦 A 座
http://www.tup.com.cn	邮　　编:100084
社　总　机:010-62770175	邮　　购:010-62786544
投稿与读者服务:010-62795954,jsjjc@tup.tsinghua.edu.cn	
质　量　反　馈:010-62772015,zhiliang@tup.tsinghua.edu.cn	

印　刷　者:北京市世界知识印刷厂
装 订 者:北京国马印刷厂
经　　销:全国新华书店

开　　本:185×260	印　张:25.5	字　　数:601 千字
版　　次:2010 年 7 月第 1 版		印　次:2010 年 7 月第 1 次印刷
印　　数:1~3000		
定　　价:36.00 元		

产品编号:035032-01

前言

Visual FoxPro 程序设计是高校计算机基础教育必修的核心课程之一,目前同类教材很多,各具特色。本书根据《计算机基础教学战略研究与课程教学基本要求》以及"大学计算机基础"课程的教学要求和最新大纲,由从事计算机基础教学工作的骨干教师编写的《Visual FoxPro 程序设计实用教程》,具有以下特点。

- 充分体现知识内容的基础性和系统性,突出应用。
- 知识内容的深度和广度符合最新的计算机基础教学战略研究与课程教学基本要求。
- 知识内容组织方式深入浅出,循序渐进,选用种类繁多且内容丰富的应用实例,对基本概念、基本技术与方法的阐述力求准确明晰,通俗易懂。
- 对知识点、技巧或方法进行提炼、概括和总结,便于学生巩固复习。
- 操作步骤采用易于理解的流程图表示,学生容易掌握和上机实践。
- 配备相应的实验,使理论与实践相结合,突出对学生的动手能力、应用能力和技能的培养。
- 配有丰富的不同难易程度的测试练习题及参考答案,供教师和学生进行测试和练习。

本书以通俗易懂原则贯穿始终,以 Visual FoxPro 6.0 为例,按照使用数据库的逻辑原则组织教材内容。全书分为 10 章,包括数据库系统基础、数据库与表的基本操作、查询和视图、关系数据库标准语言 SQL、结构化程序设计、表单设计应用、报表、菜单设计、项目管理器、应用程序系统开发实例等。本教程形成了学习知识、总结提炼、操作技能和复习测试互相融合的整体。

本书适合作为普通高等学校非计算机专业计算机基础课程的教材,也可作为高等学校成人教育的培训教材或自学参考书。

本书由任向民、齐新军、张志彤担任主编,其中第 1 章、第 2 章、第 4 章由齐新军编写,第 3 章、第 5～8 章由张志彤编写,第 9～10 章由任向民编写,最后由任向民、齐新军、张志彤老师统稿,在编写过程中得到了清华大学出版社同志的大力支持和帮助,在此表示衷心的感谢。同时在编写过程中对参考的大量文献资料的作者一并致谢。由于时间仓促和水平所限,书中难免有欠妥之处,敬请专家、读者不吝批评指正。作者的联系邮箱是:E-mail:min0070@sina.com。

编　者

2009 年 11 月

目录

第1章

数据库系统基础

数据库技术的发展日新月异,数据库技术的应用已遍及社会生产、生活等各个领域,成为 21 世纪信息化社会的核心技术之一。本章主要介绍数据库系统的基础知识、Visual FoxPro 操作基础及可使用的数据元素。

1.1　数据库系统基础知识概述

数据库技术是计算机科学技术与信息处理相结合的产物,是计算机信息系统与应用程序的基础和核心技术。本节主要介绍数据库系统的基础概念,包括数据库系统的定义、发展、结构、特点以及数据模型和关系数据库系统的基本知识。

1.1.1　数据库系统的基本概念

1. 数据库系统的定义

数据库系统(Database System,DBS)是指在计算机系统中引入数据库的系统,一般由数据库(Database,DB)、数据库管理系统(Database Management System,DBMS)、数据库管理员(Database Administrator,DBA)、数据库应用系统以及用户 5 个部分组成。

(1) 数据库

数据库是长期储存在计算机内、有组织的、可共享的大量数据的集合。数据是描述事物的符号记录,是数据库中储存的基本对象。数据库中的数据按一定的数据模型组织、描述和储存,具有较小的冗余度、较高的数据独立性和易扩展性,可为各种用户共享。

(2) 数据库管理系统

数据库管理系统是对数据库进行管理的系统软件,是数据库系统的核心。数据库管理系统位于用户与操作系统之间,为用户或应用程序提供访问数据库的方法,包括数据库中数据定义、数据组织、数据操纵、数据维护、数据控制等功能。

(3) 数据库管理员

数据库管理员是负责全面管理和控制数据库系统的工作人员,其具体职责包括:决定数据库中的信息结构和内容,决定数据库的存储结构和存取策略,定义数据的安全性要求和完整性约束条件,监控数据库的使用和运行等。

（4）数据库应用系统

数据库应用系统是使用数据库语言开发的、能够满足某一方面数据处理需求的应用程序。

（5）用户

用户既可以通过数据库管理系统直接操纵数据库,也可以通过数据库应用系统使用数据库。

数据库系统的各组成部分的相互关系如图 1-1 所示。

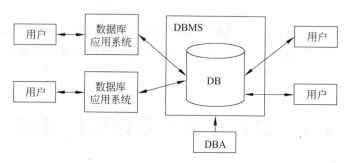

图 1-1　数据库系统

2. 数据管理技术的发展过程

数据管理技术是应数据管理任务的需要而产生的。数据管理是指对数据进行分类、组织、编码、存储、检索和维护,是数据处理的中心问题。

在应用需求的推动下,在计算机硬件和软件发展的基础上,数据管理技术的发展经历了人工管理、文件系统、数据库系统和高级数据库 4 个阶段。

（1）人工管理阶段

在 20 世纪 50 年代中期,从硬件角度看,当时的外存储器只有磁带、纸带和卡片,没有类似磁盘等直接存取的存储设备;从软件角度看,没有操作系统,没有专门用于数据管理的软件,数据处理方式是批处理。应用需求主要是科学计算,所涉及的数据在相应的应用程序中进行管理,数据与程序之间不具有独立性。数据的组织是面向应用的,应用程序之间无法共享数据资源,造成大量的重复数据,因此无法保证数据的一致性。

人工管理阶段应用程序与数据之间的一一对应关系如图 1-2 所示。

（2）文件系统阶段

在 20 世纪 50 年代后期至 60 年代中期,计算机不仅用于科学计算,而且开始用于数据处理工作。从硬件角度看,外存储器出现了磁盘和磁鼓等直接存取的外存储设备;从软件角度看,有了操作系统,在操作系统中已经有了专门的管理数据的软件——文件系统。在文件系统中,数据将按一定的规则组织成为一个文件,应用程序通过文件对文件中的数据进行存取和加工。文件系统对数据的管理,实际上是通过应用程序和数据之间的一种接口实现的。

文件系统阶段应用程序与数据之间的对应关系如图 1-3 所示。

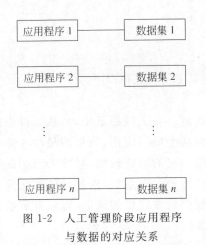

图 1-2　人工管理阶段应用程序
与数据的对应关系

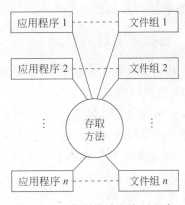

图 1-3　文件系统阶段应用程序
与数据的对应关系

　　文件系统阶段虽然解决了两个问题：一是数据独立于程序，可以重复使用；二是实现了文件的长期保存和按名存取。但是，文件系统只是简单地存放数据，它们相互之间并没有有机的联系。数据的存放依赖于应用程序的使用方法，不同的应用程序仍然很难共享同一数据文件，这就使得数据的独立性较差。另外，文件系统对数据存储没有一个相应的模型约束，数据冗余性较大。因此，文件系统难以适应大规模数据管理的需要。

　　（3）数据库系统阶段

　　在 20 世纪 60 年代后期，计算机硬件和软件技术有了较大的发展，出现了大容量的直接存取设备。为了实现数据的统一管理，达到数据共享的目的，产生了数据库技术。数据库技术进一步克服了文件系统的不足，提供了对数据进行管理的更有效、更方便的功能，产生了一种软件系统，叫做数据库管理系统。从而将传统的数据管理技术推向一个新阶段，即数据库系统阶段。

　　数据库系统阶段应用程序与数据之间的对应关系如图 1-4 所示。

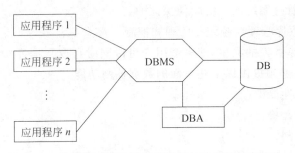

图 1-4　数据库系统阶段应用程序与数据的对应关系

　　（4）高级数据库阶段

　　自 20 世纪 80 年代以来，以分布式数据库和面向对象数据库技术为代表的数据库的产生，使数据管理技术进入了高级数据库阶段。此后，数据管理应用领域不断扩大，如知识库、多媒体数据库、工程数据库、统计数据库、模糊数据库、主动数据库、空间数据库、并行数据库、演绎数据库、时态数据库、实时数据库以及数据仓库等新型数据库系统大量出现，为数据管理及信息的共享和利用带来了极大的方便。

3. 数据库系统的特点

与人工管理和文件系统相比，数据库系统的特点主要表现在以下 4 个方面。

（1）数据结构化

数据结构化是数据库系统与文件系统的根本区别。在文件系统中，虽然文件中的记录内部是有结构的，但记录间无联系，数据通常针对某个局部应用，数据的最小存储单位是记录，不能细化到数据项。在数据库系统中，采用一定的数据模型，将整个组织的数据结构化成一个数据整体，数据不再只面向应用程序，而是面向系统，这种整体的结构化使得系统弹性大，有利于实现数据共享。另外，存储数据的方式更加灵活，可以存取数据库中的一个数据项、一组数据项、一条记录或一组记录。

（2）数据的共享性高、冗余度低、易扩充

由于数据库是从整体角度看待和描述数据，数据不再面向某个应用，而是面向整个系统，数据库中的相同数据不会重复出现，数据冗余度降低，从而避免了由于数据冗余度大而带来的数据之间的不相容性与不一致性问题。同时，某一用户或某个应用程序通常仅使用整体数据的部分子集，这样有效地发挥了数据共享的优势。另外，数据是有结构的，很容易增加新的应用，易于扩充。当应用需求改变或增加时，只需重新选择不同的子集或加上一部分数据，即可满足新的需求。

（3）数据独立性高

数据独立性是指数据库的逻辑结构和在磁盘上的存储方法与应用程序互不依赖、彼此独立，它包括逻辑独立性和物理独立性。逻辑独立性是指用户的应用程序与数据库的逻辑结构是相互独立的，当数据库的逻辑结构发生改变时，应用程序可以不变。物理独立性是指用户的应用程序与存储在磁盘上的数据库是相互独立的，用户程序不需要了解数据库在磁盘上是如何存储的，这样当数据库的物理存储改变时，应用程序不用改变。数据独立性是由数据库管理系统的二级映像保证的。

（4）数据由数据库管理系统统一管理和控制

数据库的共享是并发的共享，即多个用户可以同时存取数据库中的同一个数据。为此，数据库管理系统必须提供以下几方面的数据控制功能。

- 数据的安全性保护；
- 数据的完整性检查；
- 并发访问控制；
- 数据库恢复。

数据库管理系统在数据库的建立、运行和维护时对数据库进行统一的控制，保证数据的完整性和安全性；在多个用户同时使用时进行并发控制；在数据库出现故障后对系统进行恢复。

应当指出的是，虽然数据库管理系统是数据库系统的核心技术，但数据库系统的建立、使用和维护等工作只靠一个数据库管理系统是远远不够的，还必须有相应的人员和工具。

1.1.2　数据模型

模型是对现实世界某个对象特征的模拟和抽象,而数据模型是对现实世界数据特征的抽象。由于计算机不可能直接处理现实世界中的具体事物,所以人们必须借助数据模型,把具体事物转换成计算机能够处理的数据。

数据模型应满足3方面的要求:一是能比较真实地模拟现实世界;二是容易为人所理解;三是便于在计算机上实现。一种数据模型要完全满足这些要求,在目前尚很困难。因此,在数据库系统中,人们根据对现实世界认识的抽象过程,采用不同的数据模型。

1. 两类数据模型

现实世界中的客观对象的抽象过程分如下两步实现。

(1) 将现实世界中的客观对象抽象为信息世界的概念模型。

概念模型又称信息模型,是按用户的观点来对数据和信息建模,与具体的计算机系统无关,主要用于数据库设计。概念模型是现实世界到机器世界的一个中间层次。

(2) 将概念模型转换为某一 DBMS 支持的数据模型。

数据模型是按计算机系统的观点对数据建模,主要用于 DBMS 的实现。数据模型主要包括层次模型、网状模型、关系模型、面向对象模型和对象关系模型等。

客观对象从现实世界到机器世界的抽象过程如图1-5所示。

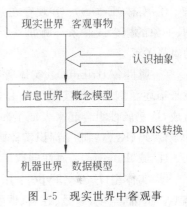

图 1-5　现实世界中客观事物的抽象过程

2. 数据模型的组成要素

一般地讲,任何一种数据模型都是严格定义的一组概念的集合。这些概念必须能够精确地描述系统的静态特性、动态特性和完整性约束条件。因此,数据模型通常都是由数据结构、数据操作和数据的完整性约束条件3个要素组成的。

(1) 数据结构

数据结构是对系统静态特性的描述,即描述数据库的组成对象以及对象之间的联系。数据结构描述的内容有两类:一类是与对象的类型、内容、性质有关的对象,叫做“值”;另一类是与数据之间联系有关的对象,叫做“型”。在数据库系统中,人们通常按照其数据结构的类型来命名数据模型。例如层次结构、网状结构和关系结构的数据模型分别命名为层次模型、网状模型和关系模型。

(2) 数据操作

数据操作是对系统动态特性的描述,是对数据库中各种对象(型)的实例(值)允许执行的操作的集合,包括操作及有关的操作规则。数据库主要包含查询、更新(插入、删除、修改)两大类操作。数据模型必须定义这些操作的确切含义、操作符号、操作规则(如优先级)以及实现操作的语言。

(3) 数据的完整性约束条件

数据的完整性约束条件是一组完整性规则的集合。完整性规则是给定的数据模型中数据及其联系所具有的制约和储存规则,用于限定符合数据模型的数据库状态以及状态的变化,以保证数据的正确、有效及相容。

3. 概念模型

概念模型用于信息世界的建模,是现实世界到机器世界的一个中间层次,是数据库设计的有力工具,是数据库设计人员和用户之间进行交流的语言。因此一方面要求概念模型具有较强的语义表达能力,能够方便、直接地表达应用中的各种语义知识;另一方面它还应该简单、清晰、易于用户理解。

(1) 信息世界中的基本术语

① 实体(Entity):客观存在并可相互区别的事物称为实体。它可以是具体的人、事、物、抽象的概念或联系。例如一个学生、一个部门、一本书、学生的一次选课、教师与学校的隶属关系。

② 属性(Attribute):实体所具有的某一特性称为属性。一个实体可以由若干个属性来描述。例如学生实体可以由学号、姓名、性别、出生年份、所在院系、入学时间等属性组成,这些属性组合起来表征了一个学生实体。

③ 码(Key):唯一标识实体的属性集称为码。例如学号是学生实体的码。

④ 域(Domain):属性的取值范围称为该属性的域。例如性别的域为(男,女)。

⑤ 实体型(Entity Type):用实体名及其属性名集合来抽象和刻画同类实体称为实体型。例如,学生(学号、姓名、性别、出生年份、所在院系、入学时间)就是一个实体型。

⑥ 实体集(Entity Set):同一类型实体的集合称为实体集。例如全体学生就是一个实体集。

(2) 实体间的联系(Relationship)

在现实世界中,事物内部以及事物之间是有联系的,这些联系在信息世界中反映为实体(型)内部的联系和实体(型)之间的联系。两个实体型之间的联系可以分为一对一联系、一对多联系和多对多联系 3 类。

① 一对一联系(1:1):如果对于实体集 A 中的每一个实体,实体集 B 中至多有一个(也可以没有)实体与之联系,反之亦然,则称实体集 A 与实体集 B 具有一对一联系。记为 1:1。例如国家与首都的关系,班主任与班级的关系。

② 一对多联系($1:n$):如果对于实体集 A 中的每一个实体,实体集 B 中有 n 个实体($n \geqslant 0$)与之联系,反之,对于实体集 B 中的每一个实体,实体集 A 中至多只有一个实体与之联系,则称实体集 A 与实体集 B 有一对多联系。记为 $1:n$。例如学院与系部的关系,学生与班级的关系。

③ 多对多联系($m:n$):如果对于实体集 A 中的每一个实体,实体集 B 中有 n 个实体($n \geqslant 0$)与之联系,反之,对于实体集 B 中的每一个实体,实体集 A 中也有 m 个实体

($m \geqslant 0$)与之联系,则称实体集 A 与实体 B 具有多对多联系。记为 $m:n$。例如学生与课程的选修关系。

实际上,一对一联系是一对多联系的特例,而一对多联系又是多对多联系的特例。

实体型之间的这种一对一、一对多和多对多联系不仅存在于两个实体型之间,也存在于两个以上的实体型之间,以及同一个实体集内的各实体之间。

4. 常用的数据模型

不同的数据模型具有不同的数据结构形式。最常用的数据模型有层次模型(Hierarchical Model)、网状模型(Network Model)和关系模型(Relational Model)。其中层次模型和网状模型统称为非关系模型。非关系模型的数据库系统在 20 世纪 70 年代至 80 年代初非常流行,现在已经逐渐被关系模型的数据库系统所取代。

(1) 层次模型

层次模型是数据库系统中出现最早的数据模型,它用树型结构表示各类实体以及实体间的联系。现实世界中许多实体之间的联系本来就呈现出一种很自然的层次关系,例如家族关系、行政机构等。

层次模型必须满足的基本结构条件有两个:一是有且只有一个结点没有双亲结点,这个结点称为根结点;二是根以外的其他结点有且只有一个双亲结点。

层次模型的另外一个基本特点是:任何一个给定的记录值,只有按其路径查看时,才能显出它的全部意义,没有一个子女记录值能够脱离双亲记录值而独立存在。

这就使得层次模型数据库系统只能直接处理一对多的实体联系。层次模型示例如图 1-6 所示,其中,R_1 为根结点;R_2 和 R_3 为兄弟结点,同是 R_1 的子女结点;R_4 和 R_5 为兄弟结点,同是 R_2 的子女结点;R_3、R_4 和 R_5 为叶结点,没有子女结点。从图中可以看出层次模型像一棵倒立的树。

(2) 网状模型

网状模型是层次模型的拓展,它可以表示多个从属关条的层次结构,是以记录为结构的网状结构。网状模型去掉了层次模型的两个限制,允许多个结点没有双亲结点,允许结点有多个双亲结点,此外它还允许两个结点之间有多种联系。可见,网状模型可以更直接地描述现实世界。

网状模型示例如图 1-7 所示,其中,R_1 和 R_2 为根结点;R_4 为叶结点;R_1 和 R_4 之间有多种联系。L_1、L_2、L_3 和 L_4 分别是结点之间的联系名称。从图中可以看出网状模型是一个有向图。由于网状模型结构复杂,实现的算法难以规范化。

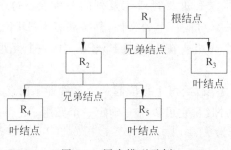

图 1-6 层次模型示例

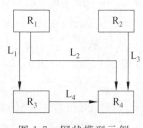

图 1-7 网状模型示例

（3）关系模型

关系模型与层次模型、网状模型的本质区别体现在表示实体间的联系是不一样的。对于层次模型和网状模型来说，它们是用链接指针来存储和体现联系的。在关系模型中，实体和实体之间的联系都是用二维表来表示的。在用户观点下，关系模型中数据的逻辑结构是一张二维表，它由行和列组成。每一个二维表称为一个关系，每个关系有一个名称，称为关系名。关系模型示例如图 1-8 所示，表示的是学生表 Student 的结构及内容。

学号	姓名	性别	出生日期	入学成绩	个人简历	照片
080101	刘敏	女	02/14/90	480.5	memo	gen
080103	张海峰	男	08/25/89	495.3	memo	gen
080201	齐爽	男	01/31/90	500.3	memo	gen
080205	欧阳一夫	男	12/24/88	465.0	memo	gen
080305	赵微	女	02/01/91	446.0	memo	gen
080308	黄国民	男	10/10/89	487.7	memo	gen

图 1-8　关系模型示例（Student 表）

关系必须是规范化的，满足最基本的规范条件是：关系的每一个分量必须是一个不可分的最小数据项。

关系模型具有以下优点。

① 关系模型是建立在严格的数学概念基础上的。

② 关系模型的概念单一。无论实体还是实体之间的联系都用关系来表示。

③ 关系模型的存取路径对用户透明，从而具有更高的数据独立性，更好的安全保密性，也简化了数据库的建立和开发工作。

关系模型的缺点是查询效率不如非关系模型。因此，为了提高性能，必须对用户的查询请求进行优化，从而增加了开发数据库管理系统的负担。

1.1.3　关系数据库

关系数据库是支持关系模型的数据库系统。关系数据库中包含若干个关系，每个关系对应一张二维表。按照数据模型的 3 个要素，关系模型由关系数据结构、关系操作集合和关系完整性约束 3 部分组成。

1. 基本术语

（1）关系（Relation）：一个关系对应一张没有重复行或重复列的二维表。每个关系用关系名表示。在 Visual FoxPro 中，一个关系对应一个表文件，其扩展名为 .DBF。

（2）元组（Tuple）：表中的一行即为一个元组。在 Visual FoxPro 中，一个元组对应表中的一条记录。

（3）字段（Field）：表中的一列即为一个字段，给每个字段起一个名称即字段名。

（4）关键字（Key Word）：表中的某个属性组，它可以唯一确定一个元组。

（5）域（Domain）：字段的取值范围称为域。

（6）关系模式（Relation Mode）：对关系的描述，表示为：关系名（字段 1，字段 2，…，

字段 n)。

现实世界的客观事物是信息之源,是数据库设计的出发点。信息世界的概念模型和机器世界的数据模型是现实世界事物及其联系的两级抽象,而数据模型是实现数据库系统的依据。综上所述,总结出 3 个世界中各术语的对应关系如表 1-1 所示。

表 1-1　3 个世界中各术语的对应关系

现　实　世　界	信　息　世　界	机器世界(关系模型)
事物总体	实体集	二维表
事物个体	实体	元组
事物的特征	属性	字段
唯一特性	码	关键字
事物之间的联系	概念模型(E-R 图)	数据模型(关系数据库)

关系的主要特点如下。

- 表中元素是不可再分的最小单位。
- 表中每一列数据的类型相同,各列不允许重名,列的顺序可以是任意的。
- 表中行的顺序可以是任意的,任意两行不能完全相同。

2. 关系操作

关系操作是基于关系模型的基本操作,是数据库操作中的一部分,也称为关系运算。关系运算的对象及结果仍然是关系。常见的关系运算有选择运算、投影运算和连接运算 3 种。

(1) 选择(Selection)运算

选择又称为限制(Restriction),它是在指定的关系 R 中选择满足给定条件的诸元组,组成一个新的关系。选择运算是从行的角度进行的运算,从指定的二维表中选择满足条件的行构成新的表。

例如,从图 1-8 所示的关系中选择性别为"女"的元组,组成一个新的关系,如图 1-9 所示。

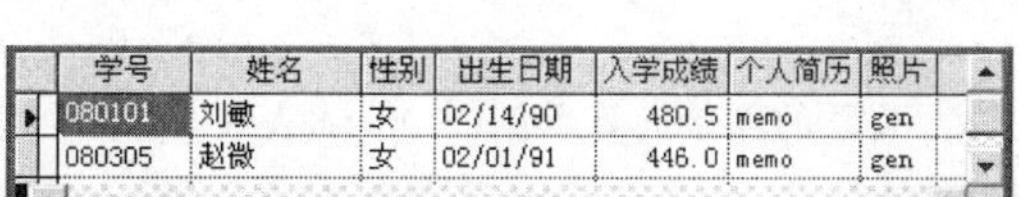

图 1-9　关系的选择运算示例

(2) 投影(Projection)运算

投影是从关系 R 中选择出若干属性列组成新的关系。可以分如下两步产生一个新关系。

① 选择指定的属性,形成一个可能含有重复行的表。

② 删除重复行,形成新的表。

投影运算是从列的角度进行的运算,有时也涉及行。它从指定的二维表中抽取某些列,并去掉重复行后构成新的表。

例如，从图 1-8 所示关系中选择学号、姓名和入学成绩，组成一个新的关系，如图 1-10 所示。

学号	姓名	入学成绩
080101	刘敏	480.5
080103	张海峰	495.3
080201	齐爽	500.3
080205	欧阳一夫	465.0
080305	赵微	446.0
080308	黄国民	487.7

图 1-10　关系的投影运算示例

(3) 连接(Join)运算

连接是将两个或多个关系通过连接条件组成一个新的关系。这个过程由连接属性来实现，一般情况下，这个连接属性是出现在不同关系中的语义相同的属性。被连接的两个关系通常是具有一对多联系的父子关系。

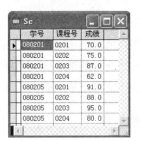

连接运算是同时从行和列的角度进行的运算。它是按连接字段值相同的原则将两个二维表拼接成一个新的表。

例如，在学生选修课程数据库中，包括学生表 Student、课程表 Course 和选修表 SC。图 1-11 所示为 Course 表的结构及内容，图 1-12 所示为表 SC 的结构及内容。

课程号	课程名	先行课	学分
0201	数学		4.0
0202	计算机导论		2.5
0203	高级语言	0202	5.0
0204	数据库原理	0205	3.0
0205	数据结构	0203	4.0

图 1-11　关系模型示例(Course 表)

Sc

学号	课程号	成绩
080201	0201	70.0
080201	0202	75.0
080201	0203	87.0
080201	0204	62.0
080205	0201	91.0
080205	0202	88.0
080205	0203	95.0
080205	0204	80.0

图 1-12　关系模型示例(SC 表)

Student 表和 SC 表的共同字段为学号，即学号为连接字段。它们的连接运算结果如图 1-13 所示。

学号	姓名	性别	出生日期	入学成绩	个人简历	照片	课程号	成绩
080201	齐爽	男	01/31/90	500.3	memo	gen	0201	70.0
080201	齐爽	男	01/31/90	500.3	memo	gen	0202	75.0
080201	齐爽	男	01/31/90	500.3	memo	gen	0203	87.0
080201	齐爽	男	01/31/90	500.3	memo	gen	0204	62.0
080205	欧阳一夫	男	12/24/88	465.0	memo	gen	0201	91.0
080205	欧阳一夫	男	12/24/88	465.0	memo	gen	0202	88.0
080205	欧阳一夫	男	12/24/88	465.0	memo	gen	0203	95.0
080205	欧阳一夫	男	12/24/88	465.0	memo	gen	0204	80.0

图 1-13　关系的连接运算示例(Student 表和 SC 表的连接)

3. 关系的完整性约束

关系模型的完整性约束是一组对关系的约束条件和规则，保证数据库中数据的正确性和相容性。完整性约束包括实体完整性、参照完整性和域完整性，其中实体完整性和参照完整性是关系模型必须满足的完整性约束条件，被称做是关系的两个不变性，应该由数据库管理系统自动支持。

(1) 实体完整性

实体完整性是对关系的关键字的约束，要求关系的关键字不能取空值且不能有相同值。它保证了关系中的数据具有唯一值的特性。例如，Student 表中的"学号"字段、

Course 表中的"课程号"字段、SC 表的"学号"和"课程号"字段都是关键字,不能取空值。

（2）参照完整性

参照完整性是对关系数据库中建立关联关系的数据表间数据参照引用的约束,即外键的约束。外键是指关系中的某个属性或属性组,它不是该关系的关键字,而是另一个关系的关键字。参照完整性要求关系中的外键必须是另一个关系的关键字的有效值,或者是空值。不仅两个或两个以上的关系间可以存在引用关系,同一关系内部字段间也可能存在引用关系。

例如,在学生选修课程数据库中,学生、课程、选修关系之间的多对多联系可以用如下3个关系模式表示,其中关键字用下划线标识。

Student(学号,姓名,性别,出生日期,入学成绩,个人简历,照片)

Course(课程号,课程名,先行课,学分)

SC(学号,课程号,成绩)

这 3 个关系之间存在着引用关系,即 SC 表的外键"学号"、"课程号"分别引用了Student 表的关键字"学号"和 Course 表的关键字"课程号"。要求 SC 表中的"学号"值必须是 Student 表中存在的学号;SC 表中的"课程号"值必须是 Course 表中存在的课程号。特别指出的是,在 Course 表中,"课程号"是关键字,"先行课"字段表示某课程如果有先行课,则存储该先行课的课程号,它引用了本关系的"课程号"字段,即"先行课"必须是确实存在的课程的课程号。

（3）域完整性

域完整性是对关系中字段的约束。它包括字段的类型、值域及有效性规则等约束,在定义关系结构时决定。例如,SC 表中的"成绩"字段取值范围在 0～100 之间。

1.2　Visual FoxPro 操作基础

Visual FoxPro 简称 VFP,是 Microsoft 公司推出的数据库开发软件,用它来开发数据库,既简单又方便。它支持关系数据库的建立和管理,具有快速的数据处理、丰富的工具、友好的图形用户界面、简单的数据存取方式、良好的兼容性、方便的跨平台特性以及真正的可编译性。

Visual FoxPro 源于美国 Fox Software 公司推出的数据库产品 FoxBase,在 DOS 上运行,与 xBase 系列相容,FoxPro 是 FoxBase 的加强版。1992 年,Fox Software 被微软公司收购,并使其可以在 Windows 上运行,更名为 Visual FoxPro。在关系型数据库应用中,处理速度极快,是日常工作中的得力助手。

目前最新版为 Visual FoxPro 9.0,而在学校教学和教育部门认证考试中还依然沿用经典版的 Visual FoxPro 6.0。

1.2.1　Visual FoxPro 的基本特性

Visual FoxPro 6.0 能够得到广泛的使用,这与其具有的强大功能是分不开的,Visual

FoxPro 6.0 与其前期的版本相比,有更高的性能指标和鲜明的特点。

1. 对项目及数据库控制的增强

在 Visual FoxPro 6.0 中可以借助"项目管理器"创建和集中管理应用程序中的任何元素;可以访问所有向导、生成器、工具栏和其他易于使用的工具。

2. 提高应用程序开发的效率

Visual FoxPro 6.0 增加了面向对象的语言和方式。借助 Visual FoxPro 6.0 的对象模型,可以充分使用面向对象程序设计的所有功能。

3. 互操作性和支持 Internet

Visual FoxPro 6.0 支持具有对象的链接与嵌入(OLE)拖放,可以在 Visual FoxPro 6.0 和其他应用程序之间,或在 Visual FoxPro 6.0 应用程序内部移动数据。

4. 充分利用已有数据

Visual FoxPro 6.0 为升级数据库提供了一个方便实用的转换器工具,可以将早期版本中的数据移植过来使用。对于电子表格或文本文件中的数据,Visual FoxPro 6.0 也可以方便地实现数据共享。

1.2.2 Visual FoxPro 的安装和启动

1. Visual FoxPro 的运行环境

Visual FoxPro 6.0 的功能很强大,但是对整个开发环境的要求却不是很高。普通的家用电脑都能够运行。配置的相关基本要求(最低配置要求)如下。

- 处理器:486 处理器以上。
- 内存:16MB 以上的内存。
- 硬盘:典型安装需要 85MB 的硬盘空间,完全安装需要 90MB 的硬盘空间。
- 操作系统:Windows 95/98/2000/XP 等版本。

2. Visual FoxPro 的安装

(1) Visual FoxPro 6.0 安装程序一般整合在微软 Visual Studio 6.0 开发工具套装中,也可选择单独安装。下面以单独安装 Visual FoxPro 6.0 为例,介绍其安装过程。运行系统安装文件 SETUP.EXE,启动安装程序,桌面上弹出"Visual FoxPro 6.0 安装向导"对话框,如图 1-14 所示。

(2) 单击对话框中的"下一步"按钮,依次完成"最终用户许可协议"的确认,"产品号和用户 ID"的登记校验后,桌面上将弹出"Visual FoxPro 6.0 安装程序"对话框,如图 1-15 所示。

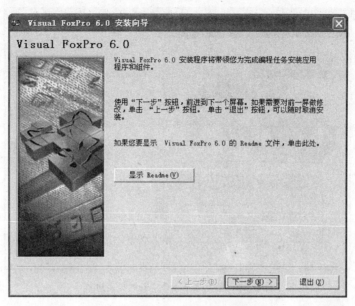

图 1-14　Visual FoxPro 6.0 安装向导

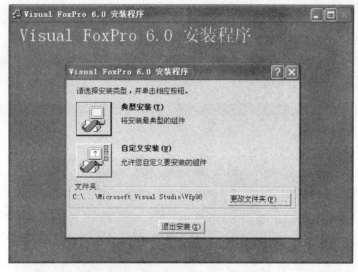

图 1-15　Visual FoxPro 6.0 安装程序

(3) 在"Visual FoxPro 6.0 安装程序"对话框中,单击"更改文件夹"按钮,可改变系统的安装路径;单击"自定义安装"按钮,可根据需求增减组件;单击"典型安装"按钮,将按照系统默认的组件内容直接安装。系统安装的过程如图 1-16 所示。

(4) 系统文件安装完毕之后,安装向导还会提示是否安装 MSDN,MSDN 可用于查看系统的所有文档和示例,对于用户的学习和开发应用提供了极大便利。一般 Visual Studio 6.0 开发工具套装软件中均包含 MSDN。最后安装向导将提示是否选择"现在注册",根据需求确认后,完成整个安装过程。

图 1-16　Visual FoxPro 6.0 安装过程

3. Visual FoxPro 的启动

Visual FoxPro 6.0 安装完毕后,将在开始菜单中自动生成程序命令组。单击"开始"菜单,选择"程序"子菜单中的 Microsoft Visual FoxPro 6.0 程序组,单击该程序组中的 Microsoft Visual FoxPro 6.0 即可启动 Visual FoxPro 6.0,首次使用将出现欢迎界面,如图 1-17 所示。

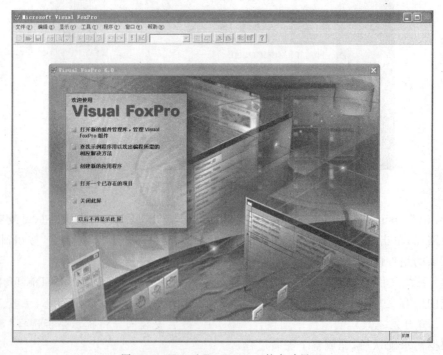

图 1-17　Visual FoxPro 6.0 的启动界面

根据个人习惯,若为了避免每次启动均出现欢迎界面,可在欢迎界面对话框中选择"以后不再显示此屏"复选项,并单击"关闭此屏"按钮。

为了迅速便利地启动 Visual FoxPro 6.0,用户还可以在桌面或"快速启动栏"设置 Visual FoxPro 6.0 的快捷方式。

4．Visual FoxPro 的退出

退出 Visual FoxPro 6.0 时,可以采用下列方法之一。
(1) 选择系统控制菜单中的"关闭"命令。
(2) 单击 Visual FoxPro 6.0 窗口的"关闭"按钮。
(3) 选择"文件"菜单中的"退出"命令。
(4) 在命令窗口中输入 QUIT 命令后,按 Enter 键。
(5) 按 Alt＋F4 组合键。
(6) 双击标题栏中的系统控制菜单图标。

1.2.3　Visual FoxPro 窗口环境

Visual FoxPro 6.0 启动后的窗口界面如图 1-18 所示。窗口主要包含标题栏、菜单栏、工具栏、命令窗口、输出区域及状态栏。

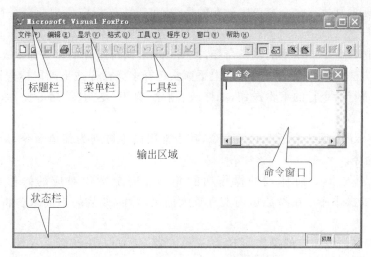

图 1-18　Visual FoxPro 6.0 的窗口界面

1．标题栏

标题栏最左侧图标为系统控制菜单图标;最右侧为 3 个控制按钮,自右向左依次是:"关闭"、"最大化"、"最小化";标题栏中偏左侧还标有 Microsoft Visual FoxPro,标识当前系统的名称。

2. 菜单栏

菜单栏是 Visual FoxPro 提供的命令的集合,按功能进行分组。系统默认的常用主菜单项包括:"文件"、"编辑"、"显示"、"格式"、"工具"、"程序"、"窗口"和"帮助"。单击某主菜单项后,系统将弹出下拉菜单,列出对应的操作命令项。

Visual FoxPro 的菜单为动态菜单,当用户进行"项目"、"数据库"、"查询"、"表单"等不同的应用操作时,主菜单项将根据需求自动增减。

3. 工具栏

工具栏由若干按钮组成,每个按钮对应一项操作命令。系统默认的工具栏为常用工具栏,多数为文件建立、编辑、运行等命令。单击"显示"菜单中的"工具栏"命令,用户还可以开启"报表控件"、"报表设计器"、"表单控件"等十几个工具栏。或者右击窗口中的工具栏,在弹出的快捷菜单中选择所需的工具栏。

4. 命令窗口

命令窗口用来输入或显示要执行的命令。用户可以在命令窗口中直接输入 Visual FoxPro 的命令并按 Enter 键执行。当用户通过菜单方式执行操作时,对应的命令会自动显示在命令窗口中。

- 如果要重复执行命令窗口中已有的命令,可以将光标定位到此命令行并按 Enter 键执行。
- 可以选择命令窗口中的多条命令,按 Enter 键执行选择的多条命令。选择多条命令的方法为按住 Shift 键,移动上下箭头选择多条命令或拖动鼠标选择多条命令。
- 可以进行命令行的编辑操作,如修改、删除、剪切、复制、粘贴等操作,方便命令的录入和修改。

Visual FoxPro 系统有近 500 条命令,其中常用命令被列为菜单命令,最常用命令被列为工具栏命令。

菜单、工具栏命令所体现的操作功能并不能完全替代对应的操作命令,Visual FoxPro 系统的操作命令在参数运用上有较大的灵活性,参数的不同取舍将产生不同的结果。

显示或隐藏命令窗口的操作如下。

(1) 显示命令窗口

- 选择"窗口"菜单中的"命令窗口"命令。
- 单击"常用"工具栏中的"命令窗口"按钮。

(2) 关闭命令窗口

- 单击命令窗口中的"关闭"按钮。
- 单击"常用"工具栏中"命令窗口"按钮。
- 选择"窗口"菜单中的"隐藏"命令。

5．输出区域

输出区域用于显示程序或命令运行的结果。

6．状态栏

状态栏位于窗口的最下方，通常显示选定的菜单命令的功能，或当前打开的数据库、数据表信息。

1.2.4 Visual FoxPro 的操作方式

1．Visual FoxPro 的操作方式

Visual FoxPro 系统提供了交互式和程序式两种操作方式。

（1）交互方式

在交互操作方式中，又可分为菜单操作方式、工具操作方式和命令操作方式。

- 菜单操作方式：利用菜单系统或工具栏按钮直接执行命令。
- 工具操作方式：利用系统提供的设计器、向导、生成器等可视化开发工具，完成表、表单、数据库、查询、报表等的创建、编辑及管理。
- 命令操作方式：在命令窗口中输入命令完成相应的操作。命令操作方式能够直接使用系统的各种命令和函数，并灵活设置操作参数，有效地完成功能应用。

（2）程序操作方式

程序操作方式是将多条命令编写成一个程序，通过运行程序达到操作数据库的目的。制作实用的应用程序必须编写程序，并提供可视化好、交互性强的界面供用户使用。

2．Visual FoxPro 的系统设置

Visual FoxPro 安装完成后，在编辑、运行、存储等操作上均按默认设定方式进行。在实际应用中，应根据需求重新进行个性化设置，以方便操作和提高效率。

进行系统设置，可通过执行"工具"菜单中的"选项"命令，打开"选项"对话框进行设置。现以文件位置的设置为例，简要说明设置方法，如图 1-19 所示。

Visual FoxPro 系统在"文件位置"选项卡中"默认目录"属性为"未用"，但实质上定位在系统文件的安装目录中，如 C:\Program Files\Microsoft Visual Studio\vfp98。此文件夹中有大量的 Visual FoxPro 系统文件，很容易造成文件管理混乱，引起系统瘫痪。

设置应用程序及数据库的"默认目录"的方法如下。

在"选项"对话框中，选择"文件位置"选项卡中的"默认目录"项，单击"修改"按钮，在弹出的"更改文件位置"对话框中，选择"使用默认目录"项，在"定位默认目录"文本框中输入文件存储位置（也可通过单击"浏览"按钮选择定位）后，再单击"确定"按钮完成。返回"选项"对话框后，单击"设置为默认值"按钮（若省略此步，所做设置仅本次应用有效），然后单击"确定"按钮，完成设置。其他选项的设置与本操作方法一致。

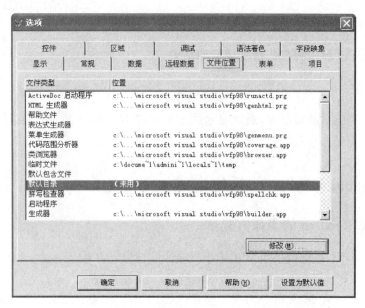

图 1-19　Visual FoxPro 6.0 的"选项"对话框

1.3　Visual FoxPro 数据元素

本节主要介绍 Visual FoxPro 的基本数据元素,包括数据类型、常量、变量、函数、运算符和表达式。

1.3.1　数据类型

在 Visual FoxPro 中信息的表现形式是数据,它是客观事物属性的记录。数据类型是数据的基本属性,它规定了某种数据的取值范围及在该范围内所能进行的各种操作。在对数据进行操作的时候,只有相同类型或者相兼容类型的数据才能进行操作。与其他高级程序语言一样,Visual FoxPro 系统提供了多种数据类型。它们分别为下述几种类型。

1. 字符型

字符型(Character,简称 C)数据是最常用的数据类型之一,主要描述不具有计算能力的文字数据类型。字符型数据由汉字和 ASCII 字符集中可打印字符(英文字符、数字字符、空格及其他专用字符)组成。长度范围是 0～254 个字符,其中每个字符占 1 个字节,每个汉字占两个字节。

2. 数值型

数值型数据也是最常用的数据类型之一,主要描述数量的数据类型。在 Visual

FoxPro 系统中被具体细分为以下 5 种类型。

（1）数值型

数值型（Numeric，简称 N）数据用来表示整数或实数，由数字 0～9、一个符号（＋或－）和一个小数点（.）组成。最大长度是 20 位（包括符号位和小数点），每个数值型数据在内存中占 8 个字节。

（2）浮点型

浮点型（Float，简称 F）数据是数值型数据的一种，在功能上与数值型等价，区别只是在存储形式上采取浮点格式，因此数据的精度要比数值型数据高。它只能用于数据表中字段的定义。

（3）双精度型

双精度型（Double，简称 B）数据是具有更高精度的数值型数据。在存储形式上采用固定长度浮点格式，双精度型数据的小数点的位置由输入的数据值来决定。每个双精度型数据在内存中占 8 个字节。它只能用于数据表中字段的定义。

（4）货币型

货币型（Currency，简称 Y）数据是一种特殊形式的数值型数据，由货币符号（＄）加数值型数据组成。货币型数据的小数位的最大长度是 4 个字符，当超过 4 个字符时系统将按四舍五入原则进行处理。每个货币型数据在内存中占 8 个字节。

（5）整型

整型（Integer，简称 I）数据是不带小数部分的整数值。每个整型数据在内存中占 4 个字节，以二进制形式存储。它只能用于数据表中字段的定义。

3. 日期型

日期型（Date，简称 D）数据是用于表示日期的数据，长度固定为 8 位。日期型数据由年、月、日 3 部分和分隔符组成。严格的日期格式必须用{^yyyy/mm/dd}或{^yyyy-mm-dd}形式来表示，显示形式为 mm/dd/yy 或 mm-dd-yy，其中 mm、dd、yy 分别代表月、日、年。

4. 日期时间型

日期时间型（DateTime，简称 T）数据是用于表示日期和时间的数据，长度固定为 8 位。日期时间型数据由年、月、日、时、分、秒和分隔符组成。严格的日期格式必须用{^yyyy/mm/dd hh:mm:ss}或{^yyyy-mm-dd hh:mm:ss}形式来表示，显示形式为 mm/dd/yy hh:mm:ss 或 mm-dd-yy hh:mm:ss，其中 hh、第二个 mm、ss 分别代表小时、分钟和秒。

5. 逻辑型

逻辑型（Logical，简称 L）数据是描述客观事物"真"或"假"两种情况的数据，表示逻辑判断的结果。逻辑型数据只有真(.T.)和假(.F.)两个值，长度固定为 1 位。

6. 备注型

备注型(Memo,简称 M)数据用于存放大块的字符型数据,只能用于数据表中字段的定义,其字段长度固定为 4 位。它是一种数据块链接指针,真正数据被存放在与数据表文件主名同名的备注文件中,长度无限制,仅受限于现有的磁盘空间。

7. 通用型

通用型(General,简称 G)数据用于存放 OLE(对象的链接或嵌入)对象的数据,OLE对象可以是电子表格、文档、图片等。与备注型数据类似,只能用于数据表中字段的定义,其字段长度固定为 4 位。它是一种数据块链接指针,真正数据被存放在与数据表文件主名同名的备注文件中,长度无限制,仅受限于现有的磁盘空间。

OLE 对象的实际内容、类型、数据量的大小取决于链接或嵌入 OLE 对象的操作方式。如果采用链接 OLE 对象方式,则数据表中只包含对 OLE 对象的引用说明,以及对创建该 OLE 对象的应用程序的引用说明;如果采用嵌入 OLE 对象方式,则数据表中除包含对创建该 OLE 对象的应用程序的引用说明外,还包含 OLE 对象中的实际数据。

8. 二进制字符型

二进制字符型(Binary Character,简称 C)数据主要以二进制格式保存任何字符,只能用于数据表中字段的定义。

9. 二进制备注型

二进制备注型(Binary Memo,简称 M)数据主要以二进制格式保存大块文本内容,只能用于数据表中字段的定义。

综上所述,Visual FoxPro 提供的数据类型分两大类,一类同时适用于内存变量和数据表中的字段变量,包括字符型、数值型、日期型、日期时间型、逻辑型和货币型 6 种;另一类只适用于数据表中的字段变量,包括浮点型、双精度型、整型、备注型、通用型、二进制字符型和二进制备注型。

1.3.2 常量

常量是指在程序运行过程中其值不发生变化的量。它是可以在命令或程序中直接引用的实际值。Visual FoxPro 支持数值型、字符型、日期型、日期时间型、逻辑型和货币型 6 种类型的常量。不同类型的常量用不同的定界符表示。

1. 数值型常量

数值型常量由 0～9 的数字、正负号及小数点组成。日常使用的整数、小数或用科学记数法表示的数都属于数值型常量。数值型常量没有定界符。

例如,45、−32.9、1.234E5 等均是数值型常量,其中 1.234E5 表示 1.234×10^5。

2. 字符型常量

字符型常量是用单引号、双引号或方括号等定界符括起来的字符串。Visual FoxPro 中字符串的最大长度为 254 个字符。例如，"计算机文化基础"、'FoxPro'、[10％3]均是字符型常量。

在定义和使用字符型常量时需注意如下几点。

(1) 在字符串的两端加上定界符，否则系统会把该字符串当成变量名。例如，学号是一个变量名，而"学号"是一个字符型常量。

(2) 定界符必须是左右匹配的半角字符。

(3) 如果定界符本身是字符型常量的一部分，则必须使用其他定界符，如['软件']。

(4) 定界符可以嵌套，但同一种定界符不能互相嵌套。例如，[古云："玉不琢，不成器"]是合法字符串，而"古云："玉不琢，不成器""就是非法字符串。

3. 日期型常量

日期型常量是用花括号定界符将表示日期的年、月、日数据括起来，用"/"、"-"和空格等分隔。日期型常量有两种格式：严格的日期格式和传统的日期格式。

严格的日期格式必须用{^yyyy/mm/dd}或{^yyyy-mm-dd}形式来表示，其中年必须是 4 位数字。例如{^2009/10/01}和{^1968-02-20}。{}、{/}、{-}、{. }、{:}表示空值。

在 Visual FoxPro 中，当设置 SET STRICTDATE TO 1 或 SET STRICTDATE TO 2 时，只能使用严格的日期格式。严格的日期格式在任何情况下均可以使用。而传统日期格式只能在 SET STRICTDATE TO 0 状态下使用。设置日期格式还可以选择"工具"菜单中的"选项"命令，在"选项"对话框中，单击"常规"标签，在 2000 年兼容性中设置严格的日期级别。若选择 0，可以使用传统的日期格式；若选择 1，则必须使用严格的日期格式；若选择 2，则可以使用严格的日期格式或用 CTOD() 或 CTOT() 函数表示日期型常量。

4. 日期时间型常量

日期时间型常量包括日期和时间，是在日期型常量后面加上表示时间的序列 hh：mm：ss a|p，a 或 p 分别表示 AM(上午)或 PM(下午)。严格的日期时间型常量格式为：{^yyyy/mm/dd[,][hh[:mm[:ss]][a|p]]}或{^yyyy-mm-dd[,][hh[:mm[:ss]][a|p]]}，其中方括号中的内容是可选项，若不选，则以 00 记，省略 a|p 则默认是 AM。如{^2009-10-01 10:45AM}表示 2009 年 10 月 1 日上午 10 点 45 分。{-,:}、{--,:}、?{-,::}、{--,::}均表示空值。

5. 逻辑型常量

逻辑型常量也称布尔型常量，只有真和假两种值，用"."定界符括起来。真用.T.、.t.、.Y.、.y.表示，假用.F.、.f.、.N.、.n.表示。注意圆点和字母都必须是半角符号，中间没有空格。

6. 货币型常量

货币型常量用符号"$"来标识,并四舍五入到小数第 4 位。例如,货币型常量 $12.567 89,计算结果为 12.5679。

1.3.3　变量

变量是指在程序运行过程中其值可以改变的量,是程序的基本单元。在 Visual FoxPro 中,变量分为字段变量和内存变量。

由于变量的值是可以改变的,使用变量前,应该先给变量命名。在 Visual FoxPro 中,变量名是以字母、汉字、下划线开头,由字母、汉字、下划线、数字组成的字符序列。在变量命名时力求做到"见名知义",且不要用 Visual FoxPro 中的系统保留字作变量名。

1. 字段变量

字段变量依赖于数据表而存在,表的每一个字段都是一个字段变量。字段变量在建立表结构时定义,修改表结构时可重新定义或增删字段变量。字段变量是一种多值变量,因为表中的每一条记录对应的某一字段都有一个取值。当用字段名作变量时,其当前值就是表的当前记录的值。字段变量的具体使用参阅 2.2.1 节。

2. 内存变量

内存变量是不依赖于数据表而单独存在的变量,是单值变量。内存变量可用来存储数据,定义内存变量时需为它命名并赋初值,即确定了其值和数据类型,建立后存储于内存中。

在 Visual FoxPro 中,内存变量的数据类型有 6 种,分别是:数值型变量、字符型变量、日期型变量、日期时间型变量、逻辑型变量和货币型变量。

内存变量包括系统变量、简单内存变量和数组变量。

(1) 系统变量

系统变量是 Visual FoxPro 系统提供的一批特殊的内存变量,它们都以下划线开头,分别用于控制外部设备(打印机、鼠标等)、屏幕输出格式,或处理有关计算器、日历、剪贴板等方面的信息。在使用 DISPLAY MEMORY 命令显示内存变量时,可以看到这些变量的当前值。学会使用系统变量会带来许多方便。

(2) 简单内存变量

简单内存变量是用户通过命令或在程序中临时定义的变量,每个简单内存变量都必须有一个固定的名称,以标识该内存单元的存储位置。用户可以通过变量名存取内存单元的变量值。简单内存变量的作用主要是提供数据值的传递和运算。

如果简单内存变量与数据表中的字段变量同名,字段变量被优先引用。用户如果要引用简单内存变量,要在其变量名前加一个 m. 或 m->。

(3) 数组变量

数组变量简称数组,它是一组有序的内存变量的集合。即数组是具有相同名称而下标不同的一组有序内存变量。用下标标识同一数组中的不同元素称为数据元素。数组元素的值可以是任意类型的数据,且同一数组中的不同元素,数据类型也可以不同。

① 数组的定义

通常情况下,数组应该先定义后使用。数组一旦定义,其初始值是相同的逻辑值.F.。定义数组可以使用 DIMENSION 或 DECLARE 命令,两者作用相同。

命令格式:

```
DIMENSION|DECLARE 数组名 1(下标 1[,下标 2])[,数组名 2(下标 1[,下标 2])]…
```

功能:定义数组。

Visual FoxPro 支持一维数组和二维数组。定义数组时给出的下标个数,代表数组的维数;下标值代表数组元素的个数。元素下标从 1 开始。

注意:在本书中使用的命令的格式约定如下。

- 命令大部分由命令动词和命令短语两部分组成。命令动词表示命令的功能,命令短语给出了命令执行时所需的各种参数。命令短语包括必选项和可选项。
- <>:表示必选项,在命令中表示必须包含,但实际输入命令时不输入。
- []:表示可选项,在命令中表示可有可无,但实际输入命令时不输入。
- |:表示两者选其中一项,但实际输入命令时不输入。
- …:表示可重复的项。
- 命令动词不区分大小写,只输入前 4 个英文字母即可被识别,命令语句中各元素之间用空格分隔。

例如:

```
DIMENSION S(4),NUM(2,3)
```

该命令定义了一个一维数组 S 和一个二维数组 NUM。其中数组 S 有 4 个元素,分别是 S(1)、S(2)、S(3)、S(4);数组 NUM 有 2×3 即 6 个元素,分别是 NUM(1,1)、NUM(1,2)、NUM(1,3)、NUM(2,1)、NUM(2,2)、NUM(2,3)。它们的初始值均为.F.。

② 数组的使用

数组在定义时,是一个集合;在使用时,实际使用的是数组中的元素,而数组元素的作用与简单内存变量的使用方法一样,对简单变量操作的命令,均可以对数组元素操作,简单变量出现的位置,数组元素也可以出现。

3. 有关内存变量的操作

(1) 建立内存变量

建立内存变量有两种方式,一种是使用赋值号(=),它一次只能给一个内存变量赋值;另一种是使用 STORE 赋值命令,它可以一次给多个内存变量赋值。

① 用"="赋值

命令格式 1:

```
<内存变量名>=<表达式>
```

功能：先计算"＝"右边表达式的值,然后再把表达式的值赋给"＝"左边的内存变量。

命令格式 2：

<数组名>|<数组元素名>=<表达式>

功能：先计算"＝"右边表达式的值,然后再把表达式的值赋给"＝"左边的整个数组或某个数组元素。

例如：

```
X=2 * 5              && 定义 N 型内存变量 X,其值为 10
S=1                  && S 是已定义的数组名,其中每个数组元素的值均为 1
NUM(1,1)=.T.         && NUM(1,1)是已定义的数组元素名,其值为 .T.
```

② 用 STORE 赋值

命令格式：

STORE<表达式>TO<内存变量名表>

<内存变量名表>是用逗号","分隔的多个内存变量。

功能：将表达式的值分别赋给内存变量名表中列出的每个变量,即每个内存变量具有相同的值。

例如：

```
STORE "China" TO R1,R2,R3
```

同时定义 3 个字符型内存变量 R1、R2 和 R3,其值均为字符串"China"。

(2) 输出内存变量

在 Visual FoxPro 中,内存变量是特殊的表达式,显示表达式的值可以使用命令?和??。

命令格式：

?|?? [<表达式表>]

<表达式表>是用逗号","分隔的多个表达式。

功能：计算各个表达式的值并输出结果。

其中：?表示先换行,再输出结果;??表示在当前位置直接输出结果。表达式表中的","是分隔符号,输出时不显示。

例如：

```
? X,R1
? R2
?? R3
```

输出结果为：

```
        10 China
ChinaChina
```

1.3.4 函数

函数是系统内部预先编写好的一段程序,可以像命令一样,只要调用它,就能得到相应的结果。函数分为标准函数和用户自定义函数。本节主要介绍标准函数,关于用户自定义函数将在 5.3 节介绍。

Visual FoxPro 提供了大量的标准函数,每个函数用于特定的功能,可在程序的任何地方调用,为解决实际问题提供了方便。函数由函数名、参数表和函数值 3 部分构成。

函数调用的一般形式为:

函数名([<参数表>])

其中,函数名起标识符作用,由函数名和一对小括号组成,每个函数都有特定的数据运算功能或转换功能;参数也称自变量,可以是含有运算符的表达式,写在括号内,参数表表示自变量可以是 0 个、1 个或多个。函数值是函数运算后返回的一个值,即函数的功能,函数值会因参数的不同而异。

根据函数的功能、参数类型及函数返回值的类型,将 Visual FoxPro 中的标准函数大致分为数值计算函数、字符处理函数、日期和时间函数、类型转换函数、测试函数等。下面仅介绍程序设计时常用的函数,至于每个函数的具体使用方法可参阅手册或帮助信息。

说明:函数参数中用到的 expN、expC、expD 等分别代表数据型表达式、字符型表达式、日期型表达式等。

1. 数值计算函数

数值计算函数是指函数的参数及函数值均为数值型数据的一类函数。常用的数据计算函数如表 1-2 所示。

表 1-2　数据计算函数

函　　数	功　　能	返回值类型	示　　例	结果
ABS(<expN>)	求<expN>的绝对值	N	?ABS(−2 * 3)	6
EXP(<expN>)	求 e 的 <expN> 次方的值	N	?EXP(2)	7.39
LOG(<expN>)	求以 e 为底指定<expN>值的自然对数	N	?LOG(2.72)	1.00
MOD(<expN1>,<expN2>)	求以 <expN1> 为被除数,<expN2> 为除数的余数	N	?MOD(10,3) ?MOD(10,−3)	1 −2
SQRT(<expN>)	求<expN>的平方根	N	?SQRT(9)	3.00
INT(<expN>)	求 <expN> 的整数部分,舍掉小数部分	N	?INT(7.99)	7
FLOOR(<expN>)	向下取整,求小于<expN>的最大整数	N	?FLOOR(7.99) ? FLOOR(−7.99)	7 −8

函　　数	功　　能	返回值类型	示　　例	结果
CEILING(<expN>)	向上取整,求大于<expN>的最小整数	N	?CEILING(7.99) ?CEILING(−7.99)	8 −7
ROUND(<expN1>,<expN2>)	根据<expN2>的值对<expN1>进行四舍五入处理	N	?ROUND(123.456,2)	123.46
MAX(<expN1>,<expN2>…)	求<expN1>,<expN2>…中的最大值	N	?MAX(10,5,−1)	10
MIN(<expN1>,<expN2>…)	求<expN1>,<exN2>…中的最小值	N	?MIN(10,5,−1)	−1
SIGN(<expN>)	求<expN>值的符号	N	?SIGN(−10)	−1
RAND([<expN>])	求随机数	N	?RAND() ?RAND(1)	0.85 0.03

说明:

(1) 求余函数 MOD(<expN1>,<expN2>)

函数值的符号与除数相同。如果被除数和除数同号,则结果为两数相除的余数;否则,结果为两数相除的余数再加上除数的值。

例如:

```
?MOD(10,3),MOD(-10,3),MOD(10,-3)
```

输出结果为:

```
1  2  -2
```

(2) 四舍五入函数 ROUND(<expN1>,<expN2>)

<expN1>可以是一个数值型表达式,<expN2>是一个整数。<expN2>如果大于0,则指定<expN1>要保留的小数位数;<expN2>如果小于0,则指定<expN1>要保留的整数位数;<expN2>如果等于0,则只保留<expN1>的整数部分。

例如:

```
?ROUND(123.456,2),ROUND(123.456,-2),ROUND(123.456,0)
```

输出结果为:

```
123.46  100  123
```

(3) 最大值函数 MAX(<expN1>,<expN2>…)

<expN1>,<expN2>…各参数不仅可以是数值型表达式,还可以是字符型、货币型、日期型等各种类型的表达式,但要求各参数的类型必须一致。

例如:

```
?MAX(10,5,1),MAX("a","20","5"),MAX({^2008/10/01},{^2009/10/01})
```

输出结果为：

```
10  a  10/01/09
```

例如：

```
?MAX("a",20,"5")
```

运行时系统将给出"操作符/操作数类型不匹配"的错误提示信息。原因是参数的数据类型不一致。

对于最小值函数 MIN(＜expN1＞,＜expN2＞…)的用法与 MAX(＜expN1＞, ＜expN2＞…)函数的用法一致。

（4）符号函数 SIGN(＜expN＞)

当＜expN＞的值为正数、负数、0 时分别返回 1、−1 和 0。

例如：

```
?SIGN(10),SIGN(-10),SIGN(0)
```

输出结果为：

```
1 -1 0
```

2. 字符处理函数

字符处理函数是指主要对字符型数据进行处理的一类函数,其函数值可以是字符型、数值型或逻辑型等数据。常用的字符处理函数如表 1-3 所示。

表 1-3　字符处理函数

函　数	功　能	返回值类型	示　例	结果
AT(＜expC1＞, ＜expC2＞[,＜expN＞])	求＜expC1＞在＜expC2＞从左边第＜expN＞次出现的位置	N	?AT("A","ABCABC",2)	4
ATC(＜expC1＞, ＜expC2＞[,＜expN＞])	功能与 AT( )类似,但不区分字符的大小写	N	?ATC("a","ABCABC")	1
RAT(＜expC1＞, ＜expC2＞[,＜expN＞])	求＜expC1＞在＜expC2＞从右边第＜expN＞次出现的位置	N	?RAT("A","ABCABC",2)	1
LEN(＜expC＞)	求＜expC＞的长度	N	?LEN("黑龙江") ?LEN("ABC")	6 3
LEFT(＜expC＞, ＜expN＞)	从＜expC＞左边截取＜expN＞个字符	C	?LEFT("Beijing",3)	Bei
RIGHT(＜expC＞, ＜expN＞)	从＜expC＞右边截取＜expN＞个字符	C	?RIGHT("Beijing",4)	jing

函　数	功　能	返回值类型	示　例	结　果
SUBSTR（＜expC＞，＜expN1＞[，＜expN2＞]）	在＜expC＞中，在＜expN1＞指定位置起截取＜expN2＞个字符	C	?SUBSTR("Beijing",4,3)	jin
SPACE(＜expN＞)	生成长度为＜expN＞的空格串	C	?SPACE(4)	⎵⎵⎵⎵
LTRIM(＜expC＞)	删除＜expC＞的首部空格	C	?LTRIM(" Bei ")	Bei ⎵
TRIM（＜expC＞）或RTRIM(＜expC＞)	删除＜expC＞的尾部空格	C	?TRIM(" Bei ")	⎵Bei
ALLTRIM(＜expC＞)	删除＜expC＞的首、尾部空格	C	?ALLTRIM(" Bei ")	Bei
LOWER(＜expC＞)	将＜expC＞中的所有大写字母转换为小写字母	C	?LOWER("Bei")	bei
UPPER(＜expC＞)	将＜expC＞中的所有小写字母转换为大写字母	C	?UPPER("Bei")	BEI
ISLOWER(＜expC＞)	测试＜expC＞中的第一个字符是否是小写	L	?ISLOWER("Bei") ?ISLOWER("bei")	.F. .T.
ISUPPER(＜expC＞)	测试＜expC＞中的第一个字符是否是大写	L	?ISUPPER("Bei") ?ISUPPER("bei")	.T. .F.
ISALPHA(＜expC＞)	测试＜expC＞中的第一个字符是否是字符	L	?ISALPHA("Bei") ?ISALPHA("123")	.T. .F.
ISDIGIT(＜expC＞)	测试＜expC＞中的第一个字符是否是 0～9 的数字	L	?ISDIGIT("Bei") ?ISDIGIT("123")	.F. .T.
REPLICATE(＜expC＞，＜expN＞)	产生指定＜expN＞个数的＜expC＞	C	?REPLICATE(" * ",3)	***
STUFF（＜expC1＞，＜expN1＞，＜expN2＞，＜expC2＞）	在＜expC1＞中，从＜expN1＞所指位置开始的＜expN2＞个字符，用＜expC2＞替换	C	? STUFF (" FOXPro", 2, 2, "ox")	FoxPro
&＜字符型内存变量＞[.＜expC＞]	将＜字符型内存变量＞的内容替换出来	不确定	a="22" ?&a.1	221

说明：

(1) 求子串位置函数 AT(＜expC1＞，＜expC2＞[，＜expN＞])、ATC(＜expC1＞，＜expC2＞[，＜expN＞])、RAT(＜expC1＞，＜expC2＞[，＜expN＞])

如果＜expC1＞没有在＜expC2＞中出现,则结果为 0。＜expN＞指出子串在字符串中第几次出现,省略时默认为 1。函数 AT()区分字符的大小写。

① 例如：

```
?AT("A","ABCABC",2),AT("A","ABCABC"),AT("a","ABCABC")
```

输出结果为：

```
4  1  0
```

② 例如：

```
?AT("for","Information"),AT("fro","Information")
```

输出结果为：

```
3  0
```

③ 例如：

```
?ATC("a","ABCABC"),ATC("a","ABCABC",2)
```

输出结果为：

```
1  4
```

④ 例如：

```
?RAT("A","ABCABC",2),RAT("A","ABCABC"),RAT("a","ABCABC")
```

输出结果为：

```
1  4  0
```

(2) 求左子串函数 LEFT(<expC>,<expN>)

<expN>的值必须是一个大于 0 的正整数。当<expN>的值超过<expC>的长度时，自动取<expC>的实际长度。

例如：

```
?LEFT("Beijing",10)
```

输出结果为：

```
Beijing
```

对于右子串函数 RIGHT(<expC>,<expN>)同理。

(3) 求子串函数 SUBSTR(<expC>,<expN1>[,<expN2>])

<expN1>是指定子串起始位置的正整数,<expN2>是指定子串长度的正整数,省略时则指从起始位置至字符串尾部。

例如：

```
?SUBSTR("Beijing",4,4),SUBSTR("Beijing",4),SUBSTR("Beijing",4,5)
```

输出结果为：

jing jing jing

LEFT()和 RIGHT()函数可以看成是 SUBSTR()函数的特例,例如,LEFT(<expC>,
<expN>)等价于 SUBSTR(<expC>,1,<expN>)。

(4) 空格字符串生成函数 SPACE(<expN>)

该函数参数为数值型数据,函数值为字符型数据。

例如:

```
? SPACE(5),LEN(SPACE(5))
```

输出结果为:

␣␣␣␣␣5

输出结果中的每个"␣"代表一个空格。

(5) 删除空格函数 LTRIM(<expC>)、RTRIM(<expC>)或 TRIM(<expC>)、
ALLTRIM(<expC>)

根据函数功能只删除<expC>首部、尾部或首尾部的空格,与中间空格无关。

例如:

```
? LTRIM ("␣␣B␣ei␣␣"),TRIM("␣␣B␣ei␣␣"),ALLTRIM ("␣␣B␣ei␣␣")
```

输出结果为:

B␣ei␣␣␣␣␣B␣ei B␣ei

(6) 产生重复字符函数 REPLICATE (<expC>,<expN>)

<expC>为要产生的字符,<expN>为要产生字符的个数。

例如:

```
? REPLICATE (" * /",4)
```

输出结果为:

* / * / * / * /

(7) 宏替换函数 &<字符型内存变量>[.<expC>]

& 是一个特殊的函数,可以把它看作一个特殊的操作符。"."用来终止 & 函数的作
用范围。函数值类型不确定,与<字符型内存变量>的值去掉定界符后的值的类型一致,
可以是各种数据类型。

① 例如:

```
Y="{^2009/10/01}"
? &Y+5
```

输出结果为:

10/06/09

② 例如：

```
x=6
y="x"
?&y.+5
```

输出结果为：

```
11
```

3. 日期和时间函数

日期和时间函数是指函数的参数类型为日期或日期时间型数据的一类函数,其函数值可以是日期型、日期时间型、字符型或数值型等数据。常用的日期和时间函数如表 1-4 所示。

表 1-4　日期和时间函数

函　　数	功　　能	返回值类型	示　　例	结　　果
DATE()	计算机系统的当前日期	D	?DATE()	10/01/09
TIME()	计算机系统的当前时间	C	?TIME()	20:27:21
DATETIME()	计算机系统的当前日期和时间	T	?DATETIME()	10/01/09 20:27:21 PM
YEAR(<expD|expT>)	<expD|expT>对应的年份值	N	Y={^2009/10/01} ?YEAR(Y)	2009
MONTH(<expD|expT>)	<expD|expT>对应的月份值	N	Y={^2009/10/01} ?MONTH(Y)	10
DAY(<expD|expT>)	<expD|expT>对应的日值	N	Y={^2009/10/01} ?DAY(Y)	1
CDOW(<expD|expT>)	<expD|expT>对应的当天的英文星期几名称	C	Y={^2009/10/01} ?CDOW(Y)	Thursday
DOW(<expD|expT>)	<expD|expT>对应的星期几的数值常量	N	Y={^2009/10/01} ?DOW(Y)	5

4. 类型转换函数

类型转换函数主要完成不同类型数据间的转换。

(1) 字符型和数值型数据之间的转换

常用的字符型和数值型数据之间的转换函数如表 1-5 所示。

表 1-5　字符型和数值型数据之间的转换函数

函　　数	功　　能	返回值类型	示　　例	结　果
STR(<expN1> [,<expN2> [,<expN3>]])	将<expN1>转换为长度为<expN2>位、具有<expN3>位小数的字符型数据	C	?STR(3.141 592 6,6,4)	3.1416
VAL(<expC>)	将<expC>前面符合数值型数据要求的数字字符转换为数值型数据	N	A="123" ?VAL(A)	123.00
ASC(<expC>)	求<expC>中第一个字符的ASCII值	N	?ASC("ABCD")	65
CHR(<expN>)	求<expN>对应的ASCII字符	C	?CHR(65)	A

说明：

① 数值型数据转换为字符型数据函数 STR(<expN1>[,<expN2>[,<expN3>]])

<expN1>是待转换为字符型的数，可选参数<expN2>是转换后的字符串的长度，可选参数<expN3>是转换后的字符串中的小数位数，并做四舍五入处理。

如果参数<expN2>值大于<expN1>的长度，则数字的前端用空格补齐。

如果参数<expN2>值小于<expN1>整数部分的长度，且不指定小数位数<expN3>，则返回一串星号"＊"。

省略<expN2>，转换后的字符串长度为 10，此时<expN3>必须省略。

省略<expN3>，则返回<expN1>的整数部分，若<expN1>有小数部分则进行四舍五入处理。

- 例如：

?STR(3.141 592 6,6,4),STR(3141.5926,6),STR(3141.5926,3),STR(3141.5926)

输出结果为：

3.1416 3142 ＊＊＊ 3142

- 例如：

?STR(3141.5926)

输出结果为：

└─┴─┴─┴─┴─┘3142

② 字符串转换为数值型数据函数 VAL(<expC>)

如果字符串前面无数字字符，则函数值为 0。函数值中的小数位数默认为 2。

例如：

?VAL("3.1415中国黑龙江")
?VAL("中国黑龙江")

输出结果为：

```
3.14
0.00
```

（2）字符型、日期型、日期时间型数据之间的转换

常用的字符型、日期型、日期时间型数据之间的转换函数如表 1-6 所示。

表 1-6　字符型、日期型、日期时间型数据之间的转换函数

函　数	功　能	返回值类型	示　例	结　果
CTOD(<expC>)	将日期格式的<expC>转换为日期型数据	D	?CTOD("10/01/09")	10/01/09
DTOC(<expD>)	将<expD>转换为字符串	C	?DTOC({^2009-10-01})	10/01/09
DTOS(<expD>)	将<expD>转换为YYYYMMDD格式的字符串	C	?DTOS({^2009-10-01})	20091001
CTOT(<expC>)	将<expC>转换为日期时间型	T	?CTOT("10/01/09")	10/01/09 12:00:00AM
TTOC(<expT>[,1|2])	将<expT>转换为字符型	C	?TTOC({^2009-10-01 12:00:00AM}) ?TTOC({^2009-10-01 12:00:00AM},1)	10/01/09 12:00:00AM 20091001 000000
DTOT(<expD>)	将<expD>转换为日期时间型	T	?DTOT({^2009-10-01})	10/01/09 12:00:00AM
TTOD(<expT>)	将<expT>转换为日期型	D	?TTOD({^2009-10-01 12:00:00AM})	10/01/09

5．测试函数

测试函数包括普通测试函数和与数据表操作有关的测试函数。

（1）普通测试函数

常用的普通测试函数如表 1-7 所示。

表 1-7　普通测试函数

函　数	功　能	返回值类型	示　例	结果
BETWEEN(<exp1>,<exp2>,<exp3>)	<exp1>的值在[<exp2>,<exp3>]范围内，则函数值为.T.，否则为.F.	同 exp	?BETWEEN(5,2,12)	.T.
IIF(<expL>,<exp1>,<exp2>)	如果<expL>的值为.T.，则函数值为<exp1>，否则函数值为<exp2>	同 exp1 或 exp2	?IIF(2>3,"正确","错误")	错误
TYPE("<expC>")	求<expC>的数据类型	C	?TYPE("123") ?TYPE("党员")	N U

说明:

① 值域测试函数 BETWEEN(<exp1>,<exp2>,<exp3>)

<exp1>是待测试的表达式,<exp2>是所测试范围的下限,<exp3>是所测试范围的上限,3个参数的数据类型可以是任意类型,但必须一致。

例如:

```
?BETWEEN("r","a","m"),BETWEEN(15,0,10)
```

输出结果为:

```
.F.    .F.
```

② 条件测试函数 IIF(<expL>,<exp1>,<exp2>)

<exp1>和<exp2>可以是任意类型的数据。

例如:

```
党员否=.T.
?IIF(党员否=.T.,"是党员","不是党员")
```

输出结果为:

```
是党员
```

③ 表达式类型测试函数 TYPE("<expC>")

要测试的<expC>必须加上定界符,即以字符表达式形式进行测试。函数值为 N、C、D、L、U(未定义)之一。

例如:

```
?TYPE("DATE()"),TYPE("99/10"),TYPE(["99/10"]),TYPE(".T."),TYPE("T")
```

输出结果为:

```
D  N  C L U
```

(2) 与数据表操作有关的测试函数

常用的与数据表操作有关的测试函数如表 1-8 所示。

表 1-8　与数据表有关的测试函数

函　　数	功　　能	返回值类型	示　　例	结果
RECCOUNT([<工作区>|<表别名>])	统计当前工作区(不带参数)的或指定<工作区>的或指定<表别名>的记录个数	N	USE SC ?RECCOUNT()	8
RECNO([<工作区>|<表别名>])	统计当前工作区(不带参数)的或指定工作区<exp N>的或指定<表别名>的当前记录号	N	USE SC ?RECNO()	1

函　数	功　能	返回值类型	示　例	结果
BOF([<工作区>|<表别名>])	记录指针指向当前工作区(不带参数)的或指定<工作区>的或指定<表别名>的首记录之前时,则函数值为.T.,否则为.F.	L	USE SC SKIP −1 ?BOF()	.T.
EOF([<工作区>|<表别名>])	记录指针指向当前工作区(不带参数)的或指定<工作区>的或指定<表别名>的末记录之后时,则函数值为.T.,否则为.F.	L	USE SC GO BOTTOM ?EOF() SKIP ?EOF()	.F. .T.
DELETED()	测试当前记录有逻辑删除标记(＊),则函数值为.T.,否则为.F.	L	具体使用参阅2.2.8节	
FOUND()	测试命令 LOCATE、CONTINUE、SEEK、FIND 查找到数据,则函数值为.T.,否则为.F.	L	具体使用参阅2.2.7节	
SELECT([0|1|<表别名>])	求当前工作区的区号(0),或当前没有使用的最大工作区区号(1),或<表别名>所使用的工作区区号	N	具体使用参阅2.2.11节	

1.3.5　运算符与表达式

Visual FoxPro 中的数据类型丰富,对于不同的数据类型,提供了相应的运算符。运算符是处理同类型数据或相关数据运算问题的符号,也称操作符。它表示在操作数(参与运算的数据)上的特定动作。根据操作数和操作结果值的不同类型,可以把运算符分为5类,分别是算术运算符、字符运算符、日期和日期时间运算符、关系运算符和逻辑运算符。

表达式是指由常量、变量、函数、括号和相应的运算符按一定规则组合得到的一组有物理意义的式子。表达式按其运算符和结果的数据类型分为算术表达式、字符表达式、日期和日期时间表达式、关系表达式和逻辑表达式。

1. 算术运算符及表达式

算术运算符用于算术运算。操作数一般是数值型常量、变量或函数值为数值型的函数,运算结果仍然是数值型数据。由算术运算符连接的表达式,称为算术表达式。算术表达式的结果是数值型常量。

算术运算符的含义及运算示例如表 1-9 所示。

表 1-9　算术运算符的含义及示例一览表

运算符	含义	示例	结果	运算符	含义	示例	结果
**或^	乘方或幂	?2^3,3**2	8.00　9.00	％	求余(模)	?10％3	1
＊	乘	?2＊3	6	＋	加	?12＋30	42
/	除	?4/5	0.80	—	减	?31—55	−24

算术运算符的优先级从高到低依次为：**或^→ ＊、/、％→＋、－。同级运算符按从左至右进行。

2. 字符运算符及表达式

字符运算符用于字符运算,包括"＋"、"－"和"＄"。由字符运算符连接的表达式,称为字符表达式。字符表达式的结果是字符型常量或逻辑型常量。

字符运算符的含义及运算示例如表 1-10 所示。

表 1-10　字符运算符的含义及示例一览表

运算符	含　义	示　　例	结　果
＋	原样连接,连接两个字符串	?"ABC"＋"123" ?"ABC　"＋"123"	ABC123 ABC　123
－	连接,并将第一个字符串尾部的空格移到整个连接结果的尾部	?"ABC"－"123" ?"ABC　"－"123"	ABC123 ABC123
＄	比较,判断第一个字符串是否包含在第二个字符串中	?"计算机"＄"计算方法" ?"计算机"＄"计算机系统"	.F. .T.

字符运算符的优先级相同。

3. 日期和日期时间运算符及表达式

日期和日期时间运算符用于日期和日期时间的运算,包括"＋"、"－"。由日期和日期时间运算符连接的表达式,称为日期和日期时间表达式。日期和日期时间表达式的结果是日期型常量、日期时间型常量或数值型常量。

日期和日期时间运算符的含义及运算示例如表 1-11 所示。

表 1-11　日期和日期时间运算符的含义及示例一览表

运算符	含　义	示　　例	结　果
＋	日期加天数,结果为日期; 日期时间加秒数,结果为日期时间	?{^2009/10/01}＋5 ?{^2009-10-01 12:00:00AM}＋5	10/06/09 10/01/09 12:00:05 AM
－	日期减天数,结果为日期; 两日期相减,结果为天数; 日期时间减秒数,结果为日期时间	?{^2009/10/01}－5 ?{^2009/10/01}－{^2008/10/01} ?{^2009-10-01 12:00:00AM}－5	09/26/09 365 09/30/09 11:59:55 PM

4. 关系运算符及表达式

关系运算符仅对两个同类型的表达式进行比较,操作数可以是数值型、字符型、日期型、逻辑型、货币型和备注型等,比较结果为逻辑型。由关系运算符连接的表达式,称为关系表达式。关系表达式的结果是逻辑型常量。

关系运算符的含义及运算示例如表 1-12 所示。

表 1-12　关系运算符的含义及示例一览表

运　算　符	含　　义	示　　例	结果
＞	大于	?2^3＞3**2 ?{^2009/10/01}＞{^2008/10/01}	.F. .T.
＞＝	大于或等于	?2*3＞＝5	.T.
＜	小于	?2^3＜3**2	.T.
＜＝	小于或等于	?2*3＜＝5	.F.
＝	等于,在进行字符串比较时,受 SET EXACT ON|OFF 命令影响	SET EXACT OFF ?"ABC"="AB" SET EXACT ON ?"ABC"="AB"	.T. .F.
＝＝	精确等于,在进行字符串比较时,不受 SET EXACT ON|OFF 命令影响	SET EXACT OFF ?"ABC"=="AB" SET EXACT ON ?"ABC"=="AB"	.F. .F.
!=、#或＜＞	不等于	?"ABC"!="AB" ?.T.#.F. ?10＜＞10	.T. .T. .F.

说明:

(1) 字符型表达式的比较

ASCII 字符(半角字符)比较按照其码值的大小进行;全角字符(包括汉字和全角符号)比较按照其机内码的大小进行;字符串的比较按照从左向右的顺序逐个字符进行。"=="要求两个字符串应该是长度相同,且每个位置上的字符都必须分别相同。

(2) 日期和日期时间型表达式的比较

日期和日期时间型表达式的比较,是按年、月、日的顺序进行的,其中年、月、日又分别按其数值的大小进行比较。

关系运算符的优先级相同。

5. 逻辑运算符及表达式

逻辑运算符简称逻辑运算。操作数必须是逻辑型数据,运算结果仍然是逻辑型数据。由逻辑运算符连接的表达式,称为逻辑表达式。逻辑表达式的结果是逻辑型常量。

逻辑运算符的含义及运算示例如表 1-13 所示。

逻辑运算符的优先级从高到低依次为: .NOT. 或 !→ .AND. →.OR. 。逻辑运算符两侧的"."可以用空格代替。

在同一个表达式中可以同时使用不同类型的运算符、函数和括号。不同类型的运算符优先级从高到低依次为:括号→函数→算术运算→字符运算、日期和日期时间运算→关系运算→逻辑运算。

表 1-13　逻辑运算符的含义及示例一览表

运算符	含义	示例	结果
. NOT. 或 !	逻辑非,功能是取反	?. NOT. "A" $ "ABC" ?!. F.	. F. . T.
. AND.	逻辑与,功能是同真则真,有假则假	?3<5. AND. "abc"=="ABC" ?. T.. AND.. F.	. F. . F.
. OR.	逻辑或,功能是同假则假,有真则真	?3<5. OR. "abc"=="ABC" ?. T.. OR.. F.	. T. . T.

1.4　单 元 实 验

1.4.1　Visual FoxPro 的安装

【实验目的】

掌握 Visual FoxPro 的安装方法和过程。

【实验内容】

Visual FoxPro 的安装。

【实验步骤】

(1) 安装系统前的准备。

准备好 Visual FoxPro 的系统安装软件。

(2) 启动计算机。

(3) 执行 Visual FoxPro 的安装文件。

在"资源管理器"中,找到 Visual FoxPro 安装系统所在的位置,双击安装文件 SETUP.EXE。

(4) 选择接受协议。

在"安装向导-最终用户许可协议"对话框中,必须选择"接受协议"选项,才能激活"下一步"按钮。

(5) 输入产品的 ID 号。

在"安装向导-产品号和用户 ID"对话框中输入产品的 ID 号。

(6) 确定安装位置。

安装位置可以更改,不更改安装位置时,通常安装在 C:\Program Files 文件夹中。

(7) 选择安装类型。

选择"典型安装"图标或"自定义安装"图标,单击相应图标按钮开始安装。

1.4.2　Visual FoxPro 应用程序窗口操作

【实验目的】

掌握 Visual FoxPro 窗口的各组成部分,掌握各组成窗口的关系及使用方法。

【实验内容】

(1) Visual FoxPro 的启动和退出。
(2) 显示和隐藏工具栏。
(3) 显示和隐藏命令窗口。
(4) 输出区域的作用。

【实验步骤】

1. Visual FoxPro 的启动

(1) 单击"开始"菜单,选择"所有程序"|Microsoft Visual FoxPro 6.0|Microsoft Visual FoxPro 6.0 命令。
(2) 双击桌面上的 Microsoft Visual FoxPro 6.0 的快捷图标。

2. 显示和隐藏工具栏

选择"工具"菜单中的"工具栏"命令,在"工具栏"对话框中,选择要显示或隐藏的工具栏,然后单击"确定"按钮。

3. 昂示和隐藏命令窗口

(1) 显示命令窗口
选择"窗口"菜单中的"命令窗口"命令;或单击常用工具栏中的"命令窗口"按钮。
(2) 隐藏命令窗口
选择"窗口"菜单中的"隐藏"命令;或单击常用工具栏中的"命令窗口"按钮;或单击命令窗口的"关闭"按钮。

4. 输出区域的作用

在命令窗口中分别输入下列命令,观察输出区域的结果。

```
?"中国黑龙江"              && 显示字符串的值
?12+23                     && 显示表达式的值
Clear                      && 清除输出区域的内容,并不清除内存
```

5. Visual FoxPro 的退出

在命令窗口中,输入 QUIT 并按 Enter 键;或单击 Visual FoxPro 窗口的"关闭"按

钮;或选择 Visual FoxPro 系统控制菜单中的"关闭"命令;或选择"文件"菜单中的"退出"命令。

【实验思考】

命令窗口的关闭和 Visual FoxPro 窗口的关闭操作的区别。

1.4.3 Visual FoxPro 数据元素

【实验目的】

掌握各种类型的常量、变量、函数、运算符和表达式的表示形式及使用方法;掌握变量的赋值运算和输出;掌握表达式的输出。

【实验内容】

(1) 各种类型常量的表示形式。
(2) 变量的赋值和显示。
(3) 函数的用法。
(4) 表达式的用法。

【实验步骤】

1. 各种类型常量的表示形式

在 Visual FoxPro 的命令窗口中,依次输入下列命令,并在输出区域观察每个命令的结果。

```
? 32,$12.35                                  && 分别是数值型、货币型
? "计算机",[文化]                            && 都是字符型
? {^2009/10/01},{^2009/10/01 10:11:12}       && 分别是日期型、日期时间型
? .f.,.T.                                     && 都是逻辑型
```

2. 变量的赋值和显示

在 Visual FoxPro 的命令窗口中,依次输入下列内容,并在输出区域观察每个命令的结果。

```
X=23
Y="男"
?X,Y
STORE 0 TO M1,M2,M3
??M1,M2,M3
DA={^2009/10/01}
?DA
```

```
FLAG=.F.
??FLAG
```

3. 函数的用法

在 Visual FoxPro 的命令窗口中,依次输入 1.3.4 节中的例子,并在输出区域观察每个函数的功能及结果。

4. 表达式的用法

在 Visual FoxPro 的命令窗口中,依次输入下列命令,并在输出区域观察每个命令的结果。

```
X=15
Y=8
?X+Y,X-Y,X*Y,X/Y,X%Y,2^3,3**2
S1=" China"
ST2="Harbin"
?S1+S2,S1-S2
?LEN(S1+S2),LEN(S1-S2)
D1=DATE()
D2={^2009/10/01}
?D1+2,D1-2,D1-D2
?TYPE(D1+2),TYPE(D1-2),TYPE(D1-D2)
?2>5,.NOT.2>5,X<Y
?"AS" $ "CREATE VIEW AS"
SET EXACT OFF
?"ABC"="ABCD","ABC"=="ABCD"
SET EXACT ON
?"ABC"="ABCD","ABC"=="ABCD"
```

【实验思考】

各种类型常量的表示形式和输出形式;各种类型运算符的优先级。

1.5 学 习 指 导

1.5.1 知识结构

本章介绍了数据库系统基础知识,知识结构如图 1-20 所示。

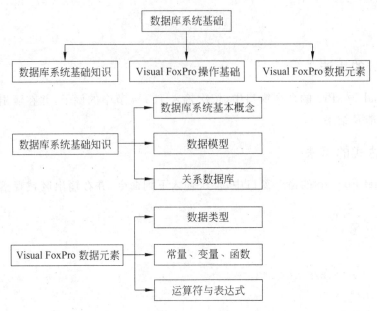

图 1-20　数据库系统基础知识结构图

1.5.2　知识点

1. 数据库系统基础知识概述

（1）数据库系统的基本概念

① 数据库系统的定义

数据库系统（Database System，DBS）是指在计算机系统中引入数据库后的系统，一般由数据库（Database，DB）、数据库管理系统（Database Management System，DBMS）、数据库管理员（Database Administrator，DBA）、数据库应用系统以及用户 5 个部分组成。

② 数据管理技术的发展过程

数据管理技术的发展经历了人工管理、文件系统、数据库系统和高级数据库 4 个阶段。

③ 数据库系统的特点

数据库系统的主要特点有：数据结构化；数据的共享性高、冗余度低、易扩充；数据独立性高；数据由数据库管理系统统一管理和控制。

（2）数据模型

数据模型是对现实世界数据特征的抽象。

① 两类数据模型

现实世界中的客观对象的抽象过程分两步实现：将现实世界中的客观对象抽象为信息世界的概念模型；将概念模型转换为某一 DBMS 支持的数据模型。

② 数据模型的组成要素

数据模型通常是由数据结构、数据操作和数据的完整性约束条件 3 个要素组成的。

③ 概念模型

概念模型用于信息世界的建模，是现实世界到机器世界的一个中间层次。

- 信息世界中的基本术语有：实体、属性、码、域、实体型、实体集。
- 实体间的联系：包括一对一联系、一对多联系、多对多联系 3 类。

④ 常用的数据模型

不同的数据模型具有不同的数据结构形式。最常用的数据模型有层次模型、网状模型和关系模型。

（3）关系数据库

关系数据库是支持关系模型的数据库系统。关系数据库中包含若干个关系，每个关系对应一张二维表。按照数据模型的 3 个要素，关系模型由关系数据结构、关系操作集合和关系完整性约束 3 部分组成。

① 基本术语

基本术语有：关系、元组、字段、关键字、域、关系模式。

② 关系操作

关系操作是基于关系模型的基本操作，也称为关系运算。关系运算的对象及结果仍然是关系。常见的关系运算有选择运算、投影运算和连接运算 3 种。

③ 关系的完整性约束

关系模型的完整性约束是一组对关系的约束条件和规则，保证数据库中数据的正确性和相容性。完整性约束包括实体完整性、参照完整性和域完整性。

2. Visual FoxPro 操作基础

（1）Visual FoxPro 的基本特性

Visual FoxPro 6.0 与其前期的版本相比，有更高的性能指标和鲜明的特点：对项目及数据库控制的增强，提高应用程序开发的效率，互操作性和支持 Internet 及充分利用已有数据。

（2）Visual FoxPro 的安装和启动

Visual FoxPro 用的启动方式如下。

- 单击"开始"菜单选择"程序"选择 Microsoft Visual FoxPro 6.0 命令。
- 双击桌面 Visual FoxPro 快捷方式。

Visual FoxPro 的退出方式如下。

- 单击系统控制菜单选择"关闭"命令。
- 单击 Visual FoxPro 窗口的"关闭"按钮。
- 单击"文件"菜单单击"退出"命令。
- 在命令窗口中输入 QUIT 命令按 Enter 键。
- 按 Alt＋F4 组合键。
- 双击标题栏中的系统控制菜单图标。

（3）Visual FoxPro 窗口环境

Visual FoxPro 6.0 窗口主要包含：标题栏、菜单栏、工具栏、命令窗口、输出区域和状态栏。

（4）Visual FoxPro 的操作方式和系统设置

① Visual FoxPro 的操作方式

Visual FoxPro 系统提供了交互式和程序式两种操作方式。

- 交互操作方式：交互操作方式又可分为菜单操作方式、工具操作方式和命令操作方式。
- 程序操作方式：是将多条命令编写成一个程序，通过运行程序达到操作数据库的目的。

② Visual FoxPro 的系统设置

Visual FoxPro 安装完成后，在编辑、运行、存储等操作上均按默认设定方式进行。在实际应用中，应根据需求重新进行个性化设置，以方便操作和提高效率。

3. Visual FoxPro 数据元素

1.3 节主要介绍 Visual FoxPro 的基本数据元素，包括数据类型、常量、变量、函数、运算符和表达式。

（1）数据类型

Visual FoxPro 提供的数据类型分两大类，一类同时适用于内存变量和数据表中的字段变量，包括字符型、数值型、日期型、日期时间型、逻辑型和货币型；另一类只适用于数据表中的字段变量，包括浮点型、双精度型、整型、备注型、通用型。表 1-14 列出了 Visual FoxPro 支持的数据类型。

表 1-14 Visual FoxPro 支持的数据类型

类型名	类型符号	说　　明	字段宽度	所占字节
字符型	Character,C	汉字和任意可打印字符	最多 254 个字符	1 字节/西文 2 字节/中文
数值型	Numeric,N	整数或实数	最长 20 位	8 个字节
浮点型	Float,F	整数或实数,精度更高	最长 20 位	8 个字节
双精度型	Double,B	整数或实数,精度高于浮点型	8 个字节	固定,可设置小数位数
货币型	Currency,Y	$ 数值型数据	8 个字节	保留 4 位小数
整型	Integer,I	整数值,二进制形式存储	4 个字节	固定
日期型	Date,D	由年、月、日构成	8 个字节	固定
日期时间型	DateTime,T	由年、月、日,时、分、秒构成	8 个字节	固定
逻辑型	Logical,L	由.T.和.F.构成	1 个字节	固定
备注型	Memo,M	大块文本数据	4 个字节	固定
通用型	General,G	任意的二进制数	4 个字节	固定
二进制字符型	Binary Character,C	任意可打印字符	最多 254 个字符	1 字节/西文 2 字节/中文
二进制备注型	Binary Memo,M	大块文本数据	4 个字节	固定

（2）常量

常量是指在程序运行过程中其值不发生变化的量。它可以是在命令或程序中直接引用的实际值。Visual FoxPro 支持数值型、字符型、日期型、日期时间型、逻辑型和货币型6 种类型的常量。不同类型的常量用不同的定界符表示。表 1-15 列出了 Visual FoxPro支持的常量。

表 1-15　Visual FoxPro 支持的常量

常　量　名	定　界　符	说　　明
数值型常量		整数和小数可以用科学记数法表示
字符型常量	' '、" "、[ ]	同一种定界符不能互相嵌套
日期型常量	{ }	用"/"、"－"和空格等分隔
日期时间型常量	{ }	用"/"、"－"、":"和空格等分隔
逻辑型常量	. .	只有真和假
货币型常量	以 $ 开头	$ 数值型数据

（3）变量

变量是指在程序运行过程中其值可以改变的量，Visual FoxPro 中的变量分为字段变量和内存变量。变量名是以字母、汉字或下划线开头，由字母、汉字、下划线、数字组成的字符序列。

① 字段变量：字段变量依赖于数据表而存在，表的每一个字段都是一个字段变量。字段变量是一种多值变量。

② 内存变量：内存变量是不依赖于数据表而单独存在的变量，是单值变量。定义内存变量时需为它命名并赋初值，即确定其值和数据类型。在 Visual FoxPro 中，内存变量的数据类型有数值型变量、字符型变量、日期型变量、日期时间型变量、逻辑型变量和货币型变量 6 种。内存变量包括系统变量、简单内存变量及数组变量。

③ 有关内存变量的操作

· 建立内存变量

命令格式 1：

<内存变量名>|<数组名>|<数组元素名>＝<表达式>

命令格式 2：

STORE<表达式>TO<内存变量名表>

· 输出内存变量

命令格式：

?|??[< 表达式表>]

（4）函数

函数分为标准函数和用户自定义函数。

函数调用的一般形式为：

函数名([<参数表>])

根据函数的功能、参数类型及函数返回值的类型,将 Visual FoxPro 中的标准函数大致分为数值计算函数、字符处理函数、日期和时间函数、类型转换函数及测试函数。

(5) 运算符与表达式

运算符包括算术运算符、字符运算符、日期和日期时间运算符、关系运算符和逻辑运算符。表达式是指由常量、变量、函数、括号和相应的运算符按一定规则组合得到的一组有物理意义的式子。表达式按其运算符和结果的数据类型分为算术表达式、字符表达式、日期和日期时间表达式、关系表达式和逻辑表达式。

① 算术运算符及表达式

算术运算符包括乘方(^或＊＊)、乘(＊)、除(/)、求余(%)、加(＋)和减(－)。运算符的优先级从高到低依次为:＊＊或^→ ＊、/、%→＋、－。算术表达式的结果是数值型常量。

② 字符运算符及表达式

字符运算符包括加号连接(＋)、减号连接(－)和包含在($),字符运算符的优先级相同。字符表达式的结果是字符型常量或逻辑型常量。

③ 日期和日期时间运算符及表达式

日期和日期时间运算符包括加号(＋)和减号(－),其中:

- D＋|－ N→D 表示日期加或减天数,结果为日期。
- T＋|－ N→T 表示日期时间加或减秒数,结果为日期时间。
- D1－D2→N 表示两日期相减,结果为天数。

日期和日期时间运算符的优先级相同。日期和日期时间表达式的结果是日期型常量、日期时间型常量或数值型常量。

④ 关系运算符及表达式

关系运算符包括大于(＞)、大于等于(＞＝)、小于(＜)、小于等于(＜＝)、等于(＝)、精确等于(＝＝)、不等于(!＝、♯或＜＞),要求操作数类型必须相同。关系运算符的优先级相同。关系表达式的结果是逻辑型常量。

⑤ 逻辑运算符及表达式

逻辑运算符包括逻辑非(.NOT.)、逻辑与(.AND.)和逻辑或(.OR.)3 种运算符,要求操作数必须是逻辑值。逻辑运算符的优先级从高到低依次为:.NOT. → .AND. → .OR.。逻辑表达式的结果是逻辑型常量。

在同一个表达式中可以同时使用不同类型的运算符、函数和括号。不同类型的运算符优先级从高到低依次为:括号→函数→算术运算→字符运算、日期和日期时间运算→关系运算→逻辑运算。

单元测试 1

一、选择题

1. 数据库系统的核心是_____。

  A. 数据库管理系统   B. 数据   C. 数据库管理员 D. 数据库

2. 数据库系统的主要特点是_____。

    A. 数据结构化、共享性高、冗余度低

    B. 数据独立性高

    C. 数据由数据库管理系统统一管理和控制

    D. 以上都是

3. 用二维表表示实体与实体之间联系的数据模型叫做_____。

    A. 层次模型   B. 网状模型   C. 关系模型   D. 面向对象模型

4. Visual FoxPro 属于_____型数据库。

    A. 层次   B. 关系   C. 网状   D. 面向对象

5. 以下_____不属于基本的关系运算。

    A. 选择   B. 投影   C. 连接   D. 查询

6. 在 Visual FoxPro 中用来表示关系的是_____。

    A. 字段   B. 记录   C. 关键字   D. 表

7. 退出 Visual FoxPro 的操作方法是_____。

    A. 选择"文件"菜单中的"退出"命令

    B. 单击标题栏上的"关闭"按钮

    C. 在命令窗口中输入"QUIT"命令，然后按 Enter 键

    D. 以上都可以

8. 显示与隐藏命令窗口的操作方法是_____。

    A. 选择"窗口"菜单中的"命令窗口"和"隐藏"命令

    B. 单击常用工具栏上的"命令窗口"按钮

    C. 直接按 Ctrl+F2 和 Ctrl+F4 组合键

    D. 以上都可以

9. 在 Visual FoxPro 中，执行下面几个内存变量赋值语句：

```
X={^2008-08-08 10:00:00 AM}
Y=.F.
M=$1.4532
N=165.45
Z="13.68"
```

    内存变量 X、Y、M、N 和 Z 的数据类型分别是_____。

    A. D、L、Y、N、C   B. D、L、M、N、C

    C. T、L、Y、N、C   D. T、L、M、N、C

10. 以下正确的日期型数据是_____。

    A. {^2009-05-25}   B. {^2009/05/25}

    C. A 和 B   D. A 或 B

11. 在下面的 Visual FoxPro 表达式中，错误的是_____。

    A. {^2008-08-08 10:10:10 AM}−10

    B. {^2009-05-01}+DATE()

C. {^2008-05-01}−DATE()

D. [^2001-05-01]+[1000]

12. 逻辑运算符的优先级从高到低依次是_____。

A. AND→OR→NOT   B. OR→NOT→AND

C. NOT→AND→OR   D. NOT→OR→AND

13. 已知 D=3>5,执行命令?TYPE("D")后的输出结果是_____。

A. L   B. N   C. C   D. D

14. 在下列函数中,函数值为数值型的是_____。

A. BOF()   B. AT('计算机','数学与计算机')

C. CTOD('01/01/09')   D. SUBSTR(DTOC(TIME()),7)

15. 对于只有两种取值的字段,一般使用_____类型数据。

A. C   B. D   C. N   D. L

16. 在 Visual FoxPro 中,合法的字符串是_____。

A. ['计算机语言']   B. ""计算机语言""

C. [[计算机语言]]   D. {'计算机语言'}

17. 在 Visual FoxPro 数据表文件中,逻辑型、日期型、通用型字段的宽度分别是_____。

A. 1、8、10   B. 1、8、4   C. 1、4、8   D. 1、8、不确定

18. 表文件中,备注型字段的宽度是 4 个字节,它是用来存放_____的。

A. 该备注信息所在的记录号   B. 备注的具体内容

C. 指向相应.FPT 文件的指针   D. 指向相应.DBF 文件的指针

19. 可以链接或嵌入 OLE 对象的字段类型是_____。

A. 备注型   B. 通用型   C. A 和 B   D. A 或 B

20. 在 Visual FoxPro 中,数组元素定义后,其数组元素初值为_____。

A. 1   B. 0   C. .T.   D. .F.

21. 用命令 DIME A(3,5)定义后,A 数组中元素的个数是_____。

A. 3   B. 5   C. 15   D. 8

22. 若内存变量名与当前打开表中的一个字段名均为 SNO,则执行?SNO 命令后显示的是_____。

A. 内存变量的值   B. 字段变量的值

C. 随机   D. 出错信息

23. 以下关于内存变量的叙述中,错误的是_____。

A. 内存变量的类型可以改变

B. 数组是按照一定顺序排列的一组内存变量

C. 在 Visual FoxPro 中,内存变量的类型取决于其值的类型

D. 一个数组中各数据元素的数据类型必须相同

24. 以下命令中,可以显示"黑龙江"的是_____。

A. ?SUBSTR("中国黑龙江",5,3)   B. ?SUBSTR("中国黑龙江",5,6)

C. ?SUBSTR("中国黑龙江",3,6)　　　D. ?SUBSTR("中国黑龙江",3,3)

25. 设当前打开的数据表中有 10 条记录,当 EOF()为真时,命令?RECNO()的输出结果是_____。

A. .T.　　　　　B. .F.　　　　　C. 10　　　　　D. 11

26. 打开一个空的数据表文件,分别用函数 BOF()和 EOF()测试,其输出结果是_____。

A. .T.和.T.　　　B. .F.和.F.　　　C. .T.和.F.　　　D. .F.和.T.

27. 数学表达式 3≤X≤10 在 Visual FoxPro 中应表示为_____。

A. X>=3 OR X<=10　　　　　B. X>=3 AND X<=10

C. X≤10 AND 3≤X　　　　　D. 3≤X OR X≤10

28. 判断数值型变量 M 是否能被 3 整除,错误的表达式是_____。

A. MOD(M,3)=0　　　　　B. INT(M/3)=M/3

C. INT(M/3)=MOD(M,3)　　　D. M%3=0

29. 设 CJ=90,命令?IIF(CJ>=60,IIF(CJ>=85,"优秀","良好"),"差")的输出结果是_____。

A. 优秀　　　　　B. 良好　　　　　C. 差　　　　　D. 不确定

30. 执行 X="Y"、Y="X"、?&X+&Y 3 条命令后,输出结果是_____。

A. YX　　　　　B. XY　　　　　C. X+Y　　　　　D. 出错信息

二、填空题

1. 数据库系统一般由_____、_____、数据库管理员、数据库应用系统和用户 5 个部分组成。

2. 数据管理技术的发展经历了_____、_____、_____和高级数据库 4 个阶段。

3. 数据独立性是指数据库的逻辑结构和在磁盘上的存储方法与应用程序互不依赖、彼此独立,它包括_____独立性和_____独立性。

4. 数据模型主要包括_____、_____和_____。

5. 二维表中的列称为关系的_____;二维表中的行称为关系的_____。

6. 数据模型是由_____、_____和数据的完整性约束条件 3 个要素组成的。

7. 两个实体型之间的联系可以分为_____联系、_____联系和_____联系 3 类。

8. 常见的关系运算有_____运算、_____运算和_____运算 3 种。

9. 在关系数据库的基本操作中,从表中取出满足条件元组的操作称为_____;从表中抽取属性值满足条件列的操作称为_____;把两个关系中相同属性值的元组连接到一起形成新的二维表的操作称为_____。

10. 关系模型的完整性约束包括_____完整性、_____完整性和_____完整性。

11. Visual FoxPro 系统提供了交互式和程序式两种操作方式。交互操作方式又可分为_____、_____和_____3 种操作方式。

12. 在系统环境设置中,设置默认目录的操作方法是选择_____菜单中的_____命令,在_____选项卡中完成相应的设置。

13. _____是指在程序运行过程中其值不可以改变的量,_____是指在程序运行过程中其值可以改变的量。

14. Visual FoxPro 支持 _____、_____、_____、_____、_____和_____6 种类型的常量。

15. Visual FoxPro 中的变量分为_____变量和_____变量。

16. 在 Visual FoxPro 中,_____是以字母、汉字或下划线开头,由字母、汉字、下划线、数字组成的字符序列。

17. 根据操作数和操作结果值的不同类型,可以把运算符分为_____、_____、_____、关系运算符和逻辑运算符 5 类。

18. 执行下列命令序列后,输出的结果是_____。

```
X="ABCD"
Y="EFG"
?SUBSTR(X,IIF(X<>Y,LEN(Y),LEN(X)),LEN(X)-LEN(Y))
```

19. TIME()返回值的数据类型是_____。

20. 依次执行以下命令序列:

```
STORE 213.645 TO X
STORE STR(2*X,5) TO Y
STORE ASC(Y) TO Z
?LEN(Y)
```

内存变量 X 和 Z 的数据类型分别是_____、_____,最后一条命令的输出结果是_____。

三、简答题

1. 简述数据库系统的组成及发展过程。
2. 简述数据模型的组成及特点。
3. 简述关系数据库的关系运算及完整性约束条件。
4. 简述 Visual FoxPro 的窗口组成及操作方式。

单元测试 1 参考答案

一、选择题

1. A　　2. D　　3. C　　4. B　　5. D　　6. D　　7. D　　8. D　　9. C
10. C　　11. B　　12. C　　13. A　　14. B　　15. D　　16. A　　17. B　　18. C
19. B　　20. D　　21. C　　22. B　　23. D　　24. B　　25. D　　26. A　　27. B

28. C　　29. A　　30. B

二、填空题

1. 数据库,数据库管理系统

2. 人工管理,文件系统,数据库系统

3. 逻辑,物理

4. 层次模型,网状模型,关系模型

5. 属性,元组

6. 数据结构,数据操作

7. 一对一,一对多,多对多

8. 选择,投影,连接

9. 选择,投影,连接

10. 实体,参照,域

11. 菜单,工具,命令

12. 工具,选项,文件位置

13. 常量,变量

14. 数值型,字符型,日期型,日期时间型,逻辑型,货币型

15. 字段,内存

16. 变量名

17. 算术运算符,字符运算符,日期和日期时间运算符

18. C

19. 字符型

20. 数值型,数值型,5

三、简答题

略。

第2章

数据库与表的基本操作

在 Visual FoxPro 中,数据库(Datebase)和数据表(Table,简称表)是两个不同的概念。表是处理数据、建立关系数据库和应用程序的基础单元,用于存储由客观世界收集来的各种信息。而数据库是表的集合,它控制这些表协同工作,共同完成某项具体任务。本章主要介绍有关数据库和表的基本操作。

2.1 数据库与数据表概述

本节主要介绍数据库与表的基本概念及关系。

1. 数据库

数据库是指存储在外存上的有结构的数据集合。在 Visual FoxPro 中,数据库不存储数据表中的数据,只存储数据表的属性,以及组织、关系和视图等,并可在其中创建存储过程。

在建立 Visual FoxPro 数据库时,实际建立的数据库文件的扩展名是.DBC。与之相关的,还会自动建立一个扩展名为.DCT 的数据库备注文件和一个扩展名为.DCX 的数据库索引文件。其中.DCT 和.DCX 这两个文件是供 Visual FoxPro 数据库管理系统管理时使用的,用户一般不能直接使用这些文件。

2. 表

数据表是基于关系模型的一张二维表,在 Visual FoxPro 系统中称为表,存储数据信息,表文件的扩展名为.DBF。例如,学生的基本信息可以保存在一个表中,如图 2-1 所示。

学号	姓名	性别	出生日期	入学成绩	个人简历	照片
080101	刘敏	女	02/14/90	480.5	memo	gen
080103	张海峰	男	08/25/89	495.3	memo	gen
080201	齐爽	男	01/31/90	500.3	memo	gen
080205	欧阳一夫	男	12/24/88	465.0	memo	gen
080305	赵微	女	02/01/91	446.0	memo	gen
080308	黄国民	男	10/10/89	487.7	memo	gen

图 2-1 学生表 Student. dbf

表由表结构和表数据两部分组成。表中的每一行称为一条记录,每一列称为一个字段。表头中每列的值是字段的名称,称为字段名。表的所有字段组成了表的结构,表的所有记录构成了表的数据。

3. 数据库表与自由表

Visual FoxPro 中有两种类型的表:属于数据库的表和自由表。属于数据库的表简称数据库表,是某个数据库的一部分;而自由表则是一个独立的表,它不属于任何数据库。数据库表与自由表相比,有一些特殊的性质。例如,一般自由表的字段名最长不能超过10 个字节,而数据库表则可以使用长字段名。数据库表具有一些自由表所没有的属性,如主关键字、触发器、默认值、表关系等。

数据库表只能属于一个数据库,它可以从数据库中移去,变成自由表。与此相反,自由表也可以添加到某个数据库中,成为一个数据库表。在 Visual FoxPro 中,通过数据库操作可以将相互关联的数据库表进行统一管理。

2.2　数据表的基本操作

本节以自由表为例介绍数据表的基本操作,包括表的建立、显示、修改、浏览、记录指针定位等。

2.2.1　表的建立

在 Visual FoxPro 中建立新表,分为如下两步。
(1) 建立表结构,包括字段名、字段类型、字段宽度和小数位数等属性。
(2) 向表中输入数据,即录入记录。
本小节表的建立指表结构的建立。

1. 准备知识

(1) 表名
建立一个新表,首先要给表文件定义一个名字,符合 Windows 的文件命令规则。表文件的扩展名为.DBF,如果表中含有备注型字段或通用型字段时,系统会自动生成一个主名与表名相同,扩展名为.FPT 的备注文件。
(2) 字段名
字段名是表中列的名字,符合变量名的命名规则。但自由表的字段名最多可以是10 个字节,数据库表的字段名最多可以是 128 个字节。
(3) 字段类型
字段类型是表中每列允许输入的数据类型。字段类型可以是字符型(C)、数值型(N)、浮点型(F)、双精度型(B/8)、货币型(Y/8)、整型(I/4)、日期型(D/8)、日期时间型(T/8)、逻辑型(L/1)、备注型(M/4)、通用型(G/4)、二进制字符型(C)及二进制备注型(M/4)。

(4) 字段宽度及小数位数

字段宽度是表中每列数据的最大宽度。数值型字段、浮点型字段和双精度型字段可规定小数位数,小数位数至少应比该字段的宽度值小 2。各种类型的字段宽度及小数位数如表 2-1 所示。

表 2-1　各种类型的字段宽度及小数位数

字段类型	宽　度	小数位数	说　　　明
字符型	指定		汉字、全角字符占两个字节;数字、半角字符占 1 个字节
数值型	指定	有	符号位、数字、小数点,各占 1 个字节
浮点型	指定	有	符号位、数字、小数点,各占 1 个字节
双精度型	固定 8	有	
货币型	固定 8		
整型	固定 4		
日期型	固定 8		
日期时间型	固定 8		
逻辑型	固定 1		
备注型	固定 4		
通用型	固定 4		
字符型(二进制)	指定		
备注型(二进制)	固定 4		

(5) NULL

NULL 称空值,表示本字段是否接受空值,空值是指不确定的值,不代表 0 值。

2. 建立表结构

建立表结构通常使用菜单方式和命令方式两种方法。下面以建立学生表 Student. dbf 为例说明创建的过程。学生表 Student. dbf 中各字段的属性如表 2-2 所示。

表 2-2　表 Student. dbf 中各字段的属性

字段名	类型	宽度	小数位数	说　　　明
学号	C	6		前两位表示入学年级,中间两位表示专业,后两位表示序号
姓名	C	8		最多 4 个汉字
性别	C	2		男、女
出生日期	D	8		
入学成绩	N	5	1	整数部分是 3 位
专业	C	8		最多 4 个汉字,数学、计算机、软件工程等专业分别用 01、02、03 等表示
团员否	L	1		. T. 代表团员,. F. 代表非团员
个人简历	M	4		
照片	G	4		

(1) 菜单方式

利用表设计器完成,步骤如下。

① 单击"文件"菜单,在下拉菜单中选择"新建"命令,打开"新建"对话框,在文件类型中选择"表"选项,然后单击"新建文件"按钮,如图 2-2 所示。

② 打开"创建"对话框,在"创建"对话框中,选择文件的保存位置,输入表文件的名字,单击"保存"按钮,如图 2-3 所示。

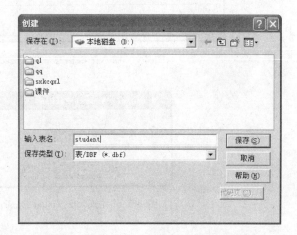

图 2-2 "新建"对话框 　　　　图 2-3 输入盘符、表名后的"创建"对话框

③ 打开"表设计器"对话框,如图 2-4 所示。根据表 2-2 的内容,在"表设计器"对话框中,依次输入 Student.dbf 表中各字段的信息(注意,这里暂不定义"专业"、"团员否"两个字段),如图 2-5 所示。

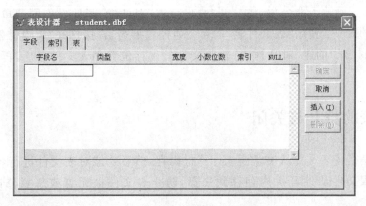

图 2-4 初始的"表设计器"对话框

④ 当 Student.dbf 表中所有字段的属性定义完后,单击"确定"按钮,进入 Microsoft Visual FoxPro 系统窗口,如图 2-6 所示。

⑤ 在 Microsoft Visual FoxPro 系统窗口中,单击"是"按钮,可以以立即方式向表中输入数据;单击"否"按钮,将结束表结构的建立。

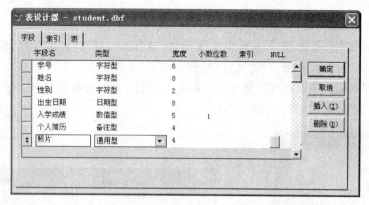

图 2-5 输入字段信息后的"表设计器"对话框

图 2-6 Microsoft Visual FoxPro 系统窗口

（2）命令方式

格式：

CREATE[<表文件名>|?]

功能：建立表结构文件。

说明：当正确输入命令后，将打开"表设计器"对话框，其他操作同菜单方式。"表文件名"和"?"的区别：使用"表文件名"时可以省略扩展名，直接打开"表设计器"对话框；使用"?"时首先打开"创建"对话框，待输入文件的保存位置和表文件名后，再打开"表设计器"对话框。

2.2.2 表的打开与关闭

打开表是指将表文件从磁盘读入计算机内存，然后才能对表文件进行各种操作。关闭表是指将表文件从计算机内存存到磁盘，防止表文件被无意或恶意修改，起到保护作用。

1. 表的打开

表的打开有两种方法：一种是刚建立完表结构后，表文件自动打开，另一种是通过菜单方式和命令方式打开相应的表文件。打开表文件后，在 Visual FoxPro 系统状态栏中，自动显示表文件的名字、位置、记录个数、记录指针定位及文件的打开方式等属性。一个表文件中只有一个记录指针,记录指针用于指向某一条记录,记录指针所指的记录称为当前记录。刚打开表文件时,记录指针默认指向第一条记录。

(1) 菜单方式

① 单击"文件"菜单,在下拉菜单中选择"打开"命令,在"打开"对话框中,先确定打开文件的类型为"表(＊.dbf)",然后选择要打开的表文件,再单击"确定"按钮。

② 单击"窗口"菜单,在下拉菜单中选择"数据工作期"命令,在打开的"数据工作期"窗口中,单击"打开"按钮。

说明:在"打开"对话框中,选择"独占"复选项打开表文件,否则表是以只读方式打开的,不能修改表。

(2) 命令方式

格式:

USE<表文件名>|? [EXCLUSIVE|NOUPDATE SHARED]

功能:打开一个表文件。

说明:

① 表文件名:包括路径、文件主名及扩展名。参数"?":将打开"使用"对话框,确定文件名。

② EXCLUSIVE:表示以"独占"方式打开表文件,允许修改。NOUPDATE SHARED:表示以"只读"方式打开表文件,不允许修改。

2. 表的关闭

关闭表文件后,在 Visual FoxPro 系统的状态栏中,原来显示的内容自动消失。表的关闭通常使用菜单方式和命令方式两种方法。

(1) 菜单方式

① 当新建一个表或打开另一个表时,原来打开的表会自动关闭。

② 在"数据工作期"窗口中,选择要关闭的表,单击"关闭"按钮。

(2) 命令方式

格式:

USE

说明:关闭表文件。

2.2.3　表的数据录入

向表中录入数据有多种方式,一种是在建立表结构时以"立即方式"直接向表中录入数据,另一种是在表结构建完后,打开表以"追加方式"在表浏览窗口或表编辑窗口中向表中录入数据。

1. 直接录入数据

建立表结构时,在图 2-6 所示的 Microsoft Visual FoxPro 系统窗口中,单击"是"按钮,可以立即打开表编辑窗口,在该窗口向表中输入数据。

输入数据时,字符型和数值型数据直接输入。逻辑型数据只需输入 T、F 即可。日期型和日期时间型数据根据系统中的区域的日期格式输入。备注型字段接收字符型数据,数据输入时,只要双击 memo 字段,即可打开备注型数据的录入窗口,录入数据即可,然后在该窗口中单击"关闭"按钮或按组合键 Ctrl+W,存盘返回到表编辑窗口,此时 memo 变成 Memo,如果不想保存输入或修改的备注型字段数据,按 Esc 键返回到表编辑窗口。通用型字段数据多数用于存储 OLE 对象,如图像、声音、电子表格和字处理文档等,数据输入时,只要双击 gen 字段,即可打开通用型数据的录入窗口,单击"编辑"菜单中的"插入对象"命令,根据对话框的提示做出选择即可。

2. 追加录入数据

建立表结构时,在图 2-6 所示的 Microsoft Visual FoxPro 系统窗口中,单击"否"按钮,可以用"追加方式"向表中录入数据。

追加录入数据通常使用菜单方式和命令方式两种方法。下面以学生表 Student.dbf 为例说明录入数据的过程。Student.dbf 表中的各记录如图 2-1 所示。

(1) 菜单方式

操作步骤如下。

① 打开要输入数据的表 Student.dbf。

② 单击"显示"菜单,在下拉菜单中选择"浏览"命令,打开表浏览窗口。再选择"显示"菜单中的"追加方式"命令或选择"表"菜单中的"追加新记录"命令,可以向表输入数据,如图 2-7 所示。

③ 选择"显示"菜单中的"编辑"命令,打开编辑窗口,也可以向表输入数据,如图 2-8 所示。

图 2-7 浏览窗口

图 2-8 编辑窗口

④ 然后单击"关闭"按钮,保存退出。

说明:在表浏览窗口和表编辑窗口中都可以输入数据或修改数据,它们只是显示方式不同,表浏览窗口是以水平二维表方式显示,表编辑窗口是以竖直方式显示。

（2）命令方式

格式：

APPEND [BLANK]

功能：以编辑方式在当前数据表的尾部追加一条或多条记录。

说明：若选择了 BLANK 选项,则直接在数据表的尾部追加一个空白记录。

2.2.4　表的显示

表的显示包括显示表结构和显示表记录两种操作。

1. 显示表结构

显示表结构通常使用菜单方式和命令方式两种方法。

（1）菜单方式

操作步骤如下。

① 打开要显示结构的表。

② 单击"显示"菜单,在下拉菜单中选择"表设计器"命令,打开"表设计器"窗口。

例如,显示学生表 Student.dbf 的结构。操作后表结构如图 2-5 所示。

（2）命令方式

格式：

LIST|DISPLAY STRUCTURE

功能：显示表结构。

说明：LIST STRUCTURE 表示连续显示,DISPLAY STRUCTURE 表示分屏显示。当显示内容不足一屏时效果一样。

例如,打开学生表 Student.dbf,执行命令 LIST STRUCTURE 后的输出结果如图 2-9 所示。

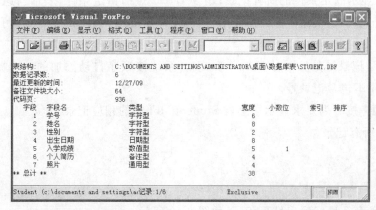

图 2-9　学生表 Student.dbf 的结构

在使用命令显示表结构时,在输出区域显示表的结构,所显示的表中各字段的宽度总计比表中各字段实际的宽度之和多 1 个字节,多出的 1 个字节是用来存放删除标记的。

2. 显示表记录

显示表记录通常使用菜单方式和命令方式两种方法。

(1) 菜单方式

操作步骤如下。

① 打开要显示记录的表。

② 单击"显示"菜单,在下拉菜单中选择"浏览"命令或"编辑"命令,可在浏览窗口或编辑窗口中显示表的记录。

(2) 命令方式

格式:

LIST|DISPLAY[<范围>][[FIELDS]<字段名表>][FOR<条件表达式>|WHILE<条件表达式>][<OFF>]

功能:显示表的记录。LIST 与 DISPLAY 的主要区别是当不使用条件和范围短语时,LIST 显示全部记录,而 DISPLAY 则显示当前一条记录。

说明:

① 范围:指确定记录的操作范围,可以从下列 4 个短语中选择其一。

• ALL:表示全部记录。

• NEXT $<N>$:表示从当前记录开始的 N 条记录。

• RECORD $<N>$:仅表示第 N 条记录。

• REST:表示从当前记录开始的所有记录。

② 字段名表:是用逗号隔开的字段名列表,可以是表中的部分或全部字段,省略时显示全部字段。在字段名表之前可以选择 FIELDS 选项。

③ 条件表达式:可以是关系表达式或逻辑表达式,结果是逻辑值。用 FOR 短语指定条件,表示显示满足条件的所有记录;用 WHILE 短语指定条件,表示当遇到第一个不满足条件的记录就结束命令。当命令中含有 FOR 短语或 WHILE 短语时,可以省略表示范围的 ALL 短语。

④ OFF:记录号是显示时 Visual FoxPro 系统按顺序自动添加的。选择 OFF 短语时显示结果中不包含记录号。

【例 2-1】 按下列要求显示学生表 Student.dbf 中的相应记录。

① 显示所有记录。

命令 1:

LIST|LIST ALL|DISPLAY ALL

以上 3 种命令格式输出结果相同,如图 2-10 所示。

记录号	学号	姓名	性别	出生日期	入学成绩	个人简历	照片
1	080101	刘敏	女	02/14/90	480.5	memo	gen
2	080103	张海峰	男	08/25/89	495.3	memo	gen
3	080201	齐爽	男	01/31/90	500.3	memo	gen
4	080205	欧阳一夫	男	12/24/88	465.0	memo	gen
5	080305	赵微	女	02/01/91	446.0	memo	gen
6	080308	黄国民	男	10/10/89	487.7	memo	gen

图 2-10　命令 1 执行结果

命令 2：

LIST OFF|LIST ALL OFF|DISPLAY ALL OFF

以上 3 种命令格式输出结果相同，如图 2-11 所示。与图 2-10 输出结果相比，省略了记录号。

学号	姓名	性别	出生日期	入学成绩	个人简历	照片
080101	刘敏	女	02/14/90	480.5	memo	gen
080103	张海峰	男	08/25/89	495.3	memo	gen
080201	齐爽	男	01/31/90	500.3	memo	gen
080205	欧阳一夫	男	12/24/88	465.0	memo	gen
080305	赵微	女	02/01/91	446.0	memo	gen
080308	黄国民	男	10/10/89	487.7	memo	gen

图 2-11　命令 2 执行结果

② 显示所有性别为"女"的记录。

命令 1：

LIST FOR 性别="女"|DISPLAY ALL FOR 性别="女"

以上两种命令格式输出结果相同，如图 2-12 所示。

记录号	学号	姓名	性别	出生日期	入学成绩	个人简历	照片
1	080101	刘敏	女	02/14/90	480.5	memo	gen
5	080305	赵微	女	02/01/91	446.0	memo	gen

图 2-12　命令 1 执行结果

命令 2：

LIST WHILE 性别="女"|DISPLAY ALL WHILE 性别="女"

以上两种命令格式输出结果相同，如图 2-13 所示，显然本次输出结果不符合题目要求。

记录号	学号	姓名	性别	出生日期	入学成绩	个人简历	照片
1	080101	刘敏	女	02/14/90	480.5	memo	gen

图 2-13　命令 2 执行结果

③ 显示第 4 条记录。

LIST RECORD 4|DISPLAY RECORD 4

以上两种命令格式输出结果相同，如图 2-14 所示。

记录号	学号	姓名	性别	出生日期	入学成绩	个人简历	照片
4	080205	欧阳一夫	男	12/24/88	465.0	memo	gen

图 2-14　命令执行结果

2.2.5　表的修改

表的修改包括修改表的结构和修改表中的数据两种操作。

1. 修改表结构

修改表结构时需要使用"表设计器"窗口。在"表设计器"中完成字段属性的更改、字段的插入与删除等操作。打开"表设计器"通常使用菜单方式和命令方式两种方法。

（1）菜单方式

操作步骤如下。

① 打开要修改结构的表。

② 单击"显示"菜单,在下拉菜单中选择"表设计器"命令,打开"表设计器"窗口,完成相应的操作。

【例 2-2】　在学生表 Student.dbf 中插入"专业"（C/8）、"团员否"（L/1）两个字段。

操作方法如下。

① 打开学生表 Student.dbf。

② 选择"显示"菜单中的"表设计器"命令,打开"表设计器"窗口。

③ 在"表设计器"窗口中,选择"个人简历"字段,单击"插入"按钮,出现一条"新字段"记录,然后输入新字段的各属性值,最后单击"确定"按钮。结果如图 2-15 所示。

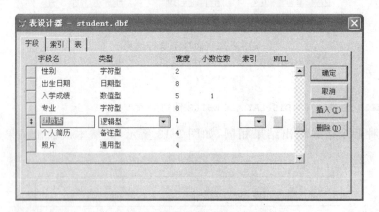

图 2-15　插入字段的"表设计器"对话框

说明：插入逻辑型字段后,其值默认为.F.。

【例 2-3】　显示修改后学生表 Student.dbf 的结构和记录。

① 显示结构。

LIST STRUCTURE|DISPLAY STRUCTURE

　Visual FoxPro 程序设计实用教程

输出结果如图 2-16 所示。请与图 2-9 进行对比，观察结果不同之处。

```
表结构:              D:\STUDENT.DBF
数据记录数:          6
最近更新的时间:      11/19/09
备注文件块大小:      64
代码页:              936
```

字段	字段名	类型	宽度	小数位	索引	排序	Nulls
1	学号	字符型	6				否
2	姓名	字符型	8				否
3	性别	字符型	2				否
4	出生日期	日期型	8				否
5	入学成绩	数值型	5	1			否
6	专业	字符型	8				否
7	团员否	逻辑型	1				否
8	个人简历	备注型	4				否
9	照片	通用型	4				否
** 总计 **			47				

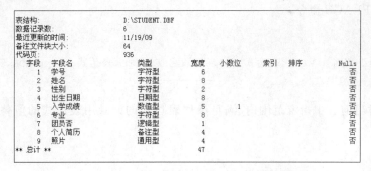

图 2-16　显示 Student.dbf 表结构

② 显示记录。

```
LIST|LIST ALL|DISPLAY ALL
```

输出结果如图 2-17 所示。请与图 2-10 进行对比，观察结果不同之处。

记录号	学号	姓名	性别	出生日期	入学成绩	专业	团员否	个人简历	照片
1	080101	刘敏	女	02/14/90	480.5		.F.	memo	gen
2	080103	张海峰	男	08/25/89	495.3		.F.	memo	gen
3	080201	齐爽	男	01/31/90	500.3		.F.	memo	gen
4	080205	欧阳一夫	男	12/24/88	465.0		.F.	memo	gen
5	080305	赵微	女	02/01/91	446.0		.F.	memo	gen
6	080308	黄国民	男	10/10/89	487.7		.F.	memo	gen

图 2-17　显示 Student.dbf 表记录

(2) 命令方式

格式：

```
MODIFY STRUCTURE
```

功能：打开“表设计器”窗口，修改表的结构。

2. 修改表数据

修改表中数据通常使用菜单方式和命令方式两种方法。

(1) 菜单方式

选择“显示”菜单中的“浏览”命令或“编辑”命令，可在浏览窗口或编辑窗口中直接修改表中的数据。

(2) 命令方式

格式 1：

```
EDIT|CHANGE [<范围>] [FIELDS<字段名表>] [FOR<条件表达式>]
```

功能：修改当前表中指定范围、满足条件表达式的记录中的指定字段的数据。

说明：EDIT 与 CHANGE 命令功能完全相同。执行完该命令后自动以编辑方式打开表编辑窗口进行修改。

在浏览状态或编辑状态下只能修改表中的单个数据,对于修改大批的有规律的数据,可以使用 REPLACE 命令。

格式 2:

REPLACE<字段名 1>WITH<表达式 1>[,<字段名 2>WITH<表达式 2>…][FOR<条件表达式>][<范围>]

功能:对当前表中指定范围内、满足条件表达式的记录用表达式的值替换对应的字段的值。

说明:

- REPLACE 命令直接修改数据,不打开任何窗口。
- 省略范围和条件时,REPLACE 命令的作用范围是当前记录。

【例 2-4】 按下列要求修改学生表 Student.dbf 中的数据。

① 将刘敏、张海峰学生的"专业"字段内容改为"数学"、"团员否"字段内容改为 T。

REPLACE 专业 WITH "数学" ,团员否 WITH .T. FOR 姓名="刘敏" OR 姓名="张海峰"

② 将所有女生的入学成绩增加 2 分

REPLACE 入学成绩 WITH 入学成绩+2 FOR 性别="女"

2.2.6 表的浏览

表的浏览主要指浏览表中数据,通常使用菜单方式和命令方式两种方法。

1. 菜单方式

在表打开的状态下选择"显示"菜单中"浏览"命令,如图 2-7 所示。

2. 命令方式

格式:

BROWSE[<范围>][FIELDS<字段名表>][FOR<条件表达式>]

功能:在浏览状态下显示或修改指定范围、满足条件表达式的指定字段的记录。

2.2.7 记录指针定位

在表中存取或修改数据,往往需要先进行记录指针定位。记录指针定位是将记录指针指向某个记录,使之成为当前记录。当表打开时,当前记录为第一条记录。函数 BOF() 是记录指针指向表的首记录之前时,则函数值为.T.,否则为.F.。函数 EOF() 是记录指针指向表的末记录之后时,则函数值为.T.,否则为.F.。函数 RECNO() 是测定当前记录的记录号。更改记录指针定位就是更改记录指针的位置。

记录指针定位一般包括绝对定位、相对定位和条件定位 3 种。

- 绝对定位：指记录指针定位与当前记录位置无关。
- 相对定位：指记录指针定位与当前记录位置有关。
- 条件定位：指按条件定位记录指针。

记录指针定位通常使用菜单方式和命令方式两种方法。

(1) 菜单方式

① 在表浏览状态下,用鼠标单击某条记录或用方向键可以改变当前记录指针的位置,如图 2-18 所示。

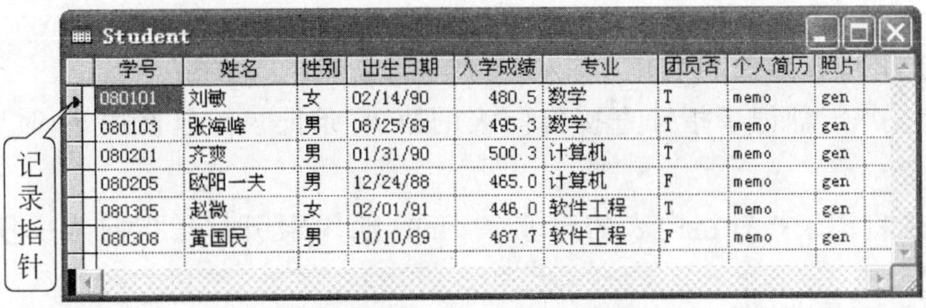

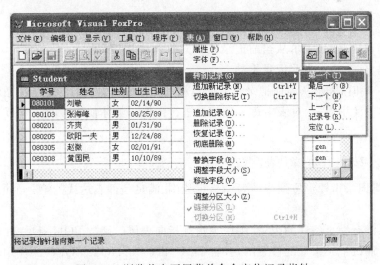

图 2-18　浏览状态下直接定位记录指针

说明：在表浏览状态下,每条记录前有两栏,第一栏表示记录指针的位置,第二栏表示记录的逻辑删除标记。

② 在表浏览状态下,选择"表"菜单中的"转到记录"子菜单中的命令,完成相应的记录指针定位,如图 2-19 所示。其中：

图 2-19　浏览状态下用菜单命令定位记录指针

- "第一个"、"最后一个"、"记录号"：表示绝对定位。
- "下一个"、"上一个"：表示相对定位。
- "定位"：表示条件定位,同时打开"定位记录"对话框。在"定位记录"对话框中选择作用范围,输入 For 条件表达式,单击"定位"按钮,如图 2-20 所示。

(2) 命令方式

格式 1:

```
GO[TO] TOP|BOTTOM
```

或

```
[GO[TO]] N
```

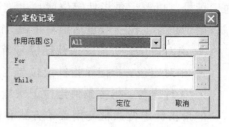

图 2-20 "定位记录"对话框

功能:绝对定位到指定的记录。

说明:

- GO 与 GOTO 命令功能相同。
- N 是记录号,即记录指针直接指向表的第 N 条记录。只使用 N 时可以省略 GO[TO]。
- TOP 是将记录指针指向表的第 1 条记录,使用索引时是指向索引项排在最前面的记录。
- BOTTOM 是将记录指针指向表的最后一条记录,使用索引时是指向索引项排在最后面的记录。

格式 2:

```
SKIP [N]
```

功能:根据当前记录指针的位置,相对定位到指定的记录。

说明:

- N 是正整数时,表示从当前记录位置向后移动 N 条记录。
- N 是负整数时,表示从当前记录位置向前移动 N 条记录。
- N 是 0 时,表示当前记录不动。
- 省略 N 时,表示从当前记录位置向后移动 1 条记录。SKIP 经常在循环结构的循环体中使用,表示对表中每一条记录进行操作。具体使用参阅 5.4 节。

格式 3:

```
LOCATE[<范围>][FOR<条件表达式>]
```

功能:将记录指针定位到当前表中指定范围、满足条件表达式的第一个记录。

说明:

- 如果没有满足条件的记录,则记录指针指向表尾。函数 FOUND() 和 EOF() 就是用于测试记录指针的位置的,并且 FOUND() 和 .NOT. EOF() 的作用等价。
- 如果要使记录指针定位到满足条件表达式的下一条记录,可使用 CONTINUE 命令。

格式 4:

```
CONTINUE
```

功能：与 LOCATE 命令配合使用，将记录指针定位到满足条件表达式的下一个记录。

说明：对应一条 LOCATE 命令，可以使用多条 CONTINUE 命令，直到记录指针定位到表尾时为止。同样可以用函数 FOUND() 测试记录指针的位置。

【例 2-5】 按下列要求对学生表 Student. dbf 中的记录进行定位操作。

① 确定第 1 条为当前记录。

```
GO TOP|GO 1
?RECNO()                && 输出结果：1
?BOF()                  && 输出结果：.F.
```

② 确定最后一条记录为当前记录。

```
GO BOTTOM
?RECNO()                && 输出结果：6
?EOF()                  && 输出结果：.F.
```

③ 确定第 3 条记录为当前记录。

```
GO 3
?RECNO()                && 输出结果：3
?BOF(),EOF()            && 输出结果：.F.  .F.
```

④ 确定下一条记录为当前记录。

```
SKIP  1|SKIP
?RECNO()                && 输出结果：4
?BOF(),EOF()            && 输出结果：.F.  .F.
```

⑤ 确定上一条记录为当前记录。

```
SKIP -1
?RECNO()                && 输出结果：3
?BOF(),EOF()            && 输出结果：.F.  .F.
```

⑥ 确定第一个女学生记录为当前记录，并判断是否找到。

```
LOCATE FOR 性别="女"|LOCATE ALL FOR 性别="女"
?FOUND()                && 输出结果：.T.
?RECNO()                && 输出结果：1
?BOF(),.NOT.EOF()       && 输出结果：.F.  .T.
```

⑦ 确定下一个女学生记录为当前记录，并判断是否找到。

```
CONTINUE
?FOUND()                && 输出结果：.T.
?RECNO()                && 输出结果：5
?BOF(),EOF()            && 输出结果：.F.  .F.
```

2.2.8 表记录的删除

在 Visual FoxPro 中，为减少表中数据的冗余度，经常需要把表中无用的记录暂时或永久删除掉。表中记录的删除包括逻辑删除和物理删除。

1. 记录的逻辑删除

记录的逻辑删除是给暂时不用或要删除的记录加逻辑删除标记，这些记录仍存放在表中。带逻辑删除标记的记录还可以恢复，即去掉逻辑删除标记。逻辑删除通常使用菜单方式和命令方式两种方法。

（1）菜单方式

① 在表浏览状态下，用鼠标单击某条记录的删除标记栏，可以加上逻辑删除标记。再次单击该条记录的删除标记栏，可以去掉逻辑删除标记，如图 2-21 所示。这种操作方法适用于单条记录的操作方式。

	学号	姓名	性别	出生日期	入学成绩	专业	团员否	个人简历	照片
	080101	刘敏	女	02/14/90	480.5	数学	T	memo	gen
	080103	张海峰	男	08/25/89	495.3	数学	T	memo	gen
	080201	齐爽	男	01/31/90	500.3	计算机	T	memo	gen
	080205	欧阳一夫	男	12/24/88	465.0	计算机	F	memo	gen
	080305	赵微	女	02/01/91	446.0	软件工程	T	memo	gen
	080308	黄国民	男	10/10/89	487.7	软件工程	F	memo	gen

逻辑删除标记

图 2-21 逻辑删除记录示例

② 在表浏览状态下，选择"表"菜单中的"删除记录"命令，打开"删除"对话框。在"删除"对话框中选择作用范围，输入 For 条件表达式，单击"删除"按钮，如图 2-22 所示。

（2）命令方式

格式：

DELETE[<范围>][FOR<条件表达式>]

功能：逻辑删除当前表中指定范围、满足条件表达式的记录。

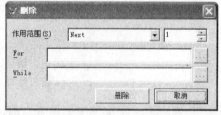

图 2-22 "删除"对话框

说明：省略范围和 FOR 短语时，只逻辑删除当前记录。

【例 2-6】 逻辑删除学生表 Student.dbf 中的非团员记录。

```
DELETE FOR NOT 团员否|DELETE FOR 团员否=.F.
LIST          && 输出结果如图 2-23 所示
BROWSE        && 浏览结果如图 2-24 所示
```

2. 记录的恢复

记录的恢复通常使用菜单方式和命令方式两种方法。

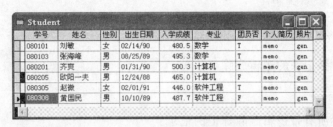

记录号	学号	姓名	性别	出生日期	入学成绩	专业	团员否	个人简历	照片
1	080101	刘敏	女	02/14/90	480.5	数学	.T.	memo	gen
2	080103	张海峰	男	08/25/89	495.3	数学	.T.	memo	gen
3	080201	齐爽	男	01/31/90	500.3	计算机	.T.	memo	gen
4	*080205	欧阳一夫	男	12/24/88	465.0	软件工程	.F.	memo	gen
5	080305	赵微	女	02/01/91	446.0	软件工程	.T.	memo	gen
6	*080308	黄国民	男	10/10/89	487.7	软件工程	.F.	memo	gen

图 2-23 LIST 命令结果

学号	姓名	性别	出生日期	入学成绩	专业	团员否	个人简历	照片
080101	刘敏	女	02/14/90	480.5	数学	T	memo	gen
080103	张海峰	男	08/25/89	495.3	数学	T	memo	gen
080201	齐爽	男	01/31/90	500.3	计算机	T	memo	gen
080205	欧阳一夫	男	12/24/88	465.0	计算机	F	memo	gen
080305	赵微	女	02/01/91	446.0	软件工程	T	memo	gen
080308	黄国民	男	10/10/89	487.7	软件工程	F	memo	gen

图 2-24 BROWSE 命令结果

（1）菜单方式

在表浏览状态下，选择"表"菜单中的"恢复记录"命令，打开"恢复记录"对话框。在"恢复记录"对话框中选择作用范围，输入 For 条件表达式，单击"恢复记录"按钮。

（2）命令方式

格式：

RECALL[<范围>][FOR<条件表达式>]

功能：恢复当前表中指定范围内、满足条件表达式的逻辑删除记录。

说明：省略范围和 FOR 短语时，只恢复当前的逻辑删除记录。

3．记录的物理删除

记录的物理删除是指彻底删除表中带逻辑删除标记的记录或全部记录。物理删除的记录不能再恢复。物理删除通常使用菜单方式和命令方式两种方法。

（1）菜单方式

在表浏览状态下，选择"表"菜单中的"彻底删除"命令，可以物理删除所有带逻辑删除标记的记录。

（2）命令方式

格式 1：

PACK

功能：物理删除当前表中带逻辑删除标记的记录。

格式 2：

ZAP

功能：物理删除当前表中的所有记录。

说明：

• 该命令只删除当前表中的记录，不删除表文件。

• 执行该命令后，当前表变成只含有表结构的空表，并且不可恢复，注意慎用。

• 该命令相当于执行 DELETE ALL 和 PACK 两条命令。

【例 2-7】 按下列要求删除学生表 Student. dbf 中的相应记录。

① 逻辑删除前 3 条记录。

```
GO 1
DELETE NEXT 3
```

② 恢复第 2 条记录的逻辑删除。

```
RECALL RECORD 2
```

③ 物理删除所有带逻辑删除标记的记录。

```
PACK
```

④ 物理删除所有记录。

```
ZAP
```

2.2.9　表记录的插入

在表浏览状态下，选择"显示"菜单中的"追加方式"命令，或在命令窗口中使用 APPEND 命令，都只能在表的尾部追加新记录。如果想在表的其他位置插入新记录，可以使用 INSERT 命令。

命令格式：

```
INSERT [BEFORE][BLANK]
```

功能：在当前记录位置插入新记录。

说明：

（1）使用 BEFORE 短语表示新记录可插入在当前记录之前，省略时默认在当前记录之后插入新记录，同时打开编辑窗口，等待用户输入记录值。

（2）使用 BLANK 短语表示立即插入一条空白记录，不打开任何窗口，同时逻辑字段值自动赋值为.F. 。

【例 2-8】 按下列要求在学生表 Student. dbf 中插入记录。

（1）在第 1 条记录之前插入一条新记录。

```
GO 1|GO TOP
INSERT BEFORE
```

（2）在第 3 条记录之后插入一条空记录

```
GO 3
```

```
INSERT BLANK
```

或

```
GO 4
INSERT BEFORE BLANK
```

(3) 给第 4 条记录的学号赋为 080105,姓名赋为李鹏。

```
REPLACE 学号 WITH "080105",姓名 WITH "李鹏"
```

2.2.10 表的索引

　　建立索引是加快查询速度的有效手段。用户可以根据需要,在一个表文件中建立一个或多个索引,以提供多种存取路径,提高查询速度。表文件的索引与书籍中的目录类似,在一本书中,利用目录可以快速查找所需信息,无需阅读整本书。在表文件中,索引使 Visual FoxPro 系统无需对整个表进行扫描,就可以在表中找到所需数据。

　　一般情况下,表中记录的顺序是由输入的前后顺序决定的,并标以不同的记录号,称之为物理顺序。索引实际上是一个逻辑排序,它不改变表中记录的物理顺序,而是另外建立一个记录号列表,用来指明由某一个(组)字段值的大小决定的记录排列的顺序,这个顺序称为逻辑顺序。索引技术不但可以重新排列记录的顺序,而且可以建立同一数据库内表间的关联,还支持结构化查询语言 SQL。

1. 索引关键字

　　如果表中的某一组字段的值能唯一地标识表中的一条记录,则称该组字段为候选关键字。一个表中可以有多个候选关键字,可以选择其中一个作为主关键字,简称关键字。每一个表有且只有一个主关键字。在 Visual FoxPro 中用候选关键字建立候选索引,用主关键字建立主索引。

　　如果一个(组)字段不是所在表的关键字,而是其他表的关键字,则称该字段(或该组字段)为外部关键字,简称外键。参照完整性规则就是定义外键与关键字之间的引用规则。

2. 索引文件的种类

　　Visual FoxPro 系统支持的索引文件分为单索引文件和复合索引文件,前者的扩展名为. IDX,后者的扩展名为. CDX。单索引文件中包含一个索引,可以用命令方式建立。它是为了与 FoxBASE$^+$ 开发的应用程序兼容而保留的。

　　复合索引文件允许包含多个索引,每个索引都有一个索引标识,代表一种记录的逻辑顺序。复合索引文件又分为结构复合索引文件和独立复合索引文件。结构复合索引文件的主名与表的主名相同,它随表的打开和关闭而打开和关闭,在添加、更改或删除记录时还会自动维护。在各类索引文件中,选用结构复合索引文件最方便。用"表设计器"和命令方式均可以建立结构复合索引文件。独立复合索引文件的主名与表的主名不同，可以用命令方式建立。

3. 索引类型

在 Visual FoxPro 中，索引类型分为主索引、候选索引、唯一索引和普通索引 4 种。

(1) 主索引(Primary Index)

只有数据库表才能建立主索引，一个数据库表只能建立一个主索引。其索引表达式的值能唯一标识每个记录的处理顺序。主索引主要用于建立永久关系的主表中，或者建立参照完整性的被引用表中。

(2) 候选索引(Candidate Index)

候选索引同主索引一样，要求字段表达式的值能唯一标识每个记录的处理顺序。在数据库表和自由表中均可以为每个表建立多个候选索引。建立候选索引的字段可以看做是候选关键字。如果一个表中已有主索引，则只能建立候选索引。

(3) 唯一索引(Unique Index)

唯一索引只在索引文件中保留第一次出现的索引表达式的值。即表中记录的索引表达式的值相同，只存储第一个索引表达式的值，并对记录进行排序。在数据库表和自由表中均可以为每个表建立多个唯一索引。

(4) 普通索引(Regular Index)

普通索引不仅允许字段中出现重复值，并且索引项中也允许出现重复值。它将为每一个记录建立一个索引项，并用独立的指针指向各个记录。在普通索引中，有不同的索引表达式值的记录按顺序排列，有相同索引表达式值的记录按原有的先后顺序集中排列在一起。在数据库表和自由表中均可以为每个表建立多个普通索引。

综上所述，主索引可以确保输入值的唯一性。可以为数据库中的每一个表建立一个主索引。如果某个表已经有了一个主索引，可以继续添加候选索引。候选索引同主索引一样，要求字段值的唯一性，在数据库表和自由表中均可以为每个表建立多个候选索引。普通索引允许字段中出现重复值，可以在一个表中建立多个普通索引。

4. 索引文件的建立

本书以结构复合索引文件为主介绍索引文件的建立和使用。建立索引文件通常使用"表设计器"和 INDEX 命令两种方法。"表设计器"只能建立结构复合索引文件。INDEX命令可以建立单索引文件、结构复合索引文件和独立复合索引文件。

(1) 在表设计器中建立结构复合索引

操作步骤如下。

① 在当前表中，选择"显示"菜单中的"表设计器"命令，打开"表设计器"窗口。

② 在"表设计器"窗口中，选择"索引"标签可以建立或编辑索引，主要内容如下。

- 索引名：输入索引字段名，通过索引名使用索引。
- 类型：选择索引类型，可以是主索引、候选索引、唯一索引和普通索引中的一种。
- 表达式：指索引表达式，可以是包含表中字段的合法的字符表达式。如果表达式是表中单独的一个字段,则直接输入索引字段名;如果表达式中包含多个字段,并且多个字段的类型不同时,需要统一类型,连接成一个字符表达式。

- 筛选:指筛选条件,可以是关系表达式或逻辑表达式,用于限定参加索引的记录。
- "排序"按钮:单击"排序"按钮,可以选择索引方向,升序(↑)或降序(↓)。

③ 在"表设计器"的"字段"选项卡中,在建立索引字段的"索引"列表中选择"升序"或"降序",确定索引方式,然后输入索引名、类型和索引表达式等内容。

【例 2-9】 利用"表设计器",在学生表 Student.dbf 中按学号建立候选索引。

操作方法如下。

① 打开学生表 Student.dbf。

② 选择"显示"菜单中的"表设计器"命令,打开"表设计器"窗口,如图 2-15 所示。

③ 在"表设计器"窗口中,选择"索引"标签,设置以下参数。

- 输入"学号"作为索引名。
- 选择索引方向为升序(↑)。
- 选择"候选索引"作为索引类型。
- 输入"学号"作为表达式,如图 2-25 所示。

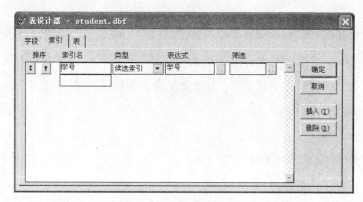

图 2-25 建立索引示例

④ 单击"确定"按钮,进入 Microsoft Visual FoxPro 系统窗口,如图 2-26 所示。单击"是"按钮完成。

图 2-26 Microsoft Visual FoxPro 系统窗口

(2) 用命令方式建立索引

使用索引命令 INDEX 可以建立普通索引、唯一索引和候选索引,但不能建立主索引。

① 用命令建立结构复合索引

格式：

```
INDEX ON<索引表达式>TAG<索引名>[FOR<条件表达式>][ASCENDING|DESCENDING][UNIQUE|
CANDIDATE]
```

功能：建立结构复合索引文件及索引名，或增加索引名。

说明：

- 索引表达式：表示要建立索引的字段，或包含字段的表达式。
- TAG ＜索引名＞：为该索引定义一个标识名。Visual FoxPro 系统通过索引名使用索引。
- FOR 短语：满足条件表达式的记录参与索引。
- ASCENDING：表示升序，省略时默认升序。DESCENDING：表示降序。
- UNIQUE：表示唯一索引。CANDIDATE：表示候选索引。省略时默认普通索引。

② 用命令建立独立复合索引

格式：

```
INDEX ON<索引表达式>TAG<索引名>OF<索引文件名> [UNIQUE|CANDIDATE]
```

功能：建立独立复合索引文件及索引名。

说明：OF 短语中的"索引文件名"为独立复合索引的文件名。

③ 用命令建立单索引

格式：

```
INDEX ON<索引表达式>TO<索引文件名>
```

功能：建立单索引文件。

【例 2-10】 按下列要求对学生表 Student. dbf 建立索引。

① 按学号降序建立候选索引。

```
INDEX ON 学号 TAG 学号 DESCENDING CANDIDATE
```

② 按专业升序建立唯一索引

```
INDEX ON 专业 TAG 专业 UNIQUE
```

5. 结构复合索引的使用

一个结构复合索引文件中可能包含多个索引，每一个索引表示一种表中记录的逻辑顺序。但任何时候只有一个索引能起作用，当前起作用的索引称为主控索引。虽然结构复合索引文件在打开表的同时能自动打开，但是记录将按物理顺序排列。只有指定主控索引后，才能显示记录的逻辑顺序。

指定主控索引通常使用菜单方式和命令方式两种方法。

(1) 菜单方式

在表浏览状态下,选择"表"菜单中的"属性"命令,打开"工作区属性"对话框。在"索引顺序"列表处选择索引名,单击"确定"按钮,如图 2-27 所示。

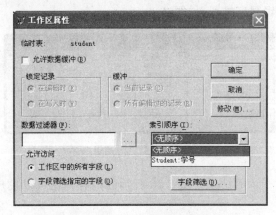

图 2-27 "工作区属性"对话框

【例 2-11】 利用"表设计器",在学生表 Student. dbf 中按学号降序建立普通索引,并显示索引后的排序结果。

操作方法如下。

① 打开学生表 Student. dbf。

② 选择"显示"菜单中的"表设计器"命令,打开"表设计器"窗口,如图 2-15 所示。

③ 在"表设计器"窗口中,选择"索引"标签,设置以下参数。

• 输入"学号"作为索引名。

• 选择索引方向为降序(↓)。

• 选择"普通索引"作为索引类型。

• 输入"学号"作为表达式,如图 2-28 所示。

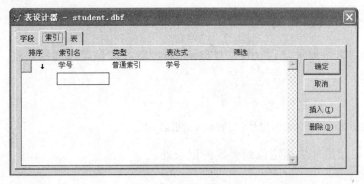

图 2-28 "索引"选项卡

④ 单击"确定"按钮,进入 Microsoft Visual FoxPro 系统窗口,单击"是"按钮完成索引的建立。

⑤ 在 Visual FoxPro 中,选择"显示"菜单中的"浏览"命令,打开浏览窗口。

⑥ 在 Visual FoxPro 中，选择“表”菜单中的“属性”命令，打开“工作区属性”对话框，在“索引顺序”列表处选择索引名“Student.学号”，单击“确定”按钮。

⑦ 在 Visual FoxPro 中，再次选择“显示”菜单中的“浏览”命令，打开浏览窗口，表中记录按索引字段的逻辑顺序排列，如图 2-29 所示。

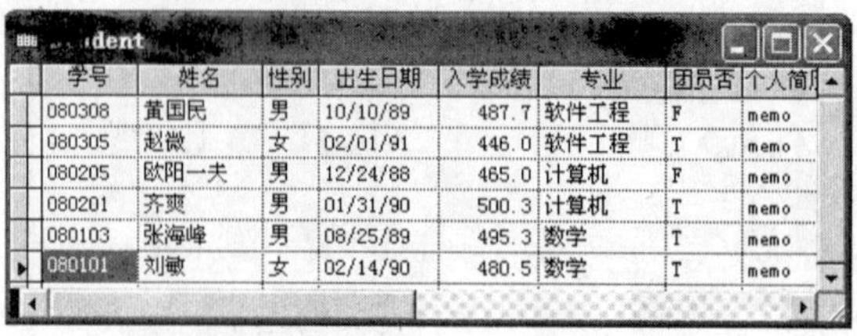

学号	姓名	性别	出生日期	入学成绩	专业	团员否	个人简历
080308	黄国民	男	10/10/89	487.7	软件工程	F	memo
080305	赵微	女	02/01/91	446.0	软件工程	T	memo
080205	欧阳一夫	男	12/24/88	465.0	计算机	F	memo
080201	齐爽	男	01/31/90	500.3	计算机	T	memo
080103	张海峰	男	08/25/89	495.3	数学	T	memo
080101	刘敏	女	02/14/90	480.5	数学	T	memo

图 2-29　索引后的逻辑顺序

说明：将图 2-29 所示的结果与图 2-23 所示的内容相比可以发现，同是一个表，其记录顺序已发生改变。

(2) 命令方式

格式：

```
SET ORDER TO[<索引序号>|[TAG]<索引名>][ASCENDING|DESCENDING]
```

功能：按索引序号或索引名指定主控索引。

说明：在结构复合索引中，索引序号是按建立索引的先后顺序系统所加的编号。不管索引是按升序还是降序建立的，在使用时都可以用 ASCENDING 或 DESCENDING 重新指定升序或降序。

例如，指定学生表 Student.dbf 中的“学号”索引为主控索引。

命令为：

```
SET ORDER TO 学号
```

6. 利用索引快速查询

当表中包含大量记录时，利用索引进行查询可以大大提高查询的速度。索引查询可使用 SEEK 命令进行。

格式：

```
SEEK<表达式>[ORDER<索引序号>|[TAG]<索引名>]
```

功能：将记录指针快速定位到要找的记录处。

说明：

- 表达式的值是索引关键字的值。
- 可以用索引序号或索引名指定按哪个索引顺序查找。

【例 2-12】 索引查询学生表 Student.dbf 中学号为 080305 的记录。

```
USE D:\Student.dbf EXCLUSIVE          && 打开学生表 Student.dbf
```

```
SET ORDER TO TAG 学号            && 指定学号为主控索引
SEEK "080305"                   && 索引查询索引值为"080305"的记录
BROWSE LAST                     && 记录指针定位在学号为"080305"的记录
?FOUND()                        && 输出结果为.T.,说明查询成功
?RECNO()                        && 输出结果为 4
```

7. 删除索引

索引虽然可以提高查询速度,但是维护索引是有代价的。如果对表中记录进行插入、删除和修改等操作时,系统会自动维护索引,这就降低了更新操作的速度。因此当某个索引不再使用时,应删除该索引。

删除索引通常使用菜单方式和命令方式两种方法。

(1) 菜单方式

在"表设计器"窗口的"索引"选项卡中,先选择要删除的索引,然后单击"删除"按钮,如图 2-28 所示。

(2) 命令方式

格式 1:

```
DELETE TAG<索引名>
```

功能:从当前的结构复合索引文件中删除标识名为<索引名>的索引。索引文件仍然存在。

格式 2:

```
DELETE TAG ALL
```

功能:从当前的结构复合索引文件中删除全部索引。

格式 3:

```
DELETE TAG<索引名>[OF<复合索引文件名>]
```

功能:从当前的独立复合索引文件中删除标识名为<索引名>的索引。

格式 4:

```
DELETE FILE <索引文件名>
```

功能:删除单索引文件。

2.2.11　工作区与同时使用多个表

1. 工作区的概念

工作区是 Visual FoxPro 在内存中开辟的一块区域,预先分配成若干个工作区。每次打开一个表,Visual FoxPro 就把它从磁盘调入内存的某一个工作区,以便为数据操作提供足够的内存操作空间。

2. 工作区的标识

常用的工作区标识方法有以下几种。

（1）工作区号：Visual FoxPro 系统提供了 32 767 个工作区，用 1～32 767 分别表示。

（2）工作区别名：Visual FoxPro 系统为前 10 个工作区规定了一个系统别名，用 A～J 分别表示。

（3）指定别名：由用户使用命令"USE ＜表文件名＞［ALIAS ＜别名＞］"指定表打开时的工作区的别名。省略 ALIAS 短语时，表文件的主名就是工作区的别名。

例如：

```
USE D:\Student.dbf ALIAS XS        &&XS 为 Student 表所在工作区的别名
USE D:\SC.dbf                       &&SC 为 SC 表所在工作区的别名
```

3. 工作区的特点

（1）每个工作区只允许打开一个表，在同一工作区打开另一个表时，以前打开的表就会自动关闭。

（2）一个表原则上只能在一个工作区打开，在其未关闭时如果试图在其他工作区打开时，Visual FoxPro 会给出错误提示信息"文件正在使用"。

（3）用户不论使用多少个工作区，只有一个工作区是当前工作区，称为主工作区。Visual FoxPro 启动后，系统自动选择 1 号工作区为当前工作区。用户可使用 SELECT 命令改变当前工作区。

（4）每个工作区都各有一个记录指针指向该区表中的当前记录，一般情况下它们各自移动，互不干扰。

4. 工作区的选择

工作区的选择使用 SELECT 命令。

格式：

```
SELECT<工作区号>|<工作区别名>
```

功能：选定某个工作区为当前工作区，用于打开一个表。

说明：

（1）用 SELECT 命令选定的工作区称为当前工作区，Visual FoxPro 默认 1 号工作区为当前工作区。函数 SELECT() 的值就是当前工作区的区号。

（2）"SELECT 0"命令表示选定当前尚未使用的最小号工作区，方便用户使用。

（3）工作区别名可以是系统规定的工作区别名，也可以是打开表时用户指定的别名。

【例 2-13】 执行下列命令，观察输出结果。

```
CLOSE ALL              && 关闭所有打开的表,当前工作区默认为 1
?SELECT()              && 输出结果：1
USE D:\Student.dbf     && 打开表 Student
```

```
?学号,姓名                        && 输出结果:080101 刘敏
SELECT C                         && 选定当前工作区为 C
?SELECT()                        && 输出结果:3
USE D:\SC.dbf                    && 打开表 SC
?学号,课程号                      && 输出结果:080201 0201
SELECT 0                         && 选定当前工作区为 2
?SELECT()                        && 输出结果:2
USE D:\Course.dbf                && 打开表 Course
?课程号,课程名                    && 输出结果:0201 数学
```

5. 使用不同工作区的表

用户一方面可以用 SELECT 命令切换工作区以使用不同的表,另一方面 Visual FoxPro 允许用户在当前工作区中使用另外一个工作区中的表。

命令格式:

USE<表文件名>IN<工作区号>|<工作区别名>

功能:在指定的工作区中打开表,但不改变当前工作区。

说明:在当前工作区可以直接访问当前打开表中的字段。在当前工作区还可以通过别名访问另一个工作区打开的表中的字段,但字段前必须加别名,引用格式为:别名.字段名或别名—>字段名。

【例 2-14】 执行下列命令,观察输出结果。

```
CLOSE ALL                        && 关闭所有打开的表,当前工作区默认为 1
USE D:\Student.dbf               && 打开表 Studnet
USE D:\SC.dbf IN 2               && 在 2 号工作区打开表 SC,当前工作区仍为 1
USE D:\Course.dbf IN  C          && 在 C 号工作区打开表 Course,当前工作区仍为 1
?学号,B.课程号,Course.课程名      && 输出结果:080101 0201 数学
```

6. 数据工作期

为了方便用户了解和配置当前的数据工作环境,Visual FoxPro 提供一种称为"数据工作期"的窗口,用于打开或显示表、建立表间联系、设置工作期属性,如图 2-30 所示。

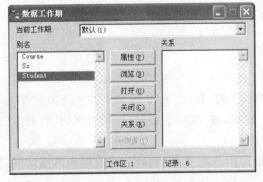

图 2-30 "数据工作期"窗口

"数据工作期"窗口的打开和关闭通常使用菜单方式和命令方式两种方法,具体方法如表 2-3 所示。

表 2-3 "数据工作期"窗口的打开和关闭

操作类型	菜 单 方 式	命 令 方 式
打开	选择"窗口"菜单中"数据工作期"命令	SET 或 SET VIEW ON
关闭	(1) 选定"数据工作期"窗口为当前窗口,选择"窗口"菜单中"数据工作期"命令 (2) 单击"数据工作期"窗口中标题栏的"关闭"按钮	SET VIEW OFF

"数据工作期"窗口由 3 部分组成:左边是"别名"列表框,用于显示所有已打开的表,并可从多个表中选定一个当前表。右边是"关系"列表框,用于显示表之间的关联状况。中间一列有 6 个功能按钮,功能如下。

(1)"属性"按钮:用于打开"工作区属性"对话框,与"表"菜单中的"属性"命令功能相同。该对话框可对表进行多种设置。

(2)"浏览"按钮:为当前表打开浏览窗口,可浏览和编辑数据。

(3)"打开"按钮:弹出"打开"对话框来打开表。若数据库已打开,还可打开数据库表。

(4)"关闭"按钮:关闭当前表。

(5)"关系"按钮:以当前表为父表建立关联。

(6)"一对多"按钮:系统默认表之间以多对一关系关联。若要建立一对多关系,可单击这一按钮。

2.3 数据库的基本操作

数据库的基本操作包括数据库的建立、打开、设置、关闭、删除及数据库中表的操作。

2.3.1 建立数据库

建立数据库通常使用菜单方式和命令方式两种方法。

1. 菜单方式

步骤如下。

(1)选择"文件"菜单中的"新建"命令或单击常用工具栏中的"新建"按钮,打开"新建"对话框。如图 2-31 所示,在"文件类型"选项组中选择"数据库"选项,单击"新建文件"按钮,打开"创建"对话框。

(2)在"创建"对话框中,选择文件的保存位置,输入数据库的名字,单击"保存"按钮,如图 2-32 所示。

图 2-31 "新建"对话框

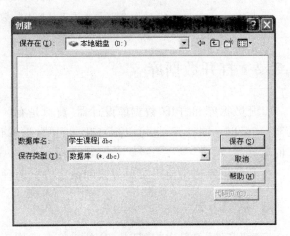

图 2-32 "创建"对话框

（3）打开"数据库设计器"窗口，此时建立了一个名为"学生课程"的空数据库，如图 2-33 所示。

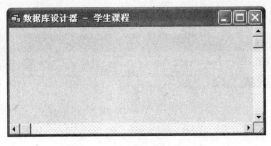

图 2-33 "数据库设计器"窗口

2. 命令方式

格式：

CREATE DATABASE [<数据库文件名>|?]

功能：建立数据库。

说明：

- 数据库文件名：指定要建立的数据库文件的名字。
- 参数"?"：如果使用参数"?"或不指定数据库文件名，系统都会打开"创建"对话框，等待用户输入内容，如图 2-32 所示。
- 使用命令方式建立数据库，不打开"数据库设计器"窗口，但是数据库处于打开状态。

建立数据库后，在常用工具栏的数据库列表中显示新建立的数据库名或已打开的数据库名，如图 2-34 所示。

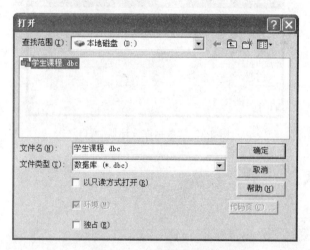

图 2-34　常用工具栏上的数据库名列表

2.3.2　打开数据库

打开数据库和打开"数据库设计器"窗口是有区别的。打开数据库,有时"数据库设计器"窗口可以一同打开,也可以不打开。而"数据库设计器"窗口打开时,数据库一定是打开的。

打开数据库通常使用菜单方式和命令方式两种方法。

1. 菜单方式

选择"文件"菜单中的"打开"命令或单击常用工具栏上的"打开"按钮,显示"打开"对话框,其中:

- 文件类型:选择"数据库(* . dbc)"。
- 查找范围:选择数据库文件存放的位置。
- 文件列表:选择要打开的数据库文件名,如图 2-35 所示。

图 2-35　"打开"对话框

单击"确定"按钮,即打开数据库,同时也打开"数据库设计器"窗口,如图 2-33 所示。

2. 命令方式

格式 1:

MODIFY DATABASE [<数据库文件名>|?]

功能:打开数据库,同时打开"数据库设计器"窗口。

格式 2:

OPEN DATABASE [<数据库文件名>|?]

功能:打开数据库,不打开"数据库设计器"窗口。

说明:在数据库打开,而"数据库设计器"窗口未打开时,使用 MODIFY DATABASE 命令可以打开"数据库设计器"窗口。

2.3.3　设置当前数据库

Visual FoxPro 支持在同一时刻打开多个数据库,只有一个是当前数据库,即所有作用于数据库的命令或函数都是对当前数据库而言。指定当前数据库通常使用鼠标操作方式和命令方式两种方法。

1. 鼠标操作方式

(1)通过常用工具栏上的数据库下拉列表来指定当前数据库。

例如,假设当前已经打开了两个数据库"学生课程"和"教师管理",通过数据库下拉列表,选择当前数据库,如图 2-36 所示。

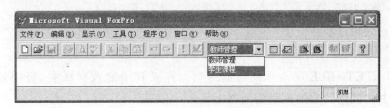

图 2-36　选择当前数据库

(2)当多个"数据库设计器"窗口同时打开时,单击"数据库设计器"窗口的标题栏叫以指定当前数据库。

2. 命令方式

格式:

SET DATABASE TO <数据库文件名>

功能:指定一个已经打开的数据库为当前数据库。

说明:其他所有的数据库都没有关闭,只是作为后台数据库。

2.3.4　关闭数据库

当数据库不再使用时应及时关闭数据库。常用的关闭数据库的命令如下。

格式 1:

CLOSE DATABASE

功能：关闭当前数据库。

格式2：

```
CLOSE DATABASE ALL
```

功能：关闭所有打开的数据库。

格式3：

```
CLOSE ALL
```

功能：关闭所有打开的数据库及数据表。

说明：关闭"数据库设计器"窗口并没有关闭数据库。

2.3.5 删除数据库

删除数据库文件之前，首先要关闭数据库，再进行删除操作。删除数据库可使用命令方式完成。

格式：

```
DELETE DATABASE<数据库文件名>|? [DELETETABLES] [RECYCLE]
```

功能：删除指定的数据库。

说明：

- DELETETABLES：表示同时删除数据库及其中的数据库表，否则只删除数据库，并将其中的数据库表变为自由表。
- RECYCLE：表示将删除的内容放入回收站。

2.3.6 数据库表与自由表之间的转换

数据库表与自由表的操作命令基本相同。在前面讲到的对自由表的操作命令，包括表的建立、修改、显示、浏览、索引，表记录的追加、插入、删除、记录指针的定位等操作，对数据库表来说是相同的。除此之外，数据库表还具有以下一些新的特性。

- 数据库表可以使用长表名及长字段名。
- 数据库表可以建立主索引。
- 数据库表间可以建立永久关系。
- 数据库表可以设置字段有效性规则等。

数据库表与自由表之间是可以相互转化的。

1. 将自由表添加到数据库中

自由表可以添加到数据库中，变成数据库表，归数据库统一管理。通常使用菜单方式和命令方式两种方法。

（1）菜单方式

① 打开"数据库设计器"窗口，选择"数据库"菜单中的"添加表"命令，在"打开"对话框中选择要添加的表，单击"确定"按钮。

图 2-37　添加学生表

例如，在学生课程数据库中添加学生表 Student. dbf，如图 2-37 所示。

② 在"数据库设计器"窗口中，右击"数据库设计器"的空白区域，在弹出的快捷菜单中选择"添加表"命令，在"打开"对话框中选择要添加的表，单击"确定"按钮。

（2）命令方式

格式：

ADD TABLE [<自由表名>|?]

功能：将一个指定的自由表添加到当前数据库中。

说明：一个数据库表只能属于一个数据库。不能把已经存在于其他数据库中的表添加到当前数据库中，否则添加表时 Visual FoxPro 系统会给出错误提示信息。

2. 将数据库表从数据库中移出

将数据库表从数据库中移出，通常使用菜单方式和命令方式两种方法。

（1）菜单方式

① 打开"数据库设计器"窗口，单击要移出的数据库表，选择"数据库"菜单中的"移去"命令，在 Microsoft Visual FoxPro 对话框中选择"移去"或"删除"按钮。其中，"移去"按钮表示将表移出数据库，成为白山表，"删除"按钮表示将表移出数据库的同时，删除该表，如图 2-38 所示。

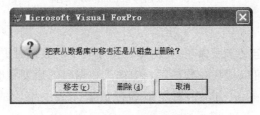

图 2-38　移去或删除数据库表

② 在"数据库设计器"窗口中，右击要移出的数据库表，在弹出的快捷菜单中选择"删除"命令，显示图 2-38 所示的对话框，在该对话框中选择相应的命令按钮。

（2）命令方式

格式：

REMOVE TABLE<表名>[<DELETE>][<RECYCLE>]

功能：将数据库表从数据库中移出。

说明：
- DELETE：表示移出表的同时删除表，系统默认为 DELETE。
- RECYCLE：表示将删除的内容放入回收站。

3. 建立数据库表

在数据库中建立一个新的数据库表的方法如下。

（1）打开"数据库设计器"窗口，选择"数据库"菜单中的"新建表"命令。

（2）在"数据库设计器"窗口中，右击数据库设计器的空白区域，在弹出的快捷菜单中选择"新建表"命令。

例如，在学生课程数据库中新建表 s1.dbf，如图 2-39 所示。在"表设计器"的"字段"选项卡中增加了一些新属性，如显示、字段有效性、字段注释等。

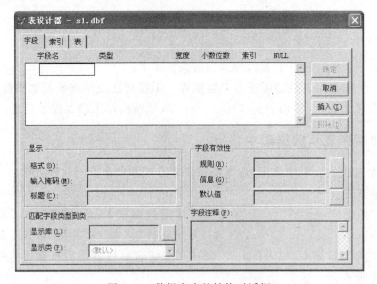

图 2-39　数据库表的结构对话框

说明：
- 显示：可以自定义字段标题，在浏览数据库表中的数据时更清晰、方便。
- 字段有效性：可以提高在数据库表中输入数据时的速度和准确性。
- 字段注释：提醒用户自己，清楚地掌握数据库表中字段的属性、意义及特殊用途等。

2.4　数据完整性

数据完整性是数据库系统的一个重要特性，保证数据库中数据的正确性和相容性。在 Visual FoxPro 中支持数据的完整性，提供了保证数据完整性的方法和手段。数据完整性主要包括：实体完整性、域完整性和参照完整性。

2.4.1　实体完整性与主关键字

实体完整性保证表中记录值唯一的特性,即在一个表中不允许有重复的记录。在 Visual FoxPro 中使用主关键字(主索引)或候选关键字(候选索引)实现。

2.4.2　域完整性与约束规则

域完整性除了包括字段类型的定义外,还包括字段的取值范围等约束规则。字段的约束规则称为字段的有效性规则,在插入或修改字段值时被激活,主要用于数据输入正确性的检验。

设置字段有效性规则的内容,在"表设计器"窗口的"字段"选项卡中,如图 2-39 所示,包括规则、信息和默认值。其中,规则是定义字段的有效性规则,用一个关系或逻辑表达式表示;信息是所输入的字段值违背了字段的有效性规则时的提示信息,是一个字符串表达式;默认值是追加或插入新记录时字段的默认值,由具体的字段类型确定。

【例 2-15】 在学生课程数据库中,设置数据库表 Student.dbf 中"入学成绩"字段的有效性规则,要求入学成绩在 400～600 之间。当输入的入学成绩不在此范围时给出的提示信息为"入学成绩在 400～600 之间",入学成绩的默认值是 500。

操作方法如下。

(1)打开学生课程数据库设计器窗口,右击数据库表 Student.dbf,在弹出的快捷菜单中选择"修改"命令,打开"表设计器-student.dbf"窗口。

(2)在"表设计器-student.dbf"窗口的"字段"选项卡中,先单击"入学成绩"字段,再分别输入和编辑规则、信息及默认值,如图 2-40 所示。

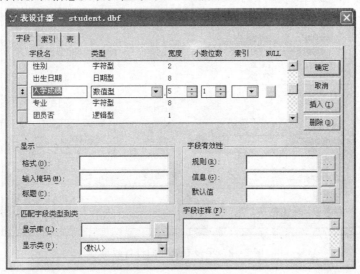

图 2-40　"字段"选项卡

① 规则：可以直接输入或单击文本框旁的"表达式生成器"按钮，在打开的"表达式生成器"对话框中，编辑表达式"入学成绩＞＝400 AND 入学成绩＜＝600"，如图 2-41 所示。

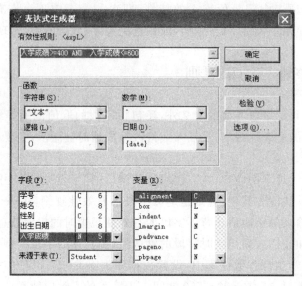

图 2-41　"表达式生成器"对话框

② 信息：可以直接输入或单击文本框旁的"表达式生成器"按钮，在打开的"表达式生成器"对话框中，编辑字符表达式"入学成绩在 400～600 之间"。

③ 默认值：直接输入 500，如图 2-42 所示。

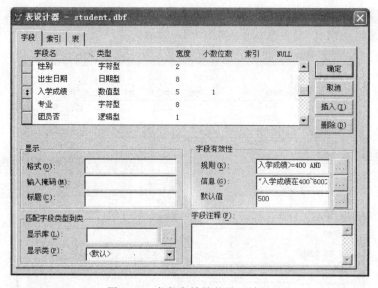

图 2-42　字段有效性的设置效果

2.4.3　参照完整性与表之间的关系

在"数据库设计器"窗口中可以建立数据库表,也可以将自由表添加到数据库中成为数据库表。除此之外,还能在"数据库设计器"窗口中显示当前数据库中全部的表、视图和相互关系。

在同一个数据库中存放的多个表通常是有联系的,可以按照连接字段建立两个表之间的关系,建立关系的两个表之间就可以定义参照完整性。利用"数据库设计器"建立的表间关系称做永久关系,将存储在数据库文件中。

参照完整性是指当建立关系的表在插入、删除或修改表中的数据时,通过参照引用相互关联的另一个表中的数据,来检查对表的数据操作是否正确。

在 Visual FoxPro 中建立参照完整性的过程是:首先建立表之间的关系,其次清理数据库,最后设置参照完整性。

1. 建立表间关系

在 Visual FoxPro 中,建立关系的两个表必须有连接字段,要求如下。

(1) 连接字段的类型和值域应该相同。

(2) 连接字段的字段名可以相同,也可以不同。

(3) 一个表用连接字段建立主索引或候选索引,此表称为主表或父表。

(4) 另一个表用连接字段建立其他类型索引,此表通常称为辅表或子表。

建立索引后,在"数据库设计器"中,用鼠标拖动的方法,从父表的主索引名或候选索引名处开始拖动鼠标到子表的普通索引名处即可。建立完关系的表之间会出现连接线。

【例 2-16】　在学生课程数据库中,建立数据库表 Student. dbf 和 SC. dbf 之间的一对多关系。

操作方法如下。

(1) 打开学生课程数据库设计器窗口,将自由表 Student. dbf 和 SC. dbf 添加到当前数据库中,变成数据库表。

(2) 在学生课程数据库设计器窗口中,右击数据库表 Student. dbf,在弹出的快捷菜单中选择"修改"命令,打开了"表设计器-student. dbf"窗口,在"索引"选项卡中根据"学号"字段建立主索引。

(3) 同理,将数据库表 SC. dbf 的"学号"字段建立普通索引。

(4) 用鼠标拖动的方法,从父表 Student. dbf 的主索引"学号"处开始拖动鼠标到子表 SC. dbf 的普通索引"学号"处,立即会出现连接线,如图 2-43 所示。

建立完关系的两个表,表间的关系可以随时修

图 2-43　建立完一对多关系的两个表

改或删除,操作方法如下。

(1) 修改关系:用鼠标右击要修改的关系,从弹出的快捷菜单中选择"编辑关系"命令,打开"编辑关系"对话框进行修改后,单击"确定"按钮,如图 2-44 所示。

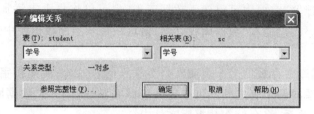

图 2-44 "编辑关系"对话框

(2) 删除关系:用鼠标右击要修改的关系,从弹出的快捷菜单中选择"删除关系"命令。

2. 清理数据库

在设置参照完整性之前,需要先清理数据库。清理数据库的方法是选择"数据库"菜单中"清理数据库"命令。

说明:在清理数据库时,如果出现如图 2-45 所示的提示对话框,表示数据库中的表处于打开状态,需要在"数据工作期"窗口中关闭后,才能正常完成清理数据库操作。

图 2-45 清理数据库时出现的错误提示对话框

3. 设置参照完整性

清理数据库后,就可以设置表间的参照完整性。用鼠标右击表间的关系,从弹出的快捷菜单中选择"编辑参照完整性"命令,打开"参照完整性生成器"对话框。

"参照完整性生成器"对话框由更新规则、删除规则和插入规则 3 个选项卡组成,可以在每个选项卡中选择相应的规则,也可以在图 2-46 所示的更新、删除、插入的规则列表中选择相应的规则。

(1) 更新规则规定当更新父表中的连接字段(主关键字)值时,如何处理相关子表中的记录。

- 如果选择"级联",则用新的连接字段值自动修改子表中的相关记录。
- 如果选择"限制",若子表中有相关的记录,则禁止修改父表中的连接字段值。
- 如果选择"忽略",则不做参照完整性检查,即可以随意更新父表中连接字段的值。

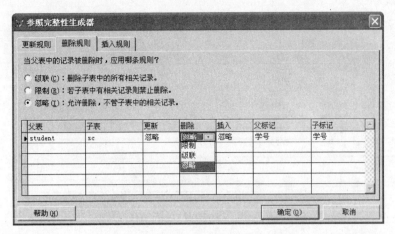

图 2-46 "参照完整性生成器"对话框

(2) 删除规则规定当删除父表中的记录时,如何处理子表中相关的记录。

- 如果选择"级联",则自动删除子表中的所有相关记录。
- 如果选择"限制",若子表中有相关的记录,则禁止删除父表中的记录。
- 如果选择"忽略",则不做参照完整性检查,即删除父表中的记录时与子表无关。

(3) 插入规则规定当插入子表中的记录时,是否进行参照完整性检查。

- 如果选择"限制",若父表中没有相匹配的连接字段值,则禁止插入子表记录。
- 如果选择"忽略",则不做参照完整性检查,即可以随意插入子表记录。

2.5 单 元 实 验

2.5.1 建立表

【实验目的】

掌握利用"表设计器"建立表结构的方法,掌握表记录输入的方法。

【实验内容】

(1) 建立学生表 Student.dbf,表记录如图 2-47 所示,表结构如图 2-48 所示。

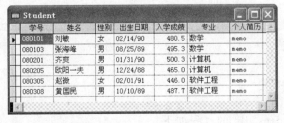

图 2-47 Student.dbf 表记录

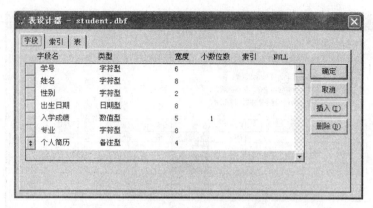

图 2-48 Student.dbf 表结构

（2）建立课程表 Course.dbf，表记录如图 2-49 所示，表结构如图 2-50 所示。

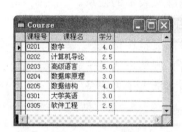

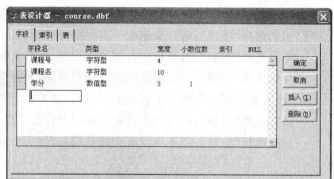

图 2-49 Course.dbf 表记录   图 2-50 Course.dbf 表结构

（3）建立选修表 SC.dbf，表记录如图 2-51 所示，表结构如图 2-52 所示。

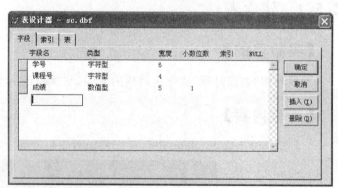

图 2-51 SC.dbf 表记录   图 2-52 SC.dbf 表结构

【实验步骤】

建立学生表 Student.dbf 的过程如下。

（1）打开"表设计器"。

选择"文件"菜单中的"新建"命令，或在命令窗口输入命令"CREATE Student.dbf"。

（2）在"表设计器"中输入各字段的名称并确定其属性。

（3）关闭"表设计器"。

单击"表设计器"中的"确定"按钮，完成表结构的建立。

（4）输入表中的记录。

在步骤（3）中，单击"确定"按钮后，在显示的 Microsoft Visual FoxPro 系统窗口中，单击"是"按钮，可以"立即方式"向表中输入数据。

按同样的方法建立课程表 Course.dbf 和选修表 SC.dbf。

保存所建立的 3 个表，供以后的实验使用。

2.5.2　表的维护

【实验目的】

掌握表的打开与关闭、显示记录、修改结构、指针定位、删除记录等操作。

【实验内容】

（1）表的打开。

（2）显示记录。

（3）修改结构。

（4）指针定位。

（5）逻辑删除记录。

（6）恢复记录。

（7）表的关闭。

【实验步骤】

1. 表的打开

按下列方式打开学生表 Student.dbf。

选择"文件"菜单中的"打开"命令；或选择"窗口"菜单中的"数据工作期"命令，在"数据工作期"对话框中，单击"打开"按钮；或在命令窗口输入命令"USE Student.dbf"。观察状态栏的变化。

2. 显示记录

选择"显示"菜单中的"浏览"命令或"编辑"命令；或在命令窗口输入命令"LIST|DISPLAY ALL"。

3. 修改结构

在学生表 Student.dbf 中增加"团员否"（逻辑型/1）字段。

选择"显示"菜单中的"表设计器"命令；或在命令窗口输入命令"MODIFY STRUCTURE"。打开"表设计器"窗口，单击"插入"按钮，输入"团员否"字段的各属性值，再单击"确定"按钮。

4. 指针定位

在表浏览状态下，单击表中记录；或选择"表"菜单中的"转到记录"命令，观察记录指针的位置；或在命令窗口输入下列命令，在输出区域观察结果。

```
GO 1
?RECNO(),BOF()
DISPLAY
SKIP
?RECNO()
LIST
?RECNO(),EOF()
SKIP -3
DISPLAY
LOCATE FOR 入学成绩>500
?RECNO(),EOF()
DISPLAY
CONTINUE
?RECNO(),EOF()
DISPLAY
```

5. 逻辑删除记录

在浏览状态下，直接单击要删除记录的删除标记栏，单击后有黑色标记，表示逻辑删除；或选择"表"菜单中的"删除记录"命令，确定删除记录的范围为 ALL，输入 For 条件为"性别＝'女'"，单击"删除"按钮；或在命令窗口输入命令"DELETE FOR 性别＝'女'"。然后在浏览状态下，观察操作结果。

6. 恢复记录

在浏览状态下，直接单击要恢复记录的删除标记栏，单击后无黑色标记，表示去掉了删除标记，即恢复记录；或选择"表"菜单中的"恢复记录"命令，确定恢复记录的范围为 ALL，输入 For 条件为"性别＝'女'"，单击"恢复记录"按钮；或在命令窗口输入命令"RECALL FOR 性别＝'女'"。然后在浏览状态下，观察操作结果。

7. 表的关闭

选择"窗口"菜单中的"数据工作期"命令，在"数据工作期"对话框中，单击"关闭"按钮；或在命令窗口输入命令"USE"。观察状态栏的变化。

2.5.3 数据库的基本操作

【实验目的】

掌握数据库的建立、打开、关闭、删除及指定当前数据库等操作。

【实验内容】

(1) 数据库的建立。

(2) 指定当前数据库。

(3) 数据库的关闭。

(4) 数据库的打开。

(5) 数据库的删除。

【实验步骤】

1. 数据库的建立

选择"文件"菜单中的"新建"命令,在"新建"对话框中选择"数据库"选项,单击"新建文件"按钮。在"创建"对话框中,输入要建立的数据库名"学生课程",单击"保存"按钮。观察输出区域的结果及常用工具栏中数据库列表内容的变化。

在命令窗口输入命令:CREATE DATABASE ST。

观察输出区域的结果及常用工具栏中数据库列表内容的变化。

2. 指定当前数据库

单击"数据库设计器"的标题栏指定当前数据库;或在常用工具栏中的数据库列表中选择当前数据库名;或在命令窗口输入命令"SET DATABASE TO ST"或"SET DATABASE TO 学生课程"。观察常用工具栏中数据库列表内容的变化。

3. 数据库的关闭

在命令窗口输入下列命令,观察常用工具栏中数据库列表内容的变化。

```
SET DATABASE TO ST        && 指定 ST 为当前数据库
CLOSE DATABASE            && 关闭当前数据库
CLOSE ALL                && 关闭所有打开的数据库
```

4. 数据库的打开

选择"文件"菜单中的"打开"命令,在"打开"对话框中的"文件类型"列表中选择"*.dbc",选择要打开的数据库文件名"学生课程",单击"确定"按钮;或在命令窗口输入下列命令,观察常用工具栏中数据库列表内容的变化。

```
MODIFY DATABASE TO 学生课程        && 打开学生课程数据库,同时打开"数据库设计器"窗口
OPEN DATABASE TO ST              && 打开 ST 数据库,不打开"数据库设计器"窗口
MODIFY DATABASE                  && 打开 ST"数据库设计器"窗口
```

5. 数据库的删除

首先关闭要删除的数据库,然后再执行删除数据库操作。

在命令窗口输入命令:

```
CLOSE ALL                        && 关闭所有打开的数据库
DELETE DATABSE ST                && 删除 ST 数据库
```

2.5.4 有效性规则

【实验目的】

掌握数据库表域完整性的作用及设置方法。

【实验内容】

(1) 将学生表 Student. dbf 添加到学生课程数据库中,成为数据库表。

(2) 设置学生表 Student. dbf 的"入学成绩"字段的有效性,规则为入学成绩大于450,信息内容为"入学成绩必须高于 450",默认值为 480。

(3) 设置学生表 Student. dbf 的"性别"字段的有效性,规则为该字段值是"男"或"女",信息内容为"字段值只能是男或女",默认值为"男"。

【实验步骤】

(1) 添加学生表。

打开学生课程数据库设计器窗口,选择"数据库"菜单中的"添加表"命令;或右击"数据库设计器"窗口的空白区域,在弹出的快捷菜单中选择"添加表"命令,将自由表 Student. dbf 添加到学生课程数据库中,成为数据库表,如图 2-53 所示。

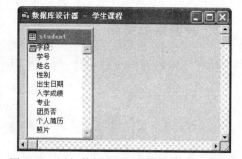

图 2-53   添加数据库表 Student. dbf 的效果图

(2) 按以下步骤,分别设置"入学成绩"字段和"性别"字段的有效性。

① 打开"表设计器"。

在学生课程数据库设计器窗口中,右击表 Student. dbf,在弹出的快捷菜单中选择"修改"命令;或在命令窗口输入命令"MODIFY STRUCTURE"。

② 定位字段。

用鼠标单击要设置有效性的字段行。

③ 设置有效性。

根据要求设置相应字段的有效性规则,如图 2-54 和图 2-55 所示。

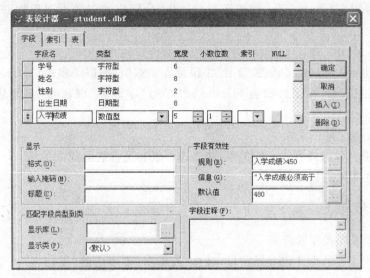

图 2-54　设置"入学成绩"字段的有效性

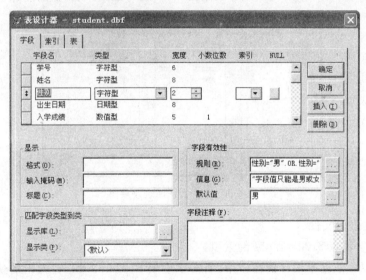

图 2-55　设置"性别"字段的有效性

(3) 关闭"表设计器",关闭数据库。

2.5.5　参照完整性与表之间的关系

【实验目的】

掌握索引文件的建立方法;掌握表间关系的建立方法;掌握参照完整性的设置方法。

【实验内容】

(1) 将课程表 Course.dbf 和选修表 SC.dbf 分别添加到学生课程数据库中,成为数据库表。

(2) 建立索引文件。

根据学生表 Student.dbf 的"学号"字段建立主索引;根据课程表 Course.dbf 的"课程号"字段建立主索引;根据选修表 SC.dbf 的"学号"字段和"课程号"字段分别建立普通索引。

(3) 建立表之间的关系。

建立学生表和选修表之间的关系,建立课程表和选修表之间的关系。

(4) 设置参照完整性。

【实验步骤】

(1) 添加课程表和选修表。

打开学生课程数据库设计器窗口,选择"数据库"菜单中的"添加表"命令;或右击"数据库设计器"窗口的空白区域,在弹出的快捷菜单中选择"添加表"命令,分别将自由表 Course.dbf 和 SC.dbf 添加到学生课程数据库中,成为数据库表,如图 2-56 所示。

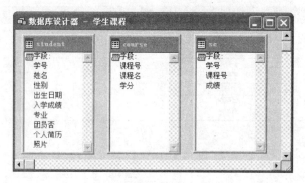

图 2-56 3 个数据库表效果图

(2) 建立索引文件。

① 建立学生表 Student.dbf 的索引。

在学生课程数据库设计器窗口中,右击学生表 Student.dbf,在弹出的快捷菜单中选择"修改"命令;或在命令窗口输入命令"MODIFY STRUCTURE",打开"表设计器"窗口,单击"索引"标签,输入索引名为"学号",选择索引类型为"主索引",输入索引表达式为"学号",单击"确定"按钮,如图 2-57 所示。

② 按上述方法,分别建立课程表 Course.dbf 和选修表 SC.dbf 的相关索引。

(3) 建立表之间的关系。

建立学生表和选修表之间的关系,用鼠标拖动学生表的"学号"索引到选修表的"学号"索引。同样,建立课程表和选修表之间的关系,用鼠标拖动课程表的"课程号"索引到选修表的"课程号"索引。在建立关系的表之间出现关系连线,如图 2-58 所示。

图 2-57　3 个数据库表及索引效果图

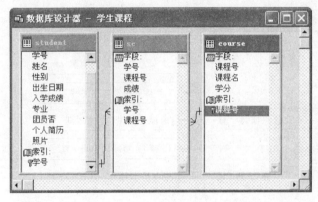

图 2-58　建立表之间关系后的效果图

（4）清理数据库。

打开"数据工作期"窗口,关闭学生课程数据库中的所有表。选择"数据库"菜单中的"清理数据库"命令。

（5）设置参照完整性。

右击要设置参照完整性的关系连线,在弹出的快捷菜单中选择"编辑参照完整性"命令,在"参照完整性生成器"对话框中设置参照完整性。

（6）关闭数据库。

2.6　学　习　指　导

2.6.1　知识结构

本章主要介绍了数据库和表的关系,数据库、数据库表及自由表的基础操作,知识结构如图 2-59 所示。

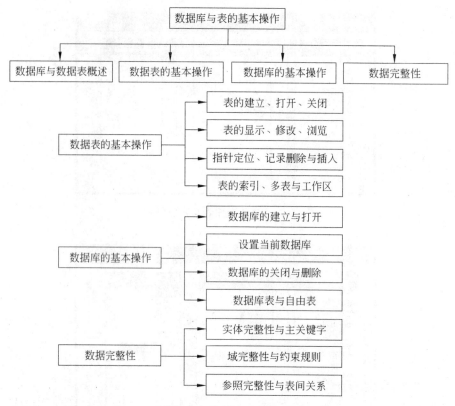

图 2-59　数据库与表的基本操作知识结构图

2.6.2　知识点

1. 数据库与数据表概述

2.1 节主要介绍数据库与表的基本概念及关系。

在 Visual FoxPro 中,数据库存储数据表的属性、组织、关系、视图及存储过程,扩展名是. DBC。数据表是一张二维表,存储数据信息,扩展名为. DBF。

Visual FoxPro 中有两种类型的表:数据库表和自由表。数据库表可以从数据库中移去,变成自由表。与此相反,自由表也可以添加到某个数据库中,成为一个数据库表。

2. 数据表的基本操作

2.2 节以自由表为例介绍数据表的基本操作。

(1) 表的建立

2.2.1 节表的建立指表结构的建立,包括字段名、字段类型、字段宽度和小数位数等属性。通常使用菜单方式和命令方式两种方法。

菜单方式:

单击"文件"菜单 → 选择"新建"命令 → 选择"表"选项 → 单击"新建文件"按钮 → 输入表文件名

单击"保存"按钮。

命令方式：

CREATE [<表文件名>|?]

（2）表的打开与关闭

① 表的打开

菜单方式：

单击"文件"菜单选择"打开"命令选择文件类型"表（＊.dbf）"单击要打开的表文件单击"确定"按钮。

命令方式：

USE <表文件名>

② 表的关闭

菜单方式：

当新建一个表或打开另一个表时，原来打开的表会自动关闭。在"数据工作期"窗口中，选择要关闭的表，单击"关闭"按钮。

命令方式：

USE

（3）表的数据录入

向表中录入数据有多种方式，一种是直接录入数据，另一种是追加方式录入数据。

追加方式录入数据通常使用菜单方式和命令方式两种方法。

菜单方式：

在表浏览状态下单击"显示"菜单选择"追加方式"命令。

命令方式：

APPEND [BLANK]

（4）表的显示

表的显示包括显示表结构和显示表记录两种操作。

① 显示表结构

菜单方式：

单击"显示"菜单选择"表设计器"命令。

命令方式：

LIST|DISPLAY STRUCTURE

② 显示表记录

菜单方式：

单击"显示"菜单选择"编辑"或"浏览"命令。

命令方式：

LIST|DISPLAY[<范围>][[FIELDS]<字段名表>][FOR<条件表达式>|WHILE<条件表达式>]

[<OFF>]

（5）表的修改

表的修改包括修改表的结构和修改表中的数据两种操作。

① 修改表结构

菜单方式：

利用"表设计器"窗口。

命令方式：

MODIFY STRUCTURE

② 修改表数据

菜单方式：

在表浏览窗口或编辑窗口直接修改表中的数据。

命令方式：

格式 1：

EDIT|CHANGE[<范围>][FIELDS<字段名表>][FOR<条件表达式>]

格式 2：

REPLACE<字段名 1>WITH<表达式 1>[,<字段名 2>WITH<表达式 2>…][FOR <条件表达式>]
[<范围>]

（6）表的浏览

菜单方式：

在表浏览窗口中。

命令方式：

BROWSE[<范围>][FIELDS<字段名表>][FOR<条件表达式>]

（7）记录指针定位

记录指针定位一般包括绝对定位、相对定位和条件定位 3 种。

菜单方式：

在表浏览状态下，选择"表"菜单中的"转到记录"子菜单中的命令。

命令方式：

格式 1：

GO[TO] TOP|BOTTOM   或   [GO[TO]] N   && 绝对定位

格式 2：

SKIP [N]   && 相对定位

格式 3：

LOCATE [<范围>][FOR<条件表达式>]   && 条件定位

格式 4：

CONTINUE   && 条件定位

（8）表记录的删除

表中记录的删除包括逻辑删除和物理删除。

① 记录的逻辑删除

菜单方式：

在表浏览状态下单击"表"菜单 → 选择"删除记录"命令 → 选择删除记录的范围 → 输入条件 → 单击"删除"按钮。

命令方式：

DELETE[<范围>][FOR<条件表达式>]

② 记录的恢复

菜单方式：

在表浏览状态下单击"表"菜单 → 选择"恢复记录"命令 → 选择恢复记录的范围 → 输入条件 → 单击"恢复记录"按钮。

命令方式：

RECALL[<范围>][FOR<条件表达式>]

③ 记录的物理删除

菜单方式：

在表浏览状态下单击"表"菜单 → 选择"彻底删除"命令。

命令方式：

PACK|ZAP

（9）表记录的插入

命令格式：

INSERT [BEFORE][BLANK]

（10）表的索引

索引是一种逻辑排序。

① 索引关键字

每一个表只有一个主关键字。用候选关键字建立候选索引，用主关键字建立主索引。

② 索引文件的种类

索引文件分为单索引文件和复合索引文件，扩展名分别为.IDX 和.CDX。复合索引文件又分为结构复合索引文件和独立复合索引文件。结构复合索引文件的主名与表的主名相同，它随表的打开和关闭而打开和关闭。

③ 索引类型

索引类型分为主索引、候选索引、唯一索引和普通索引 4 种。

④ 索引文件的建立

本书以结构复合索引文件为主介绍索引文件的建立和使用。

菜单方式：

在"表设计器"中建立结构复合索引。

命令方式：

格式 1：

INDEX ON<索引表达式>TAG<索引名>[FOR<条件表达式>][ASCENDING|DESCENDING][UNIQUE|CANDIDATE]

格式 2：

INDEX ON<索引表达式>TAG<索引名>OF<索引文件名>[UNIQUE|CANDIDATE]

格式 3：

INDEX ON<索引表达式>TO<索引文件名>

⑤ 结构复合索引的使用

任何时候只有一个索引能起作用，当前起作用的索引称为主控索引。只有指定主控索引后，才能显示记录的逻辑顺序。

菜单方式：

在表浏览状态下单击"表"菜单选择"属性"命令。

命令方式：

SET ORDER TO[<索引序号>|[TAG]<索引名>][ASCENDING|DESCENDING]

⑥ 利用索引快速查询

命令格式：

SEEK<表达式>[ORDER<索引序号>|[TAG]<索引名>]

⑦ 删除索引

菜单方式：

在"表设计器"窗口中选择"索引"标签选择要删除的索引单击"删除"按钮。

命令方式：

格式 1：

DELETE TAG<索引名>

格式 2：

DELETE TAG ALL

格式 3：

DELETE TAG<索引名>[OF<复合索引文件名>]

格式 4：

```
DELETE FILE <索引文件名>
```

(11) 工作区与同时使用多个表

① 工作区

工作区是 Visual FoxPro 在内存中开辟的一块区域,预先分配成若干个工作区。

② 工作区的标识

常用的工作区标识方法有:工作区号、工作区别名、指定别名。

③ 工作区的特点

④ 工作区的选择

命令格式:

```
SELECT<工作区号>|<工作区别名>
```

⑤ 使用不同工作区的表

命令格式:

```
USE<表文件名>IN<工作区号>|<工作区别名>
```

在当前工作区可以通过别名访问另一个工作区打开的表中的字段,但字段前必须加别名,引用格式为:别名.字段名或别名—>字段名。

⑥ 数据工作期

"数据工作期"窗口主要用于打开或显示表、建立表间联系、设置工作期属性。

3. 数据库的基本操作

2.3 节主要介绍数据库和数据库表的基本操作。

(1) 建立数据库

菜单方式:

• 单击"文件"菜单选择"新建"命令
• 单击常用工具栏的"新建"按钮 ────── 选择"数据库"选项单击"新建文件"按钮
  输入 数据库文件名单击"保存"按钮。

命令方式:

```
CREATE DATABASE[<数据库文件名>|?]
```

(2) 打开数据库

菜单方式:

• 单击"文件"菜单选择"打开"命令
• 单击常用工具栏的"打开"按钮 ────── 选择"文件类型"为"数据库(∗.dbc)"单击
  要打开的数据库文件名单击"保存"按钮。

命令方式:

格式 1:

```
MODIFY DATABASE [<数据库文件名>|?]
```

格式 2：

OPEN DATABASE [<数据库文件名>|?]

（3）设置当前数据库

鼠标操作方式：

通过常用工具栏上的数据库下拉列表来指定当前数据库

命令方式：

SET DATABASE TO <数据库文件名>

（4）关闭数据库

命令方式：

格式 1：

CLOSE DATABASE

格式 2：

CLOSE DATABASE ALL

格式 3：

CLOSE ALL

（5）删除数据库

命令方式：

DELETE DATABASE <数据库文件名>|? [DELETETABLES] [RECYCLE]

（6）数据库表与自由表

数据库表与自由表的操作命令基本相同，它们之间是可以相互转化的。

① 将自由表添加到数据库中

菜单方式：

- 打开"数据库设计器"窗口单击"数据库"菜单选择"添加表"命令。
- 在"数据库设计器"窗口中右击空白区域选择"添加表"命令。

命令方式：

ADD TABLE [<自由表名>|?]

② 将数据库表从数据库中移出

菜单方式：

- 打开"数据库设计器"窗口选择数据库表单击"数据库"菜单移去"添加表"命令。
- 在"数据库设计器"窗口中右击数据库表选择"删除"命令。

命令方式：

REMOVE TABLE<表名>[<DELETE>][<RECYCLE>]

③ 建立数据库表
- 打开"数据库设计器"窗口单击"数据库"菜单选择"新建表"命令。
- 在"数据库设计器"窗口中右击空白区域选择"新建表"命令。

4. 数据完整性

（1）实体完整性与主关键字

实体完整性保证在一个表中不允许有重复的记录。使用主关键字（主索引）或候选关键字（候选索引）实现。

（2）域完整性与约束规则

域完整性除了包括字段类型的定义外，还包括字段的取值范围等约束规则。字段的约束规则称为字段的有效性规则，在插入或修改字段值时被激活，主要用于数据输入正确性的检验。

（3）参照完整性与表之间的关系

参照完整性是指当建立关系的表在插入、删除或修改表中的数据时，通过参照引用相互关联的另一个表中的数据，来检查对表的数据操作是否正确。

建立参照完整性的过程是：首先建立表之间的关系，其次清理数据库，最后设置参照完整性。

单元测试 2

一、选择题

1. 关于自由表的叙述，以下错误的是_____。
   A. 自由表可以添加到数据库中，数据库表也可以从数据库中移出成为自由表
   B. 自由表可以添加到数据库中，但数据库表不可以从数据库中移出成为自由表
   C. 自由表不属于任何数据库
   D. 自由表的扩展名为.dbf

2. 用于建立表结构的界面环境叫做_____。
   A. 浏览窗口　　　B. 编辑窗口　　　C. 结构窗口　　　D. 表设计器

3. 用于输入表数据的界面环境叫做_____。
   A. 浏览窗口　　　B. 数据窗口　　　C. 结构窗口　　　D. 表设计器

4. 打开一个数据表，执行 LIST 命令后，表中的数据将被显示在_____。
   A. 浏览窗口　　　B. 编辑窗口　　　C. 输出区域　　　D. 命令窗口

5. 打开一个数据表，执行 BROWSE 命令后，表中的数据将被显示在_____。
   A. 浏览窗口　　　B. 编辑窗口　　　C. 输出区域　　　D. 命令窗口

6. 要求表文件中某数值型字段的整数是 4 位，小数是两位，该字段的宽度应定义为_____。
   A. 8 位　　　　　B. 7 位　　　　　C. 6 位　　　　　D. 4 位

7. 表中某数值型字段的宽度定义为 6 位,小数定义为两位,该字段所能存放的整数位数是_____。

    A. 4 位   B. 3 位   C. 2 位   D. 不确定

8. 备注型字段可存放的数据应为_____。

    A. 字符型   B. 数据型   C. 日期型   D. 通用型

9. 表 ST.DBF 中包含有备注型字段,该表中所有备注字段值均存储到备注文件中,该备注文件是_____。

    A. ST.TXT   B. ST.DBF   C. ST.FPT   D. ST.DBC

10. 要将照片加入到表中,需建立_____字段。

    A. 字符型   B. 数据型   C. 日期型   D. 通用型

11. 一个数据表中如果包含一个备注型字段及一个通用型字段,则_____。

    A. 创建该表后只产生一个.DBF 文件

    B. 该表除.DBF 文件外,还有一个.FPT 文件

    C. 该表除.DBF 文件外,还有两个.FPT 文件

    D. 该表除.DBF 文件外,还有一个备注文件和一个通用文件

12. 下述_____命令不能移动记录指针。

    A. GO TOP   B. SKIP   C. GOTO 2   D. SKIP TOP

13. 表中记录指针的相对定位和绝对定位命令分别是_____。

    A. LOCATE 和 SKIP   B. LOCATE 和 GO

    C. SKIP 和 GO   D. LOCATE 和 SEEK

14. 如果要在当前表中增加一个字段,应使用的命令是_____。

    A. APPEND   B. MODIFY STRUCTURE

    C. INSERT   D. EDIT

15. 在下列命令中,不具有修改记录功能的是_____。

    A. REPLACE   B. MODIFY STRUCTURE

    C. BROWSE   D. EDIT

16. 使用_____短语可以对表文件从当前记录开始至最后一个记录的范围进行操作。

    A. ALL   B. RECORD n   C. NEXT n   D. REST

17. 在表浏览状态下,选择"显示"菜单中的"追加方式"命令,将使当前表_____。

    A. 进入追加状态   B. 中插入一个空记录

    C. 弹出追加对话框   D. 尾增加一个空记录

18. 在表操作中,DELETE 命令的作用是_____。

    A. 将记录从表中彻底删除   B. 给要删除的记录加删除标记

    C. 不能删除记录   D. 删除全部记录

19. 在表操作中,PACK 命令的作用是_____。

    A. 将标记过的记录彻底删除   B. 只给要删除的记录加删除标记

    C. 不能删除记录   D. 删除全部记录

20. 设当前表中有 10 个记录,记录指针指向 5 号记录,如果要逻辑删除 5、6、7、8 号 4

条记录,可使用命令_____。

    A. DELETE RECORD 4　　　　　　B. DELETE REST 4

    C. DELETE NEXT 4　　　　　　　D. PACK NEXT 4

21. 要从数据表中彻底删除一条记录,应使用的命令是_____。

    A. 先用 DELETE 命令,再用 ZAP 命令

    B. 先用 DELETE 命令,再用 PACK 命令

    C. 只用 ZAP 命令

    D. 只用 DELETE 命令

22. 如果要在当前表的当前记录前插入一条新记录,应使用的命令是_____。

    A. APPEND BEFORE　　　　　　B. APPEND BLANK

    C. INSERT BLANK　　　　　　　D. INSERT BEFORE

23. 设表文件中有"数学"、"英语"、"计算机"和"总分"4 个数值型字段,要将当前记录的 3 科成绩汇总后存入"总分"字段中,应使用的命令是_____。

    A. REPLACE 总分 WITH 数学+英语+计算机

    B. EDIT 总分 WITH 数学+英语+计算机

    C. REPLACE ALL 总分 WITH 数学+英语+计算机

    D. CHANGE 总分=数学+英语+计算机

24. 要为当前表中所有职工的"工资"字段增加 100 元工资,应使用的命令是_____。

    A. CHANGE 工资 WITH 工资+100

    B. REPLACE 工资 WITH 工资+100

    C. CHANGE ALL 工资 WITH 工资+100

    D. REPLACE ALL 工资 WITH 工资+100

25. 要为当前表中所有职称为"高工"的职工工资增加 5%,应使用的命令是_____。

    A. REPLACE ALL 工资 WITH 工资+0.05 FOR 职称='高工'

    B. REPLACE ALL 工资 WITH 工资*1.05 FOR 职称='高工'

    C. REPLACE 工资 WITH 工资*1.05 FOR '高工'

    D. APPEND ALL 工资=工资+0.05 FOR 职称='高工'

26. 在 Visual FoxPro 中,可以对字段设置默认值的表是_____。

    A. 数据库表　　　B. 自由表　　　C. A 和 B　　　D. A 或 B

27. 下列关于数据库表与自由表转换的说法中,正确的是_____。

    A. 数据库表能转换为自由表,反之不能

    B. 自由表能转换成数据库表,反之不能

    C. 两者不能转换

    D. 两者能相互转换

28. 建立 Visual FoxPro 索引的作用之一是_____。

    A. 节省存储空间　　　　　　　B. 便于管理

    C. 提高查询速度　　　　　　　D. 提高数据输入的速度

29. 可以伴随着表的打开而自动打开的索引是_____。
    A. 单索引文件   B. 结构复合索引文件
    C. 单一索引文件   D. 独立复合索引文件
30. 下列关于 DELETE ALL 命令与 ZAP 命令的说法中,错误的是_____。
    A. DELETE ALL 是逻辑删除,而 ZAP 是物理删除
    B. DELETE ALL 命令删除记录后可以用 RECALL 命令恢复
    C. DELETE ALL 只删除记录,而 ZAP 连同表文件一起删除
    D. ZAP 命令删除后不能恢复

二、填空题

1. Visual FoxPro 中,表文件的扩展名是_____,数据库文件的扩展名是_____。

2. 表是由_____和_____两部分组成。

3. Visual FoxPro 中的自由表就是那些不属于任何_____的表。

4. 只有_____表,才能定义字段的有效性规则。在定义字段的有效性规则时,在规则框中输入的表达式类型是_____。

5. 删除表中的记录通常要分为两个步骤:第一步是_____,第二步是_____。

6. 不带范围和条件的 DELETE 命令将删除指定表的_____记录。

7. 一个数据库表只能有一个_____索引。

8. Visual FoxPro 的主索引和候选索引可以保证数据的_____完整性。

9. 在 Visual FoxPro 中通过表之间的关联可以实现数据的_____完整性。

10. 索引能够确定表中记录的_____顺序,而不改变表中记录的_____顺序。

11. 同一个表的多个索引可以创建在一个索引文件中,索引文件的主名与表文件的主名相同,索引文件的扩展名为_____,这种索引称为_____。

12. 数据库表之间的一对多关系通过主表的_____索引和子表的_____索引实现。

13. 在编辑参照完整性之前,一般应该先进行_____操作。

14. 可以起到主关键字作用的索引是_____和_____。

15. 选择工作区号最小的空闲工作区命令是_____。

16. 在 Visual FoxPro 表中,记录是由字段值构成的数据序列,但数据长度要比各字段宽度之和多一个字节,这个字节是用来存放_____的。

17. 一个表文件中只有_____记录指针,刚打开表文件时,记录指针默认指向_____记录。

18. 记录指针定位一般包括_____定位、_____定位和_____定位 3 种。

19. CONTINUE 命令与_____命令配合使用,将记录指针定位到满足条件表达式的下一个记录。

20. 删除数据库文件之前,首先要_____数据库,再进行删除操作。

三、简答题

1. 如何在数据表中输入各种类型的数据?

2. 简述记录指针的定位方法。

3. 简述关闭数据库与关闭数据库设计器的区别。

4. 简述数据库表与自由表的关系。

5. 如何设置数据库表的有效性规则？

6. 简述建立参照完整性的过程。

单元测试 2 参考答案

一、选择题

1. B   2. D   3. A   4. C   5. A   6. B   7. B   8. A   9. C

10. D   11. B   12. D   13. C   14. B   15. B   16. D   17. A   18. B

19. A   20. C   21. B   22. D   23. A   24. D   25. B   26. A   27. D

28. C   29. B   30. C

二、填空题

1. .DBF,.DBC

2. 表结构,表数据

3. 数据库

4. 数据库,关系表达式或逻辑表达式

5. 逻辑删除,物理删除

6. 当前

7. 主

8. 实体

9. 参照

10. 逻辑,物理

11. .CDX,结构复合索引文件

12. 主,普通

13. 清理数据库

14. 主索引,候选索引

15. SELECT 0

16. 删除标记

17. 一个,第一条

18. 绝对,相对,条件

19. LOCATE

20. 关闭

三、简答题

略。

第3章

查询和视图

查询和视图是 Visual FoxPro 提供的快速访问数据库数据的工具,它们都可以对表进行有效的数据检索,尤其对多表数据库信息的显示、编辑和更新提供了非常简便的方法。二者既有联系,又有区别。本章主要介绍查询和视图的建立过程、二者的区别,以及用视图更新源数据库表的方法。

3.1 查 询

查询是一种相对独立且功能强大、结果多样的数据库资源,以扩展名. QPR 的文件形式保存在存储器上,其主体是 SQL-SELECT 语句。功能如下。

(1) 利用查询可以实现对数据库中数据的浏览、筛选、排序、检索、统计及加工等操作。

(2) 利用查询可以为其他数据库提供新的表资源,可以从单个表中提取有用的数据,也可以从多个表中提取综合信息。

本节主要介绍查询文件的建立、保存、运行和修改等基本操作。

3.1.1 建立查询文件

1. 利用"查询设计器"创建查询

菜单方式建立查询文件如下。

(1) 单表查询

下面通过例子说明建立单表查询的方法。

【例 3-1】 利用"查询设计器"创建单表查询"Student 查询 1"。

操作步骤如下。

① 在 Visual FoxPro 系统主菜单中,选择"文件"菜单中的"新建"命令,打开"新建"对话框。选择"查询"选项,单击"新建文件"按钮,进入"添加表或视图"对话框。选择 Student.dbf 表,单击"添加"按钮,再单击"关闭"按钮,进入"查询设计器"窗口,如图 3-1 所示。

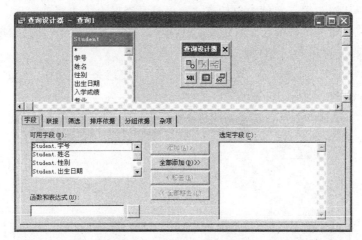

图 3-1　"查询设计器"窗口

② 选择"字段"选项卡，设置查询字段。在该选项卡中的"可用字段"列表框中列出了当前"查询设计器"窗口中打开的表中字段。可以通过逐个双击，或选择可用字段并单击"添加"按钮，把"学号"、"姓名"、"性别"、"团员否"字段添加到"选定字段"列表框中，如图3-2 所示。

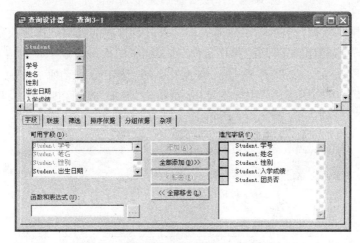

图 3-2　"查询设计器-字段"选项卡窗口

"函数和表达式"文本框中可以指定查询输出的表达式，也可以单击"…"按钮，调用"表达式生成器"对话框来生成表达式。使用表达式可以定义显示的标题，常用于分组查询。

③ 选择"筛选"选项卡，设置查询条件。

• "字段名"列表中给出参与条件的字段。

• "否"表示逻辑运算 NOT。

• "条件"给出了查询支持的关系运算符。

• "实例"文本框用于输入具体的值，其类型应与字段名同类型。

- "大小写"按钮用于实例中包括英文字母时是否区分大小写。
- "逻辑"按钮的可选值为无、OR 、AND 运算,当查询条件中包含 AND 或 OR 运算时,选择此按钮的 AND 或 OR。

本例中,"字段名"列表选择"Student.团员否"字段;"条件"选择"＝";"实例"文本框输入".T.",如图 3-3 所示。

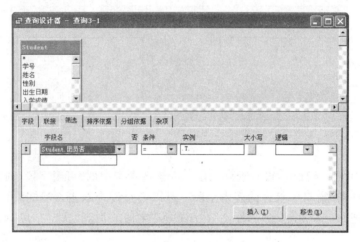

图 3-3 "查询设计器-筛选"选项卡窗口

④ 选择"排序依据"选项卡,设置对查询结果进行排序的选项。排序决定了查询输出结果中记录的先后顺序。字段在"排序条件"列表框中的次序决定了查询结果排序时的次序,第一个字段决定了主排序次序。本例中,在"选定字段"列表中选择排序字段"Student.学号",在"排序选项"中确定升序,再单击"添加"按钮,排序字段和排序方式就添加到"排序条件"列表中,如图 3-4 所示。

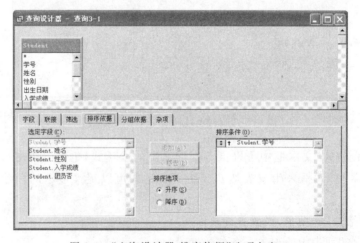

图 3-4 "查询设计器-排序依据"选项卡窗口

⑤ 选择"杂项"选项卡,用于指定是否要对重复记录进行检索,同时是否对记录(返回记录的最大数目或最大百分比)做限制。在本例中,设置"列在前面的记录"的"记录个数"

为 3,如图 3-5 所示。

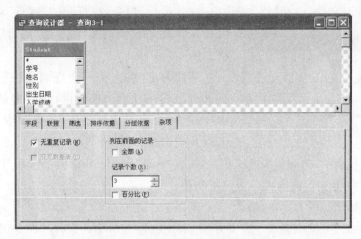

图 3-5　"查询设计器-杂项"选项卡窗口

⑥ 输出设置。单击"查询设计器"工具栏中的"查询去向"按钮或选择快捷菜单中的"输出设置"命令后,将显示"查询去向"对话框进行输出设置。默认查询去向为"浏览"方式。

在该对话框中共有如下 7 个选项。

* "浏览"选项:指定在浏览窗口中显示查询结果。
* "临时表"选项:将查询结果保存在临时表中。
* "表"选项:将查询结果作为表文件保存起来。
* "图形"选项:使查询结果可用于 Microsoft Graph,图形是包含在 Visual FoxPro 中的一个独立的 OLE 应用程序。
* "屏幕"选项:指定在活动的窗口中显示查询结果。
* "报表"选项:指定向报表文件发送查询结果。
* "标签"选项:指定向标签文件发送查询结果。

在本例中选择"浏览"选项为查询去向,如图 3-6 所示。

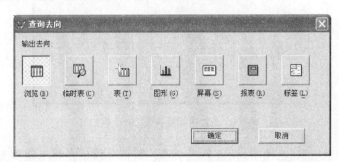

图 3-6　"查询去向"对话框

⑦ 保存查询文件,单击"查询设计器"窗口的"关闭"按钮,进入系统提示窗口。单击"是"按钮进入"另存为"窗口。输入创建查询的名字"Student 查询 1",单击"保存"按钮,

一个查询文件建立完成。

⑧ 运行查询文件,选择"程序"菜单中的"运行"命令,在打开的"运行"对话框中选择"Student 查询 1"查询文件,单击"运行"按钮,运行效果如图 3-7 所示。

到此为止,建立了一个查询文件"Student 查询 1.qpr",分别设置了"查询设计器"中的"字段"选项卡、"筛选"选项卡、"排序依据"选项卡、"杂项"选项卡以及查询去向。

图 3-7　例 3-1 运行效果图

【例 3-2】　利用"查询设计器"创建单表查询"Student 查询 2",用于分组查询表"Student.dbf"的专业人数和入学成绩平均值。

操作步骤如下。

① 在 Visual FoxPro 系统主菜单中,选择"文件"菜单中的"新建"命令,打开"新建"对话框。选择"查询"选项,单击"新建文件"按钮进入"添加表或视图"对话框。选择表 Student.dbf,单击"添加"按钮,再单击"关闭"按钮,进入"查询设计器"窗口。

② 在"字段"选项卡中,首先选择添加"Student.专业"字段,之后用"表达式生成器"分别生成表达式"AVG(Student.入学成绩) AS 入学成绩平均值"(如图 3-8 所示)和"COUNT(Student.学号) AS 人数"(如图 3-9 所示),并添加到"选定字段"列表中,添加之后的"查询设计器"如图 3-10 所示。

图 3-8　"表达式生成器"对话框(1)

③ 选择"分组依据"选项卡,设置分组字段。所谓分组就是将一组类似的记录压缩成一个结果记录,这样就可以完成基于一组记录的计算。分组一般会与某些聚集函数结合使用,诸如 SUM、COUNT、AVG 等。本例在"分组依据"选项卡中选择"Student.专业"字段作为分组字段,如图 3-11 所示。

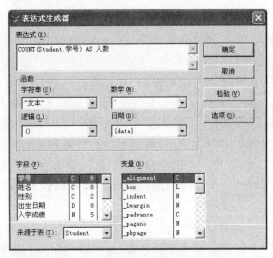

图 3-9 "表达式生成器"对话框(2)

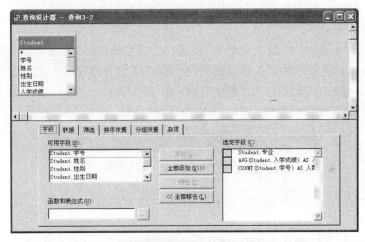

图 3-10 "查询设计器"窗口

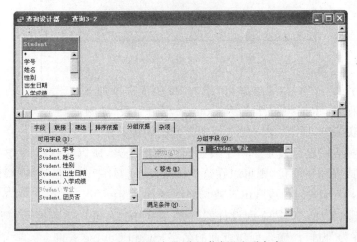

图 3-11 "查询设计器-分组依据"选项卡窗口

④ 保存查询文件,单击"查询设计器"的"关闭"按钮,进入系统提示窗口。单击"是"按钮进入"另存为"窗口。输入创建查询的名字"Student 查询 2",单击"保存"按钮,一个查询文件建立完成。

⑤ 运行查询文件,选择"程序"菜单中的"运行"命令,在打开的"运行"对话框中选择"Student 查询 2"查询文件,单击"运行"按钮,运行效果如图 3-12 所示。

图 3-12 例 3-2 运行效果图

本例主要是对表 Student.dbf 进行分组查询,分组字段为"专业",分组查询人数和入学成绩的平均值,练习使用了"查询设计器"中的"分组依据"选项卡。

（2）多表查询

利用"查询设计器"不仅可以建立单表查询,还可以建立多表查询,下面通过例子说明建立多表查询的方法。

【例 3-3】 利用"查询设计器"创建多表查询"SC 和 Course 查询 1"。

操作步骤如下。

① 在 Visual FoxPro 系统主菜单中,选择"文件"菜单中的"新建"命令,打开"新建"对话框。选择"查询"选项,单击"新建文件"按钮进入"添加表或视图"对话框。选择 SC.dbf 表,单击"添加"按钮,再单击"其他"按钮,选择 Course.dbf 表,进入"联接条件"对话框,如图 3-13 所示。单击"确定"按钮,进入"查询设计器"窗口,如图 3-14 所示。

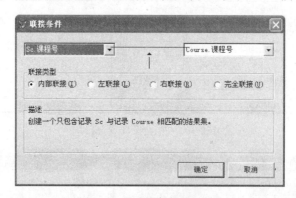

图 3-13 "联接条件"对话框

② 选择"字段"选项卡,通过单击"添加"按钮依次添加 SC.学号,SC.课程号,SC.成绩,Course.课程号,Course.先行课及 Course.学分字段,如图 3-15 所示。

③ 选择"联接"选项卡,建立表或视图之间的联接关系。

由于在选择表时已经设定了两个表之间的联接关系,所以在这里已经有一项联接条件。若想修改或再添加联接,则可以在这里进行操作。对于多个联接条件,要指明它们之间的逻辑关系,"AND"（与）或"OR"（或）,如图 3-16 所示。

④ 保存查询文件,单击"查询设计器"的"关闭"按钮,进入系统提示窗口。单击"是"按钮进入"另存为"窗口。输入创建查询的名字"SC 和 Course 查询 1",单击"保存"按钮,

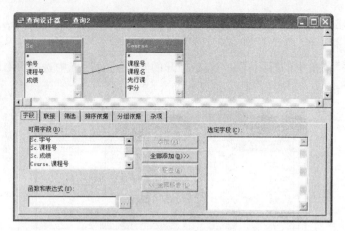

图 3-14 "查询设计器"窗口

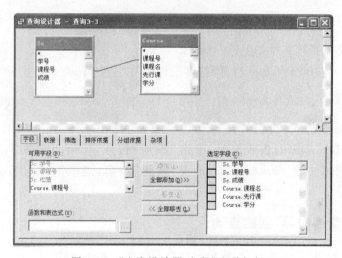

图 3-15 "查询设计器-字段"选项卡窗口

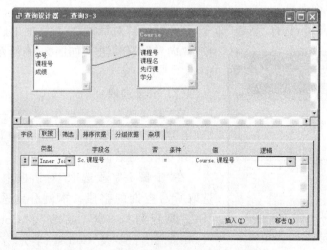

图 3-16 "查询设计器-联接"选项卡窗口

一个查询文件建立完成。

⑤ 运行查询文件。

选择"程序"菜单中的"运行"命令,在打开的"运行"对话框中选择"SC 和 Course 查询 1"查询文件,单击"运行"按钮,运行效果如图 3-17 所示。

学号	课程号	成绩	课程名	先行课	学分
080201	0201	70.0	数学		4.0
080201	0202	75.0	计算机导论		2.5
080201	0203	87.0	高级语言	0202	5.0
080201	0204	62.0	数据库原理	0205	3.0
080205	0201	91.0	数学		4.0
080205	0202	88.0	计算机导论		2.5
080205	0203	95.0	高级语言	0202	5.0
080205	0204	80.0	数据库原理	0205	3.0

图 3-17　例 3-3 运行效果图

命令方式建立查询文件如下。

用 CREATE QUERY 命令打开"查询设计器"建立查询,命令格式为:

`CREATE QUERY [查询文件名|?]`

命令执行后会进入"查询设计器"的"添加表或视图"界面,选择用于建立查询的表或视图。单击要添加的表或视图,单击"添加"按钮,也可以单击"其他"按钮选择其他的表或视图。添加表或视图后,单击"关闭"按钮,进入图 3-1 所示的"查询设计器"窗口。

2. 利用"查询向导"创建查询

【例 3-4】　利用"查询向导"创建单表查询"SC 和 Course 查询 2"。

操作步骤如下。

(1) 启动"查询向导"

单击"文件"菜单,选择"新建"命令,打开"新建"对话框,在对话框中选择"查询"选项,单击"向导"按钮,进入如图 3-18 所示"向导选取"对话框。

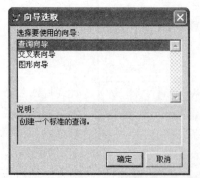

(2) 字段选取

在"向导选取"对话框中,选择"查询向导"后单击"确定"按钮,打开如图 3-19 所示"查询向导"的"步骤 1-字段选取"对话框。

在"步骤 1-字段选取"对话框中,可从多个表中选取所需查询的字段。本例分别选择"SC.学号"、"SC.课程号"、"SC.成绩"、"Course.课程名"、"Course.先行课"及"Course.学分"字段。

图 3-18　"向导选取"对话框

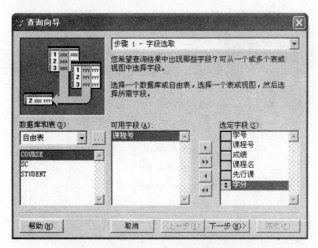

图 3-19 "查询向导步骤 1-字段选取"对话框

（3）建立表的关联

单击"下一步"按钮出现"步骤 2-为表建立关系"对话框。在下拉列表框中分别选择"SC.课程号"和"Course.课程号"这两个字段，单击"添加"按钮，则在关联列表中列出了"SC.课程号＝Course.课程号"，这样就建立了两个表的关联，如图 3-20 所示。

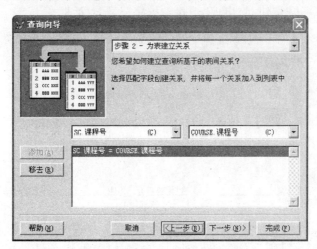

图 3-20 "查询向导步骤 2-为表建立关系"对话框

（4）字段选取

单击"下一步"按钮出现"步骤 2a-字段选取"对话框，如图 3-21 所示。通过从两个表中选择匹配的记录或任意一个表中的所有记录，可以限制查询。

默认情况下，只包含匹配记录。如果选择"仅包含匹配的行"选项，那么查询结果中所显示的是两个表中的第一个相匹配记录；如果选择"此表中的所有行"选项，那么查询结果中所显示的是其中一个表中所有与另一个表相匹配的记录；如果选择"两张表中的所有行"，那么查询结果中所显示的是两个表中的所有相匹配的记录。在这里，选择"仅包含匹配的行"，然后单击"下一步"按钮进入筛选记录，将出现"步骤 3-筛选记录"对话框。

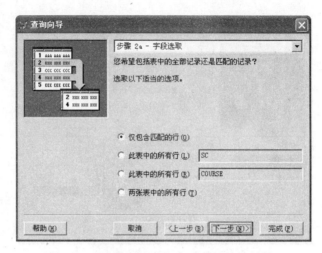

图 3-21　"查询向导步骤 2a-字段选取"对话框

（5）筛选记录

可以对数据库提出一些限制。在"步骤 3-筛选记录"对话框中，最多只能设置两个筛选条件。若有两个条件，可以使用"与（AND）"或"或（OR）"联接它们，前者表示同时满足这两个条件，后者表示只要满足这两个条件之一即可。在本例中不做限制，如图 3-22 所示。然后单击"下一步"按钮，将出现"步骤 4-排序记录"对话框。

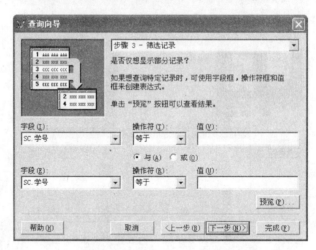

图 3-22　"查询向导步骤 3-筛选记录"对话框

（6）排序记录

首先在"可用字段"列表中选择需要排序的字段，双击该加亮的字段或单击"添加"按钮，就选定了该字段到"选定字段"列表中，然后选择"升序"或"降序"排序查询结果。在本例中以"学号"的"升序"进行输出的排序，如图 3-23 所示。然后单击"下一步"按钮，显示"步骤 4a-限制记录"对话框。

（7）限制记录

在这一步可以选择一定百分比的记录，或选择一定数量的记录，用来进一步限制查询

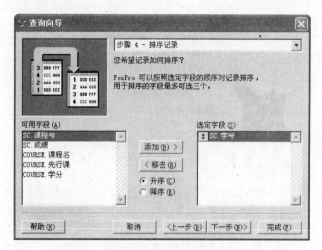

图 3-23　"查询向导步骤 4-排序记录"对话框

结果的记录数量,如图 3-24 所示。在本例中未做任何限制。然后单击"下一步"按钮,显示"步骤 5-完成"对话框。

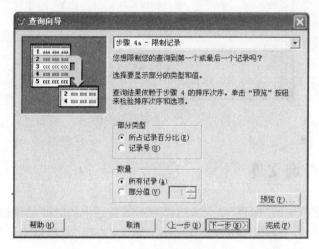

图 3-24　"查询向导步骤 4a-限制记录"对话框

(8) 完成

在"步骤 5-完成"对话框中,各选项说明如下。

- 保存查询:将所设计的查询保存,以后在"项目管理器"或程序中运行。
- 保存并运行查询:将所设计的查询保存,并运行该查询。
- 保存查询并在"查询设计器"修改:将所设计的查询保存,同时打开"查询设计器"修改该查询。

本例选"保存查询",如图 3-25 所示。然后单击"完成"按钮,将显示"另存为"对话框,选择保存位置和所建立的查询文件名字,这里输入"SC 和 Course 查询 2",单击"保存"按钮。所建立的查询将以文件名"SC 和 Course 查询 2"保存在所选择的文件夹中。在保存前可以先单击"预览"按钮查看一下该查询的最后效果。预览结果如图 3-26 所示。

图 3-25 "查询向导步骤 5-完成"对话框

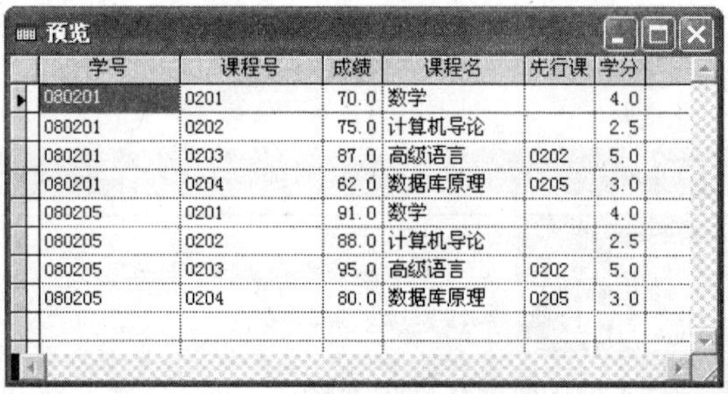

学号	课程号	成绩	课程名	先行课	学分
080201	0201	70.0	数学		4.0
080201	0202	75.0	计算机导论		2.5
080201	0203	87.0	高级语言	0202	5.0
080201	0204	62.0	数据库原理	0205	3.0
080205	0201	91.0	数学		4.0
080205	0202	88.0	计算机导论		2.5
080205	0203	95.0	高级语言	0202	5.0
080205	0204	80.0	数据库原理	0205	3.0

图 3-26 例 3-4 运行效果图

3.1.2 保存查询文件

选择"文件"菜单中的"保存"命令或选择常用工具栏中的"保存"按钮。对于新建立的查询文件,第一次保存会打开"另存为"对话框。在"另存为"对话框中设置存盘路径、文件名等内容,如图 3-27 所示。

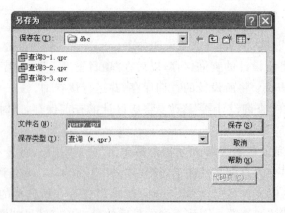

图 3-27 "另存为"对话框

3.1.3 运行查询文件

1. 菜单方式

运行查询文件可以采用下列方法。

- 右击"查询设计器"窗口的空白区域,在快捷菜单中选择"运行查询"命令。
- 在常用工具栏中,单击"运行"按钮。
- 选择"查询"菜单中的"运行查询"命令。

2. 命令方式

用"DO 查询文件名.QPR"命令运行查询文件。其命令格式为:

```
DO 查询文件名.QPR                      && 扩展名.QPR 不能省略
```

3.1.4 修改查询文件

1. 菜单方式

选择"文件"菜单中的"打开"命令,在"打开"对话框中,选择文件类型为"查询(＊.qpr)",并选择要修改的文件名,单击"确定"按钮。

2. 命令方式

用 MODIFY QUERY 命令修改查询文件。其命令格式为:

```
MODIFY QUERY 查询文件名.QPR        && 扩展名可以省略
```

3.2 视   图

3.2.1 视图的概念

视图是从一个或多个数据库表中导出的"表",它与表不同的是,视图中的数据是存储在原来的表中,因此可以把它看作是一个"虚表"。视图是不能单独存在的,它依赖于某一数据库且依赖于某一表而存在,只有打开与视图相关的数据库才能创建和使用视图。

根据数据库中数据的来源不同,分为本地视图和远程视图。本地视图是使用当前数据库中的表建立的视图,远程视图是使用当前数据库之外的数据源表建立的视图。

本节以菜单操作方式介绍视图的建立及使用过程,命令操作方式在第 4 章 SQL 语言中介绍。

3.2.2　使用视图设计器建立本地视图

1. 单表本地视图

【例 3-5】　利用"视图设计器",依据数据库文件"数据 1",创建一个单表本地视图 "student 视图 1",视图中包含"学号"、"姓名"、"性别"、"入学成绩"4 个字段的内容。

操作步骤如下。

(1) 打开数据库文件"数据 1",进入"数据库设计器"窗口,如图 3-28 所示。

(2) 在 Visual FoxPro 系统主菜单中,选择"文件"菜单中的"新建"命令,进入"新建" 对话框。

(3) 在"新建"对话框中,单击"视图"按钮,再单击"新建文件"按钮,进入"添加表或视 图"对话框,如图 3-29 所示。

图 3-28　"数据库设计器"窗口

图 3-29　"添加表或视图"对话框

(4) 在"添加表或视图"对话框,先选择表 Student.dbf,单击"添加"按钮,再单击"关 闭"按钮,进入"视图设计器"窗口,如图 3-30 所示。

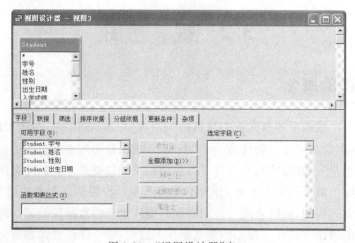

图 3-30　"视图设计器"窗口

（5）在"视图设计器"窗口的"可用字段"列表框中，逐个单击把"学号"、"姓名"、"性别"、"入学成绩"4 个字段添加到"选定字段"列表框中，再单击"关闭"按钮，进入系统提示窗口。

（6）在系统提示窗口中，单击"是"按钮，进入视图"保存"对话框，如图 3-31 所示。输入视图名称"student 视图 1"，单击"确定"按钮，一个视图文件建立完成，同时被存放在打开的"数据库设计器"中，如图 3-32 所示。

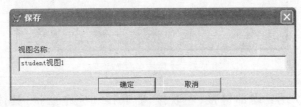

图 3-31　视图"保存"对话框

（7）选择"数据库"菜单中的"浏览"命令，进入视图浏览窗口，如图 3-33 所示。

图 3-32　"数据库设计器"窗口

图 3-33　视图浏览窗口

注意：视图中的内容与表 Student. dbf 内容的差别。

2. 多表本地视图

【例 3-6】　利用"视图设计器"，依据数据库文件"数据 1"，创建一个多表本地视图"sc 和 course 视图 1"，视图中包含"学号"、"课程号"、"成绩"、"课程名"、"先行课"5 个字段的内容。

操作步骤如下。

（1）打开数据库文件"数据 1"，进入"数据库设计器"窗口。

（2）选择"数据库"菜单中的"新建本地视图"命令，进入"新建本地视图"窗口。单击"新建视图"按钮，进入"视图设计器"窗口，同时打开"添加表或视图"对话框。

（3）在"添加表或视图"对话框中，把表 SC. dbf 和 Course. dbf 添加到"视图设计器"中，再进入"联接条件"对话框，如图 3-34 所示。选择表间的联接类型为"内部联接"，再单击"确定"按钮，进入"视图设计器"窗口。

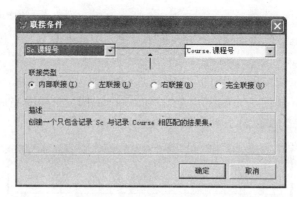

图 3-34 "联接条件"对话框

联接类型主要分为：内部链接、左联接、右联接和完全联接，具体含义将在第 4 章 SQL 语言中介绍。

（4）在"视图设计器"窗口的"可用字段"列表框中，逐个单击把"学号"、"课程号"、"成绩"、"课程名"、"先行课"5 个字段添加到"选定字段"列表框中，如图 3-35 所示。单击"视图设计器"窗口的"关闭"按钮，进入系统提示窗口。

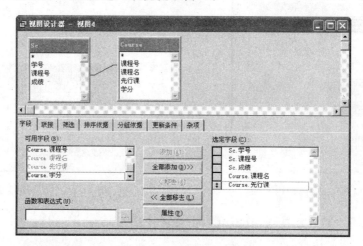

图 3-35 "视图设计器"窗口

（5）在系统提示窗口中，单击"是"按钮，进入视图"保存"对话框。输入视图名称"sc 和 course 视图 1"，如图 3-36 所示。单击"确定"按钮，一个视图文件建立完成，同时被存放在打开的"数据库设计器"中，如图 3-37 所示。

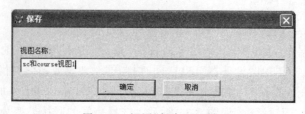

图 3-36 视图"保存"对话框

（6）执行"数据库"菜单中的"浏览"命令,进入视图浏览窗口,如图 3-38 所示。

图 3-37 "数据库设计器"窗口　　　　　　图 3-38 例 3-6 运行效果图

注意：观察视图中的内容,并与表 SC. dbf 和 Course. dbf 的内容进行比较。

以上例子均采用"视图设计器"创建视图,也可以使用"视图向导"建立视图,由于视图向导的建立过程和查询向导类似,这里就不再介绍。

3.2.3　使用视图

虽然视图是一个"虚表",但可以利用视图更新表中的数据。因为视图可以限定表中数据的使用范围,因此也就限定了可更新的数据,表中其他的数据就不会被破坏,由此可以提高数据维护的安全性。

【例 3-7】　依据本地视图"sc 和 course 视图 1",更新 SC. dbf 表中"成绩"字段的数据内容。

操作步骤如下。

（1）打开数据库文件"数据 1",进入"数据库设计器"窗口。激活"sc 和 course 视图 1",选择"数据库"菜单中的"修改"命令,进入"视图设计器"窗口。

（2）选择"更新条件"选项卡,在"字段名"列表框中列出了与更新有关的字段。在字段名左侧有两列标志,按钮 🔑 表示关键字,按钮 ✐ 表示更新,通过单击相应列按钮可以改变相关的状态。本例选择字段名"SC. 成绩",将在其前面出现更改标记。然后在左侧,选中"发送 SQL 更新"复选框,如图 3-39 所示。关闭"视图设计器"窗口,在系统提示窗口中单击"是"按钮,返回到 Visual FoxPro 系统窗口。

（3）浏览视图,修改某记录"成绩"字段的内容,然后浏览相应的表,观察结果。

通过上面例题可以知道,视图可以更新数据库表中的数据,可以通过"视图设计器"中的"更新条件"选项卡设置更新的字段,这是视图所特有的。在"查询设计器"中就没有"更新条件"选项卡,其余选项卡类似,并且功能基本相同,在这里就不详细介绍了。

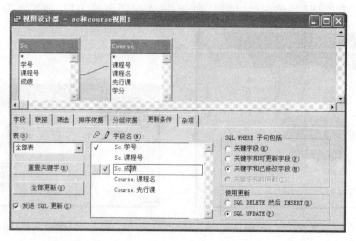

图 3-39 "视图设计器-更新条件"选项卡窗口

3.3 单元实验

3.3.1 查询文件的建立与使用

【实验目的】

（1）熟练掌握用"查询设计器"建立查询的操作方法。
（2）熟练掌握用"查询向导"建立查询的操作方法。

【实验内容】

（1）单表查询。
（2）单表分组统计查询。
（3）一对多表查询。
（4）利用"查询向导"建立多表查询。

【实验步骤】

1. 单表查询

为表 Student.dbf 建立一个查询文件 Student.qpr,查询入学成绩大于 350 的男同学的全部信息,并按照学号升序显示查询结果。

操作步骤如下。

（1）单击"文件"菜单中的"新建"命令,在打开的窗口中选择文件类别为"查询"。

（2）单击"新建文件"按钮,打开"查询设计器"窗口。

（3）在打开的"打开"对话框中,找到要查询的表文件 Student.dbf,单击"确定"按钮。

（4）选择"字段"选项卡，单击"全部添加"按钮或者根据查询要求选择要显示的字段，单击"添加"按钮，选定的字段出现在"选定字段"列表框中。

（5）设置筛选条件为入学成绩大于 350 的男同学。选择"筛选"选项卡，选择"入学成绩"字段，条件为"＞"，在实例中输入 350，逻辑条件为 AND，在下一行中选择"性别"字段，条件为"＝"，在实例中输入"男"。设置后如图 3-40 所示。

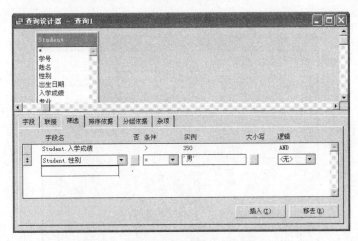

图 3-40 "查询设计器-筛选"选项卡窗口

（6）选择"排序依据"选项卡，选择"学号"为排序字段，单击"添加"按钮，选择排序选项为"升序"。

（7）保存查询文件。单击"文件"菜单中的"保存"命令，输入查询文件名称为"Student.qpr"，单击"确定"按钮。

（8）执行查询。选择"查询"菜单中的"运行查询"命令；或用命令方式来执行，如执行本例的命令为 DO Student.qpr。运行效果如图 3-41 所示。

图 3-41 单表查询运行效果图

2．单表分组统计查询

为表 Student.dbf 建立一个查询文件 Student2.qpr，按照"性别"字段分组，并求小组平均入学成绩和小组人数，查询结果按照小组人数降序显示。

操作步骤如下。

（1）单击"文件"菜单中的"新建"命令，在打开的窗口中选择文件类别为"查询"。

（2）单击"新建文件"按钮，打开"查询设计器"窗口。

（3）在打开的"打开"对话框中，找到要查询的表文件 Student.dbf，单击"确定"按钮。

（4）选择"字段"选项卡，选择"性别"字段，单击"添加"按钮，选定的字段出现在"选定字段"列表框中。

（5）在"函数和表达式"文本框中，输入分组计算表达式：AVG(Student.入学成绩) AS "入学成绩平均值"（也可以使用"表达式生成器"生成，如图 3-42 所示），单击"添加"按钮。

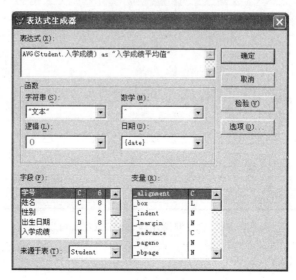

图 3-42 "表达式生成器"对话框

（6）在"函数和表达式"文本框中，输入分组计算表达式 COUNT(*) AS "人数"，单击"添加"按钮，如图 3-43 所示。

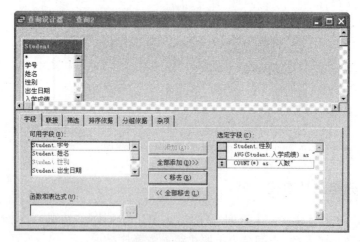

图 3-43 "查询设计器-字段"选项卡窗口

（7）选择"分组依据"选项卡，选择"性别"字段，单击"添加"按钮。

（8）选择"排序依据"选项卡，选择"COUNT(*)"为排序字段，单击"添加"按钮，选择

Visual FoxPro 程序设计实用教程

排序选项为"降序"。

（9）保存查询文件。单击"文件"菜单中的"保存"命令，输入查询文件名称为Student2.qpr，单击"确定"按钮。

（10）执行查询。在命令窗口中输入"DO Student2.qpr"后按回车键，可以在浏览窗口看到查询的结果，运行结果如图3-44所示。

（11）设置查询的去向是一个表文件stu.dbf。返回到"查询设计器"窗口，单击"查询"菜单中的"查询去向"命令，在打开的对话框中选择去向为"表"，在"表名"后面的文本框中输入表名为"stu"，单击"确定"按钮。

图 3-44　单表分组统计查询
运行效果图

（12）执行查询：在命令窗口中输入"DO Student2.qpr"后按回车键，就会在当前工作目录下生成表文件stu.dbf，其中存放查询的结果记录。

3. 多表查询

为Student.dbf和SC.dbf建立一个查询文件stusc.qpr，即查询学号为"080201"的学生的姓名、性别、出生日期及该学生选课的课程号、成绩等信息。

操作步骤如下。

（1）单击"文件"菜单中的"新建"命令，在打开的窗口中选择文件类别为"查询"。

（2）单击"新建文件"按钮，打开"查询设计器"窗口。

（3）在数据环境中添加表文件Student.dbf和SC.dbf。

（4）选择"联接"选项卡，选择类型为"内部联接"，并按照公共字段"学号"相等来建立联接。

（5）其他操作与前面的实验相同，此处略。

4. 利用"查询向导"建立 SC.dbf 和 Course.dbf 多表查询

要求查询SC.dbf和Course.dbf的所有字段，联接类型为"内部联接"，按照公共字段"课程号"相等建立联接，以课程号升序排序，不进行记录限制。

操作步骤参照例3-4。

3.3.2　视图文件的建立与使用

【实验目的】

（1）熟练掌握用"视图设计器"建立视图的操作方法。
（2）熟练掌握用"视图向导"建立视图的操作方法。

【实验内容】

（1）利用"视图设计器"创建本地视图。

（2）利用"视图向导"创建本地视图。

【实验步骤】

1. 利用"视图设计器"创建本地视图

为表 Student. dbf 和 SC. dbf 建立一个视图名为 stuscview 的视图，显示所有男同学的全部信息，按照学号降序来显示视图记录，并允许视图具有更新功能。

操作步骤如下。

（1）打开已经建好的数据库"数据 1. dbc"，进入"数据库设计器"窗口。

（2）单击"数据库"菜单中的"新建本地视图"命令，在打开的窗口中选择"新建视图"按钮。

（3）在打开的"添加表或视图"对话框中添加表文件 Student. dbf 和 SC. dbf，在"联接条件"对话框中设置公共字段"学号"，并单击"确定"按钮。

（4）"视图设计器"中各个选项卡的操作方法与"查询设计器"基本相同，此处省略相同的步骤。

（5）选择"更新条件"选项卡，将"学号"字段设置为主关键字。在"钥匙"图标下面的编号字段的前面单击鼠标，将选中标记设置为选中状态。以同样的方法设置允许修改的字段，在"铅笔"图标下其他字段的前面单击鼠标，将选中标记设置为选中状态。

（6）设置"发送 SQL 更新"选项为选中状态。

（7）单击"文件"菜单中的"保存"命令，在打开的"保存"对话框中输入视图名为 stuscview，单击"确定"按钮。

（8）以浏览方式打开视图文件 stuscview、表文件 Student. dbf 及 SC. dbf。在视图中修改某一记录的数据后，将记录指针（光标）移动到其他记录上，观察源表文件 Student. dbf 和 SC. dbf 中的数据变化。

注意：视图并不形成对应的磁盘文件，视图的定义存储在数据库文件中，因此建立视图前一定要打开一个数据库，否则不能建立视图。

2. 利用"视图向导"创建本地视图

要求：在数据库"数据 1. dbc"中，利用"视图向导"为表 SC. dbf 和 Course. dbf 建立一个视图，名为 scco。视图中包含"学号"、"课程号"、"成绩"、"课程名"、"先行课"5 个字段的内容。

3.4　学　习　指　导

3.4.1　知识结构

本章主要阐述了查询和视图的基本概念，详细说明了"单表"与"多表"查询和视图的建立、修改及运行方法。知识结构如图 3-45 所示。

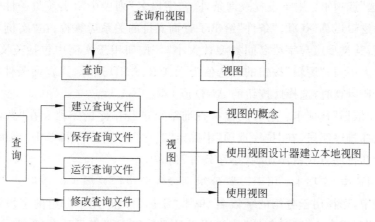

图 3-45　查询和视图知识结构图

3.4.2　知识点

1. 查询

查询是以扩展名.QPR 的文件形式保存在存储器上,其主体是 SQL-SELECT 语句。其功能如下。

- 利用查询可以实现对数据库中数据的浏览、筛选、排序、检索、统计及加工等操作。
- 利用查询可以为其他数据库提供新的表资源,可以从单个表中提取有用的数据,也可以从多个表中提取综合信息。

(1) 建立查询文件

① 利用查询设计器创建查询

菜单方式:

- 单表查询
- 多表查询

命令方式:

用 CREATE QUERY 命令打开查询设计器建立查询,命令格式为:

CREATE QUERY [查询文件名|?]

"查询设计器"对话框中各选项的说明如下。

- "字段"选项卡:用于选择查询的数据项。数据项有两种情况,一种是表中的单独字段,另一种是包含表中字段的表达式。
- "联接"选项卡:用于两个表以上的查询。因为在开始建立查询时,添加表的过程中就建立了联接,所以一般不需要设置。在查询涉及 3 个以上的表时,注意添加表的顺序。联接可以通过单击"联接"选项卡中的 ↔ 按钮,打开 "联接条件"对话框进行修改。

- "筛选"选项卡：用于设置查询条件。"字段名"列表中给出参与条件的字段；"否"表示逻辑运算 NOT；"条件"给出了查询支持的关系运算符；在"实例"中输入具体的值，其类型应与字段名同类型；"大小写"按钮用于实例中包括英文字母时是否区分大小写；"逻辑"按钮的可选值为无、OR、AND 运算，当查询条件中包含 AND 或 OR 运算时，选择此按钮的 AND 或 OR。

- "排序依据"选项卡：用来设置对查询结果进行排序的字段。在"选定字段"列表中选择排序字段，在"排序选项"中确定"升序"或"降序"，再单击"添加"按钮，排序字段和排序方式就添加到"排序条件"列表中。

- "分组依据"选项卡：用于设置分组字段和分组需要满足的条件。在"可用字段"列表中，选择用于分组的字段名，单击"添加"按钮，用于分组的字段添加到"分组字段"列表中。"满足条件"按钮用于设置分组需要满足的条件，单击"满足条件"按钮，显示"满足条件"对话框。"满足条件"对话框的操作与"筛选"选项卡相似，操作方法相同，只是目的不同。"筛选"用于限制查询的条件，"满足条件"用于限制分组结果中需要的内容。

- "杂项"选项卡：用于指定是否要对重复记录进行检索，同时是否对记录（返回记录的最大数目或最大百分比）做限制。

输出去向用来对查询结果进行处理。默认情况下，输出去向是浏览。如果采用其他方式作为输出去向时，需要做相应的设置。

输出去向的设置方法：

右击"查询设计器"的空白处打开快捷菜单选择"输出设置"命令显示"查询去向"对话框选择"输出去向"图标按钮输入相应的名称单击"确定"按钮。

② 利用查询向导创建查询

（2）保存查询文件

- 单击"文件"菜单 选择 "保存"命令。
- 单击常用工具栏中的"保存"按钮。

（3）运行查询文件

① 菜单方式

- 右击空白区域打开快捷菜单选择"运行查询"命令。
- 在常用工具栏中单击"运行"按钮。
- 单击"查询"菜单选择"运行查询"命令。

② 命令方式

在命令窗口中用"DO 查询文件名.QPR"命令运行。其中，扩展名.QPR 不能省略。

（4）修改查询文件

单击"文件"菜单选择"打开"命令显示"打开"对话框选择文件类型为"查询（＊.qpr）"选择要修改的文件名单击"确定"按钮。

2. 视图

(1) 视图的概念

视图是从一个或多个表中导出的"表"。它与表不同的是,视图中的数据是存储在原来的表中,因此可以把它看作是一个"虚表"。视图是不能单独存在的,它依赖于某一数据库且依赖于某一表而存在,只有打开与视图相关的数据库才能创建和使用视图。

根据数据库中数据的来源不同,分为本地视图和远程视图。

(2) 使用"视图设计器"建立本地视图

① 单表本地视图

② 多表本地视图

3. 使用视图

虽然视图是一个"虚表",但可以利用视图更新表中的数据,以提高数据维护的安全性。

单元测试 3

一、选择题

1. 以下关于"查询"的描述正确的是_____。
   A. 查询保存在项目文件中　　　B. 查询保存在数据库文件中
   C. 查询保存在表文件中　　　　D. 查询保存在查询文件中

2. 如果要在屏幕上直接看到查询结果,"查询去向"应该选择_____。
   A. 屏幕　　　　B. 浏览　　　　C. 临时表或屏幕　　　　D. 浏览或屏幕

3. 在 Visual FoxPro 中建立查询时,可以从表中提取符合指定条件的一组记录,_____。
   A. 但不能修改记录
   B. 同时又能更新数据
   C. 但不能设定输出字段
   D. 同时可以修改数据,但不能将修改的内容写回源表

4. 关于查询的叙述,正确的是_____。
   A. 不能使用自由表建立查询　　　B. 不能使用数据库表建立查询
   C. 只能使用数据库表建立查询　　D. 可以使用数据库表和自由表建立查询

5. 关于查询向导的叙述,正确的是_____。
   A. 查询向导只能为一个表建立查询
   B. 查询向导只能为多个表建立查询
   C. 查询向导可以为一个或多个表建立查询

D. 上述说法都不对

6. 下面不正确的描述是_____。

    A. 查询是以.QPR 为扩展名的文件

    B. 查询实际上是一个定义好的 SQL-Select 语句,可以在不同场合直接使用

    C. 查询去向设置为"表"用于保存对查询的设置

    D. 可以使用自由表和数据库表建立查询

7. 在 Visual FoxPro 中,关于视图的叙述正确的是_____。

    A. 视图与数据库表相同,用来存储数据

    B. 视图不能同数据库表进行联接操作

    C. 在视图上不能进行更新操作

    D. 视图是从一个或多个数据库表导出的虚表

8. 关于视图的运行,错误的叙述是_____。

    A. 在"项目管理器"中选择要运行的视图,单击"运行"按钮

    B. 在"视图设计器"修改视图时,选择"查询"菜单的"运行查询"命令

    C. 在"视图设计器"修改视图时,单击工具栏中的"!"按钮

    D. 在"项目管理器"中选择要运行的视图,单击"浏览"按钮

9. 视图是根据数据库表派生出来的"表",当关闭数据库后,视图_____。

    A. 仍然包含数据   B. 不再包含数据

    C. 用户可以决定是否包含数据   D. 依赖于是否是数据库表

10. 以下关于视图叙述不正确的是_____。

    A. 视图依赖于数据库不能独立存在

    B. 可以使用浏览窗口显示或修改视图中的数据

    C. 可以用 USE 命令打开视图

    D. 可以使用 MODIFY STRUCTURE 命令修改视图的结构

11. 下列选项中,视图不能完成的是_____。

    A. 指定可更新的表   B. 指定可更新的字段

    C. 删除和视图相关的表   D. 设置参数

12. 在 Visual FoxPro 中以下叙述正确的是_____。

    A. 利用视图可以修改数据   B. 利用查询可以修改数据

    C. 查询和视图具有相同的作用 D. 视图可以定义输出去向

13. "查询设计器"和"视图设计器"的主要区别在于_____。

    A. "查询设计器"有"更新条件"选项卡,没有"查询去向"选项

    B. "查询设计器"没有"更新条件"选项卡,有"查询去向"选项

    C. "视图设计器"没有"更新条件"选项卡,有"查询去向"选项

    D. "视图设计器"有"更新条件"选项卡,也有"查询去向"选项

14. 有关多表查询结果中,说法正确的是_____。

    A. 只包含其中一个表的字段

    B. 必须包含查询表的所有字段

C. 可包含查询表的所有字段,也可包含查询表的部分字段

D. 以上说法均不正确

15. 视图不能单独存在,它必须依赖于_____而存在。

A. 视图　　　　B. 数据库　　　　C. 表　　　　D. 查询

二、填空题

1. "查询设计器"的"筛选"选项卡用来指定查询的_____。

2. "查询设计器"窗口中,设置输出字段使用_____选项卡;设置选定符合条件的记录使用_____选项卡;对指定字段进行排序使用_____选项卡。

3. 查询就是向一个数据库发出检索信息的请求,从中提取出_____的记录。

4. 查询文件的内容是一条_____语句,它的扩展名为_____。

5. 视图是依存于数据库的一张_____,不以独立的文件形式保存。

6. 视图的数据源可以是数据库表、_____或另一个_____。

7. 视图有_____和_____两种。

8. 远程视图的数据来源是远程的服务器,必须首先在数据库中建立一个命名的_____。

9. 视图与查询的本质区别在于,视图可以_____源数据库表中的数据,查询_____更新表中的数据。

单元测试 3 参考答案

一、选择题

1. D　　2. A　　3. A　　4. D　　5. C　　6. C　　7. D　　8. A　　9. B
10. D　　11. C　　12. A　　13. B　　14. C　　15. B

二、填空题

1. 条件

2. 字段,筛选,排序依据

3. 满足指定条件

4. SQL-Select,. QPR

5. 虚表

6. 自由表,视图

7. 本地视图,远程视图

8. 联接

9. 更新,不能

第**4**章

关系型数据库标准语言 **SQL**

　　SQL 是 Structured Query Language 的简写,即结构化查询语言。它是一个通用的、功能极强的关系型数据库的标准语言。SQL 语言集数据查询(Data Query)、数据操纵(Data Manipulation)、数据定义(Data Definition)和数据控制(Data Control)等功能于一体,并具有以下主要特点。

　　(1) 综合统一

　　SQL 语言功能集中、风格统一,可以独立完成数据库生命周期中的全部活动。包括定义数据库和表结构,录入数据及建立数据库的查询、更新、维护、安全性、完整性等一系列操作,为数据库应用系统的开发提供了良好的环境。

　　(2) 高度非过程化

　　用 SQL 语言进行数据操作时,用户只需要提出“做什么”,而不必指明“怎么做”。存取路径的选择及 SQL 的操作过程由系统自动完成,这不但大大减轻了用户的负担,而且还有利于提高数据独立性。

　　(3) 面向集合的操作方式

　　SQL 语言采用集合操作方式,不仅一次插入、删除、更新操作的对象可以是元组的集合,而且查找结果也可以是元组的集合。

　　(4) 以一种语法结构提供两种使用方式

　　SQL 既是独立的语言(也称自含式语言),又是嵌入式语言。作为独立语言,SQL 能独立地用于联机交互的作用方式,用户可以在终端键盘上直接输入 SQL 命令对数据库进行操作。作为嵌入式语言,SQL 能嵌入到高级语言中使用,成为应用开发语言的一部分。并且在两种不同的使用方式下,SQL 的语法结构基本上是一致的。

　　(5) 语言简洁,学习和使用方便

　　SQL 功能极强,但由于设计巧妙,完成核心功能只用了 9 个动词,如表 4-1 所示。

表 4-1　SQL 语言的命令动词

SQL 功能	命　令　动　词	SQL 功能	命　令　动　词
数据查询	SELECT	数据操纵	INSERT、UPDATE、DELETE
数据定义	CREATE、DROP、ALTER	数据控制	GRANT、REVOKE

Visual FoxPro 在 SQL 语言方面支持数据查询、数据定义和数据操纵功能,不能提供数据控制功能,这是 Visual FoxPro 自身的一个缺陷。

本章主要介绍 SQL 语言的数据查询、数据定义和数据操纵功能。补充说明 SQL 语言中涉及的关系模型中,二维表的每一行称为记录或元组,每一列称为字段或属性。

4.1 数据查询功能

数据查询语句是 SQL 的核心,是 SQL 功能的重要组成部分。在数据库的实际应用中,用户最常使用的操作就是查询操作。SQL 的查询语句使用非常灵活,功能十分强大,它可以实现简单查询、联接查询和嵌套查询。

4.1.1 查询语句的一般形式

查询语句的一般形式是:

SELECT[ALL|DISTINCT][TOP N[PERCENT]]<目标列表达式表>
FROM <表名或视图名>[联接方式 JOIN<表名或视图名>][ON 联接条件]
[WHERE<查询条件表达式>]
[GROUP BY<列名 1>[HAVING<分组条件表达式>]]
[ORDER BY<列名 2>[ASC|DESC][,<列名 3>[ASC|DESC]…]]
[输出去向]

查询语句由 SELECT 子句、FROM 子句、WHERE 子句、GROUP BY 子句、ORDER BY 子句及输出去向组成。SELECT 子句指明要查询的项目,FROM 子句指明被查询的表名或视图名及联接条件,WHERE 子句指明查询的条件,GROUP BY 子句指明如何将查询结果分组,ORDER BY 子句指明查询结果如何排序,输出去向子句指明查询结果的去向。其中 SELECT 子句和 FROM 子句是每个 SELECT 查询语句所必需的,其他子句是可以任选的。

SELECT 查询语句的完整含义是:根据 WHERE 子句的查询条件表达式,从 FROM 子句指定的表或视图中找出满足条件的元组,再按 SELECT 子句中的目标列表达式,选出元组中的属性值形成结果表。其中 GROUP BY 子句用于将查询结果集按指定列值分组,每组产生结果表中的一个元组;HAVING 子句用于指定分组的过滤条件;ORDER BY 子句用于将查询结果集按指定列排序。

图 4-1 给出了本章查询时要用到的表:学生表 Student. dbf、课程表 Course. dbf 和选修表 SC. dbf。

(a) 学生表

(b) 课程表

(c) 选修表

图 4-1 本章查询时要用到的表

4.1.2 简单查询

简单查询是指仅涉及一个表的查询。

1. 选择表中的列

选择表中的全部列或部分列,这就是关系数据库的投影运算。

【例 4-1】 查询 Student.dbf 中全体学生的学号与姓名。查询结果如图 4-2 所示。

SELECT 学号, 姓名   FROM 学生课程!Student

说明:查询指定的列在 SELECT 子句的<目标列表达式表>中指定,<目标列表达式表>中各个列的先后顺序可以与表中的顺序不一致。FROM 子句中"!"前面给出的是学生表所在的数据库名,通常情况下数据库名可以省略。

【例 4-2】 查询 Student.dbf 中全体学生的详细记录。查询结果如图 4-1(a)所示。

SELECT 学号,姓名,性别,出生日期,入学成绩,专业 FROM Student

或

SELECT * FROM Student

说明:查询全部列时可以用"*"号代替,但要求显示顺序与表的顺序必须相同。

【例 4-3】 查询 Student.dbf 中全体学生的姓名、出生年份、年龄和专业。查询结果如图 4-3 所示。

图 4-2 例 4-1 查询结果 　　　　　　　　图 4-3 例 4-3 查询结果

```
SELECT 姓名,YEAR(出生日期) 出生年份,2009-YEAR(出生日期) AS 年龄,专业；
FROM Student
```

说明：

- SELECT 子句的＜目标列表达式表＞可以是经过计算的值,包括：属性列、算术表达式、字符串常量、函数、列别名等。其中,YEAR(出生日期)是 Visual FoxPro 的标准函数；2009－YEAR(出生日期)是算术表达式；出生年份和年龄分别是指定列的别名。
- 查询语句 SELECT 可以分连续的 n 行编写,前 $n-1$ 行以";"结束。";"称为续写行符号,表示查询语句 SELECT 还没有结束。

【例 4-4】 查询 Student.dbf 中的专业情况。查询结果如图 4-4 所示。

```
SELECT  专业  FROM Student
```

或

```
SELECT DISTINCT  专业  FROM Student
```

说明：在 SELECT 子句中使用 DISTINCT 短语可以消除取值重复的行；缺省时为 ALL,即保留结果表中取值重复的行。

(a) 　　　 (b)

图 4-4 例 4-4 查询结果

2. 选择表中的元组

查询满足指定条件的元组可以通过 WHERE 子句实现。WHERE 子句常用的查询条件如表 4-2 所示。

表 4-2　WHERE 子句常用的查询条件

查 询 条 件	谓　　　　词
比较	＝,＞,＜,＞＝,＜＝,!＝,＜＞,!＞,!＜,NOT＋上述比较运算符
确定范围	BETWEEN AND,NOT BETWEEN AND
确定集合	IN,NOT IN
空值	IS NULL,IS NOT NULL
多重条件(逻辑运算)	AND,OR,NOT

【例 4-5】 查询 Student.dbf 中计算机专业的全体男学生情况。查询结果如图 4-5 所示。

```
SELECT * FROM Student WHERE 专业="计算机" AND 性别="男"
```

学号	姓名	性别	出生日期	入学成绩	专业
080201	齐爽	男	01/31/90	500.3	计算机
080205	欧阳一夫	男	12/24/88	465.0	计算机

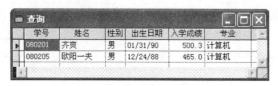

图 4-5　例 4-5 查询结果

说明：WHERE 条件是含有比较运算符的多重条件表达式。

【例 4-6】 查询 Student.dbf 中计算机和软件工程专业的学生情况。查询结果如图 4-6 所示。

```
SELECT * FROM Student WHERE 专业 IN ("计算机","软件工程")
```

或

```
SELECT * FROM Student WHERE 专业="计算机" OR 专业="软件工程"
```

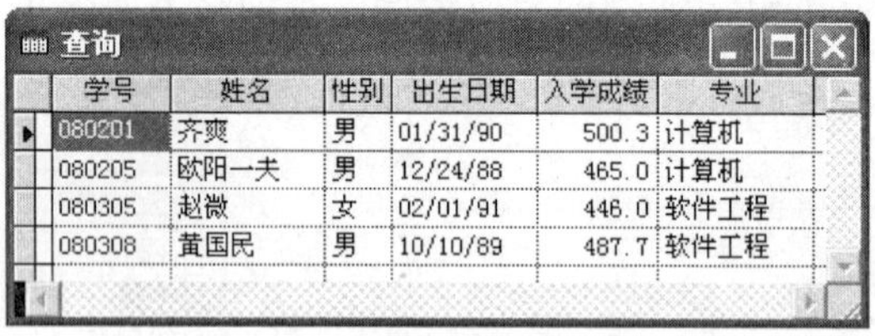

学号	姓名	性别	出生日期	入学成绩	专业
080201	齐爽	男	01/31/90	500.3	计算机
080205	欧阳一夫	男	12/24/88	465.0	计算机
080305	赵微	女	02/01/91	446.0	软件工程
080308	黄国民	男	10/10/89	487.7	软件工程

图 4-6　例 4-6 查询结果

说明：两种查询语句结果相同，“专业 IN ("计算机","软件工程")”是用集合确定，“专业="计算机"OR 专业="软件工程"”是多重条件表达式。

【例 4-7】 查询 Student.dbf 中入学成绩在 480～500 之间的学生情况。查询结果如图 4-7 所示。

```
SELECT * FROM Student WHERE 入学成绩 BETWEEN 480 AND 500
```

或

```
SELECT * FROM Student WHERE 入学成绩>=480 AND 入学成绩<=500
```

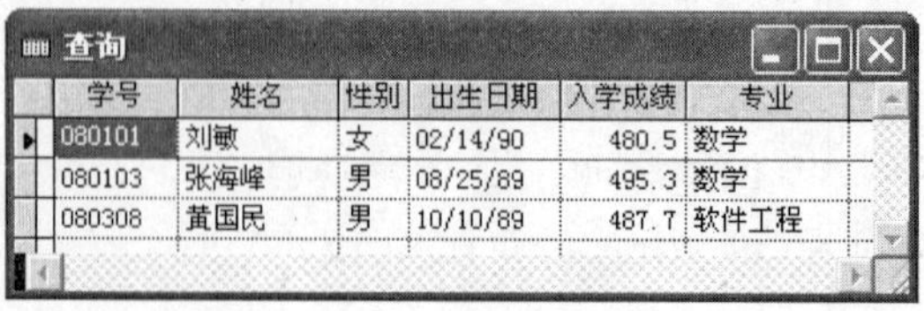

学号	姓名	性别	出生日期	入学成绩	专业
080101	刘敏	女	02/14/90	480.5	数学
080103	张海峰	男	08/25/89	495.3	数学
080308	黄国民	男	10/10/89	487.7	软件工程

图 4-7　例 4-7 查询结果

说明：两种查询语句结果相同，"入学成绩 BETWEEN 480 AND 500"是用范围确定，"入学成绩＞＝480 AND 入学成绩＜＝500"是多重条件表达式。

3. 聚集函数

SQL 提供了许多聚集函数，用于增强查询功能。常用的聚集函数如表 4-3 所示。

表 4-3　常用的聚集函数

函数的一般形式	函 数 功 能
COUNT([DISTINCT|ALL] *)	统计元组的个数
COUNT([DISTINCT|ALL]<列名>)	统计一列中值的个数
SUM([DISTINCT|ALL]<列名>)	统计一列中值的总和(此列必须是数值型)
AVG([DISTINCT|ALL]<列名>)	统计一列值的平均值(此列必须是数值型)
MAX([DISTINCT|ALL]<列名>)	统计一列值中的最大值
MIN([DISTINCT|ALL]<列名>)	统计一列值中的最小值

说明：

- DISTINCT 短语：表示在计算时要取消指定列中的重复值。
- ALL 短语：表示不取消重复值，ALL 为默认值。
- 在聚集函数遇到空值时，除 COUNT(*)外，都跳过空值而只处理非空值。

【例 4-8】　查询 SC.dbf 中选修了课程的学生人数。查询结果如图 4-8 所示。

```
SELECT COUNT( * ) FROM SC
```

【例 4-9】　查询 SC.dbf 中选修了 0201 号课程的学生成绩平均值。查询结果如图 4-9 所示。

```
SELECT AVG(成绩) FROM SC WHERE 课程号='0201'
```

图 4-8　例 4-8 查询结果

图 4-9　例 4-9 查询结果

4. ORDER BY 子句

使用 ORDER BY 子句可以按一个或多个属性列排序，用于对查询的结果进行排序。升序用 ASC 表示，降序用 DESC 表示，缺省时默认为升序。当排序选项的值相同时，可以给出第二个排序选项。

【例 4-10】　查询 SC.dbf 中选修了 0201 号课程的学生学号及成绩，查询结果按成绩降序排列。查询结果如图 4-10 所示。

```
SELECT 学号,成绩 FROM SC WHERE 课程号='0201' ORDER BY 成绩 DESC
```

【例 4-11】　查询 Student.dbf 中学生的学号、姓名和入学成绩,查询结果按入学成绩降序排列,并显示查询结果的前 3 条记录。查询结果如图 4-11 所示。

SELECT TOP 3 学号,姓名,入学成绩 FROM Student ORDER BY 入学成绩 DESC

图 4-10　例 4-10 查询结果

图 4-11　例 4-11 查询结果

说明:在使用 ORDER BY 子句时,可以使用"TOP N [PERCENT]"短语显示排序结果中前 N 条记录或前百分之 N 的记录。TOP 短语要与 ORDER BY 子句同时使用才有效。

5. GROUP BY 子句

GROUP BY 子句后面跟分组字段,用于对查询的结果进行分组。分组的目的是细化聚集函数的作用对象:

- 未对查询结果分组,聚集函数将作用于整个查询结果。
- 对查询结果分组后,聚集函数将分别作用于每一个组。

【例 4-12】　查询 Student.dbf 中男女学生的人数。查询结果如图 4-12 所示。

SELECT 性别,COUNT(*) FROM Student GROUP BY 性别

【例 4-13】　查询 Student.dbf 中男女学生的人数,并显示超过 3 人的情况。查询结果如图 4-13 所示。

SELECT 性别,COUNT(*) FROM Student GROUP BY 性别 HAVING COUNT(*)>3

图 4-12　例 4-12 查询结果

图 4-13　例 4-13 查询结果

说明:

- HAVING 短语用于指定分组后的过滤条件,最终只输出满足指定条件的组。它与 GROUP BY 子句配合使用才有效。
- HAVING 短语与 WHERE 子句的区别是作用对象不同:WHERE 子句作用于表或视图,从中选择满足条件的元组;HAVING 短语作用于组,从中选择满足条件的组。

6. 输出去向

输出去向子句指明查询结果的去向,可以是永久表、临时表、数组等。

【例 4-14】 查询 Student.dbf 中的所有信息,并将查询结果保存到永久表 S 中。

```
SELECT * FROM Student INTO DBF S
```

或

```
SELECT * FROM Student INTO TABLE S
```

说明:输出去向子句指明查询结果的去向,可以是如下几种。

- 使用短语"INTO DBF|TABLE<表名>",将查询结果保存在永久表中。使用此短语在磁盘中会产生一个新表。在命令执行时,查询结果没有以浏览的形式显示,而是将查询结果以 S.DBF 的形式保存在磁盘中。
- 使用短语"INTO CURSOR<表名>",将查询结果保存在临时表中,可以像使用其他表一样使用。临时表被关闭后就不再存在了。
- 使用短语"INTO ARRAY<数组名>",将查询结果保存到数组中。

4.1.3 联接查询

联接查询同时涉及两个或两个以上的表,是关系数据库中最主要的查询。

联接查询的 WHERE 子句中用来联接两个表的条件叫做联接条件,其一般形式为:

```
[<表名 1>.]<字段名 1><比较运算符>[<表名 2>.]<字段名 2>
```

比较运算符主要有: = 、>、<、>=、<=、!=、<>。当联接运算符为"="时叫做等值联接。使用其他运算符时叫做非等值联接。自然联接是一种特殊的等值联接,要求两个表中的联接字段必须是相同的列,并且在结果中把重复的列去掉。

联接条件中的字段名叫做联接字段。联接条件中的各联接字段类型必须是可比的,但不必是相同的。

在多表查询时,如果涉及的字段名在两个以上的表中出现,一定要指明其所属的表,即一定以"表名.字段名"形式给出。另外,在多表查询时,需要两个表的联接条件,为了书写方便,通常给出表的别名,表的别名形式为"表名[AS]别名"。

1. 内联接查询

内联接也称为自然联接。它是将两个表中满足联接条件的记录包含在结果表中。其联接格式为:

```
FROM <表名 1>INNER JOIN<表名 2>ON<表名 1.字段名>= <表名 2.字段名>
```

或

FROM<表名1>,<表名2>WHERE<表名1.字段名>=<表名2.字段名>

【例4-15】 查询每个学生及其选修课程的情况,显示学号、姓名、课程号及成绩。查询结果如图4-14所示。

SELECT Student.学号,姓名,课程号,成绩;
FROM Student INNER JOIN SC ON Student.学号=SC.学号

或

SELECT Student.学号,姓名,课程号,成绩
FROM Student, SC WHERE Student.学号=SC.学号

联接操作的执行过程如下。

(1) 首先在表1中找到第一个元组,然后从头开始扫描表2,逐一查找与表1第一个元组相等的表2的元组,找到后就将表1中的第一个元组与该元组拼接起来,形成结果表中一个元组。

(2) 表2全部查找完后,再找表1中第二个元组,然后再从头开始扫描表2,逐一查找满足联接条件的元组,找到后就将表1中的第二个元组与该元组拼接起来,形成结果表中一个元组。

(3) 重复上述操作,直到表1中的全部元组都处理完毕为止。

改进:在表2中按联接字段建立索引,就不用每次全表扫描表2了,而是根据联接字段值通过索引找到相应的表2的元组,加快了联接速度。

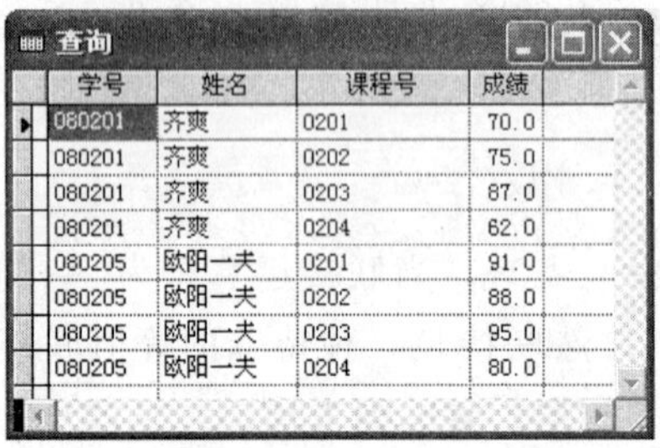

图4-14 例4-15查询结果

图4-15 例4-16查询结果

【例4-16】 查询选修了"计算机导论"课程的学生姓名、课程名和成绩。查询结果如图4-15所示。

SELECT 姓名,课程名,成绩 FROM Student X;
INNER JOIN SC Y INNER JOIN Course Z;
ON Z.课程号=Y.课程号 ON X.学号=Y.学号 WHERE 课程名="计算机导论"

或

SELECT 姓名,课程名,成绩 FROM Student X, SC Y , Course Z;
WHERE X.学号=Y.学号 AND Z.课程号=Y.课程号 AND 课程名="计算机导论"

2. 外联接查询

外联接查询分为左联接、右联接和全联接查询3种。内联接查询时,返回查询结果集合中的是满足查询条件和联接条件的行。而采用外联接时,返回查询结果集合中的不仅包含符合联接条件的行,而且还包含左表(左联接时)、右表(右联接时)或两个联接表(全联接时)中的所有数据行。

(1) 左联接查询

左联接查询是指将左表的所有记录分别与右表的每一条记录进行自然联接,同时显示左表中所有的记录,右侧以 NULL 值匹配。其联接格式为:

FROM<表名 1>LEFT JOIN<表名 2>ON<表名 1.字段名>=<表名 2.字段名>

【例 4-17】 查询学生的选课情况,以左联接方式显示学号、姓名、课程号及成绩。查询结果如图 4-16 所示。

```
SELECT Student.学号,姓名,课程号,成绩;
FROM Student LEFT JOIN SC ON Student.学号=;
SC.学号
```

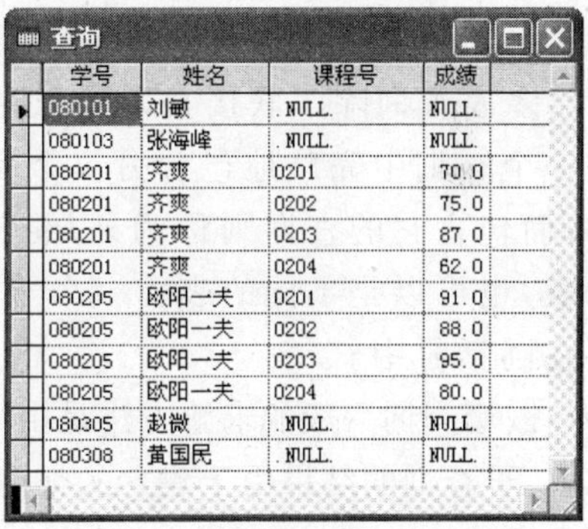

(2) 右联接查询

右联接查询是指将右表的所有记录分别与左表的每一条记录进行自然联接,同时显示右表中所有的记录,左侧以 NULL 值匹配。其联接格式为:

FROM< 表名 1 > RIGHT JOIN< 表名 2 > ON< 表名 1.字段名>=<表名 2.字段名>

图 4-16 例 4-17 查询结果(左联接)

【例 4-18】 查询学生的选课情况,以右联接方式显示学号、姓名、课程号及成绩。查询结果如图 4-17 所示。

```
SELECT Student.学号,姓名,课程号,成绩;
FROM Student RIGHT JOIN SC ON Student.学号=SC.学号
```

(3) 全联接查询

全联接查询是指将左表的所有记录分别与右表的每一条记录进行自然联接,同时显示两表中所有的记录,左侧或右侧以 NULL 值匹配。其联接格式为:

FROM<表名 1>FULL JOIN<表名 2>ON<表名 1.字段名>=<表名 2.字段名>

【例 4-19】 查询学生的选课情况,以全联接方式显示学号、姓名、课程号及成绩。查询结果如图 4-18 所示。

```
SELECT Student.学号,姓名,课程号,成绩;
FROM Student FULL JOIN SC ON Student.学号=SC.学号
```

学号	姓名	课程号	成绩
080201	齐爽	0201	70.0
080201	齐爽	0202	75.0
080201	齐爽	0203	87.0
080201	齐爽	0204	62.0
080205	欧阳一夫	0201	91.0
080205	欧阳一夫	0202	88.0
080205	欧阳一夫	0203	95.0
080205	欧阳一夫	0204	80.0

图 4-17　例 4-18 查询结果(右联接)

学号	姓名	课程号	成绩
080101	刘敏	NULL.	NULL.
080103	张海峰	NULL.	NULL.
080201	齐爽	0201	70.0
080201	齐爽	0202	75.0
080201	齐爽	0203	87.0
080201	齐爽	0204	62.0
080205	欧阳一夫	0201	91.0
080205	欧阳一夫	0202	88.0
080205	欧阳一夫	0203	95.0
080205	欧阳一夫	0204	80.0
080305	赵微	NULL.	NULL.
080308	黄国民	NULL.	NULL.

图 4-18　例 4-19 查询结果(全联接)

4.1.4　嵌套查询

多表查询除了联接查询外,还可以嵌套查询的形式实现多表查询。嵌套查询是在一个查询中完整地包含另一个完整的查询语句。被嵌套的查询称为内查询或子查询,而包含它的查询则称为外层查询或父查询。嵌套查询的内、外查询可以是同一个表,也可以是不同的表。一个子查询还可以嵌套在另一个子查询中。子查询总是写在圆括号中。

嵌套查询一般的求解方法是由内向外处理。即每个子查询在上一级父查询处理之前求解,子查询的结果用于建立父查询的查找条件。子查询的限制是不能使用 ORDER BY 子句。

【例 4-20】　查询学生的选课情况,显示学号、姓名、课程号及成绩。查询结果如图 4-19 所示。

```
SELECT Student.学号,姓名,SC.课程号,SC.成绩 FROM Student WHERE 学号=;
(SELECT 学号 FROM SC WHERE Student.学号=SC.学号)
```

【例 4-21】　查询入学成绩最高的学生信息。查询结果如图 4-20 所示。

```
SELECT * FROM Student WHERE 入学成绩=(SELECT MAX(入学成绩) FROM Student)
```

学号	姓名	Exp_3	Exp_4
080201	齐爽	0201	70.0
080201	齐爽	0201	70.0
080201	齐爽	0201	70.0
080201	齐爽	0201	70.0
080205	欧阳一夫	0201	70.0
080205	欧阳一夫	0201	70.0
080205	欧阳一夫	0201	70.0
080205	欧阳一夫	0201	70.0

图 4-19　例 4-20 查询结果(嵌套查询)

学号	姓名	性别	出生日期	入学成绩	专业
080201	齐爽	男	01/31/90	500.3	计算机

图 4-20　例 4-21 查询结果(嵌套查询)

4.2 数据定义功能

SQL 语言的数据定义功能非常广泛,包括数据库定义、表定义、视图定义、索引定义等,如表 4-4 所示。

表 4-4 SQL 的数据定义语句

操 作 对 象	操 作 方 式		
	创 建	删 除	修 改
数据库	CREATE DATABASE	DROP DATABASE	
表	CREATE TABLE	DROP TABLE	ALTER TABLE
视图	CREATE VIEW	DROP VIEW	
索引	CREATE INDEX	DROP INDEX	

本节主要介绍 Visual FoxPro 支持的表和视图的定义功能。表的定义功能包括定义表结构、修改表结构及删除表操作。

4.2.1 表结构的定义

表是相关联的行列的集合,用来存储数据库中的所有数据,是数据库中最重要的数据对象。在"表设计器"中实现的定义功能也可以通过 SQL 语言的 CREATE TABLE 命令实现,其一般格式为:

```
CREATE TABLE|DBF <表名>[FREE]
(字段名 1 字段类型[(宽度[,小数位数])][NOT NULL][UNIQUE]
        [CHECK 表达式[ERROR 字符型表达式]]
        [DEFAULT 默认值][PRIMARY KEY]
[,字段名 2…])
```

功能:定义表结构,包括字段名、字段类型、字段宽度及小数位数。除此之外,还有满足实体完整性 PRIMARY KEY 约束、域完整性 CHECK 约束及出错提示信息 ERROR、定义默认值的 DEFAULT 相关内容。

说明:

- 表中的所有字段用圆括号括起来,字段名之间用逗号分隔。
- 字段类型、字段宽度及小数位数参照 1.3.1 节数据类型的内容。
- 字段名和字段类型用空格分隔,字段宽度及小数位数用圆括号括起来。
- 只有数据库表才可以设置数据的有效性规则等内容。
- FREE 短语表示建立的表是自由表。

【例 4-22】 用 SQL 语句建立数据库"学生课程.dbc",并在"学生课程"数据库中分别建立"学生.dbf"表,"课程.dbf"表。表结构参考第 2 章内容。

```
CREATE DATABASE D:\学生课程                                   && 定义数据库
CREATE TABLE 学生;                                           && 定义学生表
(学号  C(6) PRIMARY KEY, 姓名 C(8), 性别 C(2), ;
出生日期  D, 入学成绩 N(5,1), 个人简历 M, 照片 G)
CREATE TABLE 课程;                                           && 定义课程表
(课程号  C(4) PRIMARY KEY, 课程名 C(10), 学分 N(3,1))
```

4.2.2 表结构的修改

表结构的修改包括增加列和删除列。

1. 增加列

在表中增加列可使用 ALTER…ADD 语句,其一般格式为:

```
ALTER TABLE<表名>ADD[COLUMN]<列名><数据类型>[完整性约束]
```

说明:新增加的列不能定义为 NOT NULL。当表增加了一个列后,原来的元组在新增加的列上的值均被定义为空值。

【例 4-23】 在"学生.dbf"表中增加"团员否"字段。

```
ALTER TABLE 学生 ADD 团员否 L
```

2. 删除列

在表中删除列可使用 ALTER…DORP 语句,其一般格式为:

```
ALTER TABLE<表名>DROP[COLUMN]<列名><删除方式>
```

说明:删除方式可以取 CASCADE 和 RESTRICT 两种方式。
- CASCADE:表示在表中删除列时,所有引用该列的完整性约束均一起自动删除。
- RESTRICT:表示当没有约束引用该列的情况时才能被删除,否则拒绝删除。

【例 4-24】 在"学生.dbf"表中删除个人简历字段。

```
ALTER TABLE 学生 DROP 个人简历
```

4.2.3 表的删除

删除表包括表的结构、数据以及建立在该表上的约束、索引等,不能恢复。其一般格式为:

```
DROP TABLE<表名>[RESTRICT|CASCADE]
```

功能:直接从磁盘上删除表名所对应的.DBF 文件。

说明:
- CASCADE 删除:表示没有限制条件。在删除表的同时,相关的依赖对象被一起删除。
- RESTRICT 删除:表示有限制条件。欲删除的表不能被其他表的约束所引用,否

Visual FoxPro 程序设计实用教程

则此表不能被删除。缺省情况默认值是 RESTRICT。

【例 4-25】 限制删除"学生.dbf"表。

```
DROP TABLE 学生
```

说明：如果删除的表是当前数据库中的表,则从数据库中删除表。否则,虽然从磁盘上删除了.DBF 文件,但是在数据库中所记录的.DBC 文件的信息却没有删除,以后使用数据库时会出现错误提示。

4.2.4 视图的定义

视图是由数据库表定义或派生出来的,从使用的角度看,视图也是表。同时视图是属于数据库的,所以在建立视图之前必须先打开相应的数据库。

定义视图的基础是 SELECT 语句,需要通过 SELECT 说明视图中包含的数据。定义视图通过 CREATE[SQL] VIEW 命令实现。其一般格式为:

```
CREATE[SQL]VIEW<视图名>AS<SELECT 语句>
```

功能：根据 SELECT 查询语句建立视图文件。

说明：

- 视图文件的扩展名为.VUE。
- SELECT 语句是不含有输出去向的任意 SELECT 查询语句,它说明和限定了视图中的数据。
- 视图文件中只存储视图的定义。对视图的操作,最终转换为对导出视图的数据库表的操作。通过视图可以查询数据库表,也可以更新数据库表。

【例 4-26】 根据例 4-22 数据库"学生课程.dbc"中的"学生.dbf"表建立视图文件 S1.vue,要求包括学号、姓名、性别和入学成绩。

```
CREATE VIEW S1 AS SELECT 学号,姓名,性别,入学成绩 FROM学生
```

之后,对视图的操作与数据库表基本相同。

4.3 数据操纵功能

SQL 语言的数据操纵功能主要是对表中数据的操作,操作有 3 种：向表中添加数据,修改表中的数据及删除表中的数据,即记录的插入、更新及删除操作。

4.3.1 插入记录

SQL 语言中插入记录的命令为 INSERT,在 Visual FoxPro 中支持如下两种插入命令格式。

格式 1：

`INSERT INTO<表名>[(<字段名表>)]VALUES (<常量表>)`

功能：将新记录插入到指定表中。

格式 2：

`INSERT INTO<表名>FROM ARRAY<数组名>`

功能：将指定的数组值插入到指定的表中。

说明：

- INTO ＜表名＞短语：表示要插入记录的表名。
- 没有指定字段名：表示要插入的是一条完整的记录,且字段名的顺序与表定义中的顺序一致。
- 指定部分字段名：插入的记录在其余字段名上取空值。
- VALUES（常量表）短语：给出具体的与字段名列表中给出的字段顺序相同、类型相同的值。

【例 4-27】 将一个新学生记录（学号：080108；姓名：刘子义；性别：男）插入到 Student 表中。

`INSERT INTO Student(学号,姓名,性别) VALUES ('080108', '刘子义', '男')`

4.3.2 更新记录

SQL 语言中更新记录的命令为 UPDATE,其格式为：

`UPDATE<表名>SET<字段名 1>=<表达式 1>[,<字段名 2>=<表达式 2>]…[WHERE<条件表达式>]`

功能：修改指定表中满足 WHERE 子句条件表达式的记录。

说明：

- SET 短语给出＜表达式＞的值用于取代相应的字段列值。
- 省略 WHERE 短语表示要修改表中的所有记录。

【例 4-28】 将 Student 表中学号为 080108 的学生的专业改为"计算机"。

`UPDATE Student SET 专业="计算机" WHERE 学号="080108"`

【例 4-29】 将 SC 表中课程号为 0201 的成绩置零。

`UPDATE SC SET 成绩=0 WHERE 课程号="0201"`

4.3.3 删除记录

SQL 语言中删除记录的命令为 DELETE,其格式为：

`DELETE FROM <表名>[WHERE<条件表达式>]`

功能：从指定表中删除满足 WHERE 子句条件表达式的所有记录。

说明：DELETE 语句只删除表中的数据，不删除关于表的定义。

【例 4-30】 删除 Student 表中学号为 080108 的学生记录。

DELETE FROM Student WHERE 学号="080108"

说明：对某个表中数据的增、删、改操作有可能会破坏参照完整性。

4.4 单元实验

4.4.1 SQL 查询功能

【实验目的】

掌握 SQL-SELECT 语句的用法，掌握简单查询、联接查询及嵌套查询。

【实验内容】

本实验查询用到第 2 章 2.5.1 节建立的 3 个表，学生表 Student.dbf、课程表 Course.dbf 和选修表 SC.dbf，表结构及内容如图 4-21 所示。

学号	姓名	性别	出生日期	入学成绩	专业	个人简历
080101	刘敏	女	02/14/90	480.5	数学	memo
080103	张海峰	男	08/25/89	495.3	数学	memo
080201	齐爽	男	01/31/90	500.3	计算机	memo
080205	欧阳一夫	男	12/24/88	465.0	计算机	memo
080305	赵微	女	02/01/91	446.0	软件工程	memo
000308	黄国岗	男	10/10/89	487.7	软件工程	memo

(a) 学生表

(b) 课程表

(c) 选修表

图 4-21 实验用表

（1）查询学生表中男生的学号、姓名和入学成绩信息。

（2）查询学生表中入学成绩在 500 分以下的学生信息，并将查询结果按入学成绩降序，性别升序排序。

（3）查询学生表中男女生的人数和平均入学成绩，查询信息包括性别、人数、平均入学成绩。

（4）统计学生表中不同专业的人数，查询信息包括专业和人数，并将查询结果保存在表 S1 中。

（5）查询学生表中入学成绩最高的记录信息。

（6）查询学生的学号、姓名、课程名和成绩信息，查询结果按学号升序、成绩降序排序，并将查询结果保存在表 S2 中。

（7）查询入学成绩低于平均入学成绩的学生信息。

（8）查询未选课学生的学号和姓名。

【实验步骤】

（1）在"数据工作期"窗口中分别打开学生表 Student.dbf、课程表 Course.dbf 和选修表 SC.dbf。

（2）在命令窗口中分别输入实验内容（1）～（8）的 SELECT 语句，观察每个查询语句的结果。

① SELECT 学号,姓名,入学成绩 FROM Student WHERE 性别="男"

② SELECT * FROM Student WHERE 入学成绩<500;
   ORDER BY 入学成绩 DESC, 性别

③ SELECT 性别, COUNT(学号) 人数, AVG(入学成绩) 平均入学成绩 FROM Student;
   GROUP BY 性别

④ SELECT 专业, COUNT(学号) 人数 FROM Student;
   GROUP BY 专业 INTO TABLE S1.DBF

⑤ SELECT * FROM Student WHERE 入学成绩=;
   (SELECT MAX(入学成绩) FROM Student)

⑥ SELECT X.学号, X.姓名, Y.课程名, Z.成绩 FROM Student X, Course Y, SC Z;
   WHERE X.学号=Z.学号 AND Y.课程号=Z.课程号;
   GROUP BY X.学号, Z.成绩 DESC INTO TABLE S2.DBF

⑦ SELECT * FROM Student WHERE 入学成绩<;
   (SELECT AVG(入学成绩) FROM Student)

⑧ SELECT 学号,姓名 FROM Student WHERE 学号 NOT IN;
   (SELECT DISTINCT 学号 FROM SC)

（3）将正确的 SELECT 语句保存到文本文件 SY41.TXT 中。

（4）关闭 3 个表文件及"数据工作期"窗口。

4.4.2 SQL 定义功能

【实验目的】

掌握 CREATE TABLE 和 ALTER TABLE 的用法。

【实验内容】

(1) 用 CREATE TABLE 命令建立表。

(2) 用 ALTER TABLE 命令修改表。

(3) 将正确的 SQL 语句保存到文本文件 SY42. TXT 中。

【实验步骤】

(1) 建立数据库"学生. dbc"。

```
CREATE DATABASE 学生
```

(2) 建立学生表 S,包括学号(C/6)、姓名(C/8)、性别(C/2)、出生日期(D)、入学成绩(N/5.1)、党员否(L)。

```
CREATE TABLE S(学号 C(6) PRIMARY KEY, 姓名 C(8), 性别 C(2), ;
出生日期 D, 入学成绩 N(5,1), 党员否 L)
```

(3) 建立课程表 C,包括课程号(C/4)、课程名(C/10)、学分(N/2.0)。

```
CREATE TABLE C(课程号 C(4) PRIMARY KEY, 课程名 C(10), 学分 N(2,0))
```

(4) 建立成绩表 SC,包括学号(C/6)、课程号(C/4)。

```
CREATE TABLE SC(学号 C(6), 课程号 C(4))
```

(5) 在成绩表 SC 中,增加一个字段成绩(N/5,1)。

```
ALTER TABLE SC ADD 成绩 N(5,1)
```

(6) 删除学生表 S 中的出生日期字段。

```
ALTER TABLE S DROP 出生日期
```

(7) 将正确的 SELECT 语句保存到文本文件 SY42. TXT 中。

(8) 关闭数据库"学生. dbc"。

4.4.3 SQL 操纵功能

【实验目的】

掌握 INSERT、UPDATE、DELETE 的用法。

【实验内容】

（1）插入记录。

（2）更新记录。

（3）删除记录。

【实验步骤】

（1）打开数据库"学生.dbc"。

（2）用 INSERT INTO 插入命令分别给表 S、C 及 SC 插入记录，内容自定。

（3）用 DELETE FROM 删除命令删除学生表 S 中入学成绩低于 450 的记录。

（4）用 UPDATE SET 更新命令将成绩表 SC 中小于 60 分的成绩用 60 代替。

（5）关闭数据库"学生.dbc"。

4.5　学习指导

4.5.1　知识结构

本章主要介绍了 SQL 语言的数据查询功能、数据定义功能及数据操纵功能，知识结构如图 4-22 所示。

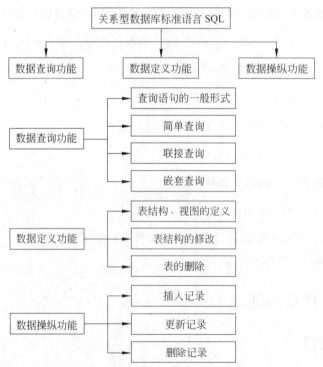

图 4-22　关系型数据库标准语言 SQL 知识结构图

4.5.2　知识点

1. 数据查询功能

SQL 是结构化查询语言。它集数据查询、数据定义、数据操纵和数据控制功能于一体。本章主要介绍 SQL 语言的数据查询、数据定义和数据操纵功能。

（1）查询语句的一般形式

SELECT[ALL|DISTINCT][TOP N[PERCENT]]<目标列表达式表>
FROM<表名或视图名>[联接方式 JOIN<表名或视图名>][ON 联接条件]
[WHERE<查询条件表达式>]
[GROUP BY<列名 1>[HAVING<分组条件表达式>]]
[ORDER BY<列名 2>[ASC|DESC][,<列名 3>[ASC|DESC]…]]
[输出去向]

其中：SELECT 子句和 FROM 子句是每个 SELECT 查询语句所必需的，其他子句是可以任选的。

含义：根据 WHERE 子句的查询条件表达式，从 FROM 子句指定的表或视图中找出满足条件的元组，再按 SELECT 子句中的目标列表达式，选出元组中的属性值形成结果表。

（2）简单查询

简单查询是指仅涉及一个表的查询。

① 选择表中的列

<目标列表达式表>可以是：＊、ALL|DISTINCT、属性列、算术表达式、字符串常量、函数、列别名。

② 选择表中的元组

查询满足指定条件的元组，可以通过 WHERE 子句实现。

③ 聚集函数

SQL 提供了许多聚集函数，用于增强查询功能。

④ ORDER BY 子句

使用 ORDER BY 子句可以按一个或多个属性列排序，用于对查询的结果进行排序。升序用 ASC 表示，降序用 DESC 表示，缺省时默认为升序。可以使用"TOP N[PERCENT]"短语显示排序结果中前 N 条记录或前百分之 N 的记录。

⑤ GROUP BY 子句

GROUP BY 子句后面跟分组字段，用于对查询的结果进行分组。HAVING 短语用于指定分组后的过滤条件，最终只输出满足指定条件的组。

⑥ 输出去向

输出去向子句指明查询结果的去向，可以是永久表、临时表及数组。

（3）联接查询

联接查询同时涉及两个或两个以上的表。

① 内联接查询

内联接也称为自然联接,它是将两个表中满足联接条件的记录包含在结果表中。

② 外联接查询

外联接分为左联接、右联接和全联接 3 种。

③ 嵌套查询

嵌套查询是在一个查询中完整地包含另一个完整的查询语句。嵌套查询一般的求解方法是由内向外处理。

2. 数据定义功能

4.2 节主要介绍 Visual FoxPro 支持的表定义功能,包括定义表结构、修改表结构、删除表操作。

(1) 表结构的定义

格式:

```
CREATE TABLE|DBF<表名>[FREE]
(字段名 1 字段类型[(宽度[,小数位数])])[NOT NULL][UNIQUE]
[CHECK 表达式[ERROR 字符型表达式]]
[DEFAULT 默认值][PRIMARY KEY]
[,字段名 2…])
```

(2) 表结构的修改

① 增加列

格式:

```
ALTER TABLE<表名>ADD[COLUMN]<列名><数据类型>[完整性约束]
```

② 删除列

格式:

```
ALTER TABLE<表名>DROP[COLUMN]<列名><删除方式>
```

(3) 表的删除

格式:

```
DROP TABLE<表名>[RESTRICT|CASCADE]
```

(4) 视图的定义

格式:

```
CREATE[SQL]VIEW<视图名>AS<SELECT 语句>
```

3. 数据操纵功能

4.3 节主要介绍记录的插入、更新及删除操作。

（1）插入记录

格式 1：

INSERT INTO<表名>[(<字段名表>)]VALUES (<常量表>)

功能：将新记录插入到指定表中。

格式 2：

INSERT INTO<表名>FROM ARRAY<数组名>

功能：将指定的数组值插入到指定表中。

（2）更新记录

格式：

UPDATE<表名>SET<字段名 1>=<表达式 1>
[,<字段名 2>=<表达式 2>]…[WHERE<条件表达式>]

功能：修改指定表中满足 WHERE 子句条件表达式的记录。

（3）删除记录

格式：

DELETE FROM<表名>[WHERE <条件表达式>]

功能：从指定表中删除满足 WHERE 子句条件表达式的所有记录。

单元测试 4

一、选择题

1. SQL 语言具有_____的功能。

    A. 数据定义、数据操纵、数据查询、数据控制

    B. 数据定义、关系规范化、数据操纵、数据控制

    C. 数据定义、关系规范化、数据控制、数据查询

    D. 数据定义、关系规范化、数据操纵、数据查询

2. SQL 的核心功能是_____。

    A. 数据定义   B. 数据查询   C. 数据更新   D. 数据控制

3. SELECT 命令中 JOIN 短语用于建立表之间的联系，联接条件应出现在_____短语中。

    A. WHERE   B. INTO   C. ON   D. HAVING

4. SELECT 命令中实现分组查询的短语是_____。

    A. ORDER BY   B. HAVING   C. GROUP BY   D. ASC

5. 将查询结果放在数组中应使用_____短语。

    A. INTO TABLE   B. TO ARRAY

C. INTO CURSOR   D. INTO ARRAY

6. 书写 SQL 语句时,若语句要占用多行,在行的末尾要加续行符_____。

    A. :   B. ;   C. .   D. ,

7. SQL 查询命令中,_____短语用于实现关系的投影操作。

    A. WHERE   B. SELECT   C. GROUP BY   D. FROM

8. SQL 查询命令中,HAVING 短语通常在_____短语之后使用。

    A. FROM   B. WHERE

    C. ORDER BY   D. GROUP BY

9. 在 SQL 查询时,使用 WHERE 子句指出的是_____。

    A. 查询目标   B. 查询结果   C. 查询条件   D. 查询视图

10. 以下列出了 SQL 可以进行的联接操作,其中错误的是_____。

    A. 左联接   B. 右联接   C. 全联接   D. 后联接

11. 在 SELECT 命令中用于排序的短语是_____。

    A. SORT   B. SORT BY

    C. ORDER   D. ORDER BY

12. CREATE TABLE 命令在建立表结构的同时还可以_____。

    A. 建立约束规则   B. 建立索引

    C. 定义默认值   D. 以上都可以

13. SQL 语言中删除表的命令是_____。

    A. DROP TABLE   B. ERASE TABLE

    C. DELETE TABLE   D. DELETE DBF

14. 在 ALTER TABLE 命令中要删除表的一列,应该包括短语_____。

    A. DELETE FIELD   B. DELETE COLUMN

    C. DROP FIELD   D. DROP COLUMN

15. SQL 语言的数据操纵语句不包括_____。

    A. INSERT   B. CHANGE   C. DELETE   D. UPDATE

16. 用 SQL 语言建立表时为属性定义主关键字,应在 SQL 语言中使用短语_____。

    A. DEFAULT   B. PRIMARY KEY   C. CHECK   D. UNIQUE

17. 用于更新表中数据的 SQL 语句是_____。

    A. UPDATE   B. REPLACE   C. DROP   D. ALTER

18. 向表中插入数据的 SQL 语句是_____。

    A. INSERT   B. INSERT INTO

    C. INSERT BLANK   D. INSERT BEFORE

19. SQL 是一种_____的语言。

    A. 过程化   B. 格式化   C. 非过程化   D. 导航式

20. SQL 有两种使用方式,分别称为自含式和_____。

    A. 交互式   B. 外含式   C. 嵌入式   D. 解释式

二、填空题

1. 关系数据库的标准语言是_____。

2. SQL 语言集_____、_____、数据操纵和数据控制功能于一体。

3. 在 SQL 语句中空值用_____表示。

4. 在 SELECT 子句中使用_____短语可以消除取值重复的行。

5. 使用_____短语显示排序结果中前 N 条记录,它要与_____子句同时使用才有效。

6. GROUP BY 子句用于对查询的结果进行分组。查询结果分组后,聚集函数将分别作用于_____。

7. 输出去向子句指明查询结果的去向,可以是_____、_____和数组等。

8. 在 CREATE TABLE 命令中添加 FREE 短语,表示建立的表是一个_____。

9. 嵌套查询一般的求解方法是_____处理。

10. SQL 语言的数据操纵功能主要是对表中数据的操作,包括记录的_____、_____及删除操作。

三、简答题

1. 简述查询命令的一般格式及功能。

2. TOP N 的使用范围是什么?

3. 聚集函数在分组前后的作用对象是否相同?

4. NAVING 的使用条件是什么?

5. 如何执行联接查询及嵌套查询?

单元测试 4 参考答案

一、选择题

1. A	2. B	3. C	4. C	5. D
6. B	7. B	8. D	9. C	10. D
11. D	12. D	13. A	14. D	15. B
16. B	17. A	18. B	19. C	20. C

二、填空题

1. SQL

2. 数据查询,数据定义

3. NULL

4. DISTINCT

5. TOP N,ORDER BY

6. 每一个组
7. 永久表,临时表
8. 自由表
9. 由内向外
10. 插入,更新

三、简答题

略。

第5章

结构化程序设计

Visual FoxPro 不但拥有大量的交互式数据库管理工具,而且还有一整套完善的程序语言系统。在实际应用中,程序方式是最重要的操作,也是最常用的方式。本章主要介绍结构化程序设计的基本知识,包括程序设计的基本过程和方法,程序的基本控制结构,以及常用输入输出命令、子程序、过程文件和自定义函数的使用等内容。通过学习结构化程序设计,进一步提高运用 Visual FoxPro 解决实际问题的能力。

5.1 程序设计概述

5.1.1 概述

前几章主要介绍使用 Visual FoxPro 命令操作以及菜单操作来维护数据库。但是在实际应用中,由于任务非常复杂,需要反复执行,采用命令方式逐条输入或采用菜单方式逐个执行,不仅麻烦而且操作烦琐,复杂问题是不能够解决的。这时只有采用程序文件的方式,通过编写程序文件来解决。

程序是能够完成一定任务的命令的有序集合。程序文件中的命令语句要按照一定的逻辑顺序排列,有层次、先后和功能之分。Visual FoxPro 中程序文件以 .PRG 为扩展名保存在磁盘中。当运行此程序文件时,系统会按照一定的次序自动执行包含在程序文件中的命令,完成其相应的功能。

程序设计反映了利用计算机解决实际问题的全过程,包含多方面的内容,而编写程序只是其中的一个方面。利用计算机进行程序设计的基本过程是:首先要对实际问题进行有效分析并建立数学模型;其次考虑数据的组织结构和算法;再次用某种程序设计语言编写程序;最后调试与维护程序,使程序能产生预期的结果。

【例 5-1】 编写程序文件 area.prg,用来显示半径为 3 的圆面积。

Visual FoxPro 程序多用于数据处理,解决问题的基本逻辑为:输入数据、处理数据、输出数据。例如计算圆的面积,需要依次完成下列操作。

(1) 给出圆的半径。

(2) 按圆面积公式计算圆面积。

（3）输出圆面积。

Visual FoxPro 程序用命令来描述这个过程，例如半径为 3 的圆的面积计算程序为：

```
R=3
S=3.1416*R*R
?"圆的面积=",S
```

注意：

（1）上述 3 条命令的先后次序不能颠倒。

（2）该程序只能计算半径为 3 的圆面积，通用性差，若将程序设计成能对任意半径算出圆面积，则通用性大大增强。解决方法很简单，只要将程序中原始数据定值改为用户按需输入即可。程序运行结果如图 5-1 所示。

【例 5-2】 编写程序文件 List1.prg，显示 Student.dbf 表中的全部数据，并逻辑删除第 3 条记录。

程序源代码如下：

```
Clear
USE D:\dbc\STUDENT.DBF EXCLUSIVE
LIST 姓名,学号,班级
DELETE RECORD3
LIST 姓名,学号,班级
USE
```

程序一旦执行，系统将会逐个执行每一个操作命令，完成显示 Student.dbf 表中的全部数据，并逻辑删除第 3 条记录。程序运行结果如图 5-2 所示。

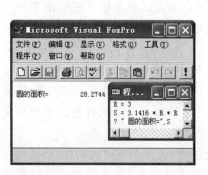

图 5-1 例 5-1 程序运行效果图

图 5-2 例 5-2 程序运行效果图

5.1.2 结构化程序设计方法

结构化程序设计是由迪克斯特拉（E.W.dijkstra）在 1969 年提出的。结构化程序设计是以模块化设计为中心，将待开发的软件系统划分为若干个相互独立的模块，这样使完成每一个模块的工作变得单纯而明确，为设计一些较大的软件打下了良好的基础。由于模块相互独立,因此在设计其中一个模块时,不会受到其他模块的牵连,因而可将原来较为复杂的问题化简为一系列简单模块的设计。模块的独立性还为扩充已有的系统、建立新系统带来了不少的方便。

结构化程序设计方法是普遍采用的一种程序设计方法。用结构化方法设计的程序,程序结构清晰,易于阅读和理解,便于调试和维护。按照结构化程序设计的观点,任何算法功能都可以通过由程序模块组成的 3 种基本程序结构的组合:顺序结构、选择结构和循环结构来实现。

结构化程序设计的基本思想是采用"自顶向下,逐步求精"的程序设计方法和"单入口单出口"的控制结构。"自顶向下、逐步求精"的程序设计方法从问题本身开始,经过逐步细化,将解决问题的步骤分解为由基本程序结构模块组成的结构化程序框图。

模块化是结构化程序的重要原则,是指把大的程序按照功能划分为若干个较小的程序模块,在这些模块中,通常存在一个主控模块和多个子模块,如图 5-3 所示。

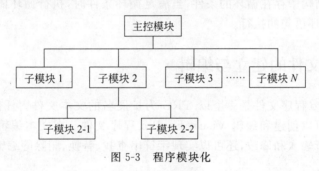

图 5-3　程序模块化

5.1.3　程序的控制结构

在 Visual FoxPro 系统的应用程序中,常见的控制结构有顺序结构、选择结构和循环结构 3 种。这 3 种常见的控制结构如图 5-4~图 5-6 所示。

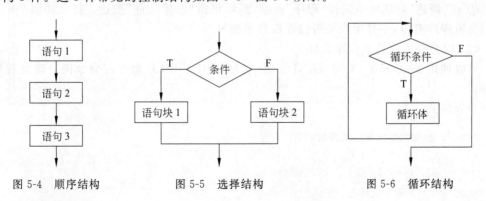

图 5-4　顺序结构　　　　图 5-5　选择结构　　　　图 5-6　循环结构

1. 顺序结构

顺序结构是一种线性结构,是最基本的程序结构。在程序执行时,按照命令或语句的书写顺序逐条依次执行。例 5-1 所编写的小程序就是一个顺序结构的例子。Visual FoxPro 系统中大多数命令都可以作为顺序结构中的语句。但是大多数问题仅用顺序结构是无法解决的,还要用到选择结构和循环结构。

2. 选择结构

选择结构是根据不同的逻辑条件转向不同的语句方向,用来解决有选择、有转移的诸多问题。顺序结构和选择结构在程序执行时有一个共同的特点,即它们中的任一条语句最多只能执行一遍。

3. 循环结构

循环结构则能够使某些语句或程序段重复执行若干次。如果某些语句或程序段需要在一个固定的位置上重复操作,使用循环语句是最好的选择。重复执行的语句通常称为循环体。在循环结构中存在循环的条件,当满足循环条件时,执行循环体,直到循环条件不成立时,结束循环语句的执行。

5.1.4 程序文件的建立与编辑

Visual FoxPro 程序文件是一个以 .PRG 为扩展名的文本文件。任何建立和编辑文本文件的工具都可以创建和编辑 Visual FoxPro 程序文件。在文本编辑环境下,不仅可以对程序文件进行输入和修改,还可以实现字符串查找、替换、删除等编辑操作。

1. 程序的建立

在 Visual FoxPro 系统环境中,建立和编辑程序文件主要通过菜单和命令两种途径。

(1) 以菜单方式建立程序文件

操作步骤如下。

① 选择“文件”菜单中“新建”命令,打开“新建”对话框。如图 5-7 所示。

② 在“新建”对话框中选择“程序”选项,然后单击“新建文件”按钮。打开如图 5-8 所示的编辑程序窗口,于是用户便可以在窗口里编写程序代码。

(2) 以命令方式建立程序文件

可以使用 MODIFY COMMAND 命令或 MODIFY FILE 命令在命令窗口建立程序文件。

命令格式:

```
MODIFY COMMAND[<程序文件名>|?]
```

或

```
MODIFY FILE 程序文件名.PRG
```

说明:

① 使用 MODIFY COMMAND 可以省略文件名,也可以省略扩展名。如果省略文件名,直接打开如图 5-8 所示的编辑程序窗口。

图 5-7   "新建"对话框

图 5-8   编辑程序窗口

② 使用 MODIFY FILE 命令建立程序文件,不能省略程序文件扩展名.PRG。

2. 程序的保存

程序在编写期间和编写完后,都需要保存。保存程序文件的方法如下。

(1) 选择"文件"菜单中的"保存"命令。

(2) 单击常用工具栏中的"保存"按钮保存文件。

(3) 按 Ctrl+S 键保存文件。

说明:

(1) 第一次保存文件时,如果建立文件时未指定文件名,则显示如图 5-9 所示的"另存为"对话框。通过"保存在"下拉列表选择程序文件保存的位置,在"保存文档为"文本框中输入文件名,单击"保存"按钮,保存程序文件。

图 5-9   "另存为"对话框

（2）若用户要关闭一个没有保存过的程序时，Visual FoxPro 则会打开如图 5-10 所示的系统提示对话框，提示用户是保存还是放弃自己做的修改。单击"是"或"否"按钮来决定，避免了一些由于不必要的失误所造成的损失。

图 5-10　系统提示对话框

3．程序的打开和编辑

对于已经创建过的程序文件，如果再次打开编辑，可以选择"文件"菜单中的"打开"命令，打开如图 5-11 所示的"打开"对话框。然后从文件列表框中选择要修改的程序，单击"确定"按钮打开文件后便可进行修改。

也可以使用命令方式进行编辑，其命令格式为

MODIFY COMMAND[<程序文件名>|?]

图 5-11　"打开"对话框

说明：

（1）MODIFY COMMAND 不仅可以建立程序文件，还可以打开和编辑已知的程序文件。例如，编辑默认路径下的 Pro1 程序文件，可以在命令窗口中输入：

MODIFY COMMAND Pro1

（2）使用 MODIFY COMMAND 可以省略.PRG 扩展名。

（3）使用 MODIFY COMMAND ? 会打开如图 5-11 所示的"打开"对话框。

4. 程序的运行

程序文件编辑完毕就可以运行程序了。在 Visual FoxPro 系统中运行程序文件有很多方法,这里仅介绍常用的两种。

(1) 以命令方式运行程序文件

使用 DO 命令运行程序文件,其命令格式为:

DO<程序文件名>

说明:

① 程序文件的扩展名.PRG 可以省略。

② 作为一条命令,不仅可以在命令窗口中执行,也可以在程序中出现。

③ 若程序文件名没有存储在 Visual FoxPro 系统默认的路径,需根据具体存盘位置加上路径,如 DO D:\ vfp60 \ Pro1。

(2) 以菜单方式运行程序文件

如果要运行的程序并未打开,则选择"程序"菜单中的"运行"命令,打开"运行"对话框,如图 5-12 所示,选择要运行的程序后单击"运行"按钮即可。

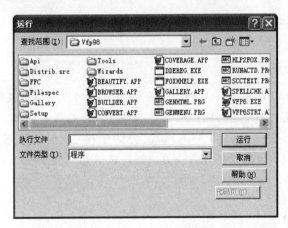

图 5-12 "运行"对话框

在程序文件编辑状态,单击常用工具栏中的"运行"按钮,或用快捷键 Ctrl+E 运行正在编辑的程序文件。

5. 程序设计中的常用命令

(1) 注释命令

注释命令是非执行命令,用于在程序中加入必要的说明和解释,以提高程序的可读性,如图 5-13 所示。

命令格式:

&&<注释内容>

NOTE|*<注释内容>

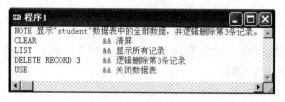

图 5-13　编辑窗口

说明：

① && 用于注释命令行,它处于程序某命令行的尾部,程序运行遇到 && 时,忽略该行 && 后面的所有内容,跳到下一条命令继续执行。

② NOTE 和 * 命令注释放在程序首部或尾部,用来说明整个程序的功能。

（2）清屏命令

命令格式：

```
CLEAR
```

说明：用于清除屏幕所有显示内容并置光标于屏幕左上角。程序中常把它用在开头或某输出命令之前。

（3）设置会话状态命令

命令格式：

```
SET TALK ON|OFF
```

说明：Visual FoxPro 在命令执行时会在屏幕上向用户反馈有关信息,致使反馈信息与程序本身的输出混杂在一起。用户一般只对程序输出结果有兴趣,不关心中间结果,则可通过设置会话状态命令 SET TALK,切换会话于接通|切断状态。系统默认状态为 ON,用 SET TALK OFF 命令把会话开关切断。该语句一般放在一个程序的开头部分。

（4）格式输出命令

命令格式：

```
@<行, 列>SAY<表达式>
```

说明：命令在指定位置输出表达式的值。<行,列>指定了输出的位置。标准屏幕是 25 行 80 列,左上角顶点为(0,0),右下角坐标为(24,79)。行、列都可为表达式,还可为小数。

例如：

```
@1,1 SAY "hello"
```

（5）输入命令

① INPUT 和 ACCEPT 命令

命令格式：

```
INPUT[提示信息]TO <内存变量名>
ACCEPT[提示信息]TO <内存变量名>
```

说明：

- 该命令功能为暂停程序的运行，等待用户从键盘上输入信息，输入信息后按回车键确认。TO＜内存变量名＞赋值给指定的内存变量。
- ACCEPT 命令只能接收字符型数据，对用户从键盘输入的内容，系统自动加上定界符后赋值给指定的内存变量，在输入信息时不需要使用字符型数据定界符。
- INPUT 命令能接收从键盘输入的任意类型（字符型、数值型、逻辑型、日期型）的表达式，输入数据时除数值型以外均需用相应数据类型的定界符括起来。如图 5-14 所示。

图 5-14　INPUT 命令运行效果图

② WAIT 输入命令

命令格式：

WAIT[提示信息][TO<内存变量名>]WINDOWS TIEMOUT<数值表达式>

说明：

- WAIT 只接收单个字符，所接收的字符可以保存在内存变量中，也可以不保存在内存变量中，WAIT 赋值操作不需要按回车键。
- WAIT 命令中 WINDOWS 短语表示提示信息以窗口形式显示，TIMEOUT 短语表示延时时间，到规定时间没有输入字符，则命令自动结束，数值表达式表示延时的秒数。

例如：

WAIT "用户是否查询(Y/N)" TO CX TIMEOUT 6

③ 格式输入输出命令

由于格式输入输出命令参数较多，在这里不进行详细说明，重点说明常见的参数。

命令格式：

@<行,列>[SAY<表达式 1>][GET<变量名>][DEFAULT<表达式 2>]

说明：

- 在屏幕的指定行列输出 SAY 子句的表达式值，并可修改 GET 子句的变量值。
- ＜行,列＞[SAY ＜表达式 1＞]在屏幕指定位置输出表达式 1 的值。
- GET ＜变量名＞表示暂停程序的运行，等待用户从键盘上输入数据。GET 要求变量有初值，或用 DEFAULT 子句指定初值。

- GET 子句的变量必须用 READ 激活。

例如,编写下列程序代码,根据记录号来修改学生的信息。

```
SET TALK OFF
CLEAR
USE D:\DBC\Student.dbf EXCLUSIVE
XH=1
@2,10 SAY "请输入记录号: " GET XH
READ
GO XH
@4,10 SAY "请修改记录号为: "+STR(XH,1)+"学生
的数据信息"
@6,10 SAY "姓名: " GET 姓名
@8,10 SAY "性别: " GET 性别
@10,10 SAY "入学成绩: " GET 入学成绩
READ
USE
```

图 5-15　格式输入输出命令运行效果图

程序运行后,假定输入记录号为 2,按回车键后光标停在姓名区域闪烁,此时可以修改学生的相关信息。运行结果如图 5-15 所示。

5.2　顺　序　结　构

顺序结构的程序运行时按照语句排列的先后顺序,一条接一条地依次执行,它是程序中最基本的结构。前面例 5-1 和例 5-2 程序属于顺序结构。采用顺序结构编写程序,需要特别注意语句的逻辑顺序。

【例 5-3】　编写程序,根据姓名查询 Student.dbf 表中的记录。

程序文件源代码如下:

```
SET TALK OFF
CLEAR
USE D:\DBC\Student.dbf EXCLUSIVE
ACCEPT "请输入待查询学生姓名: " TO XM
LOCATE FOR 姓名=XM
@3,10 SAY "学号:"+学号
@4,10 SAY "姓名:"+姓名
@5,10 SAY "性别:"+性别
@6,10 SAY "入学成绩:"+STR(入学成绩,6)
USE
```

图 5-16　例 5-3 程序运行效果图

运行结果如图 5-16 所示。

5.3 选 择 结 构

选择结构也称分支结构,是 Visual FoxPro 程序的基本结构之一。它根据条件的测试结果来选择执行不同的操作。分支结构由条件语句和分支语句组成,Visual FoxPro 系统提供了 3 种基本形式。

5.3.1 单向分支

单向分支语句,即根据条件表达式的值,决定分支语句是否执行。

语句格式:

IF<条件表达式>
  <命令行序列>
ENDIF

说明:该语句首先计算<条件表达式>的值。若<条件表达式>的值为真(.T.)时,则执行<命令行序列>;否则执行 ENDIF 之后的语句。该语句的执行逻辑如图 5-17 所示。

【例 5-4】 利用单向分支结构语句编写程序,要求修改 Student.dbf 表,将其中学号为 080201 学生的入学成绩加上 10 分,并显示结果。

程序源代码如下:

```
SET TALK OFF
CLEAR
USE D:\DBC\Student.dbf EXCLUSIVE
LOCATE ALL FOR 学号='080201'
IF FOUND()
    DISPLAY 学号,姓名,性别,入学成绩
    REPLACE 入学成绩 WITH 入学成绩+10
    DISPLAY 学号,姓名,性别,入学成绩
ENDIF
USE
```

运行结果如图 5-18 所示。

【例 5-5】 从键盘上输入一个数,若为偶数,则输出该数的平方。

```
SET TALK OFF
CLEAR ALL
INPUT "输入一个数: " TO N
IF MOD(N,2)=0
    ?N*N
ENDIF
SET TALK ON
```

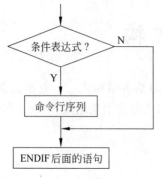

图 5-17 单向分支执行逻辑图

图 5-18 例 5-4 程序运行效果图

运行该程序时,输入 N 的值,根据 N 是否为偶数决定是否显示 N 的平方值。

5.3.2 双向分支

双向分支语句,即根据条件表达式的值,选择两个分支中的一个分支来执行。

语句格式:

```
IF    <条件表达式>
      <命令行序列 1>
ELSE
      <命令行序列 2>
ENDIF
```

说明:该语句首先计算<条件表达式>的值,当<条件表达式>的值为真(.T.)时,则执行<命令行序列 1>;否则执行<命令行序列 2>。执行完<命令行序列 1>或<命令行序列 2>后都将执行 ENDIF 之后的语句。该语句的执行逻辑如图 5-19 所示。

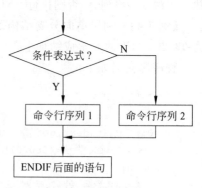

图 5-19 双向分支执行逻辑图

【例 5-6】 编写程序计算分段函数值。

$$Y = \begin{cases} X^2 + 3 & X < 4 \\ 8X - 2 & X \geqslant 4 \end{cases}$$

程序源代码如下:

```
SET TALK OFF
INPUT "X=" TO X
IF X< 4
    Y= X * X+3
ELSE
    Y=8 * X-2
ENDIF
```

```
? "Y= ",Y
SET TALK ON
```

【例 5-7】 编写程序查询表 Student.dbf，查询姓名为“齐爽”的记录，如果找到把该记录添加删除标记，没有查询到显示提示信息“查无此人”。

程序源代码如下：

```
SET TALK OFF
CLEAR
USE D:\DBC\Student.dbf EXCLUSIVE
LOCATE ALL FOR 姓名="齐爽"
IF .NOT.EOF()
    DELETE
ELSE
    ?"查无此人"
ENDIF
BROWSE
USE
```

程序运行结果如图 5-20 所示。

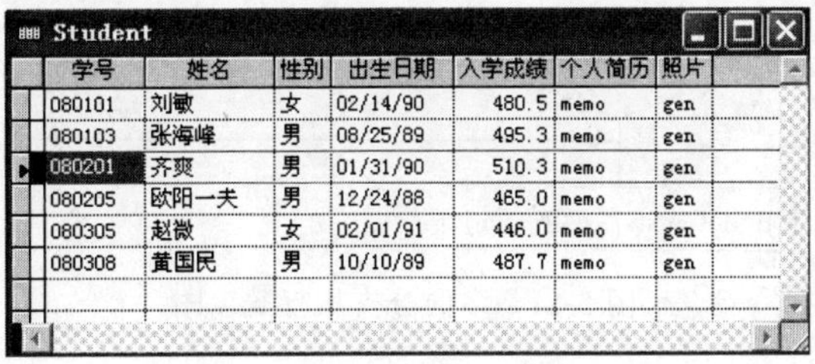
Student

学号	姓名	性别	出生日期	入学成绩	个人简历	照片
080101	刘敏	女	02/14/90	480.5	memo	gen
080103	张海峰	男	08/25/89	495.3	memo	gen
080201	齐爽	男	01/31/90	510.3	memo	gen
080205	欧阳一夫	男	12/24/88	465.0	memo	gen
080305	赵微	女	02/01/91	446.0	memo	gen
080308	黄国民	男	10/10/89	487.7	memo	gen

图 5-20 例 5-7 程序运行效果图

5.3.3 多向分支

多向分支语句，即根据多个条件表达式的值，选择多个分支中的一个对应执行。

语句格式：

```
DO CASE
    CASE<条件表达式 1>
        <命令行序列 1>
    CASE<条件表达式 2>
        <命令行序列 2>
          ...
    CASE<条件表达式 n>
        <命令行序列 n>
    [OTHERWISE
        <命令行序列 n+1>]
```

ENDCASE

说明：系统执行DO CASE语句时，将逐个判断CASE后面的条件是否为真。只要遇到一个条件为真的CASE时，就执行其后的命令行序列，命令行序列执行完毕后，跳到ENDCASE后面的语句去执行。如果所有的CASE后面的条件都为假时，则执行OTHERWISE后面的语命令行序列；如果没有OTHERWISE语句，则直接转去执行ENDCASE后面的语句。

该语句的执行逻辑如图5-21所示。

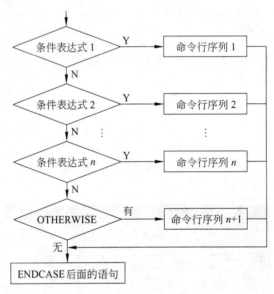

图5-21 多向分支执行逻辑图

【例5-8】 编写程序，根据输入成绩的范围输出相应等级。

程序源代码如下：

```
INPUT "输入学生成绩:" TO MAR
DO CASE
    CASE MAR>=90
        ?"优"
    CASE MAR>=80
        ?"良"
    CASE MAR>=70
        ?"中"
    CASE MAR>=60
        ?"及格"
    OTHERWISE
        ?"不及格"
ENDCASE
```

运行结果如图5-22所示。

图5-22 例5-8程序运行效果图

【例5-9】 已知有3个表,分别是 Student. dbf、SC. dbf 和 Course. dbf,编写一个程序,可在不同选择情况下,使用相应表。

程序源代码如下:

```
SET TALK OFF
CLEAR
ACCEPT "请输入你的选择(1-3): " TO N
DO CASE
    CASE N="1"
        USE Student.dbf EXCLUSIVE
        BROWSE LAST
    CASE N="2"
        USE SC.dbf EXCLUSIVE
        BROWSE LAST
    CASE N="3"
        USE Course.dbf EXCLUSIVE
        BROWSE LAST
ENDCASE
USE
```

图 5-23 例 5-9 程序运行效果图

程序运行结果如图 5-23 所示。

5.3.4 选择结构的嵌套

在解决复杂问题时,需要将多个分支语句相互结合起来使用,这就形成了分支语句的嵌套结构。

IF 语句嵌套格式:

IF 条件

语句块 1 { IF<条件 1>
                <语句块 11>
            [ELSE
                <语句块 12>]
            ENDIF

ELSE

语句块 2 { IF<条件 2>
                <语句块 21>
            [ELSE
                <语句块 22>]
            ENDIF

ENDIF

【例5-10】 编写程序,将例题 5-8 用多分支 IF 语句嵌套的形式实现。

程序源代码如下:

```
SET TALK OFF
CLEAR
INPUT "输入学生成绩： " TO MAR
IF MAR>=90
    ?"优"
ELSE
    IF MAR>=80
    ?"良"
    ELSE
        IF MAR>=70
        ?"中"
        ELSE
            IF MAR>=60
                ?"及格"
            ELSE
                ?"不及格"
            ENDIF
        ENDIF
    ENDIF
ENDIF
```

在用 IF 语句嵌套形式中,IF 和 ENDIF 必须成对出现,在书写形式上可以采用缩进形式,增强程序的可读性。根据实际问题,在嵌套结构中也可以出现多分支结构语句。

【例 5-11】 假定"RSDA"表结构为：姓名(C,6),性别(C,2),年龄(N,2),出生日期(D,8)。编写程序判断表中是否有"李明",查询此人的性别及年龄,确定参加运动会的项目。

程序源代码如下：

```
SET TALK OFF
USE RSDA
LOCATE FOR 姓名="李明"
IF .NOT. EOF()
    DO CASE
        CASE 性别="男"
            ?"请参加爬山比赛"
        CASE 年龄<=50
            ?"请参加投篮比赛"
        CASE 年龄<=60
            ?"请参加老年迪斯科比赛"
    ENDCASE
ELSE
    ?"查无此人"
    BROWSE
ENDIF
```

```
USE
SET TALK ON
```

在使用分支结构时应注意以下几点。

(1) 条件语句中的 IF 和 ENDIF,多分支语句中的 DO CASE 和 ENDCASE 都必须配对使用。DO CASE 与第一个 CASE<条件表达式 1>之间不能有任何指令。

(2) <条件表达式>可以是各种表达式或函数的组合,其值必须是逻辑值。

(3) <命令行序列>可以由一个或多个命令组成,可以是条件控制语句组成的嵌套结构。

(4) DO CASE…ENDCASE 命令,每次最多只能执行一个<命令行序列>。在多个 CASE 项的<条件表达式>值为真时,只执行第一个<条件表达式>值为真的<命令行序列>,然后执行 ENDCASE 后面的第一条命令。

5.4　循 环 结 构

循环结构是 Visual FoxPro 程序的基本结构之一。循环语句可以控制语句块重复执行。循环中要重复执行的语句称为循环体。循环体的一次执行称为一次循环迭代。每个循环包含一个循环条件,它是控制循环体执行的条件。每执行一次循环体之后都要重新计算循环条件,若条件为真,重复执行循环体,若条件为假,循环终止。

在 Visual FoxPro 中有 3 种循环命令语句:条件循环 DO WHILE…ENDDO、计数循环 FOR…ENDFOR 和数据库循环 SCAN…ENDSCAN。

5.4.1　DO WHILE 语句循环

DO WHILE 循环也称"条件"循环或"当型"循环,即根据条件表达式的值决定循环次数。

语句格式:

```
DO WHILE<条件表达式>
    <语句行序列>
ENDDO
```

说明:

(1) 程序执行到 DO WHILE 语句时,首先判断条件。当条件为.T.时,执行循环体,遇到 ENDDO,转到 DO WHILE 语句的条件处,对条件进行判断,这个过程一直在重复,直到 DO WHILE 后面的条件为.F.,结束循环语句的执行。

(2) DO WHILE 语句是一种循环次数不确定的循环语句,只要循环的条件为.T.,就重复执行循环体。在循环条件中出现的变量用来控制循环的执行,称其为循环变量。

注意:为使程序最终跳出 DO WHILE 循环体,在程序循环过程中必须有修改循环条件的语句,否则程序将永远跳不出循环,这种情况称为无限循环,也称死循环。

【例5-12】 编写程序计算 $1+2+3+\cdots+10$ 累加和。

程序源代码如下:

```
SET TALK OFF
CLEAR
SUM=0
I=1                          && 循环变量赋初值
DO WHILE I<=10               && 循环入口条件
    SUM=SUM+I
    I=I+1                    && 循环变量改变
ENDDO
?"1+2+3+…+10=",SUM
```

运行结果为"$1+2+3+\cdots+10=55$"。

为了观察循环的执行过程,把例 5-12 改写为如下代码并运行,注意循环变量 I 和求和变量 SUM 的变化。

```
SET TALK OFF
CLEAR
SUM=0
I=1                          && 循环变量赋初值
DO WHILE I<=10               && 循环入口条件
    ?I
    SUM=SUM+I
    I=I+1                    && 循环变量改变
ENDDO
?"退出循环后: "
?"1+2+3+…+10=",SUM
?"I=",I
```

从 I=1 满足循环条件进入循环开始,每执行一次循环体,变量 I 自增 1,并把不断变化的变量 I 累加到变量 SUM 中。循环体被重复执行了 10 次,在 I=11 时退出循环。程序运行结果如图 5-24 所示。

【例5-13】 利用 DO WHILE 语句编写程序,显示 Student.dbf 表中的记录内容。

程序源代码如下:

```
SET TALK OFF
CLEAR
USE D:\DBC\Student.dbf EXCLUSIVE
DO WHILE .NOT. EOF()
    DISPLAY 学号,姓名,入学成绩
    SKIP
ENDDO
USE
```

运行结果如图 5-25 所示。

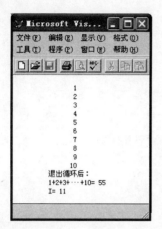

图 5-24 例 5-12 程序运行效果图

图 5-25 例 5-13 程序运行效果图

　　程序中用表文件是否结束来控制循环,当 NOT EOF( )为真时,表示记录指针未在表尾,即指向表中的某条记录,用 SKIP 语句使记录指针指向下一条记录。

　　通常用

```
USE 表名
DO WHILE NOT EOF()
    <相关操作>
    SKIP
ENDDO
USE
```

或者

```
USE 表名
GO BOTTOM
DO WHILE NOT BOF()
    <相关操作>
    SKIP -1
ENDDO
USE
```

　　这两种形式对表中每一条记录依次进行检索操作,隐含的循环控制变量是打开表的指针。如果对表中满足条件的记录进行检索操作可以在循环体中引入分支结构,也可以通过 LOCATE 和 CONTINUE 进行检索。

　　例如:

```
USE 表名
DO WHILE NOT EOF()
    IF<条件表达式>
```

```
        <相关操作>
    ENDIF
    SKIP
ENDDO
USE
```

或

```
USE 表名
LOCATE FOR 条件表达式
DO WHILE NOT EOF()              && 或 DO WHILE FOUND()
    <相关操作>
    CONTINUE
ENDDO
USE
```

在使用 LOCATE 和 CONTINUE 进行检索时,循环入口条件也可以使用 FOUND()
函数。返回值为真说明 LOCATE 和 CONTINUE 指针定位成功,否则指针定位不成功,
检索完毕并退出循环。注意,CONTINUE 和 LOCATE 搭配使用,不能使用 SKIP 语句,
原因是下一条记录不一定是满足条件表达式的记录。

【例 5-14】 编写程序统计 Student.dbf 表中男同学的人数。

程序源代码如下:

```
SET TALK OFF
CLEAR
USE D:\DBC\Student.dbf EXCLUSIVE
TJ=0
DO WHILE .NOT. EOF()
    IF 性别="男"
        TJ=TJ+1
    ENDIF
    SKIP
ENDDO
?"男同学的人数为:",TJ
USE
```

或者

```
SET TALK OFF
CLEAR
USE D:\DBC\Student.dbf EXCLUSIVE
LOCATE ALL FOR 性别="男"
TJ=0
DO WHILE .FOUND()
    TJ=TJ+1
    CONTINUE
```

```
ENDDO
?"男同学的人数为：", STR(TJ,2)
USE
```

运行结果如图 5-26 所示。

通过以上几个例子，读者不难看出 DO WHILE 循环对于循环变量的要求是严格的。进入 DO WHILE 循环前，循环变量必须赋初值，进入循环必须满足循环入口条件，每次循环对应着循环变量的变化。

图 5-26　例 5-14 程序运行效果图

5.4.2　FOR 语句循环

FOR 循环也称"计数"循环或"步长"循环，即根据循环变量的初值、终值和步长决定循环体执行的次数。

语句格式：

```
FOR<内存变量>=<初值>TO<终值>[STEP<步长>]
    <语句行序列>
ENDFOR
```

说明：FOR 语句是用数字控制的循环结构。循环变量的初始值可以小于等于终止值，此时步长值应该大于等于 1；循环变量的初始值也可以大于等于终止值，此时步长值应该小于等于-1，初值、终值和步长的数据类型必须是整型。步长为 1 时，可以省略 STEP 1。

语句功能：在执行 FOR 语句时，首先检查 FOR 语句中循环变量的初值、终值和步长的正确性。如果不正确，FOR 语句一次也不执行，如果正确，首先给循环变量赋初始值。当循环变量的值小于等于终止值时，执行循环体。当执行到 ENDFOR 语句，会按步长修改循环变量的值。如果小于等于终止值，再次执行循环体，如果大于终止值时，结束 FOR 循环语句的执行。

【例 5-15】　编写程序计算 $n!$。

程序源代码如下：

```
SET TALK OFF
CLEAR
INPUT "请输入正整数：" TO N
JC=1
FOR I=1 TO N
    JC=JC * I
ENDFOR
?STR(N,3)+"!=",JC
```

图 5-27　例 5-15 程序运行效果图

运行结果如图 5-27 所示。

【例 5-16】 编写程序求 1＋3＋5＋⋯＋9 累加和。

程序源代码如下：

```
SET TALK OFF
CLEAR
SUM=0
FOR I=9 TO 1 STEP -2
    SUM=SUM+I
ENDFOR
?"1+3+5+⋯+9=",SUM
```

运行结果为：1＋3＋5＋⋯＋9＝25

也可以用 FOR 语句对数据库进行编程。一般要首先得到表文件中的记录个数，然后利用 FOR 循环逐条处理每条记录。

【例 5-17】 用 FOR 语句显示 Student.dbf 表中男同学的学号、姓名、性别和入学成绩字段。

程序源代码如下：

```
SET TALK OFF
CLEAR
USE D:\DBC\Student.dbf EXCLUSIVE
CN=RECCOUNT()
FOR I=1 TO CN
    IF 性别='男'
        ?学号，姓名，性别，入学成绩
    ENDIF
    SKIP
ENDFOR
USE
```

图 5-28　例 5-17 程序运行效果图

运行结果如图 5-28 所示。

以上介绍的两种循环结构是通用的程序设计语句，可以用于对表记录进行循环处理，也可以对非表循环进行处理。一般循环次数不确定的情况下使用 DO WHILE 语句循环，对于循环次数固定的情况使用 FOR 语句循环。下面介绍的 SCAN 循环语句，只能用于对表记录的循环处理。

5.4.3　SCAN 语句循环

SCAN 语句循环也称"指针"型循环控制语句，适用于 Visual FoxPro 数据库编程，可以根据表中的当前记录指针决定循环体内语句的执行次数。

语句格式：

```
SCAN[FOR<条件表达式 1>|WHILE<条件表达式 2>][<范围>]
    <语句行序列>
```

```
ENDSCAN
```

说明：SCAN 循环专用于数据库记录操作。对当前表文件中满足条件的记录进行有效检索处理。它根据条件表达式自动移动记录指针。

功能：执行该语句时，首先判断函数 EOF( )返回值，若为真，则结束循环，执行 ENDSCAN 后面的语句；否则，结合<条件表达式 1>和<条件表达式 2>执行<语句行序列>，记录指针移动到指定的范围和条件内的下一条记录，并重新判断 EOF( )的值，直到 EOF( )的值为真时结束循环。

【例 5-18】 利用 SCAN 语句编写例 5-14 程序(统计 Student.dbf 表中男同学的人数)。

```
SET TALK OFF
CLEAR
USE D:\DBC\Student.dbf EXCLUSIVE
TJ=0
SCAN ALL FOR 性别="男"
    TJ=TJ+1
ENDSCAN
?"男同学的人数为：",TJ
USE
```

运行结果如图 5-26 所示，注意 SCAN 循环由于只能对表记录进行循环处理，使用有一定的限制，主要用于表记录的检索。

5.4.4 LOOP 语句和 EXIT 语句

LOOP 语句和 EXIT 语句是经常用到的循环辅助语句，只能用在循环体中。LOOP 语句功能用于结束本次循环，进入下一次循环的判断。EXIT 语句功能用于结束循环。LOOP 语句和 EXIT 语句一般与条件语句连用。LOOP 语句和 EXIT 语句转向逻辑示意图如图 5-29 所示。

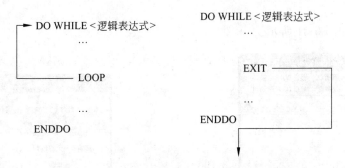

图 5-29 LOOP 语句和 EXIT 语句执行逻辑图

【例 5-19】 利用 LOOP 语句编写例 5-16(求 1+3+5+⋯+9 累加和)。
程序源代码如下：

```
SET TALK OFF
```

```
CLEAR
SUM=0
FOR I=1 TO 9
    IF INT(I/2)=I/2
        LOOP
    ENDIF
    ?I                      && 该语句用于测试累加前变量 I 的值
    SUM=SUM+I
ENDFOR
?"1+3+5+…+9=",SUM
```

运行结果如图 5-30 所示。

【例 5-20】 编写程序,要求判断输入的整数是否为素数。

分析:对任意的正整数 N,如果只能被 1 和 N 本身整除,则 N 就是素数。简单的算法思想是从 2 到 $N-1$ 中找 N 能整除的数,如果找到,N 就不是素数,如果找不到,N 就是素数。

程序源代码如下:

```
SET TALK OFF
CLEAR
INPUT "请输入一个整数:" TO N
FOR I=2 TO N-1
    IF MOD(N,I)=0
        EXIT
    ENDIF
ENDFOR
IF I>=N
    ?N,"是素数"
ELSE
    ?N,"不是素数"
ENDIF
```

运行结果如图 5-31 所示。

图 5-30 例 5-19 程序运行效果图

图 5-31 例 5-20 程序运行效果图

注意：FOR 循环有两种退出方式，一种为超过终值正常退出，另一种为通过执行 EXIT 强行退出。不同的退出方式反映了 N 值是否为素数，因此可以通过 I>=N 关系表达式确定素数。

5.4.5 循环的嵌套

以上介绍的 3 种循环结构的例子都是单层循环。有时根据解决问题的需要，要用到两层或多层循环结构，即在一个循环中又包含另一个循环，这种结构称为循环嵌套。

在用循环语句嵌套形式编程时，应注意 DO WHILE 与 ENDDO、FOR 与 ENDFOR 应该成对出现。注意循环变量不能混用，否则得不到预期的结果。

【例 5-21】 编写程序输出如下图形。

```
#
##
###
####
#####
```

程序代码如下：

```
SET TALK OFF
CLEAR
FOR I=1 TO 5                 && I 变量用于控制行
    FOR J=1 TO I             && J 变量用于控制列
        ??'#'
    ENDFOR
    ?
ENDFOR
```

对于图形输出问题，一般外层循环用于控制行的打印，内层循环用于控制列的打印。

注意：

- 内层循环变量控制打印的列数和外层循环变量的关系。
- 图形的每一行前边空格的处理。
- 每打印完一行要进行换行处理。
- 打印字符和内外层循环变量的关系。

【例 5-22】 编写程序求 1!+2!+3!+…+10! 累加和。

```
SET TALK OFF
CLEAR
SUM=0
FOR I=1 TO 10
    JC=1
```

```
            FOR J=1 TO I
                JC=JC * J
            ENDFOR
            SUM=SUM+JC
ENDFOR
?"1!+2!+3!+ …+10!=",JC
```

运行结果如图 5-32 所示。

图 5-32   例 5-22 程序运行效果图

5.5   程序的模块化设计

应用程序一般都是多模块程序,可以包含多个程序模块。模块是可以命名的一个程序段,可以是主程序、子程序和自定义函数。它们都是一段具有独立功能的程序代码。

5.5.1   子程序

所谓子程序就是一个具有特定功能和逻辑结构完整的程序段。它独立存在,可以被单独调用。子程序文件也是程序文件,其扩展名.PRG 与程序文件的扩展名相同,其建立方法与前面讲的程序文件建立方法相同。在子程序中必须有 RETURN 语句,用于正常返回调用程序。

1. 调用与返回

对于两个具有调用关系的程序文件,常称调用程序为主程序,被调用程序为子程序。前边介绍的 DO 命令能运行 Visual FoxPro 程序,其实 DO 命令也可以用来执行子程序模块。主程序执行时遇到 DO 命令,执行就转向子程序。子程序执行到 RETURN 语句,就会返回到主程序中转出处的下一条语句继续执行程序,称子程序返回。

调用子程序命令格式为:

DO<子程序名>

说明:主程序执行时遇到 DO 命令,执行就转向以<子程序名>为名的子程序。

返回主程序命令格式:

RETURN

说明:子程序执行到 RETURN 语句,就会返回到主程序,执行调用命令的下一条语句。

2. 参数子程序的调用与返回

DO 命令允许带一个 WITH 子句,用来进行参数传递。

格式：

```
DO<子程序名>[WITH<参数表>]
```

说明：

(1) ＜参数表＞中的参数可以是表达式，若为内存变量必须具有初值。

(2) 调用子程序时参数表中的参数要传给子程序，子程序中必须设置相应的参数接收。

在子程序中 Visual FoxPro 的 PARAMETERS 命令起到允许接收参数和回送参数值的作用。

格式：

```
PARAMETERS<形参列表>
```

说明：

(1) PARAMETERS 必须是子程序(被调用程序)的第一个语句。

(2) 命令格式中的参数被 Visual FoxPro 默认为私有变量，返回主程序时回送参数值后即被清除。

(3) 命令格式中的参数依次与调用命令 WITH 子句中的参数相对应，二者参数个数必须相同。

【例 5-23】 编写一个求和的子程序 SUM.prg，即 SUM＝1＋2＋…＋N，并要求在主程序 ZC.prg 中带参数调用 SUM.prg。

主程序文件 ZC.prg 的程序代码如下：

```
CLEAR
S=0
INPUT "请输入一个正整数:" TO N
DO SUM WITH N, S          && 带参数调用了程序 SUM.prg
? "N=",N
? "S=",S
```

子程序文件 SUM.prg 的程序代码如下：

```
PARAMETERS N1,S1          && 指定内存变量 N1 和 S1,以接收 DO 命令发送的参数值,
                          && 返回主程序时把它们回送给调用主程序的内存变量 N 和 S
S1=(1+N1) * N1/2
RETURN
```

运行主程序 ZC.prg 后的运行结果如图 5-33 所示。

3. 子程序嵌套

主程序和子程序的概念是相对的，子程序还可以调用它自己的子程序，即子程序可以嵌套调用。Visual FoxPro 的返回命令包含了因嵌套而引出的多种返回方式，如图 5-34 所示。

图 5-33 例 5-23 程序运行效果图

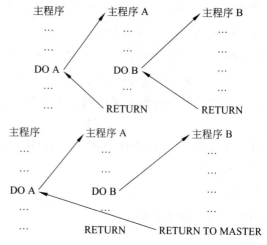

图 5-34 子程序嵌套返回方式

格式：

RETURN[TO MASTER|TO<程序文件名>]

说明：

（1）命令格式中的[TO MASTER]选项，使返回主程序时直接返回到最外层主程序。

（2）可选项[TO <程序文件名>]强制返回到指定的程序文件。

（3）任何时候要退出 Visual FoxPro，只要执行命令 QUIT 即可。

5.5.2 过程

Visual FoxPro 允许在一个程序文件中设置多个程序模块，并将主程序以外的每个模块定义为一个过程。这样就避免了在多模块程序中为了执行一个模块就要打开一次文件，否则必然会影响程序的运行效率。

1. 过程的定义

格式：

PROCEDURE <过程名>
<过程体>
[RETURN[表达式]]
[ENDPROC]

说明：

（1）自定义过程以 PROCEDURE 开始，以 ENDPROC 结束。在 Visual FoxPro 6.0 中，过程（包括函数）可以放在主程序的结尾，但是绝对不能放在任何可执行的主程序代码之前。也可以保存在单独的程序文件（过程文件）中，过程文件含有多个过程。用 MODIFY COMMAND <过程文件名>来建立过程文件，过程文件的扩展名仍是 .PRG。

（2）RETURN 命令可以放在过程的任何地方，以便把控制权交回调用程序或其他程序。它也可以定义一个值由过程返回。如果用户没有在过程中写上 RETURN 命令，系统则在过程结束时自动执行此命令。如果 RETURN 后不加任何返回值（或者系统自动执行 RETURN 命令）时，则系统返回.T.。

其格式是：RETURN[表达式|TO MASTER|TO<程序名>]。TO MASTER 是返回到主程序，TO<程序名>是返回到指定的程序。

2. 过程的调用

格式：

```
DO<过程名>
```

说明：执行以<过程名>为名的过程。

3. 过程文件的打开

如果过程文件保存在独立的过程文件中，调用之前必须先打开过程文件。
格式：

```
SET PROCEDURE TO[<过程文件 1>[,<过程文件 2>,…][ADDITIVE]
```

功能：打开一个或多个过程文件。

说明：

（1）一旦一个过程文件打开，则该过程文件中的所有过程都可以被调用。

（2）如果要同时打开两个以上的过程文件，可以在过程文件名之间用逗号分开。

（3）如果分别打开多个过程文件，则后打开的过程文件将会关闭先前所打开的过程文件。为避免这种情况发生，在 SET PROCEDURE 命令中加入 ADDITIVE 参数。

4. 过程文件的关闭

关闭所有打开的过程文件的格式为：

```
SET PROCEDURE TO|CLOSE PROCEDURE
```

关闭指定过程文件的命令格式为：

```
RELEASE PROCEDURE<过程文件 1>[,<过程文件 2>,…]
```

5. 带参数的过程

很多时候程序需要向过程或函数传递值来解决问题，这时就要使用参数。Visual FoxPro 的过程使用小括号"()"或者命令 PARAMETERS 引入参数。
格式：

```
PROCEDURE 过程名[(参数列表)]
    [PARAMETERS<参数列表>]
```

```
<过程体>
[RETURN[表达式]]
[ENDPROC]
```

注意： 参数列表中各参数之间用逗号分隔开。

6. 参数的传递

格式1：

```
DO<过程名>[WITH<参数表>]
```

格式2：

```
PARAMETERS<参数表>
```

说明：DO 命令应在主程序中使用，WITH 后面的＜参数表＞为传递的参数。PARAMETERS命令在子程序或用户自定义函数中使用，其后的＜参数表＞为接收参数。在这两个命令中，＜参数表＞中的参数个数要一样多。

【例 5-24】 利用过程编写程序求 1!＋2!＋…＋N!累加和。

程序代码如下：

```
CLEAR
INPUT "请输入 N 值: " TO N
SUM=0
FOR I=1 TO N
    K=I
    DO JCP WITH K
    SUM=SUM+K
ENDFOR
? "SUM=",SUM


PROCEDURE JCP
    PARAMETERS TEMP
    JC=1
    FOR J=1 TO TEMP
        JC=JC * J
    ENDFOR
    TEMP=JC
RETURN
```

运行结果如图 5-35 所示。

图 5-35　例 5-24 程序运行效果图

5.5.3　函数

Visual FoxPro 除提供众多的系统函数外，还可以由用户自己来定义函数，在使用时可以与系统提供的函数一样使用。

格式：

FUNCTION<函数名称>

    PARAMETERS<参数表>

    <语句序列>

    RETURN[<返回值>]

[ENDFUNC]

说明：

(1) FUNCTION <函数名称>功能是为函数命名。自定义的函数名不能和 Visual FoxPro 系统函数同名，也不能和内存变量同名，若缺省函数名，表示此函数是一个独立的. PRG 文件。

(2) PARAMETERS <参数表>说明调用此函数时，要将哪些参数传递给该函数。如不需传递参数，本句可省略。

(3) 定义了函数之后，可将它保存在单独的程序文件中，也可放在一般程序的底部，但绝对不能将函数放在可执行的主程序代码之前。

(4) 和标准函数相同，自定义函数执行后也会返回一个函数值，<返回值>可以是常量、变量、表达式等。如果没在 RETURN 命令后加入返回值，Visual FoxPro 将自动返回. T.。

(5) 自定义函数与系统函数调用方法相同，其形式为：

函数名([<参数表>])

【例 5-25】 编写程序，利用函数改写例 5-24。

程序代码如下：

```
CLEAR
INPUT "请输入 N 值："TO N
SUM=0
FOR I=1 TO N
    SUM=SUM+FJC(I)
ENDFOR
?"SUM=",SUM

FUNCTION FJC
    PARAMETERS CN
    JC=1
    FOR J=1 TO CN
        JC=JC*J
    ENDFOR
RETURN JC
```

5.5.4 内存变量的作用域

在多模块程序中,某模块中的变量是否在其他模块中也可以使用?答案是不一定,因为用户定义的变量有一定的作用域。

在 Visual FoxPro 中,每个内存变量都有一定的作用域。为了更好地在变量所处的范围内发挥其作用,Visual FoxPro 把变量分为私有变量、局部变量和全局变量3 种。

在 Visual FoxPro 中,可以使用 PRIVATE、LOCAL 和 PUBLIC 强制规定变量的作用域。

1. 全局变量

全局变量也称公共变量,它在任何模块中都可以引用。
其格式为:

PUBLIC<内存变量表>

功能:将<内存变量表>定义的内存变量设置为公共变量,并将这些变量的初值均赋予.F.。

说明:

(1) 某模块中建立的内存变量要提供给并列模块使用,或下层模块中建立内存变量要提供给上层模块使用,必须将这种变量说明成公共变量。

(2) 程序终止时公共变量不会自动清除,而只能使用命令来清除,如 RELEASE 命令或 CLEAR ALL 命令清除公共变量。

(3) Visual FoxPro 命令窗口中定义的变量都是公共变量,但这样定义的变量不能在程序方式下使用。

(4) 在 Visual FoxPro 运行期间,全局变量可以被所有的程序使用。如果在某一时刻改变了某一全局变量的值,则这个改变将会立刻影响其他程序对该变量的使用。

2. 本地变量

本地变量也称局部变量。本地变量是只能在局部范围内使用的变量。在 Visual FoxPro 中规定本地变量用 LOCAL 说明,其格式为:

LOCAL<内存变量表>

同全局变量一样,这些变量的默认值也是逻辑值.F.,可以为它们赋予任何类型的值。本地变量只能在说明这些变量的模块内使用,它的上级模块和下级模块都不能使用。当说明这些变量的模块执行结束后,Visual FoxPro 会立刻释放这些变量。

注意:由于 LOCAL 和 LOCATE 的前 4 个字母相同,所以在说明本地变量时不能只给出前 4 个英文字母 LOCA。

【例 5-26】 以下程序说明全局变量、本地变量及其作用域。

```
CLEAR
CLEAR MEMORY
PUBLIC X1
LOCAL X2
?"在主程序中..."
?"全局变量 X1=",X1
?"局部变量 X2=",X2
DO P1

PROCEDURE P1
?"在过程 P1 中..."
X1=3
?"全局变量 X1=",X1
?"局部变量 X2=",X2
RETURN
```

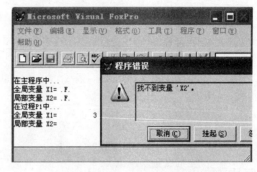

图 5-36　例 5-26 程序运行效果图

运行结果如图 5-36 所示。在输出结果的同时,出现了"程序错误"提示对话框。原因是在主程序模块中定义了 X2 为局部变量,不能在下一级 P1 过程中使用。

3. 私有变量

Visual FoxPro 默认程序中定义的变量是私有变量。私有变量仅在定义它的模块及其下层模块中有效,而在定义它的模块运行结束时自动清除。

私有变量允许与上层模块的变量同名,这样容易造成混淆。为了解决这种情况,可使用 PRIVATE 命令在程序中将全局变量或上级程序中的变量隐藏起来,就好像这些变量不存在一样,可以用 PRIVATE 再定义同名的内存变量。一旦返回上级程序,在下级程序中用 PRIVATE 定义的同名变量即被清除,调用时被隐藏的内存变量恢复原值,不受下级程序中同名变量的影响。

PRIVATE 命令格式为:

```
PRIVATE<内存变量名表>
```

实际上,PRIVATE 命令起到了隐藏和屏蔽上层程序中同名变量的作用。

【例 5-27】 以下程序用于说明各种变量的定义格式以及作用域。

```
CLEAR
CLEAR MEMORY
PUBLIC X1
LOCAL X2
STORE 10 TO X3
?"在主程序调用 P1 之前..."
?"全局变量 X1=",X1
?"局部变量 X2=",X2
```

```
?"本地变量 X3=",X3
DO P1
?"在主程序调用 P1 之后..."
?"全局变量 X1=",X1
?"局部变量 X2=",X2
?"本地变量 X3=",X3

PROCEDURE P1
    ?"在过程 P1 中...(1)"
    ?"全局变量 X1=",X1
    ?"本地变量 X3=",X3
    X1=3
    PRIVATE X3
    X3=20
    ?"在过程 P1 中...(2)"
    ?"全局变量 X1=",X1
    ?"本地变量 X3=",X3
RETURN
```

运行结果如图 5-37 所示。

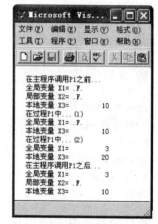

图 5-37　例 5-27 程序运行效果图

5.6　单 元 实 验

5.6.1　程序文件的建立

【实验目的】

(1) 掌握程序文件的建立和编辑方法。
(2) 掌握程序文件的调用方法。
(3) 掌握程序设计中的常用命令的使用。

【实验内容】

(1) 程序文件的建立、编辑和运行。
(2) INPUT 语句的使用。
(3) ACCEPT 语句的使用。
(4) WAIT 语句的使用。
(5) 格式输入输出命令的使用。

【实验步骤】

1. 程序文件的建立、编辑和运行

要求利用命令方式和菜单方式分别建立例 5-1 和例 5-2 程序文件,程序文件名为

P1. prg、P2. prg。

（1）打开程序编辑窗口

① 选择"文件"菜单中的"新建"命令，在打开的"新建"对话框中选择"程序"选项，单击"新建文件"按钮。

② 在命令窗口中输入下列命令：

```
MODIFY COMMAND P1
```

（2）输入程序语句

```
R=3
S=3.1416*R*R
?"圆的面积=",S
```

（3）保存

① 选择"文件"菜单中的"保存"命令，在"另存为"对话框中输入文件名"P1"，单击"保存"按钮。

② 单击常用工具栏中的"保存"按钮。

③ 按"Ctrl+S"组合键。

（4）运行

① 选择"程序"菜单中的"运行"命令，在"运行"对话框中选择"P1"。

② 单击常用工具栏中的"运行"按钮。

③ 在命令窗口中输入下列命令：

```
DO P1
```

根据 P1 程序文件建立的实验步骤，创建 P2. prg 并运行程序。

2. INPUT 语句的使用

要求编写程序 P3. prg，在 Student. dbf 表尾增加一个新记录，利用 INPUT 语句由用户输入"学号"、"姓名"、"性别"、"出生日期"、"入学成绩"字段的值。假定分别为"080402"、"刘涛"、"男"、"{^1989/08/08}"、"467"。

参照程序代码如下：

```
CLEAR
USE D:\Student.dbf EXCLUSIVE
LIST
APPEND BLANK
INPUT "请输入学号" TO XH
INPUT "请输入姓名" TO XM
INPUT "请输入性别" TO XB
INPUT "请输入出生日期" TO CSRQ
INPUT "请输入入学成绩" TO RSCJ
REPLACE 学号 WITH XH ,姓名 WITH XM, 性别 WITH XB, 出生日期 WITH CSRQ,入学成绩
```

```
WITH RSCJ
LIST
USE
```

根据 P1 程序文件建立的实验步骤,创建 P3. prg 并运行程序。请注意各种类型数据输入时的区别。

3. ACCEPT 语句的使用

要求编写程序 P4. prg,在 Student. dbf 表中查询指定姓名的记录集。

参照程序代码如下:

```
CLEAR
USE D:\Student.dbf EXCLUSIVE
ACCEPT "请输入查询的姓名" TO ZC
LIST ALL FOR 职称=ZC
USE
```

根据 P1 程序文件建立的实验步骤,创建 P4. prg 并运行程序,请注意 ACCEPT 语句对字符型数据输入时没有类型定界符的要求。

4. WAIT 语句的使用

要求编写程序 P5. prg,能够分别浏览 Course. dbf 表中指定课程名称的记录集,当完成一组记录集的显示后,在屏幕的右上角提示操作结束,提示信息要在屏幕停留 5 秒钟。

参照程序代码如下:

```
CLEAR
USE D:\DBC\Course.dbf EXCLUSIVE
ACCEPT "请输入查询的课程名称: " TO KC
LIST ALL FOR 课程名=KC
WAIT "课程名"+KC+"的记录已显示" WINDOWS TIMEOUT 5
USE
```

根据 P1 程序文件建立的实验步骤,创建 P5. prg 并运行程序。请注意观察屏幕的变化。

5. 格式输入输出命令的使用

要求编写程序 P6. prg,根据记录号来修改 Student 表中学生的信息。

参照程序代码如下:

```
SET TALK OFF
CLEAR
USE D:\DBC\Student.dbf EXCLUSIVE
XH=1
@2,10 SAY "请输入记录号: " GET XH
READ
GO XH
```

```
@4,10 SAY "请修改记录号为: " +STR(XH,1)+"学生的数据信息"
@6,10 SAY "姓名: " GET 姓名
@8,10 SAY "性别: " GET 性别
@10,10 SAY "入学成绩: " GET 入学成绩
READ
USE
```

根据 P1 程序文件建立的实验步骤,创建 P6. prg 并运行程序。请注意观察屏幕的变化。

5.6.2 选择结构程序设计

【实验目的】

(1) 掌握各种选择结构的基本语法和执行过程。
(2) 掌握用选择结构解决实际问题的方法。

【实验内容】

(1) 编写单向分支结构程序。
(2) 编写双向分支结构程序。
(3) 编写多向分支结构程序。

【实验步骤】

1. 编写单向分支结构程序

(1) 参照例 5-4 编写程序 P7. prg,修改 Student. dbf 表中的数据,把编号为"080103"的入学成绩提高 20 分。

(2) 参照例 5-5 编写程序 P8. prg,从键盘上输入一个整数,若能被 3 整除,则输出该数的平方。

要求:根据 P1 程序文件建立的实验步骤,创建 P7. prg 和 P8. prg 并运行程序。

2. 编写双向分支结构程序

(1) 参照例 5-6 编写程序 P9. prg,计算下列分段函数。

$$Y = \begin{cases} X^2 + 7 & X < 5 \\ 10X - 2 & X \geqslant 5 \end{cases}$$

(2) 编写程序 P10. prg,根据输入的整数,判断其奇偶性。

提示:如果 x 满足:int(x/2)=x/2,或者 mod(x,2)=0,说明 x 是偶数。

(3) 参照例 5-7 编写程序 P11. prg,查询 Student. dbf 表姓名为"黄国民"的记录,如果找到把该记录追加删除标记,没有查询到则显示提示信息"查无此人"。

要求:根据 P1 程序文件建立的实验步骤,创建相应程序并运行。

（4）用 IF 命令进行程序控制，创建程序文件代码如下：

```
CLEAR
WAIT WINDOW "请按数字键 0~9!" TO C
IF VAL(C)>=5
?"按的数字键为："+C
ELSE
?"按的数字键小于 5!"
ENDIF
RETURN
```

要求：根据 P1 程序文件建立的实验步骤，创建相应的程序并运行。根据提示按键，观察输出情况。

（5）利用分支嵌套编写程序，实现从键盘输入 3 个整数，输出其中最大的一个。

参照代码如下：

```
INPUT "X=" TO X
INPUT "Y=" TO Y
INPUT "Z=" TO Z
IF X>Y
    IF X>Z
        ?"最大值为", X
    ELSE
        ?"最大值为", Z
    ENDIF
ELSE
    IF Y>Z
        ?"最大值为",Y
    ELSE
        ?"最大值为",Z
    ENDIF
ENDIF
RETURN
```

要求：根据 P1 程序文件建立的实验步骤，创建相应程序并运行。

3. 编写多向分支结构程序

（1）编写程序 P12.prg，根据输入的工资，计算其需要交纳的税款。

假设：工资≤800 元，不纳税；800 元＜工资≤1200 元，则 800~1200 元之间按 5% 纳税；1200 元＜ 工资，则 800~1200 元之间按 5% 纳税，1200 元以上部分按 10% 纳税。

程序参照代码如下：

```
CLEAR
INPUT "ENTER SALARY: " TO GZ
DO CASE
    CASE GZ<=800
        SJ=0
```

```
    CASE GZ<=1200
        SJ=(GZ-800) * 0.05
    OTHERWISE
        SJ=(1200-800) * 0.05+(GZ-1200) * 0.1
ENDCASE
?"需要缴税"+STR(SJ)+"元"
```

(2) 编写程序 P13.prg,计算分段函数值。

$$Y=\begin{cases} 2x-1 & x<0 \\ 3x+5 & 0\leqslant x<3 \\ x+1 & 3\leqslant x<5 \\ 5x-3 & 5\leqslant x<10 \\ 7x+2 & x\geqslant 10 \end{cases}$$

(3) 编写程序 P14.prg,完成例 5-9。

要求:根据 P1 程序文件建立的实验步骤,创建相应程序并运行。

5.6.3 循环结构程序设计

【实验目的】

(1) 掌握各种循环结构的基本语法和执行过程。
(2) 掌握用循环结构解决实际问题的方法。

【实验内容】

(1) 编写 FOR 型循环控制语句、DO WHILE 型循环控制语句和 SCAN 循环语句程序。
(2) 使用 LOOP、EXIT 参数编写循环程序。

【实验步骤】

(1) 编写程序文件 P15.prg,求 $1+2+3+\cdots+N$ 累加和。

要求:根据 P1 程序文件建立的实验步骤,分别用 FOR 型循环控制语句、DO WHILE 型循环控制语句编写程序代码,保存并运行程序。

(2) 编写程序文件 P16.prg,统计 Student.dbf 表中入学成绩超过 470 分的人数。

要求:根据 P1 程序文件建立的实验步骤,分别用"当"型循环控制语句、"计数"型循环控制语句和"指针"型循环控制语句编写程序代码,保存并运行程序。

注意:下面的(3)～(6)实验,要求根据 P1 程序文件建立的实验步骤,创建相应程序文件并运行。

(3) 编写程序文件 P17.prg 打印如下图形。

*	1	1
***	12	121
*****	123	12321
*******	1234	1234321
图形 1	图形 2	图形 3

图形 2 程序参照代码如下：

```
CLEAR
FOR I=1 TO 4
    ? SPACE(5)
    FOR J=1 TO I
        ?? STR(J,1)
    ENDFOR
ENDFOR
```

图形 3 程序参照代码如下：

```
CLEAR
FOR K=1 TO 4
    ?? SPACE(50-K)
    *输出前半行
    FOR J=1 TO K
        ?? STR(J, 1)
    ENDFOR
    *输出后半行
    FOR J=K-1 TO 1 STEP-1
        ?? STR(J, 1)
    ENDFOR
    ?
ENDFOR
```

(4) LOOP、EXIT 参数的使用。

① 编写如下程序进行调试及运行，总结 LOOP、EXIT 在循环中的作用。

LOOP 程序参照代码如下：

```
CLEAR
S=0
FOR J=1 TO 99
    IF MOD(J,2)=0
        LOOP
    ENDIF
    S=S+J
ENDFOR
?S
```

EXIT 程序参照代码如下：

```
CLEAR
S=0
FOR J=1 TO 100
    S=S+J
    IF S>1000
```

```
        EXIT
     ENDIF
ENDFOR
? S,I
```

② 用户从键盘输入整数 $K(1<K<5)$、$M(5<M<8)$ 的值,程序计算 $S=K!+(K+1)!+\cdots+M!$ 的值。

本程序首先分别判断输入的整数 K 与 M 是否满足条件。如果不满足条件,则由循环程序控制要求重新输入;如果输入数据满足条件,利用 FOR 循环,首先计算 K 的阶乘值,将求和变量 S 赋初始值为 $K!$,设置 $(K+1)\sim M$ 的循环,每次循环都计算一次新的阶乘,并加到变量 S 上,最终求得总和。

程序参照代码如下:

```
SET TALK OFF
CLEAR
? SPACE(30)+"本程序名是:求阶乘和.prg"
DO WHILE .T.
    DO WHILE .T.
        INPUT '请输入数值 K(1<K<5): ' TO K
        IF 1<K .AND. K<5 .AND. INT(K)=K
            EXIT
        ELSE
            WAIT '输入错误!请输入 1~5 之间的整数'
            LOOP
        ENDIF
    ENDDO
    DO WHILE .T.
        INPUT '请输入数值 M(5<M<8): ' TO M
        IF 5<M .AND. M<8 .AND. INT(M)=M
            EXIT
        ELSE
            WAIT '输入错误!请输入 5~8 之间的整数'
            LOOP
        ENDIF
    ENDDO
JC=1
FOR I=1 TO K
    JC=JC * I
ENDFOR
**计算 S
S=JC
FOR I=K+1 TO M
    JC=JC * I
    S=S+JC
ENDFOR
? ' S='+LTRI(STR(K))+'!'+'+'+LTRI(STR(K+1))+'!'+…+'+LTRI(STR(M))+'!='
```

```
??LTRIM(STR(S))+'(其中 K='+LTRIM(STR(K))+',M='+LTRIM(STR(M))+')'
WAIT '要进行下一次计算吗?(Y/N)' TO YORN
IF UPPER(YORN)='Y'
    LOOP
ENDIF
EXIT
ENDDO
```

（5）参照例5-19编写程序 P18.prg，输入一个大于等于2的自然数 *N*，判断其是否是素数。

（6）编写程序 P19.prg，输出如下所示的"九九乘法表"。

```
1×1=1
1×2=2  2×2= 4
1×3=3  2×3= 6  3×3= 9
1×4=4  2×4= 8  3×4=12  4×4=16
1×5=5  2×5=10  3×5=15  4×5=20  5×5=25
1×6=6  2×6=12  3×6=18  4×6=24  5×6=30  6×6=36
1×7=7  2×7=14  3×7=21  4×7=28  5×7=35  6×7=42  7×7=49
1×8=8  2×8=16  3×8=24  4×8=32  5×8=40  6×8=48  7×8=56  8×8=64
1×9=9  2×9=18  3×9=27  4×9=36  5×9=45  6×9=54  7×9=63  8×9=72  9×9=81
```

参照程序代码如下：

```
SET TALK OFF
FOR N=1 TO 9
    ?
    FOR M=1 TO N
        ??STR(M,1)+"×"+STR(N,1)+"="+STR((N*M),2)+" "
    ENDFOR
ENDFOR
```

5.6.4　模块化程序设计

【实验目的】

（1）掌握过程文件、子程序和自定义函数的定义形式、调用形式、参数传递。
（2）掌握数组的定义及使用。
（3）掌握程序设计中的常用算法。
（4）掌握变量的作用域。

【实验内容】

（1）编写及调用子程序。
（2）编写及调用过程。
（3）编写及调用函数。

（4）编写最值问题程序。

（5）编写字符处理程序。

（6）编写排序问题程序。

【实验步骤】

要求：（1）～（8）程序设计参照 P1 程序文件建立的实验步骤，创建相应程序文件并运行。

（1）参照例 5-23，编写一个求和的子程序 SUM.prg，即 SUM＝1＋2＋…＋N，并要求在主程序 P20.prg 中带参数调用 SUM.prg。

（2）参照例 5-24，编写程序 P21.prg，利用过程编写 1!＋2!＋…＋N!累加和。

（3）参照例 5-25，编写程序 P22.prg，利用函数编写 1!＋2!＋…＋N!累加和。

（4）编写如下程序，掌握过程和函数的使用。

参照程序代码如下：

过程文件 PROC1.prg

```
FUNCTION F1                         && 函数 F1 用来计算阶乘
    PARAMETER M
        Y=1
        FOR I=1 TO M
            Y=Y * I
        ENDFOR
RETURN Y
PROCEDURE P2                        && 过程 P2 的功能是判断一个整数是几位数
    PARAMETER Y, N
    N=0
    Y=INT(Y)
    DO WHILE Y>0
        N=N+1
        Y=INT(Y/10)
    ENDDO
RETURN
```

主程序 MAIN.prg

```
SET PROCEDURE TO PROC1              && 打开过程文件
INPUT "N=" TO N
INPUT "R=" TO R
IF N>=0 AND R>=0 AND N>R
    C=F1(N)/F1(R)/F1(N-R)
    ? "C=", C
ELSE
    ?"输入数据错"
ENDIF
```

```
?"输入一个整数,将输出它的位数"
M=0
INPUT "I=" TO I
DO P2 WITH I, M
?"其位数是: ",M
SET PROC TO                              && 关闭过程文件
RETURN
```

（5）输入如下 ABC.prg 和 XYZ.prg 两个程序,观察执行命令 DO ABC 后的结果。
参照程序代码如下：

```
* *ABC.prg
STORE 10 TO A, B, C
DO XYZ WITH A, A+B, 10
?A, B, C
?I, M, N
RETURN


* XYZ.prg
PARA X, Y, Z
PUBLIC I, M
STORE 5 TO I, M, N
I=X+Y
X=Y+Z
Y=M+N
?X, Y, Z
RETURN
```

（6）最值问题编程。

① 编写程序 P23.prg,在 Student.dbf 表中查找入学成绩最高的记录,并显示学生姓名和入学成绩。

算法分析：先假设第一条记录的入学成绩是最大值,用循环语句将表中每条记录的入学成绩均与最大值比较,如果比最大值大,则此条记录的入学成绩是目前的最大值。

参照程序代码如下：

```
SET TALK OFF
CLEAR
USE D:\DBC\Student.dbf EXCLUSIVE
MA=入学成绩
MA_RECNO=RECNO()
SKIP
DO WHILE NOT EOF()
    IF MA<入学成绩
        MA=入学成绩
        MA_RECNO=RECNO()
```

```
        ENDIF
        SKIP
ENDDO
GO MA_RECNO
?"最高分学生姓名:"+姓名,"最高分学生成绩:"+STR(入学成绩)
```

② 编写程序 P24.prg,任意输入 10 个数,找出其中的最小值。

算法分析:用数组 AX 保存输入的 10 个数,MI 表示当前最小值。先假设第一个数是值最小的数,用循环实现将其他数与最小数比较,找出最小值。

参照程序代码如下:

```
CLEAR
DIME AX(10)
INPUT "输入数组元素的值" TO AX(1)
MI=AX(1)
I=2
DO WHILE I<=10
    INPUT "输入数组元素的值" TO AX(I)
    IF MI<AX(I)
        MI=AX(I)
    ENDIF
    I=I+1
ENDDO
FOR I=1 TO 10
    ??AX(I)
ENDFOR
?"最小数:",MI
```

(7) 字符处理编程。

① 编写程序 P25.prg,对输入的任意一串由汉字组成的字符串,逆序输出。

算法分析:首先求出字符串的长度,因逆序输出,所以从字符串的后面往前面取字符。每次取一个汉字,汉字的宽度为 2,因此,每次所取字符串的宽度应为 2。

参照程序代码如下:

```
ACCEPT "输入由汉字组成的字符串" TO ST
L=LEN(ST)
ST1=""
FOR I=L-1 TO 1 STEP-2
    ST1=ST1+SUBS(ST,I,2)
ENDFOR
?ST1
```

② 编写程序,从键盘上输入一个字符串后,统计其中大写字母的个数。

该程序统计一个字符串中大写字母的个数,必须将字符串中的每个字符取出并鉴别,看是否是大写字母。循环的次数应该是字符串的长度,因此用 ACCEPT 语句从键盘接收了一个字符串变量 X 后,用 LEN(X)函数求出字串的长度 N 作为循环变量的最终值。循环变量 I 的初值在循环开始时设定为 1,在循环体中,每次取出字符串 X 中的第 1 个字符判断是否为大写。若为大写,将累计变量 M 的值加 1,否则只将循环变量 I 增加 1,回到循环的开始处,判断 I 值是否大于 N,以确定是继续循环还是结束循环。

参照程序代码如下:

```
SET TALK OFF
M=0
ACCEPT "请输入一串字符" TO X
N=LEN(X)
FOR I=1 TO N
    LETTER=SUBSTR(X,I,1)
    IF ASC(LETTER)>=65 AND ASC(LETTER)<=90
        M=M+1
    ENDIF
ENDFOR
?"大写字母的个数是: ",ALLT(STR(M)),"个"
```

注意:对于字符的比较可以参考其对应的 ASCII 码表。ASC 函数将字符转换为对应的 ASCII 值。与之相对应的 CHR 函数,可以将 ASCII 数字转换成对应的字符。

(8) 排序问题编程。

编写程序 P26.prg,对任意给定的 10 个数,编程将这些数按从小到大的顺序输出。排序的算法很多,常用的算法有选择法、冒泡法等。

解法一   选择法算法分析如下。

① 从 10 个数中选出最小数的下标,然后将最小数与第一个数交换位置。

② 除第 1 个数外,其余 N-1 个数再按步骤①的方法选出次小的数,与第 2 个数交换位置。

③ 步骤②重复 N-1 遍,最后构成从小到大的序列。

参照程序代码如下:

```
DIME A(10)
FOR I=1 TO 10
    A(I)=INT(RAND()*100)
    ??A(I)
ENDFOR
?
FOR I=1 TO 9
    IMIN=I
    FOR J=I+1 TO 10
        IF A(IMIN)>A(J)
            IMIN=J
        ENDIF
    ENDFOR
```

```
            T=A(IMIN)
            A(IMIN)=A(I)
            A(I)=T
    ENDFOR
    FOR I=1 TO 10
        ??A(I)
    ENDFOR
```

解法二 冒泡法算法分析：冒泡法排序在每一轮排序时将相邻的数做比较,当次序不对就交换位置,出了内循环,最小的数已冒出。

参照程序代码如下：

```
DIME X(10)
FOR I=1 TO 10
    INPUT "输入第"+STR(I,2)+"个数" TO X(I)
ENDFOR
FOR I=1 TO 9
    FOR J=I+1 TO 10
        IF X(I)>X(J)
            T=X(I)
            X(I)=X(J)
            X(J)=T
        ENDIF
    ENDFOR
ENDFOR
FOR I=1 TO 10
    ?X(I)
ENDFOR
```

5.7 学习指导

5.7.1 知识结构

本章主要阐述了结构化程序设计的 3 种控制结构：顺序结构、选择结构和循环结构以及程序模块化设计。详细阐述了 3 种结构的设计思想和相关的语句、语句格式及功能。知识结构如图 5-38 所示。

5.7.2 知识点

1. 程序设计概述

（1）概述

Visual FoxPro 中程序文件以 .PRG 为扩展名保存在磁盘中。当运行此程序文件时,

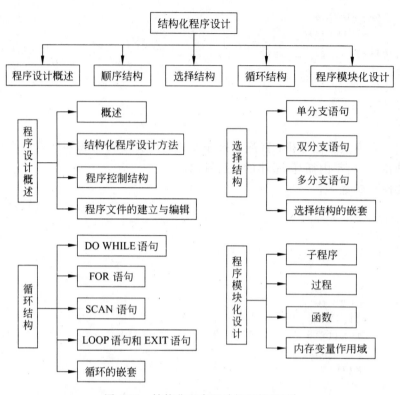

图 5-38　结构化程序设计知识结构图

系统会按照一定的次序自动执行包含在程序文件中的命令。

利用计算机进行程序设计的基本过程是：首先要对实际问题进行有效分析并建立数学模型；其次考虑数据的组织结构和算法；再次用某种程序设计语言编写程序；最后是程序调试与维护，使程序能产生预期的结果。

（2）结构化程序设计方法

结构化程序设计的基本思想是采用"自顶向下，逐步求精"的程序设计方法和"单入口单出口"的控制结构。

（3）程序的控制结构

在 Visual FoxPro 系统的应用程序中，常见的控制结构有顺序结构、选择结构和循环结构。

（4）程序文件的建立与编辑

① 菜单方式

单击"文件"菜单选择"新建"命令显示"新建"对话框选择"程序"单击"新建文件"按钮。

② 命令方式

使用 MODIFY COMMAND 命令或 MODIFY FILE 命令在命令窗口中建立程序文件。

2. 顺序结构

顺序结构的程序运行时按照语句排列的先后顺序,一条接一条地依次执行。它是程序中最基本的结构。

3. 选择结构

(1) 单向分支语句

单向分支语句,即根据条件表达式的值,决定分支语句是否执行。

语句格式:

```
IF<条件表达式>
    <命令行序列>
ENDIF
```

(2) 双向分支语句

双向分支语句,即根据条件表达式的值,选择两个分支中的一个分支来执行。

语句格式:

```
IF<条件表达式>
    <命令行序列 1>
ELSE
    <命令行序列 2>
ENDIF
```

(3) 多向分支语句

多向分支语句,即根据多个条件表达式的值,选择多个分支中的一个对应执行。

语句格式:

```
DO CASE
    CASE<条件表达式 1>
        <命令行序列 1>
    CASE <条件表达式 2>
        <命令行序列 2>
            ...
    CASE<条件表达式 n>
        <命令行序列 n>
    [OTHERWISE
        <命令行序列 n+1>]
ENDCASE
```

(4) 选择结构的嵌套

在解决复杂问题时,需要将多个分支语句相互结合起来使用,这就形成了分支语句的嵌套结构。

4. 循环结构

(1) DO WHILE 语句循环

DO WHILE 循环也称"条件"循环或"当"型循环,即根据条件表达式的值决定循环次数。

语句格式:

```
DO WHILE<条件表达式>
    <语句行序列>
ENDDO
```

(2) FOR 语句循环

FOR 循环也称"计数"循环或"步长"循环,即根据循环变量的初值、终值和步长决定循环体执行的次数。

语句格式:

```
FOR<内存变量>=<初值>TO<终值>[STEP<步长>]
    <语句行序列>
ENDFOR
```

(3) SCAN 语句

SCAN 语句循环也称"指针"型循环控制语句,适用于 Visual FoxPro 数据库编程,可以根据表中的当前记录指针决定循环体内语句的执行次数。

语句格式:

```
SCAN[FOR<条件表达式 1>|WHILE<条件表达式 2>][<范围>]
    <语句行序列>
ENDSCAN
```

(4) LOOP 语句和 EXIT 语句

LOOP 语句和 EXIT 语句是经常用到的循环辅助语句。LOOP 语句功能用于结束本次循环,进入下一次循环的判断。EXIT 语句功能用于结束循环。LOOP 语句和 EXIT 语句一般与条件语句连用。

(5) 循环的嵌套

在一个循环中又包含另一个循环,这种结构称为循环嵌套。在用循环语句嵌套形式编程时,应注意 DO WHILE 与 ENDDO、FOR 与 ENDFOR 应该成对出现。注意循环变量不能混用。

5. 程序的模块化设计

(1) 子程序
① 调用与返回
调用子程序命令格式为:

```
DO<子程序名>
```

说明：主程序执行时遇到 DO 命令，执行就转向以<子程序名>为名的子程序。

返回主程序的命令格式：

```
RETURN
```

说明：子程序执行到 RETURN 语句时，就会返回到主程序，执行调用命令的下一条语句。

② 参数子程序的调用与返回

DO 命令允许带一个 WITH 子句，用来进行参数传递。

格式：

```
DO<子程序名>[WITH<参数表>]
```

在子程序中，Visual FoxPro 的 PARAMETERS 命令起到允许接收参数和回送参数值的作用。

格式：

```
PARAMETER<形参列表>
```

③ 子程序嵌套

主程序和子程序的概念是相对的，子程序还可以调用它自己的子程序，即子程序可以嵌套调用。Visual FoxPro 的返回命令包含了因嵌套而引出的多种返回方式。

格式：

```
RETURN[TO MASTER|TO<程序文件名>]
```

（2）过程

① 过程的定义

格式：

```
PROCEDURE <过程名>
<过程体>
[RETURN[<表达式>]]
[ENDPROC]
```

② 过程的调用

格式：

```
DO<过程名>
```

说明：执行以<过程名>为名的过程。

③ 过程文件的打开

如果过程文件保存在独立的过程文件中，调用之前必须先打开过程文件。

格式：

```
SET PROCEDURE TO[<过程文件1>[,<过程文件2>,…][ADDITIVE]
```

④ 过程文件的关闭

关闭所有打开过程文件的格式为：

SET PROCEDURE TO|CLOSE PROCEDURE

关闭指定过程文件的命令格式为：

RELEASE PROCEDURE<过程文件 1>[,<过程文件 2>,…]

⑤ 带参数的过程

格式：

PROCEDURE <过程名>[(参数列表)]
[PARAMETERS <参数列表>]
<过程体>
[RETURN[<表达式>]]
[ENDPROC]

注意：参数列表中各参数之间用逗号分隔开。

⑥ 参数的传递

格式 1：

DO<过程名>[WITH<参数表>]

格式 2：

PARAMETERS<参数表>

（3）函数

定义格式：

FUNCTION<函数名称>
    PARAMETERS <参数表>
    <语句序列>
    RETURN[<返回值>]
[ENDFUNC]

（4）内存变量的作用域

Visual FoxPro 把变量分为私有变量、局部变量和全局变量 3 种。在 Visual FoxPro 中，可以使用 PRIVATE、LOCAL 和 PUBLIC 强制规定变量的作用域。

单元测试 5

一、选择题

1. 组成 Visual FoxPro 应用程序的基本结构是_____。
    A. 顺序结构、分支结构和模块结构   B. 顺序结构、分支结构和循环结构
    C. 逻辑结构、物理结构和程序结构   D. 分支结构、重复结构和模块结构

2. 在 Visual FoxPro 中,命令文件的扩展名是_____。

    A..TXT   B..PRG   C..DBF   D..FMT

3. 用于声明某变量为全局变量的命令是_____。

    A. WITH   B. PRIVATE   C. PUBLIC   D. PARAMETERS

4. 能接收一位整数并存放到内存变量 Y 中的正确命令是_____。

    A. WAIT TO Y   B. ACCEPT TO Y

    C. INPUT TO Y   D. ?Y

5. Visual FoxPro 中的 DO CASE ENDCASE 语句属于_____。

    A. 顺序结构   B. 循环结构   C. 分支结构   D. 模块结构

6. 在"先判断再工作"的循环程序结构中,循环体执行的次数最少可以是_____。

    A. 0   B. 1   C. 2   D. 不确定

7. 若将过程或函数放在过程文件中,可以在应用程序中使用_____命令打开过程文件。

    A. SET PROCEDURE TO<文件名>

    B. SET FUNCTION TO<文件名>

    C. SET PROGRAM TO<文件名>

    D. SET ROUTINE TO<文件名>

8. 在 Visual FoxPro 程序中,注释行使用的符号是_____。

    A. //   B. *   C. '   D. { }

9. Visual FoxPro 循环结构设计中,在指定范围内扫描表文件,查找满足条件的记录并执行循环体中的操作命令,应使用的循环语句是_____。

    A. FOR   B. WHILE   C. SCAN   D. 以上都可以

10. 假设有如下程序:

```
CLEAR
USE GZ
DO WHILE !EOF()
    IF 基本工资>=800
        SKIP
        LOOP
    ENDIF
DISPLAY
SKIP
ENDDO
USE
```

该程序实现的功能是_____。

    A. 显示所有基本工资大于 800 元的职工信息

    B. 显示所有基本工资低于 800 元的职工信息

    C. 显示第一条基本工资大于 800 元的职工信息

    D. 显示第一条基本工资低于 800 元的职工信息

11. 执行下列程序：

```
STORE 0 TO X, Y
DO WHILE X<20
    X=X+Y
    Y=Y+2
ENDDO
?X, Y
```

在屏幕上显示的输出结果是_____。

A. 20 10   B. 10 20   C. 20 22   D. 22 20

12. 执行下列程序后，变量 X 的值为_____。

```
PUBLIC X
X=5
DO SUB
?"X=", X
RETURN
PROCEDURE SUB
    PRIVATE X
    X=1
    X=X*2+1
RETURN
```

A. 5   B. 6   C. 7   D. 8

13. 下面程序的运行结果是_____。

```
DIMENSION A(6)
FOR K=1 TO 6
    A(K)=30-3*K
ENDFOR
K=5
DO WHILE K>=1
    A(K)=A(K)-A(K+1)
    K=K-1
ENDDO
?A(2),A(4),A(6)
```

A. 12 15 18   B. 18 12 15   C. 18 15 12   D. 15 18 12

14. LOOP 语句不能出现在仅有_____语句的程序段中。

A. DO ENDDO   B. IF ENDIF

C. FOR ENDFOR   D. SCAN ENDSCAN

15. 程序如下：

```
S=0
I=1
```

```
DO WHILE I<4
    ACCEPT "请输入字符串: " TO X
    IF "A" $ X
        S=S+1
    ENDIF
    I=I+1
ENDDO
?S
```

运行时输入"abcd","ABCD","aBcD",输出 S 的值是_____。

A. 1　　　　　　　B. 2　　　　　　　C. 3　　　　　　　D. 4

16. 设表文件 CJ.dbf 中有两条记录,内容如下:

记录号	XM	ZF
1	王燕	300.00
2	李明	500.00

此时,运行以下程序的结果应当是_____。

```
USE CJ
S=0
GO TOP
DO WHILE .NOT. EOF()
    S=S+ZF
    SKIP
ENDDO
?S
```

A. 800.00　　　　B. 500.00　　　　C. 300.00　　　　D. 200.00

17. 有如下 Visual FoxPro 程序:

```
**主程序 ZCX.prg          **子程序 ZCX1.prg
CLEAR                      K1=K1+'500'
K1='25'                    RETURN
?K1
DO ZCX1
?K1
RETURN
```

用命令 DO ZCX 运行程序后,屏幕显示的结果为_____。

A. 25　　　　　　B. 25　　　　　　C. 25　　　　　　D. 25
　　500　　　　　　　525　　　　　　　25500　　　　　　25

18. 设表文件 XSCJ.dbf 中有 8000 条记录,其文件结构是:姓名(C,8),成绩(N,5,1)。运行以下程序,屏幕上将显示_____。

```
USE XSCJ
J=0
```

```
DO WHILE .NOT. EOF()
    J=J+成绩
    SKIP
ENDDO
?'平均分:'+STR(J/8000,5,1)
```

    A. 平均分：×××.×(×代表数字)   B. 数据类型不匹配

    C. 平均分：J/8000   D. 字符串溢出

19. 执行如下程序：

```
STORE " " TO ANS
DO WHILE .T.
    CLEAR
    ?"1.添加 2.删除 3.修改 4.退出"
    ACCEPT "请输入选择: " TO ANS
    IF VAL(ANS)<=3 .AND. VAL(ANS)<>0
        PROG="PROG"+ANS+".PRG"
        DO &PROG
    ENDIF
    QUIT
ENDDO
```

    如果在屏幕上显示"请输入选择："时，输入 4，则系统将_____。

    A. 调用子程序 PROG4.prg   B. 调用子程序 &PROG.prg

    C. 返回 Visual FoxPro 主窗口   D. 返回操作系统状态

20. 有如下 Visual FoxPro 程序：

```
**主程序:    Z.prg          **子程序:    Z1.prg
CLEAR                          X2=X2+1
STORE 10 TO X1,X2,X3           DO Z2
X1=X1+1                        X1=X1+1
DO Z1                          RETURN
?X1+X2+X3
**子程序:Z2.prg
RETURN X3=X3+1
RETURN TO MASTER
```

    执行命令 DO Z 后，屏幕显示的结果为_____。

    A. 33   B. 32   C. 31   D. 30

21. 下列程序的运行结果是_____。

```
STORE 0 TO M,N
DO WHILE M<30
    N=N+3
    M=M+N
ENDDO
```

```
?M, N
```

    A. 30 12   B. 12 30   C. 45 15   D. 15 45

22. 在下列程序中,如果要使程序继续循环,变量 M 的输入值应为_____。

```
DO WHILE .T.
    WAIT"M=" TO M
    IF UPPER(M) $"YN"
        EXIT
    ENDIF
ENDDO
```

    A. Y 或 y   B. N 或 n

    C. Y,y 或 N,n   D. Y,y,N,n 之外的任意字符

23. 下列程序执行时,在键盘上输入 9,则屏幕上的显示结果是_____。

```
INPUT "X=" TO X
DO CASE
    CASE X>10
        ?"OK1"
    CASE X>20
        ?"OK2"
    OTHERWISE
        ?"OK3"
ENDCASE
```

    A. "OK1"   B. OK1   C. OK2   D. OK3

24. 设某程序中有 PROG1. prg、PROG2. prg、PROG3. prg 3 个程序逐层嵌套,下面叙述中正确的是_____。

    A. 在 PROG1. prg 中用 RUN PROG2. prg 语句可以调用 PROG2. prg 子程序

    B. 在 PROG2. prg 中用 RUN PROG3. prg 语句可以调用 PROG3. prg 子程序

    C. 在 PROG3. prg 中用 RETURN 语句可以返回 PROG1. prg 主程序

    D. 在 PROG3. prg 中用 RETURN TO MASTER 语句可以返回 PROG1. prg 主程序

25. 执行下列程序:

```
CLEAR
STORE 1 TO I, A, B
DO WHILE I<=3
    DO PROG1
    ??"P("+STR(I; 1)+")="+STR(A, 2)+","
    I=I+1
ENDDO
??"B="+STR(B, 2)
RETURN
```

```
PROCEDURE PROG1
    A=A * 2
    B=B+A
RETURN
```

程序的运行结果为_____。

A. P(1)＝2,P(2)＝3,P(3)＝4,B＝15

B. P(1)＝2,P(2)＝4,P(3)＝6,B＝8

C. P(1)＝2,P(2)＝4,P(3)＝6,B＝18

D. P(1)＝2,P(2)＝4,P(3)＝8,B＝15

二、程序填空（请在横线处填上适当的内容,使程序完整）

1. 下面程序是计算 1～10 之间的奇数积,偶数和。

```
_____
S2=1
FOR I=1 TO 10
    IF _____
        S1=S1+I
    ELSE
        S2=_____
    ENDIF
NEXT
?" 奇数积为:",S2
?"偶数和为:",S1
```

2. 在 Student. dbf 表中查找学生张红,如果找到,则显示:学号、姓名、入学成绩,否则提示"查无此人!"。

```
_____
XM="张红"
_____姓名=XM
IF FOUND()
    _____学号, 姓名, 入学成绩
ELSE
    ?"查无此人!"
ENDIF
USE
RETURN
```

3. 要求依次显示 Student. dbf 表中的"学号"、"姓名"、"性别"、"入学成绩"字段的内容。

```
_____
DO WHILE _____
    DISPLAY 学号, 姓名, 性别,入学成绩
```

```
        _____
ENDDO
USE
RETURN
```

4. 求 1～50 之间的奇数之和,超出范围则退出。

```
X=0
Y=0
DO WHILE .T.
    X=X+1
    DO CASE
        CASE _____
            LOOP
        CASE X>=50
            _____
        OTHERWISE
            Y=Y+X
    ENDCASE
_____
? "1~50 之间的奇数之和为: ", Y
```

5. 下面程序根据 STU.dbf 表中的物理和数学成绩对奖学金做相应调整:双科 90 分以上(包括 90)的每人增加 40 元;双科 70 分以上(包括 70)的每人增加 30 元;其他人增加 20 元。

```
USE STU
DO WHILE _____
    DO CASE
        CASE 物理>=90 .AND. 数学>=90
            REPLACE 奖学金 WITH 奖学金+40
        CASE 物理>=70 .AND. 数学>=70
            REPLACE 奖学金 WITH 奖学金+30
        _____
            REPLACE 奖学金 WITH 奖学金+20
    ENDCASE
    _____
ENDDO
```

6. 列出 Student.dbf 表中男学生的记录,将结果显示输出。

```
_____
DO WHILE .T.
    IF 性别="男"
        DISPLAY
    ENDIF
```

```
        _____
    IF EOF()
        _____
    ENDIF
ENDDO
```

7. 统计 200～400 之间(包括 200 和 400)能被 4 整除的数的个数。

```
GS=0
N=200
DO WHILE _____
    IF MOD(N,4)=0
        _____
    ENDIF
_____
ENDDO
?"200~400 之间(包括 200 和 400)能被 4 整除的数的个数为",GS
```

8. 查找 Student.dbf 表中入学成绩是最高分的学生,将其"姓名"和"入学成绩"字段的内容显示出来,如：代刚　478。

```
USE Student.dbf
MAX=入学成绩
_____
DO WHILE .NOT.EOF()
    IF MAX<入学成绩
        MAX=入学成绩
        _____
    ENDIF
_____
ENDDO
?XM,MAX
USE
```

9. 以下程序通过键盘输入 4 个数字,找出其中最小的数。

```
INPUT "请输入第一个数字" TO X
DO WHILE I<=3
    M=X
    INPUT "请输入数字" TO X
    IF _____
        M=X
    ENDIF
    _____
ENDDO
?"最小的数是",M
```

10. 显示输出如下图形。

```
#
###
#####
CLEAR
I=1
DO WHILE I<=3
    ?SPACE(10-I)
    J=1
    DO WHILE J<=2*I-1

        _____

        _____

    ENDDO

_____

ENDDO
```

11. 显示所有 100 以内是 3 的倍数的数,并求这些数的和。

```
SET TALK OFF
I=1

_____

DO WHILE I<=100
    IF MOD(_____)=0
        ?I
        S=S+I

        _____

        I=T+1
ENDDO
?"S=",S
RETURN
```

12. 通过循环程序输出如下图形。

```
    1
  321
54321
FOR N=1 TO 3

    _____

    FOR M=1 TO _____
        ??" "
    ENDFOR
    FOR M=1 TO 2*N-1
        ??STR(_____,1)
    ENDFOR
ENDFOR
```

13. 将 Student. dbf 表的第一条记录和最后一条记录的"姓名"字段内容互换。

```
USE Student.dbf
GO 1
XM1=姓名
GO BOTTOM
_____
REPL 姓名 WITH _____
_____
REPL 姓名 WITH XM2
USE
```

14. 下列程序完成打印 Student. dbf 表中最高入学成绩记录的学号、姓名、成绩。

```
USE Student.dbf
NN=1
MAX1=入学成绩
DO WHILE _____
    IF 入学成绩>MAX1
        MAX1=入学成绩
        NN=RECNO()
    ENDIF
    _____
ENDDO
_____
?"最高入学成绩：学号="+学号+",姓名="+姓名+",入学成绩="
??入学成绩
USE
```

15. 如下程序对表 Student. dbf 可以完成：1. 显示全体同学的记录,2. 显示全体男同学的记录,3. 显示全体女同学的记录,0. 退出。

```
CLEAR
_____
DO WHILE .T.
    @10,10 SAY "1.显示全体同学的记录, 2.显示全体男同学的记录"
    @14,10 SAY "3.显示全体女同学的记录, 0.退出"
@16,16 SAY "          "
WAIT "请输入选择(0~3)：" TO X
DO CASE
    CASE X="1"
        LIST
    CASE X="2"
        LIST ALL FOR 性别="男"
    CASE X="3"
        LIST ALL FOR 性别="女"
```

```
    CASE X="0"
    _____
ENDCASE
_____
USE
```

三、程序设计

1. 编程计算如下表达式的值:$y=1-1/2+1/4-1/6+1/8-1/10$。要求使用 FOR…ENDFOR 语句来完成。将结果存入变量 OUT 中。

2. 输出下面的图形(要求使用 FOR 语句,利用双重循环语句)。

```
     *
    **
   ***
  ****
```

3. 计算机等级考试表为 Student.dbf,凡笔试和上机成绩均达到 80 分以上者,应在等级字段中填入"优秀"字样。请用 DO WHILE…ENDDO 语句编写。

4. 编程计算如下表达式的值:$y=1-1/3+1/5-1/7+1/9$。要求使用 FOR…ENDFOR 语句来完成。将结果存入变量 OUT 中。

5. 计算并在屏幕上显示乘法表。显示格式如下。

$1×1=1$

$1×2=2$ $2×2=4$

$1×3=3$ $2×3=6$ $3×3=9$

…

$1×9-9$ $2×9=18$ …$9×9=81$

将各部分的结果相加$(1+2+4+3+6+9+…+81)$存入变量 Z 中。

6. 设表 RSDA.dbf 的结构为:工号(C,5),姓名(C,6),职称(C,6)。统计出 RSDA.dbf 表中职称为"工程师"的人数(利用 DO WHILE…ENDDO 循环语句实现)。将人数存入变量 Y 中。

7. 输入一个 3 位数,把各个数位按个位、十位、百位顺序拆开分别输出并存入变量 S 中,用加号分隔。如输入 345 分开后为 3+4+5。要求用 DO WHILE 语句实现。

8. 求 1～200 间的所有偶数的和,结果输入变量 OUT 中。要求用 FOR 循环语句实现。

9. 从键盘输入 3 个数,找出其中的最大值和最小值。最大值存入 MA 中,最小值存入 MI 中。

10. 编程求出并显示 3!+4!+5!的值,将结果存入变量 OUT 中。要求用 FOR…ENDFOR 语句编程。

11. 编程统计一个长度为 2 的字符串在另一个字符串中出现的次数。例如,假定输入的字符串为 dfgasdaszx67asdmklo,查找的字符串为 as,则应输出 3。将结果存入变量

OUT 中,要求用 DO WHILE 语句实现。

12. 编写程序,求非汉字字符串的逆(即和原来的存储次序相反)。

四、写出程序运行结果

1.

```
S=0
N=1
DO WHILE .T.
    IF N>10
        EXIT
    ENDIF
    S=S+N
    N=N+1
ENDDO
?S,N
```

2.

```
FOR N=1 TO 4
    ?SPACE(4-N)
    FOR M=1 TO 2*N-1
        ??"*"
    ENDFOR
ENDFOR
```

3.

```
* MAIN.prg
  PUBLIC a
  A=3
  B=4
  C=5
  DO SUB
  ?A,B,C
* SUB.prg
  PRIVATE A
  A=B+C
  B=C+4
  C=A+5
  ?A,B,C
```

4.

```
  S=0
  T=1
  FOR N=1 TO 4
```

```
    T=T * N
    IF N>1
        S=S+T
    ENDIF
ENDFOR
?S
```

5.

```
A="ABCDEF"
B=""
FOR N=LEN(A) TO 1 STEP-1
    B=B+SUBS(A, N,1)
ENDFOR
?B
```

以下题中将使用如图 5-39 所示的表 Student. dbf。

Student

学号	姓名	性别	出生日期	入学成绩	个人简历	照片
080101	刘敏	女	02/14/90	480.5	memo	gen
080103	张海峰	男	08/25/89	495.3	memo	gen
080201	齐爽	男	01/31/90	530.3	memo	gen
080205	欧阳一夫	男	12/24/88	465.0	memo	gen
080305	赵微	女	02/01/91	446.0	memo	gen
080308	黄国民	男	10/10/89	487.7	memo	gen
080401	代刚	男	10/04/89	450.0	memo	gen
080402	王萍	女	06/19/90	462.0	memo	gen

图 5-39 学生表 Student. dbf

6.

```
USE D:\DBC\Student.dbf
LOCATE FOR 入学成绩>480 AND 入学成绩<490
DO WHILE NOT EOF()
    ?姓名
    CONTINUE
ENDDO
USE
```

7.

```
USE Student.dbf
GO BOTTOM
DO WHILE NOT BOF()
    IF 入学成绩>490
        ?姓名
    ENDIF
    SKIP-1
ENDDO
```

```
USE
```

8.

```
USE Student.dbf
？BOF()，RECNO()
SKIP-1
？EOF()，RECNO()
GO BOTTOM
？BOF()，RECNO()
SKIP
？EOF()，RECNO()
USE
```

单元测试 5 参考答案

一、选择题

1. B	2. B	3. C	4. C	5. C
6. A	7. A	8. B	9. C	10. B
11. A	12. A	13. C	14. B	15. A
16. A	17. C	18. A	19. D	20. A
21. A	22. D	23. D	24. D	25. D

二、程序填空

1. (1) S1=0　　(2) MOD(I,2)=0 或 I%2=0 或 INT(I/2)=I/2　(3) S2=S2*I

2. (1) USE Student　　(2) LOCATE FOR　　(3) DISPLAY

3. (1) USE Student　　(2) .NOT.EOF() 或!EOF()　　(3) SKIP

4. (1) MOD(X,2)=0　　(2) EXIT　　(3) ENDDO

5. (1) .NOT.EOF()　　(2) OTHERWISE　　(3) SKIP

6. (1) USE Student　　(2) SKIP　　(3) EXIT

7. (1) N<=400　　(2) GS=GS+1　　(3) N=N+1

8. (1) XM=姓名　　(2) XM=姓名　　(3) SKIP

9. (1) I=0　　(2) X<M　　(3) I=I+1

10. (1) ??"*"　　(2) J=J+1　　(3) I=I+1

11. (1) S=0　　(2) I,3　　(3) ENDIF

12. (1) ?　　(2) 8-N*2　　(3) 2*N-M,1

13. (1) XM2=姓名　　(2) XM1　　(3) GO 1

14. (1) .NOT. EOF()　　(2) SKIP　　(3) GO NN

15. (1) USE Student　　(2) EXIT　　(3) ENDDO

三、程序设计

1. 参考代码：

```
S=1
FOR I=1 TO 5
    S=S+(-1)^I/(2*I)
ENDFOR
OUT=S
?OUT
```

2. 参考代码：

```
FOR I=1 TO 4
    FOR J=1 TO I
        ??"*"
    ENDFOR
    ?
ENDFOR
S="***"
```

3. 参考代码：

```
USE Student
DO WHILE .NOT. EOF()
    IF 笔试>=80 .AND. 上机>=80
        REPL 等级 WITH "优秀"
    ENDIF
    SKIP
ENDDO
LIST
```

4. 参考代码：

```
S=1
FOR I=1 TO 4
    S=S+(-1)^I/(2*I+1)
ENDFOR
OUT=S
?OUT
```

5. 参考代码：

```
X=1
?
DO WHILE X<=9
    Y=1
    DO WHILE Y<=X
```

```
            ??STR(Y,1)+'×'+STR(X,1)+'='+STR(X*Y,2)+' '
            Z=Z+X*Y
            Y=Y+1
        ENDDO
    ?
    X=X+1
    ENDDO
```

6. **参考代码：**

```
USE RSDA
STORE 0 TO S
LOCATE FOR 职称="工程师"
DO WHILE NOT EOF()
    S=S+1
    CONTINUE
ENDDO
?"共有工程师"+STR(S,3)+"名"
USE
Y=S
```

7. **参考代码：**

```
DO WHILE N>0
    A=N%10
    S="+"+STR(INT(A),1)+S
    N=N-A
    N=N/10
ENDDO
S=SUBS(S,2,LEN(S))
```

8. **参考代码：**

```
S=0
FOR I=1 TO 200
    IF I/2=INT(I/2)
        S=S+I
    ENDIF
ENDFOR
?S
OUT=S
```

9. **参考代码：**

```
MA=A
MI=A
IF B>A
    MA=B
```

```
      ENDIF
      IF MI>B
          MI=B
      ENDIF
      IF MA<C
          MA=C
      ENDIF
      IF MI>C
          MI=C
      ENDIF
```

10. 参考代码：

```
      S=0
      FOR I=3 TO 5
          P=1
          FOR J=1 TO I
              P=P * J
          ENDFOR
          S=S+P
      ENDFOR
      ?"3!+4!+5!的值是:",S
      OUT=S
```

11. 参考代码：

```
      I=0
      N=0
      DO WHILE I<=LEN(STR1)-1
          IF STR2==SUBSTR(STR1,I,2)
              N=N+1
          ENDIF
      I=I+1
      ENDDO
      OUT=N
      ? OUT
```

12. 参考代码：

```
      ACCEPT TO A
      B=""
      FOR I=LEN(A) TO 1 STEP -1
          B=B+SUBS(A,I,1)
      ENDFOR
      ?B
```

四、写出程序运行结果

1. 55   11

2.
```
      *
     ***
    *****
   *******
```

3. 9   9   14
   3   9   14

4. 32

5. FEDCBA

6. 刘敏
   黄国民

7. 齐爽
   张海峰

8. F1
   F1
   F8
   T9

第6章

表单设计与应用

　　表单是用户和 Visual FoxPro 应用程序之间进行数据交互的窗口。表单有多种基本类型，不同的表单可以完成不同的功能。利用表单，可以让用户在熟悉的界面下查看数据或将数据输入数据库。但表单所提供的远不止一个界面，它还提供丰富的对象集。这些对象能响应用户(或系统)事件，这样就能使用户尽可能方便和直观地完成信息管理工作。

　　本章主要介绍面向对象程序设计和表单应用，包括面向对象程序设计基础知识，表单设计，表单控件的属性、事件及方法，表单高级设计等内容。

6.1　面向对象程序设计基础

　　前面所介绍过的程序设计方法，属于面向过程的程序设计。它要求用户必须考虑程序设计的全过程，正确写出整个程序的代码。Visual FoxPro 同时还支持面向对象程序设计方法(Object Oriented Programming，OOP)，这是一次程序设计的革命，它把程序设计人员从复杂烦琐地编写一句句程序代码的工作中解放出来。这种方法把客观世界看成一系列相互关联的对象，每个对象都有其属性及其允许的各种操作，程序设计人员主要考虑如何创建对象和创建什么样的对象，以及设计所需的程序代码。

　　与面向过程的程序设计相比较，面向对象程序设计具有程序开发更快、代码维护更容易、效率更高等特点。在 Visual FoxPro 系统环境下，以面向对象编程方法编写的应用程序，一般是由相对较少的代码构成，程序代码大部分都包含在类和对象中，而不是在程序文件中，这就使独立的数据库系统应用程序具有良好的封装性。

6.1.1　类与对象

1. 对象

　　既然是面向对象程序设计，那么"对象"是其中的重要部分。可以说在面向对象程序设计中大多数工作都是围绕对象开展的。下面就介绍一下什么是"对象"，以及它的相关知识。

万物皆对象,对象可以是真实世界的一切事物。用户可以把对象当作一个特殊的变量,它可以存放数据,而且可以对它"提出请求",让它执行其自身的运算。理论上,用户可以在需要解决的问题中取出任意概念性的成分(如汽车、电灯、小狗等),把它们抽象为程序中的对象。

因此,对象(Object)是客观事物属性及行为特征的描述。每个对象都具有描述其特征的属性,及附属于它的行为。对象把事物的属性和行为封装在一起,是一个动态的概念。而类是一组对象的属性和特征的抽象描述,即对于拥有数据和一定行为特征的对象集合的描述。比如把电视看成一个类,具体一台电视机就是对象。

在面向对象的程序设计中,对象是基本的运行实体,它有自己的属性和行为特征。

(1) 对象的属性

对象的属性特征标识了对象的物理性质,是区别不同对象的重要标志。例如,将某台具体的计算机作为对象,那么它的硬件配置:CPU 奔腾 4、256 内存、17 英寸液晶显示器、160GB 硬盘、Intel 主板等这些硬件指标,将它和 386、486 等低档计算机及其他计算机明确区分开来。

(2) 对象的行为特征

对象可以从事某些活动,并且知道怎样去完成这些活动。对象所能做的事情称为对象的方法,即对象的行为。如"自行车"可以前进、刹车、转弯等,"学生"可以学习、打球、郊游等。在许多的 Windows 程序中都有"按钮"对象,当用户单击它们的时候,就可以执行一定的操作,具体是怎么操作的是由程序设计者设计的,对于使用者,没有必要知道操作是怎样完成的。例如,观众在看电视的时候,可以转台、调节音量、搜索等,只会操作就行,而没有必要知道这些操作是怎样完成的。一个对象可以完成的工作是很多的,这些工作对于使用者来说是在内部完成的,使用者只需要知道怎样使它执行,能够看到结果就可以了。

(3) 对象的事件驱动机制

面向对象程序的运行是靠事件驱动。所谓"事件"是一种预先定义好的、对象可以识别和响应的一个特定动作,由用户或系统激活。当某个事件发生时,就可以激发对象相应的行为(方法程序)开始执行,从而产生特定的活动。这种通过事件来引发对象行为的运行机制称为对象的事件驱动机制。每个对象都可以对一个被称为事件的动作进行识别和响应。在多数情况下,事件是通过用户的交互操作产生的。例如,对一部电话来说,当用户提起听筒时,便激发了一个事件,同样,当用户拨号打电话时也激发了若干事件。

用户可以编写相应的代码对此动作进行响应。事件可以由一个用户动作产生,如单击鼠标或按下一个键,也可以由程序代码或系统产生,如计时器。例如一个"电视"对象,当按下按钮使其处在"开"的位置时,就产生"打开"事件,该事件引发"电视"执行预先定义的"打开"行为发生,于是按预定的程序会显示出图像。

一个对象可以预先设定多个它可以接受的事件过程。当用户对对象进行某种操作时,就会发生相应的事件,从而引发它可以接受的多个事件过程。例如,在一个 Windows 程序中,当用户单击一个命令按钮时就发生了一个单击事件,引发程序设计者为此按钮设置的单击事件程序(相应的代码)的执行,还可以通过鼠标指向该按钮来触发"鼠标指向"

事件,从而看到该按钮功能的提示。通过这个例子可以看出一个对象可以响应的事件可以是多个,当然也可以没有任何事件,那么它们的执行必须是按显示调用的方法运行。

在 Visual FoxPro 系统中,对象可以响应 50 多种事件。多数情况下,事件是通过用户的操作行为引发的。当事件发生时,将执行包含在事件程序中的全部代码。

2. 类

类和对象是同等重要的。类和对象关系密切,但并不相同。类包含了有关对象的特征和行为信息,它是对象的蓝图和框架,是对象的模板。例如,电话的电路结构和设计布局可以是一个类,而这个类的实例——对象,便是一部电话。

为了便于理解类的概念,用户给"人类"下个定义。首先看看人类所具有的一些特征,这个特征包括属性(一些参数,数值)以及方法(一些行为,他能干什么)。每个人都有身高、体重、年龄、血型等一些属性。人具有会劳动、会说话、会直立行走、会用自己的头脑去创造工具等这些方法。人之所以能区别于其他类型的动物,是因为每个人都具有"人"这个群体特有的属性与方法。"人类"只是一个抽象的概念,它仅仅是一个概念,它是不存在的实体。所有具备"人类"这个群体的属性与方法的对象都叫人。"人"这个对象是实际存在的实体。每个人都是"人"这个群体的一个对象。老虎为什么不是人? 因为它不具备"人"这个群体的属性与方法,老虎不会直立行走,不会使用工具等,所以说老虎不是人。

由此可见,类描述了一组有相同特性(属性)和相同行为(方法)的对象。在程序中,类和数据类型比较相近,例如整数、小数等。整数也有一组特性和行为。

类具有如下特性。

(1) 封装性

所谓"封装性"简单地说是一种把对象的方法和属性代码捆绑在一起,使这两者不受外界干扰和误用的机制。封装可被理解为一种用作保护的包装器,以防止对象的方法和属性被包装器外部所定义的其他代码任意访问。对包装器内部代码与数据的访问通过一个明确定义的接口来控制。封装的好处是每个人都知道怎样访问代码,进而无须考虑实现细节就能直接使用它,同时不用担心不可预料的副作用。

(2) 继承性

所谓"继承性"就是在已有类的基础上创建新的类,新类可以从一个或多个已有类中继承属性和方法,而且新类还可以重新定义或添加新的属性和方法,如图 6-1 所示。其中,已有类称为基类或父类,新类称为派生类或子类。

在现实世界中许多事物都具有继承性。例如,"汽车"这个类中包括了许多类型,有运输汽车、专用汽车等。运输汽车中又包括客车、货车等,专用汽车中又包括巡逻车、消防车、救护车等。所有这些类型的车都具有汽车的共同特性,即都有发动机、车身、轮胎等共性,还都是自行驱动的。

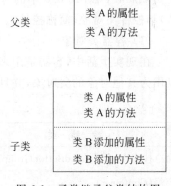

图 6-1 子类继承父类结构图

而客车和货车又有所不同,客车用来载客,货车用来拉货,它们有自己不同于其他车的特性,这就是继承。把汽车称为基类,把运输汽车、客车、货车称为派生类。通过继承,派生类不仅拥有了基类的属性和行为,而且具有不同于其他类的自己的特点。

（3）多态性

所谓"多态性"是指在类的层次结构中,各层次中的对象对同一个函数调用是不同的。多态性的特点在 Visual FoxPro 中应用并不突出。

6.1.2 Visual FoxPro 中的类

在 Visual FoxPro 系统中,类就像一个模板,对象都是由它生成的。类定义了对象所有的属性、方法和事件,从而确定了对象的一般性的属性和行为。Visual FoxPro 提供了大量可以直接使用的类,使用这些类还可以定义或派生其他的类（子类）,这样的类称做基类或基础类。

1. Visual FoxPro 6.0 中类的主要类型

Visual FoxPro 6.0 中的类可以分为两大主要类型：容器类（Container Classes）和控件类（Control Classes）。

（1）容器类

容器类可以包含其他对象,并允许访问这些对象。例如,命令按钮组本身是容器,在这个容器中可以包含任意的命令按钮。

（2）控件类

控件类是指那些可以包含在容器类中由用户派生出来 Visual FoxPro 6.0 的基类。它自身却不能再容纳其他对象的类,封装比容器类更为严密,因而使用起来也更方便。

控件类是针对每一类实际控件所创建的,因此它没有容器类那么灵活。

2. Visual FoxPro 6.0 中对象的分类

Visual FoxPro 6.0 中的对象,根据它们类的性质,也对应地分为容器类对象（简称容器）和控件类对象（简称控件）。

（1）容器类对象

在现实生活中,容器是用来装东西的。正因为如此,Visual FoxPro 6.0 中的容器可以作为其他对象的父对象,并且用户可以访问这些对象。各种容器类对象如表 6-1 所示。

表 6-1　各种容器类对象

容　器　类	能包含的对象
命令按钮组（CommandButtonGroup）	命令按钮
容器（Container）	任意控件
控件（Control）	任意控件

容 器 类	能包含的对象
自定义(Custom)	任意控件、页框、容器或自定义对象
表单集(FormSet)	表单、工具栏
表单(Form)	任意控件、页框、容器或自定义对象
表格列(Column)	表头和除表单集、表单、工具栏、计时器和其他列以外的其余任一对象
表格(Grid)	表格列
选项按钮组(OptionButtonGroup)	选项按钮
页框(PageFrame)	页面
页面(Page)	任意控件、容器、自定义对象
项目(Project)	文件、服务程序
工具栏(ToolBar)	任意控件、页框、容器

（2）控件类对象

可以包含在容器中,但它本身不能作为其他对象的父对象,并且组成控件的组件不能被单独访问。例如编辑框(Edit Frame)就不能包含任何其他对象。

6.1.3　Visual FoxPro 对象的引用

在容器类、子类和对象的设计中,编写代码时往往需要调用容器中某一对象,对象的引用形式就非常重要。

1. 容器类中对象的层次

一个容器内的对象本身也可以是容器。如表单作为表单集容器内的对象,其本身也是一个容器对象,可包含页框等对象,而页框又可以包含页面对象等,这就形成了对象的嵌套层次结构。一般把一个对象的直接容器称为父容器,在调用对象时,明确该对象的父容器非常重要。

2. 对象的引用

在对象的嵌套层次关系中,要引用其中的某个对象,需要指明对象在嵌套层次中的位置。

对象引用的一般格式是：

```
Object1.Object2.…
```

其中,Object1 和 Object2 是对象的名字。Object1 是 Object2 的父容器,表示内容是对象 Object2 的,而不是 Object1 的。对象与父对象的名字之间用圆点"."分隔。如果引

用对象的属性或方法,直接在引用形式后面加圆点".",再给出属性名或方法名。即具体形式为:

```
Object1.Object2.….属性名
Object1.Object2.….方法名
```

在 Visual FoxPro 系统中,对象的引用有两种方式:绝对引用和相对引用。

(1) 绝对引用

从最高容器开始逐层向下直到某个对象为止的引用称为绝对引用。例如,在任何对象的任何事件过程中,可以用下列绝对引用方式访问某表单中的标签控件。

```
Formset1.Form1.Label1.Caption="Hello"
```

如果要访问命令按钮组中的命令按钮,可以使用下列方法。

```
Formset1.Form1.Commandgroup1.Command1.Caption="yes"
```

(2) 相对引用

从正在为编写事件代码的对象出发,通过逐层向高一层或低一层直到另一对象的引用称为相对引用。使用相对引用常用到的属性或关键字如表 6-2 所示。

表 6-2　相对引用常用的属性与关键字

代　词	意　义	实　例
Parent	表示对象的父容器对象	Command1.Parent 表示对象 Command1 的父容器
This	表示对象本身	This.Visible 表示对象本身的 Visible 属性
ThisForm	表示对象所在的表单	ThisForm.Cls 表示执行对象所在表单的 Cls 方法

注意:每个对象都有一个名字,给对象命名时,在同一个父容器下的对象不能重名。

6.2　表单设计器及表单设计

Visual FoxPro 系统中,表单(Form)是用户的主要操作界面,也有人把它称为窗体。它是用户常用的操作数据库信息的显示、输入和编辑的"界面"。表单是一个容器类,可以用来放置任何数目的其他控件,其中的控件可以有属性、事件和方法,并且表单本身也是有属性、事件和方法的编程对象。

Visual FoxPro 系统中,表单拥有多个属性,可以响应多种事件、实现多种方法的操作。表单的设计实际上就是对表单及其控件的设计,是可视化编程的基础。

6.2.1　表单设计器

Visual FoxPro 提供了一个功能强大的"表单设计器",使得设计表单的工作变得又快又容易。"表单设计器"窗口如图 6-2 所示。与"表单设计器"窗口有关的内容包括表单界面、"表单控件"工具箱、"属性"窗口、代码窗口、"数据环境设计器"窗口、"布局"工具栏、"表单设计器"工具栏等。

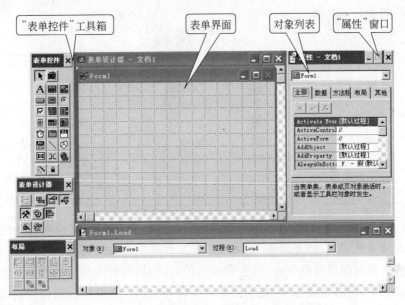

图 6-2 "表单设计器"窗口

1. 表单界面(Form Canvas)

表单界面是表单设计的画布,属容器,可以在其上面添加其他控件,如图 6-3 所示。

2. "表单控件"工具栏(Form Controls)

每个表单可以看成是由多个对象组成的屏幕界面。要设计出具有一定功能且满足要求的表单,必须把适当的控件添加到表单中。

"表单控件"工具栏是 Visual FoxPro 提供的标准控件,如图 6-4 所示,可以将"表单控件"工具栏中的控件添加到表单上。首先在"表单控件"工具栏中单击要添加的控件,然后

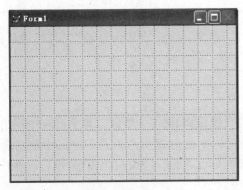

图 6-3 表单界面

图 6-4 "表单控件"工具栏

在表单中拖动鼠标或单击表单即可。也可以连续添加多个相同的控件,首先单击要添加的控件,再单击"表单控件"工具栏中的 🔒 按钮锁定,连续在表单中拖动或单击。控件按钮图标说明如表 6-3 所示。

表 6-3　表单控件表

图标	名　称	图标	名　称	图标	名　称
A	标签	abl	文本框	a|b|	编辑框
	命令按钮		命令按钮组	⊙	选项按钮组
☑	复选框		组合框		列表框
	微调控件		表格		图像
⏱	计时器		页框	OLE	OLE 控件
OLE	OLE 捆绑控件	\	线条		形状
	容器控件	JC	分隔符		超级链接

　　另外,有些表单控件可以通过生成器来快速地在表单中创建其对象的属性。要通过生成器设计其属性,可以首先单击"表单控件"工具栏中的生成器锁定按钮 ↘ ,再往表单中添加控件。如果生成器已注册,会在添加控件的同时,打开生成器对话框。也可以先添加控件到表单中,再右击该控件,在快捷菜单中打开生成器对话框。包含生成器的控件如表 6-4 所示。

表 6-4　控件(包含生成器)表

控　件	生成器	名　称
ComboBox	Builder	组合框生成器
CommandGroup	Builder	命令按钮组生成器
EditBox	Builder	编辑框生成器
Form	Builder	表单生成器(即快速表单)
Grid	Builder	表格生成器
ListBox	Builder	列表框生成器
OptionGroup	Builder	选项按钮组生成器
TextBox	Builder	文本框生成器
AutoFormat	Builder	自动格式生成器

　　单击"显示"菜单,选择"表单控件工具栏"命令,或在"表单设计器"工具栏中单击"表单控件工具栏"按钮 ⚒ 来显示或隐藏"表单控件"工具栏。

3. "属性"窗口

　　"属性"窗口由对象列表、属性和过程列表组成,如图 6-5 所示。对象列表中列出了表单中包含的所有对象的名称。属性和过程列表中的内容与对象列表中选中的对象相对应。属性列表中列出了对象的属性,设置属性可以在"属性"窗口中设置,也可以在代码窗口中设置。在代码窗口中设置属性的方法为:

```
Thisform.对象名.属性名=属性值
```

进行表单设计时，可以向表单中添加新的属性和方法，让新属性保存与表单有关的值，在新的方法中存放一段代码。

将一个新属性添加到表单中，其操作步骤如下。

（1）选择"表单"菜单中的"新建属性"命令。

（2）在"新建属性"对话框中输入新属性的名称和描述该属性的一段说明。

新属性添加到表单集或表单后，就可以像表单中原有的属性一样引用。要给表单或表单集中添加一个方法，必须从"表单"菜单中选择"新建方法"命令，然后在"新建方法"对话框中输入新方法名和有关的说明。对于用户自定义的新方法，其调用方式与调用基类方法相同，都使用以下格式：

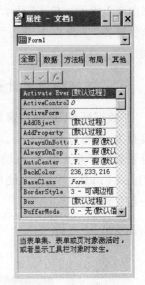

图 6-5　"属性"窗口

```
ObjectName.MethodName
```

其中，ObjectName 是包含要调用方法的对象名字，MethodName 是要调用的方法程序名字。

选择"显示"菜单中的"属性"命令，或在"表单设计器"工具栏中单击"属性窗口"按钮，可以显示或隐藏"属性"窗口。也可以右击表单，在弹出的快捷菜单中选择"属性"命令，显示"属性"窗口。

4. 代码窗口

代码窗口由对象列表、过程列表和代码区域组成，用来为表单中对象的事件编写代码。如图 6-6 所示。打开代码窗口可通过以下方法。

（1）双击"属性"窗口中的方法名。

（2）选择"显示"菜单中的"代码"命令。

（3）双击对象。

（4）右击对象，在快捷菜单中选择"代码"命令。

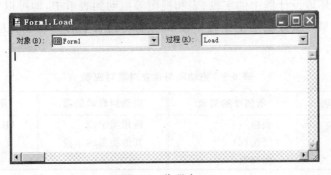

图 6-6　代码窗口

5. "布局"工具栏

利用"布局"工具栏，可以方便地调整表单中被选控件的相对大小、位置和对齐方式，如图 6-7 所示。单击"显示"菜单,选择"布局工具栏"命令,或在"表单设计器"工具栏中单击"布局工具栏"按钮 ⊟,可以显示和隐藏"布局"工具栏。

图 6-7 "布局"工具栏

6. "数据环境设计器"窗口

"数据环境设计器"窗口可以添加表或视图。表单设计可以与表有关,也可以与表无关。如果表单与表有关,在建立表单时应该设置数据环境。数据环境是包含表、视图以及表之间关联的对象,如图 6-8 所示。在 Visual FoxPro 中,可以使用"数据环境设计器"来设计数据环境,并将其与表单集或表单一起存储。

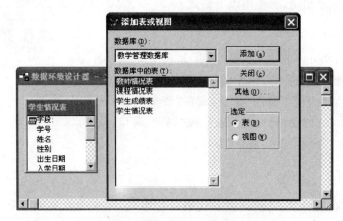

图 6-8 "数据环境设计器"窗口

选择"显示"菜单中的"数据环境"命令,或右击表单,在快捷菜单中选择"数据环境"命令,或在"表单设计器"工具栏中单击"数据环境"按钮,打开"数据环境设计器"窗口,在打开的对话框中选择要添加的表或视图。

可以将数据环境设计器中的字段、表和视图等拖动到表单中,即可以通过数据环境来建立表单中的对象。从数据环境中将字段和表拖动到表单时会创建相应的控件,表 6-5 列出了这些控件。

表 6-5 拖动项与建立对象对应表

拖动到表单的项	所创建的对象	拖动到表单的项	所创建的对象
表	表格	通用型字段	OLE 绑定型控件
逻辑型字段	复选框	其他类型的字段	文本框
备注型字段	编辑框		

7. "表单设计器"工具栏

"表单设计器"工具栏包括"设置 Tab 键次序"、"数据环境"、"属性窗口"、"代码窗口"、"表单控件工具栏"、"调色板工具栏"、"布局工具栏"、"表单生成器"和"自动格式"等按钮,如图 6-9 所示。

选择"显示"菜单中的"工具栏"命令,可以显示或隐藏"表单设计器"工具栏。

图 6-9   "表单设计器"工具栏

6.2.2   表单设计

在 Visual FoxPro 系统中,可以通过"表单向导"(Form Wizard)和"表单设计器"(Form Designer)两种方式设计表单。

1. 利用"表单向导"创建表单

Visual FoxPro 提供了两类"表单向导":一种是基本的单表表单,另一种是一对多的表单。

(1) 用"表单向导"创建单表表单

【例 6-1】   用"表单向导"创建单表表单"学生档案表",运行结果如图 6-10 所示。

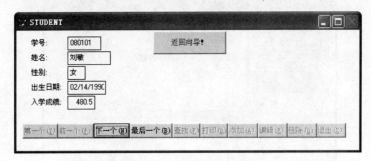

图 6-10   "表单向导"运行结果

操作步骤如下。

① 在 Visual FoxPro 系统的主菜单中,单击"文件"菜单,选择"新建"命令,进入"新建"对话框。

② 在"新建"对话框中选择"表单"选项,再单击"向导"按钮,进入"向导选取"对话框,如图 6-11 所示,选择第一项"表单向导"。

③ 设置"步骤 1-字段选取"对话框。选择需要的数据库、表及相关的字段,单击右箭头命令按钮,将用户想要的字段移到"选定字段"列表框中,字段的次序可按用户的需求来定。单击"下一步"按钮进入步骤 2。本例选择 Student. dbf 表的相关字段,如图 6-12 所示。

图 6-11   "向导选取"对话框

④ 设置"步骤 2-选择表单样式"对话框。首先在"样式"列表框中选择表单样式,本例选择"标准式",如图 6-13 所示。然后单击"下一步"按钮,进入步骤 3。

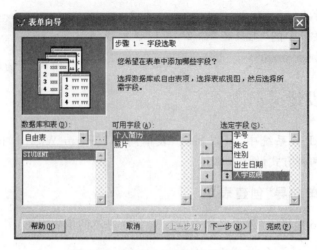

图 6-12　"步骤 1-字段选取"对话框

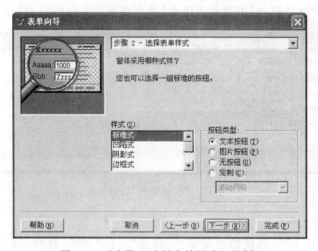

图 6-13　"步骤 2-选择表单样式"对话框

⑤ 设置"步骤 3-排序次序"对话框。在"可用的字段或索引标识"列表框中选择字段"学号"建立排序次序,如图 6-14 所示。然后单击"下一步"按钮,进入步骤 4。

⑥ 设置"步骤 4-完成"对话框。在"输入表单标题"文本框中,输入表单的标题,然后选择表单的保存方式,如图 6-15 所示。最后单击"完成"按钮,保存表单并运行,运行结果如图 6-10 所示。

(2) 用"表单向导"创建一对多表单

"表单向导"可以创建一个表单来显示单个父表的记录和对应的子表记录。它创建的表单父表记录在表单的上半部分,由单独的控件构成;子表的记录在表单的下半部分,用一个表格控件来显示。其创建过程与单表"表单向导"大体相同。

【例 6-2】　用"表单向导"创建一对多表单"学生档案与课程成绩",如图 6-19 所示。操作步骤如下。

① 在 Visual FoxPro 系统的主菜单中,选择"文件"菜单中的"新建"命令,进入"新建"

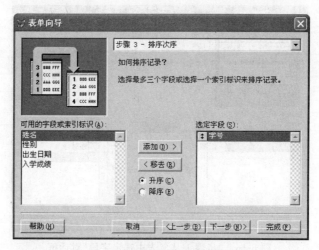

图 6-14 "步骤 3-排序次序"对话框

图 6-15 "步骤 4-完成"对话框

对话框。

② 在"新建"对话框中,选择"表单"选项,再单击"向导"按钮,进入"向导选取"对话框,选择第二项"一对多表单向导"。

③ 设置向导"步骤 1-从父表中选定字段"对话框。首先选择 Student.dbf 为父表、SC.dbf 为子表,选择父表中出现的字段,如图 6-16 所示。单击"下一步"按钮,进入步骤 2 对话框。

④ 设置向导"步骤 2-从子表中选定字段"对话框。选择子表 SC.dbf 中出现的字段,如图 6-17 所示。然后单击"下一步"按钮进入步骤 3 对话框。

⑤ 设置向导"步骤 3-建立表之间的关系"对话框。选择父表与子表的关联字段为"学号",如图 6-18 所示。然后单击"下一步"按钮进入步骤 4 对话框。

⑥ 设置向导"步骤 4-选择表单样式"对话框。首先在"样式"列表框中选择表单样式,此处选"标准式",然后单击"下一步"按钮。

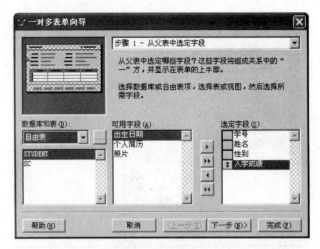

图 6-16　"步骤 1-从父表中选定字段"对话框

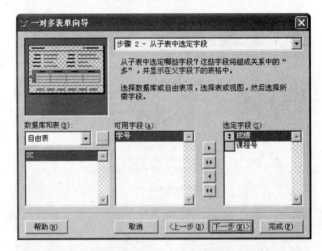

图 6-17　"步骤 2-从子表中选定字段"对话框

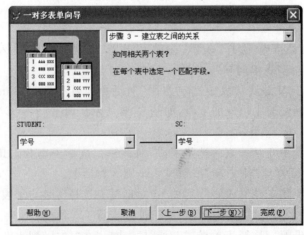

图 6-18　"步骤 3-建立表之间的关系"对话框

⑦ 在步骤 5 对话框中,因为父、子表已经按"学号"字段建立了关联,所以直接单击"下一步"按钮进入步骤 6。

⑧ 设置向导"步骤 6-完成"对话框。首先选择表单的保存方式为"保存表单以备将来使用",再单击"预览"按钮,预览所建表单的外观,如图 6-19 所示。

当预览表单的外观后,单击"退出"按钮,返回一对多表单向导步骤 6 对话框,再单击"完成"按钮保存表单,这时一对多表单建立完成。

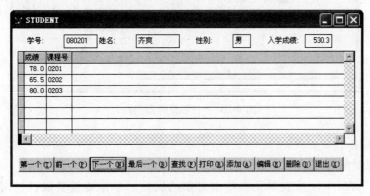

图 6-19　例 6-2 用"表单向导"建立的表单运行效果图

用"表单向导"建立的表单,它自身的属性、事件和方法,及它所容纳的对象的属性、事件和方法,都是系统提供的。可以通过"表单设计器"对已有的属性、事件和方法进行修改或添加,同时也可以向表单添加新对象。

2. 用"表单设计器"建立表单

在 Visual FoxPro 系统中,主要是使用系统提供的"表单设计器"创建新的表单,可以在命令方式或菜单方式下进行。具体方法如下。

(1)打开"表单设计器"

① 菜单方式

选择"文件"菜单中的"新建"命令,或在常用工具栏上单击"新建"按钮,进入"新建"对话框。在"新建"对话框中选择"表单"选项,再单击"新建文件"按钮,进入"表单设计器"窗口,如图 6-20 所示。

② 命令方式

命令格式如下:

CREATE FORM [表单名]

(2)设置数据环境

数据环境是一个容器对象,用来定义与表单联系的表或视图等的信息及其相互联系。如果建立与表有关的表单,需要设置数据环境。

(3)在表单中添加控件

在"表单控件"工具栏中选择要添加的控件,在表单中单击鼠标或拖动鼠标均可以添

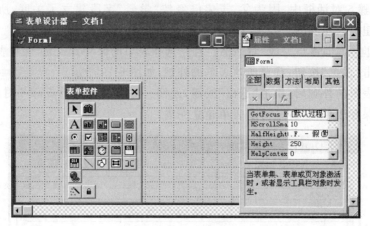

图 6-20 "表单设计器"窗口

加控件到表单中。

（4）设置对象属性

在"属性"窗口中设计表单及表单中对象的属性。单击要设置属性的对象,或在"属性"窗口的对象列表中选择要设置属性的对象,在属性列表中选择需要设置的对象属性,确定属性的值。也可以通过生成器设置对象的属性。

（5）编写事件代码

在代码窗口中编写相应对象的事件代码。在代码窗口中的对象列表中选择需要编写代码的对象名,在过程列表中选择要编写代码的事件,在代码区域输入事件代码。

（6）保存并运行表单

选择"文件"菜单中的"保存"命令或单击常用工具栏中的"保存"按钮,保存表单文件。表单设计完成后,可以通过以下方式运行。

菜单方式如下。

① 在"表单设计器"窗口中右击鼠标,在快捷菜单中选择"执行表单"命令。

② 在常用工具栏中,单击"运行"按钮运行表单。

③ 选择"表单"菜单中的"执行表单"命令。

命令方式如下:

DO FORM <表单名>.scx

例如,在命令窗口输入以下命令,则表单"学生情况表"开始运行。

DO FORM 学生情况表.scx

【例 6-3】 利用"表单设计器"创建表单 6-3.scx,根据学号查询 Student.dbf 表信息。表单设计如图 6-21 所示,运行效果如图 6-22 所示。

设计表单的过程如下。

（1）建立表单文件 6-3.scx。

在命令窗口中输入命令"CREATE FORM 6-3",打开"表单设计器"。

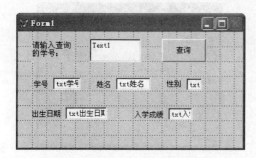

图 6-21　例 6-3 表单设计效果图

图 6-22　例 6-3 表单运行效果图

（2）设置数据环境。

用鼠标右击表单，选择快捷菜单中的"数据环境"命令，打开"数据环境设计器"。选择表 Student.dbf，如图 6-23 所示。

（3）在表单中添加表字段。

利用鼠标拖动方式，添加相应表 Student.dbf 的字段，如图 6-24 所示。

图 6-23　"数据环境设计器"窗口

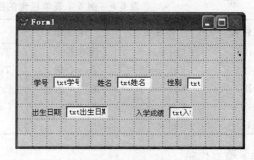

图 6-24　鼠标拖动相应字段效果图

（4）根据图 6-21，在表单中添加其余相应控件。

（5）设置各个控件的基本属性（本例可以不用设置属性）。

（6）编写代码。

在 Command1 的 Click 中输入代码：

```
Xh=Alltrim ( Thisform.Text1.Value )
LOCATE ALL FOR 学号=Xh
Thisform.Refresh
```

（7）保存并运行表单。

在命令窗口中输入下列命令运行表单。

```
DO FORM 6-3
```

【例 6-4】　利用"表单设计器"创建表单 6-4.scx，设计如图 6-25 所示的表单，用于完成输入任意的两个数并求和。表单上包含的控件及属性在表 6-6 中给出。如图 6-26 所示为表单运行效果图。

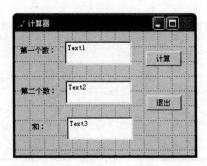

图 6-25　例 6-4 表单设计效果图

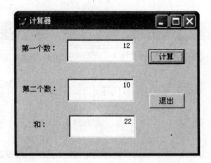

图 6-26　例 6-4 表单运行效果图

设计表单过程如下。

(1) 建立表单文件 6-4. scx。

在命令窗口中输入命令"CREATE FORM 6-4",打开"表单设计器"。

(2) 根据图 6-25,在表单中添加相应控件。

(3) 根据表 6-6 给出的属性值设置各控件的属性。

表 6-6　例 6-4 表单包含的控件及其属性值

控件名	属性名	属性值	控件名	属性名	属性值
Form1	Caption	计算器	Text2	Value	0
Label1	Caption	第一个数:	Text3	Value	0
Label2	Caption	第二个数:	Command1	Caption	计算
Label3	Caption	和:	Command2	Caption	退出
Text1	Value	0			

(4) 编写代码。

在 Command1 的 Click 中输入代码:

```
Thisform.Text3.Value=Thisform.Text1.Value+Thisform.Text2.Value
```

在 Command2 的 Click 中输入代码:

```
Thisform.Release
```

(5) 保存并运行表单。在命令窗口中输入下列命令运行表单。

```
DO FORM 6-4
```

6.3　常用表单控件

在 Visual FoxPro 中,表单控件是构造表单的重要元素,是掌握表单设计的基础。本节主要介绍一些常用表单控件的常用属性、方法及事件。

6.3.1 表单控件

表单是 Visual FoxPro 中其他控件的容器,通常用于设计应用程序中的窗口和对话框等。在表单上添加需要的控件,以完成应用程序中窗口和对话框等的设计要求。

1. 常用属性

- Caption:表单标题栏中显示的文本。
- MaxButton:表单是否可以进行最大化操作,为. T. 时,可以进行最大化操作。
- MinButton:表单是否可以进行最小化操作,为. T. 时,可以进行最小化操作。
- Closable:表单是否可以通过双击控制菜单或关闭按钮来关闭表单,为. T. 时,可以关闭表单。
- ControlBox:系统控制菜单是否显示,为. T. 时显示,为. F. 时不显示,此时"最大化"按钮、"最小化"按钮、"关闭"按钮不显示在表单上。
- Icon:表单中系统控制菜单的图标,图标文件是扩展名为. ICO 的文件。
- TitleBar:表单的标题栏是否可见,"1-打开"显示表单的标题栏;"0-关闭"关闭表单的标题栏。
- AlwaysOnTop:控制表单是否总是处于其他窗口之上。
- BackColor:定义表单的背景颜色。
- BorderStyle:决定表单是没有边框,还是具有单线边框、双线边框或系统边框。

2. 常用方法

- Show:显示表单。
- Hide:隐藏表单。
- Refresh:刷新表单。
- Release:释放表单。
- Cls:清除表单上运行过程中的输出结果。

3. 常用事件

- Activate:表单或表单集对象激活时产生该事件。
- Load:表单或表单集对象装入内存时产生该事件。
- Unload:表单或表单集对象从内存释放时产生该事件。
- Init:对象创建时产生该事件。
- Destroy:对象从内存中释放时产生该事件。
- Click:单击对象时产生该事件。
- DblClick:双击对象时产生该事件。
- RightClick:右击对象时产生该事件。
- GotFocus:对象获得焦点(被选中或单击)时产生该事件。

- LostFocus：对象失去焦点（另一个对象被选中或单击时）产生该事件。
- DeActivate：表单或表单集失去焦点而不再活动时产生该事件。
- KeyPress：按下并释放键盘上的一个键时产生该事件。
- MouseDown：按下鼠标时产生该事件。
- MouseMove：在对象上移动鼠标时产生该事件。
- MouseUp：鼠标指针在对象上并释放鼠标时产生该事件。
- Paint：表单重新绘画时产生该事件。

4. 事件的触发顺序

事件的触发依赖于一定的触发条件，从原因上可分为用户触发和系统触发事件。对于用户触发事件，又可分为用户操作触发和事件代码触发两种方式。一般说来，用户触发事件是没有顺序性的，但是，一个对象上所发生的系统触发事件还是有先后次序的。

表单对象从创建到被释放的整个过程可以分为如下 5 个阶段。

(1) 装载阶段（Load 事件）。

(2) 对象生成阶段（Init 事件）。

(3) 交互式操作阶段。

本阶段触发的事件分为以下 5 类。

- 容器对象激活事件（Activate 事件）。
- 对象焦点变化事件（When、GotFofus、Valid、LostFocus 事件）。
- 交互式操作事件（Click、DblClick、MouseDown、MouseUp、KeyPress、InterActive-Change 事件）。
- 容器对象及工具栏不再活动事件（DeActivate 事件）。
- 其他事件（ProgrammaticChange、DragDrop 事件）。

(4) 对象释放焦点阶段（Destroy 事件）。

(5) 卸载阶段（Unload 事件）。

6.3.2 标签控件

标签控件是按一定格式显示在表单上的文本信息，通常用于显示表单中的提示信息。

1. 常用属性

- Caption：标签的标题文本。
- Alignment：标题文本的对齐方式，可以选择"0-左（默认值）"、"1-右"和"2-中央" 3 种对齐方式。
- AutoSize：设置标签控件是否能自动调整大小以显示所有的内容。它有"真"和"假"两种设置值。如果属性值设置为"真"，则标签控件的大小随文本改变而变化；如果属性值设置为"假"，则标签控件的大小不随文本改变而变化。若希望在程序运行时改变标签大小，则应设置为"真"。

- BackStyle：标签背景是否透明，可以选择"0-透明"或"1-不透明（默认值）"。
- WordWrap：指定 AutoSize 属性为真的标签控件是沿纵向扩展还是沿横向扩展。

2．常用事件

Click：单击标签时，触发此事件。

一般来说，标签控件只用于显示相应提示信息，所以标签的事件和方法程序较少使用。

6.3.3　文本框控件

文本框控件用于在运行时显示用户输入的信息，或者在设计或运行时为控件的 Text 属性赋值。文本框控件提供了所有基本的文字处理功能，相当于一个小型的文字编辑器。

文本框是一个非常灵活的数据输入工具，可以输入单行文本，也可以输入多行文本。它是设计交互式应用程序所不可缺少的部分。文本框主要用于编辑或显示文本变量和字段，它是一个结合数据处理的控件。文本框接收数据的输入及输出，可以是任何数据类型，但默认的是字符型数据，其字符串最长不能超过 255 个字符。

1．常用属性

- Alignment：用于指定文本框中文本的对齐方式，可以选择"0-左"、"1-右"、"2-中间"和"3-自动（默认值）"4 种对齐方式。
- PasswordChar：用于指定文本框是显示用户输入的字符还是占位符。
- SelText：在文本输入区域选定的文本内容。
- SelLength：在文本输入区域选定的字符数目。
- SelStart：在文本输入区域选定字符的起始位置。
- Value：文本区域中的内容。
- InputMask：设置文本框的文本输入格式。例如，将该属性设置为"999,999.99"，可限制用户只能输入具有两位小数并小于 1 000 000 的数值。在用户输任何值之前，逗号和小数点就显示在文本框中，如果用户输入一个字符键，则这个字符不会显示在文本框中。掩码作用符号的对应关系如表 6-7 所示。

表 6-7　文本框控件掩码作用表

掩码设置	作　　用
A	只允许输入字母
X	允许任何字符
9	对于字符型数据只允许数字字符，对于数值型数据只允许是数字和正负号
#	允许数字、正负号和空白
$	以货币格式显示数值型数据
*	将前导 0 的显示改为星号，只适用于数值数据
.	指定小数点的位置
,	用来分隔小数点左边的数字（即每 3 位一撇的货币表示方法）

注意：一个掩码只影响一个字符。

文本框中文本类型可以是字符型、数值型、日期型和逻辑型，默认类型为字符型。但可以在"属性"窗口中设置 Value 属性的初始值确定文本类型，也可以右击文本框，在弹出的快捷菜单中选择"生成器"命令，在"文本框生成器"对话框中设置文本类型，如图 6-27 所示。

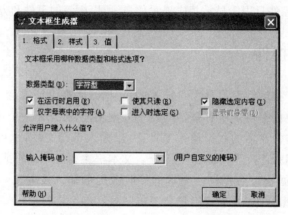

图 6-27 "文本框生成器"对话框

2. 常用事件

InteractiveChange：当文本框的值发生改变时，触发此事件。

一般来说，文本框的方法在程序中很少使用。

6.3.4 命令按钮控件

在人机交互界面上，用户经常需要通过按钮来触发一些事件，以便完成所需的任务。Visual FoxPro 提供的命令按钮（Command Button）通常用来启动一个事件，如关闭一个表单、添加一个记录或打印报表等操作。一般通过鼠标或键盘操作来触发命令按钮的事件程序。

1. 常用属性

- Cancel：指定当用户按下 Esc 键时，执行与命令按钮的 Click 事件相关的代码。
- Caption：在按钮上显示的标题文本。
- Enabled：能否选择此按钮，.T. 为可用，.F. 为不可用。
- Picture：显示在按钮上的图像（.bmp 文件）。
- Visible：指定对象是否可见。
- ToolTipText：设置命令按钮的文本提示信息。在运行时将鼠标在该命令按钮上悬停时，便出现在 ToolTipText 属性中所设置的文字提示，使用户清楚该命令按钮的功能（要求 Showtips＝.T.）。

2．常用事件

- Click：当单击命令按钮时，触发该事件。
- DragDrop：当完成拖放操作时产生该事件。
- DragOver：当该命令按钮拖过目标对象时产生该事件。
- MouseDown：当用户按下一个鼠标键时产生该事件。
- MouseMove：当用户在一个对象上移动鼠标时产生该事件。
- MouseUp：当用户释放一个鼠标键时产生该事件。
- RightClick：当用户右击命令按钮时产生该事件。

一般来说，命令按钮的方法在程序中较少使用。

【例 6-5】 设计系统登录表单。

建立如图 6-28 所示的表单，表单包含的控件和属性如表 6-8 所示。表单完成的功能是输入用户名和密码并验证。表单运行效果如图 6-29 所示。

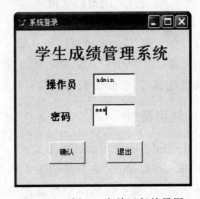

图 6-28　例 6-5 表单设计效果图　　　　图 6-29　例 6-5 表单运行效果图

单击"确认"按钮，进行验证。如果正确，显示"操作员密码正确！"，如图 6-30 所示，并退出表单；若用户名或密码有错误，则显示"操作员密码错误！"，如图 6-31 所示。单击"退出"按钮，退出表单。现假设用户名为"Admin"，密码为"111"。

图 6-30　"恭喜"对话框　　　　　　　　图 6-31　"警告"对话框

表 6-8　表单包含的控件及其主要属性

控件名	属性名	属性值	控件名	属性名	属性值
Form1	Caption	系统登录	Text1		
Label1	Caption	学生成绩管理系统	Text2	PasswordChar	*
Label2	Caption	操作员	Command1	Caption	确认
Label3	Caption	密码	Command2	Caption	退出

Command1_Click 的代码：

```
IF Thisform.Text1.Value="Admin" AND Thisform.Text2.Value="111"
        MessageBox("操作员密码正确!","恭喜")
        Thisform.Release
    ELSE
        MessageBox("操作员密码错误!","警告")
        Thisform.Text1.Value=""
        Thisform.Text2.Value=""
    ENDIF
```

Command2_Click 的代码：

```
Thisform.Release
```

6.3.5　命令按钮组控件

命令按钮组（CommandGroup）是一种容器，具备层次性，在其下一层可以设置一组命令按钮对象。用户可以在表单中建立命令按钮组对象，然后在命令按钮组对象中加入所需的命令按钮，其中命令按钮个数可以由用户设定。

1. 常用属性

命令按钮组的常用属性如下。

- ButtonCount：命令按钮组中命令按钮的数目。
- Value：命令按钮组中当前选中的命令按钮的序号。序号根据命令按钮的排列顺序从 1 开始编号。

命令按钮组的属性可以通过生成器快速设置。命令按钮组的生成器如图 6-32 和图 6-33 所示，生成器包括"按钮"和"布局"选项卡。在生成器中可以设置命令按钮组中包含的命令按钮个数、命令按钮的标题、命令按钮的布局等属性。

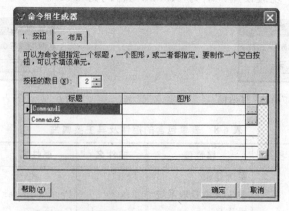

图 6-32　"命令按钮组生成器-按钮"选项卡界面

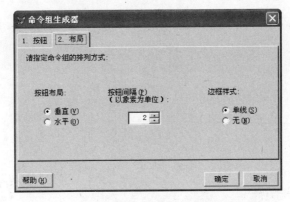

图 6-33 "命令按钮组生成器-布局"选项卡界面

2. 常用事件

Click：当单击命令按钮组时，触发该事件。

【例 6-6】 设计表查询表单，完成如图 6-34 所示的表单。包含的主要控件及属性如表 6-9 所示。表单完成表 Student.dbf 的定位（第一条、上一条、下一条和最后一条）功能。表单运行效果如图 6-35 所示。

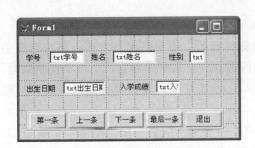

图 6-34 例 6-6 表单设计效果图

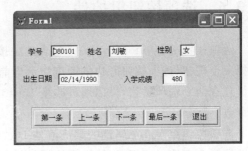

图 6-35 例 6-6 表单运行效果图

表 6-9 表单包含的命令按钮组控件及其主要属性

控 件 名	属 性 名	属 性 值
Form1	Caption	Form1
Commandgroup1	ButtonCount	5
Commandgroup1.Command1	Caption	第一条
Commandgroup1.Command2	Caption	上一条
Commandgroup1.Command3	Caption	下一条
Commandgroup1.Command4	Caption	最后一条
Commandgroup1.Command5	Caption	退出

Commandgroup1_Click 事件代码为：

```
Xn=Thisform.Commandgroup1.Value
DO CASE
```

```
    CASE Xn=1
        GO TOP
    CASE Xn=2
        SKIP -1
        IF BOF()
            GO TOP
        ENDIF
    CASE Xn=3
        SKIP +1
        IF EOF()
            GO BOTTOM
        ENDIF
    CASE Xn=4
        GO BOTTOM
    CASE Xn=5
        Thisform.Release
ENDCASE
Thisform.Refresh
```

6.3.6 选项按钮组控件

选项按钮组(OptionGroup)是包含选项按钮的容器。用户一次只能从选项按钮组中选择一个按钮,选项按钮旁边的圆点指示当前的选择。在表单中创建一个选项按钮组时,默认包含两个选项按钮,可以通过改变 ButtonCount 属性来设置选项按钮组中选项按钮的个数。

选项按钮组 Value 属性的默认值是 1(数值型),表示当前选项按钮是第 1 个按钮;如果选择第 2 个选择按钮,则该选项按钮组的 Value 值变为 2;若 Value 值为 0,表示不选择任何按钮。也就是说,缺省时,选项按钮组的 Value 值是数值型的。用户也可以将选项按钮组的 Value 属性值设置成字符型的,这样选项按钮组的 Value 值为当前选择的选项按钮的 Caption 值,若将选项按钮组的 Value 属性值设置成空字符串,表示不选择任何按钮。

选项按钮组的基本属性可以通过选项按钮组生成器进行设置。如图 6-36 所示,在"按钮"选项卡中可以设置选项按钮组按钮的数目和标题。如图 6-37 所示,在"布局"选项卡中可以设置按钮布局。如图 6-38 所示,在"值"选项卡中可以设置选项按钮组的数据源。

1. 常用属性

- ButtonCount:设置选项按钮组中选项按钮的个数。
- ControlSource:设置选项按钮组的控制源。
- Value:指定选项按钮组的当前状态。

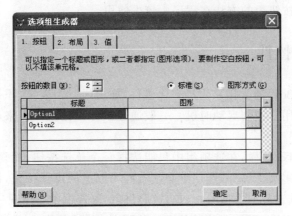

图 6-36 "选项组生成器-按钮"选项卡界面

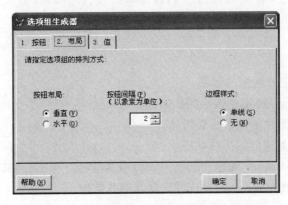

图 6-37 "选项组生成器-布局"选项卡界面

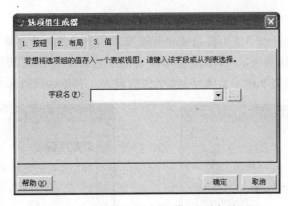

图 6-38 "选项组生成器-值"选项卡界面

2. 常用事件

- Click：当用户单击选项组时就产生该事件。
- InteractiveChange：使用键盘或鼠标改变选项按钮组的值时产生该事件。

一般来说,选项按钮组的方法在程序中较少使用。

6.3.7 复选框控件

复选框(Check Box)通常用来启动一个事件,如关闭一个表单、添加一个记录或打印报表等操作,以便由用户控制启动时机。一般通过鼠标或键盘操作来触发复选框的事件程序。

复选框和选项组不一样,在选项组中只能选择一个单选按钮,而复选框组(由多个复选框组成)可以选择多项。另外,选项组必须有两个以上的可选按钮,而复选框可以只有一个可选按钮。当选定某一选项时,与该选项对应的复选框中会出现一个对号。

复选框控件的 Value 属性有 3 种状态:当 Value 属性值为 0(或逻辑值为.F.)时,表示没有选择复选框;当 Value 属性值为 1(或逻辑值为.T.)时,表示选中复选框;当 Value 属性值为 2(或 NULL)时,复选框显示灰色。

1. 常用属性

- Caption:指定复选框的标题。
- ControlSource:确定复选框的控制源。
- Enabled:说明此复选框是否可用。
- Value:确定复选框的当前状态。
- DisabledBackColor:确定复选框失效时的背景色。
- DisabledForeColor:确定复选框失效时的前景色。

2. 常用事件

- Click:当用户单击复选框时产生该事件。
- InteractiveChange:使用键盘或鼠标改变复选框的值时产生该事件。

【例 6-7】 完成如图 6-39 所示的表单。表单中包含的控件及其属性值如表 6-10 所示。表单功能是完成文本框中文本字号、字型的设置。表单运行效果如图 6-40 所示。

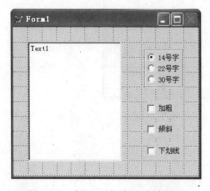

图 6-39 例 6-7 表单设计效果图

图 6-40 例 6-7 表单运行效果图

表 6-10   例 6-7 表单中包含的控件及其属性值

控 件 名	属 性 名	属 性 值
Text1		
Optiongroup1	ButtonCount	3
Optiongroup1. Option1	Caption	14 号字
Optiongroup1. Option2	Caption	22 号字
Optiongroup1. Option3	Caption	30 号字
Check1	Caption	加粗
Check2	Caption	倾斜
Check3	Caption	下划线

Optiongroup1_ InteractiveChange 事件代码：

```
DO CASE
    CASE Thisform.Optiongroup1.Value=1
        Thisform.Text1.Fontsize=14
    CASE Thisform.Optiongroup1.Value=2
        Thisform.Text1.Fontsize=22
    CASE Thisform.Optiongroup1.Value=3
        Thisform.Text1.Fontsize=30
    ENDCASE
```

Check1_Click 的事件代码：

```
IF Thisform.Check1.Value=1
    Thisform.Text1.Fontbold= .T.
ELSE
    Thisform.Text1.Fontbold= .F.
ENDIF
```

Check2_Click 的事件代码：

```
IF Thisform.Check2.Value=1
    Thisform.Text1.Fontitalic= .T.
ELSE
    Thisform.Text1.Fontitalic= .F.
ENDIF
```

Check3_Click 的事件代码：

```
IF Thisform.Check3.Value=1
    Thisform.Text1.Fontunderline= .T.
ELSE
    Thisform.Text1.Fontunderline= .F.
ENDIF
```

6.3.8 列表框控件

列表框(List Box)用于显示一系列数据项,用户可以从中选择一项或多项。列表框不允许用户输入新的数据项。

在列表框对象中,必须首先考虑其数据源,因为它确定了列表框的数据来源。可以通过 RowSourceType 属性设置其数据源的方式。列表框的各种数据源类型的设置如表 6-11 所示。

表 6-11　列表框数据源类型设置

数据源类型	说　　明
0-无	运行时通过 AddItem 或 AddListItem 方法来加入数据项
1-值	直接设定显示的数据项内容,各数据项之间用逗号分隔开
2-别名	使用 ColumnCount 属性在表中选择字段
3-SQL 语句	SQL-SELECT 命令用于创建一个临时表或一个表
4-查询(. QPR)	指定有. QPR 扩展名的文件名
5-数组	设置列属性可以显示多维数组的多个列
6-字段	用逗号分隔的字段列表
7-文件	用当前目录列,这时在 RowSource 属性中指定文件类型(如 ∗ .dbf)
8-结构	由 RowSource 指定的表的字段填充列
9-弹出式菜单	包含此设置是为了向下的兼容性

下面分别介绍 RowSourceType 和 RowSource 属性的不同设置。

(1) 0-无。

如果将 RowSourceType 属性设置为"0",则不能自动填充列表项。可以用 AddItem 方法添加列表项。例如,在 Form1 的 Init 事件编写如下代码:

```
Thisform.List1.RowSourceType=0
Thisform.List1.AddItem("长春")
Thisform.List1.AddItem("吉林")
Thisform.List1.AddItem("沈阳")
```

运行结果如图 6-41 所示。

RemoveItem 方法用于从列表中移去列表项,如下面一行代码从列表中移去第 2 项:

```
Thisform.List1.RemoveItem(2)
```

(2) 1-值。

如果将 RowSourceType 属性设置为"1",可用 RowSource 属性指定多个要在列表框中显示的值。

例如:

```
Thisform.List1.RowSourceType=1
```

图 6-41　表单运行效果图

```
Thisform.List1.RowSource="北京,长春,吉林,沈阳 "
```

（3）2-别名。

如果将 RowSourceType 属性设置为"2"，可以在列表中包含打开表的一个或多个字段的值。

如果 ColumnCount 属性设置列表显示字段的列数。默认值为 0，显示表第一个字段。如果设置为 3，表示列表将显示表中最前面的 3 个字段值。

例如：

```
Thisform.List1.RowSourceType=2
Thisform.List1.RowSource="Student"
Thisform.List1.ColumnCount=3
```

（4）3-SQL 语句。

如果将 RowSourceType 属性设置为"3"，则在 RowSource 属性中包含一个 SQL-SELECT 语句。例如，下面的 SQL-SELECT 语句将从 Student. dbf 表中选择"入学成绩"字段值作为列表框的来源。

```
Thisform.List1.RowSourceType=3
Thisform.List1.RowSource= "SELECT 姓名 FROM Student"
```

（5）4-查询(. QPR)。

如果将 RowSourceType 属性设置为"4"，可以用查询的结果填充列表框。如果不指定文件的扩展名，Visual FoxPro 将默认扩展名是. QPR。

可以用如下语句将列表框的 RowSource 属性设置为一个查询。

```
Thisform.List1.RowSourceType=4
Thisform.List1.RowSource="Cx.QPR"       &&Cx 为已经存在的查询文件名
```

（6）5-数组。

如果 RowSourceType 属性设置为"5"，可以用数组中的元素填充列表。一般可以在表单的 Init 事件或 Load 事件中创建数组，将 RowSource 的值设置为数组名即可。

Form1_Init 事件代码用于创建数组。代码为：

```
PUBLIC N(4)
N(1)="红色"
N(2)="白色"
N(3)="绿色"
N(4)="黑色"
```

可以用如下语句将列表框的 RowSource 属性设置为一个数组。

```
Thisform.List1.RowSourceType=5
Thisform.List1.RowSource="N"
```

（7）6-字段。

如果 RowSourceType 属性设置为"6"，则可以为 RowSource 属性指定一个字段或用逗号分隔的一系列字段值来填充列表框。

注意：当为列表框指定多个字段时，需要同时设置 ColumnCount（列表框的列数）属性的值。

【例 6-8】 创建表单，在 List1 中显示 Student.dbf 表。添加的表单控件如图 6-42 所示，表单运行结果如图 6-43 所示。

图 6-42　例 6-8 表单设计效果图

图 6-43　例 6-8 表单运行效果图

注意：首先要设置 Form1 表单的数据环境，在"数据环境设计器"中添加表 Student.dbf。

Form1_Init 事件代码如下：

```
Thisform.List1.ColumnCount=3
Thisform.List1.RowSourceType=6
Thisform.List1.RowSource="姓名,性别,入学成绩"
```

(8) 7-文件。

如果将 RowSourceType 属性设置为"7"，将用当前目录下的文件名来填充列表框，而且列表框中的选项允许选择不同的驱动器和目录，并在列表框中显示其中的文件名。

例如：

```
Thisform.List1.RowSourceType=7
Thisform.List1.RowSource="C:\stu.txt"
```

(9) 8-结构。

如果将 RowSourceType 属性设置为"8"，将用 RowSource 属性所指定表中的字段名填充列表框。如果在"属性"窗口中设置，可以将 RowSource 属性设置为表的别名；如果在程序中设置，将表的别名用字符界限符括起来。

【例 6-9】 创建表单，在 List1 中显示 Student.dbf 表字段名。添加的表单控件如图 6-44 所示，在"数据环境设计器"中添加 Student.dbf 表，表单运行结果如图 6-45 所示。

Command1_Click 事件代码如下：

```
Thisform.List1.RowSourceType=8
Thisform.List1.RowSource="Student"
```

图 6-44   例 6-9 表单设计效果图   图 6-45   例 6-9 表单运行效果图

Command2_Click 事件代码如下：

```
Thisform.Release
```

(10) 9-弹出式菜单。

如果将 RowSourceType 属性设置为"9"，则可以用一个先前定义的弹出式菜单来填充列表框。

1. 常用属性

- BoundColumn：确定多列列表中哪一列与 Value 属性和数据源绑定。
- ColumnCount：指定列表框中列的个数。
- ColumnWidths：指定列的宽度。
- ListCount：统计列表框中所有数据项个数。
- MoverBars：确定是否显示按钮栏。
- MultiSelect：确定是否能在列表框中进行多项选择。
- RowSource：确定列表框中数据的来源。
- RowSourceType：确定 RowSource 属性的类型。

2. 常用事件

- Click：当用户单击列表框时产生该事件。
- InteractiveChange：在使用键盘或鼠标更改列表框的值时产生该事件。

3. 常用方法

- AddItem：向列表框中添加一个数据项，允许用户指定数据项的索引位置，但这时的 RowSource 属性必须为 0 或 1。
- RemoveItem：从列表框中移去一个数据项，允许用户指定数据项的索引位置，但这时的 RowSource 属性必须为 0 或 1。

6.3.9　组合框控件

组合框(Combo Box)相当于文本框和列表框的组合。可以利用组合框通过选择数据项的方式快速、准确地进行数据的输入。

组合框有两种表现方式,一种是下拉组合框,另一种是下拉列表框,这是通过设置Style属性实现的。这两种方式的区别在于,利用下拉组合框可以通过键盘输入内容,而在下拉列表框中只能选择列表中的值,而无法进行输入。

组合框的使用方法和列表框的使用方法非常相似,所具有的属性名相同时,作用也相同。常用方法和事件也相同。

1. 常用属性

- InputMask：在下拉组合框中指定允许输入的数值类型。
- RowSource：确定组合框中数据的来源。
- RowSourceType：确定RowSource属性的类型。
- Style：指定组合框是下拉组合框还是下拉列表框,缺省时默认设置为下拉组合框。
- Text：返回输入到组合框中的文本框部分的文本,在运行时为只读。

2. 常用事件

- Click：当用户单击组合框时产生该事件。
- InteractiveChange：在使用键盘或鼠标更改组合框的值时产生该事件。
- KeyPress：当用户按下并释放某个键时产生该事件。

3. 常用方法

- AddItem：向组合框中添加一个数据项,允许用户指定数据项的索引位置,但这时的RowSource属性必须为0或1。
- RemoveItem：从组合框中移去一个数据项,允许用户指定数据项的索引位置,但这时的RowSource属性必须为0或1。

6.3.10　编辑框控件

在利用文本框编辑字符型数据时,其能接收的字符个数受文本框大小的限制,即最多只能接收255个字符。而在对表字段或变量内容的输入过程中,往往会碰到长文本的情况,若文本内容大于255个字符,就不能用文本框进行编辑了。为此Visual FoxPro提供了编辑框(Edit Box)控件。

在编辑框中,可以自动换行并能使用箭头键、PageUp键和PageDown键以及滚动条来浏览文本。所有标准的Visual FoxPro编辑操作,如剪切、复制和粘贴等都可以在编辑框中使用。

1. 常用属性

- AllowTabs：确定用户在编辑框中能否插入 Tab 键。
- ControlSource：设定编辑框的控制源。
- ReadOnly：确定编辑框是否为只读的。
- ScrollBars：确定编辑框是否具有垂直滚动条。
- SelLength：返回用户在编辑框的文本区域中所选文本的字符数。
- SelStart：返回用户在编辑框的文本区域中所选文本的起始点。
- SelText：指定包含选定文本的字符串。

2. 常用事件

- GotFocus：当编辑框对象接收焦点时产生该事件。
- InteractiveChange：当更改编辑框对象的文本值时产生该事件。
- LostFocus：当编辑框对象失去焦点时产生该事件。

6.4   其他表单控件

在 Visual FoxPro 中，除了前面介绍的常用表单控件之外，还有一些控件，在某些表单应用中会用到。本节简单介绍这些表单控件的常用属性、方法及事件。

6.4.1   页框控件

页框控件一般也称做选项卡控件。页框（PageFrame）是包含页面（Page）的容器对象，页面又可包含控件。可以在页框、页面或控件级上设置属性。在表单中，一个页框可以有两个以上的页面，它们共同占有表单中的一块内存区域，在任何时刻只有一个活动页面，而只有活动页面中的控件才是可见的。页框定义了页面的总体特性：大小、位置、边框类型、活动页面等。

1. 常用属性

（1）页框
- Tabs：确定页框控件有无选项卡。
- TabStyle：选项卡是否都是相同的大小，并且都与页框的宽度相同。
- PageCount：页框的页面数。

（2）页面
Caption：页面显示的标题文本。

2. 常用方法

Refresh：刷新活动页面。

6.4.2　计时器控件

在应用程序中,有时需要通过时间间隔自动触发一些事件,以达到实际应用要求。Visual FoxPro 提供了计时器(Timer)控件。利用计时器控件,可以通过时间间隔的属性设置及事件过程的编制,完成实际应用中的任务。

对于计时器控件,通过 Interval 属性来设置其时间间隔,单位是毫秒。计时器控件根据该时间间隔触发执行其 Timer 事件过程。使用计时器控件可以控制定时执行某些重复的操作,例如定时进行系统检查等工作。该控件在运行时是不可见的。

1. 常用属性

- Interval：设置计时器的时间间隔。
- Enabled：指定计时器是否响应用户引发的事件。

2. 常用事件

Timer：当经过 Interval 属性指定的毫秒数时产生该事件。

6.4.3　微调控件

微调控件(Spinner)是一种可以通过键盘输入或单击上、下三角按钮来增加或减少数值的控件。既可以让用户通过微调按钮来选择确定一个值,也可以直接在微调框中输入值。

1. 常用属性

- Increment：每次单击向上或向下按钮时增加或减少的值。
- KeyboardHighValue：能输入到微调文本框中的最高值。
- KeyboardLowValue：能输入到微调文本框中的最低值。
- SpinnerHighValue：单击向上按钮时,微调控件能显示的最高值。
- SpinnerLowValue：单击向下按钮时,微调控件能显示的最低值。
- Value：微调控件的当前值。

2. 常用事件

InteractiveChange：当微调控件的值发生改变时,触发该事件。

6.4.4　图像控件

图像控件(Image)的功能是在表单上显示图像文件(.bmp、.gif、.jpg 和 .ico 文件格式均可),主要用于图像显示但不能对它们进行编辑。通过使用图像控件,可以使应用程序的界面显得更富有生机和活力。

常用属性如下。

- BackStyle:确定图像是否透明。
- BorderColor:确定图像颜色。
- Picture:指定 Image 控件显示的图像文件。

6.4.5　形状控件

形状控件(Shape)主要用于创建矩形、圆或椭圆形状的对象。形状控件是一种图形控件,不能直接对其进行修改,不过可以通过形状的属性设置来修改形状。

对于形状控件,可以通过 Curvature 属性来设置角的曲率,这一属性值可以确定形状控件的外观显示方式。形状控件的 Curvature 属性值可以是 0~99 中的任一数值,当其值为 0 时表示无曲率,形状控件成为矩形;当其值为 99 时,表示达到最大曲率,成为一个圆或椭圆。通过形状的 FillStyle 属性指定形状中所用的填充图案。

1. 常用属性

- BackStyle:指定形状控件的背景是否透明。
- Curvature:指定形状控件的弯角曲率。
- FillColor:指定形状控件上所画图案的填充颜色。
- FillStyle:指定形状控件的填充图案。
- SpecialEffect:设置容器的样式,指定控件不同的外观,可以设置"0-三维"、"1-平面"。

2. 常用方法

Move:移动一个形状控件。

6.4.6　线条控件

线条控件(Line)用于创建水平线、垂直线或对角线。线条控件是一种图形控件,不能对其进行编辑。若要对线条进行修改,可以通过线条属性设置或事件过程来对其外观进行静态或动态修改。

常用属性如下。

- BorderStyle:指定线条控件的边框样式。

- BorderWidth：指定线条控件的边框宽度。
- LineSlant：指定线条倾斜方向，其取值："\"为线条从左上到右下倾斜，"/"为线条从左下到右上倾斜。

6.4.7 容器控件

容器控件(Container)可以包含其他对象，并且允许编辑和访问所包含的对象。例如，创建了一个由两个列表框和两个命令按钮组成的容器对象，然后将容器对象添加到一个表单中，则可以在设计和运行时操作列表框和命令按钮。

常用属性如下。
- BackStyle：设置容器是否透明。
- SpecialEffect：设置容器的样式，其取值：为 0 时是凸起；为 1 时是凹下；为 2 时是平面(默认值)。

6.4.8 表格控件

表格控件(Grid)类似浏览窗口，它具有网格结构，有垂直滚动条和水平滚动条，可以同时操作和显示多行数据。

表格是一个容器对象，表格也能包含列。这些列除了包含标头(Header)和控件外，每一个列还拥有自己的一组属性、事件和方法程序。

用户可以为整个表格设置数据源，该数据源是通过 RecordSourceType 与 RecordSource 两个属性指定的，前者为记录源类型，后者为记录源。RecordSourceType 属性的取值如表 6-12 所示。

表 6-12　表格控件 RecordSourceType 属性的取值

设　置	说　明
0	表，自动打开 RecordSource 属性设置中指定的表
1	(默认值)别名，按指定方式处理记录源
2	在运行时向用户提示记录源
3	查询(.QPR)，RecordSource 属性设置指定一个.QPR 文件

除了在表格中显示字段数据，还可以在表格的列中嵌入控件，这样就为用户提供了嵌入的文本框、复选框、下拉列表、微调和其他控件。

1. 常用属性

- ColumnCount：指定表格包含的列数。
- CurrentControl：指定列对象中的控件哪一个被用来显示活动单元格的值。
- DeleteMark：指定在表格控件中是否出现删除标记列。

- RecordSource：指定表格的记录源。
- RecordSourceType：确定表格记录源的类型。

表格中包含列的常用属性如下。

- ControlSource：指定与列联系的数据源。
- Sparse：指定 CurrentControl 属性是影响 Column 对象中的所有单元格，还是只影响活动单元格。如果将 Sparse 属性设置为"真"(.T.)，表格中的控件只有在列中的单元格被选中时才显示为控件。

2. 常用事件

Deleted：当用户在记录上做删除标记、清除一个删除标记或执行 DELETE 命令时产生该事件。

3. 常用方法

Refresh：刷新表格中显示的记录。

6.5 表单高级设计

为了提高用户开发应用程序的能力，以及进一步理解面向对象程序设计概念，本节主要介绍多文档界面与表单集应用程序的开发方法，并在类的概念基础上介绍了自定义类的使用方法。

6.5.1 表单集

表单集是一个包含一个或多个表单的父层次的容器。可以将多个表单包含在一个表单集中，作为一组处理。表单集及其中所有表单都存储在一个单个的.SCX 文件中，使用同一个数据环境，只要经过适当关联，就能使某一表单中的记录指针改变时，另一个表单中所用到的记录指针也被更新。表单集属于单文档界面(SDI)。

1. 表单集的创建和删除

(1) 创建表单集

操作步骤如下。

① 创建一个表单，并打开"表单设计器"。

② 选择"表单"菜单中的"创建表单集"命令，即可创建表单集。

假定已创建一个表单 Form1，选择"表单"菜单中的"创建表单集"命令后，表单集并没显示在窗口中，此时打开属性窗口的对象列表，会看到多了一个对象 Formset1，它就是刚创建的表单集。并且看到 Formset1 处于最上层，它包含 Form1，表明是父层次的容器，如图 6-46 所示。

（2）删除表单集

如果表单集中只有一个表单，则可删除表单集而只剩下表单，否则不可删除表单集。方法是：选择"表单"菜单中的"移除表单集"命令，即可删除表单集。

图 6-46　"属性"窗口

2．编辑使用表单集

创建了表单集以后，可使用表单集中的对象，在表单集中添加新表单或删除其中的表单。

（1）向表单集中添加新表单

选择"表单"菜单中的"添加新表单"命令，即可在表单集中添加一个新表单。

（2）从表单集中删除表单

① 在"表单设计器"的"属性"窗口中的对象列表框中，选择要删除的表单。

② 选择"表单"菜单中的"移除表单"命令，即可从表单集中删除该表单。

（3）使用表单集中的对象

① 表单集中的表单的隐藏和显示

在设计时，可以设置表单集中各个表单的 Visible 属性，来控制运行时显示或隐藏表单集中的表单。当表单的 Visible＝.T. 时，对应表单显示；当表单的 Visible＝.F. 时，对应表单不显示。也可使用 Hide 和 Show 方法程序来隐藏和显示表单，Thisform. Hide 和 Thisform. Visible＝.F. 效果相同，而 Thisform . Show 和 Thisform. Visible＝.T. 效果相同。

② 表单集中对象的引用

在表单集中，对象的层次关系是表单集、表单、表单中的对象。

例如，引用表单集 Formset1 中的表单 Form2 的 Visible 属性，代码行如下：

```
Thisformset.Form2.Visible=.T.
```

引用表单集 Formset1 中的表单 Form1 中的控件 Text 1 的 Value 属性，代码行如下：

```
Thisformset.Form1.Text1.Value="这是表单集中表单 1 的文本框对象的值"
```

3．释放表单集

释放表单集和释放表单的方法一样，用 Release 属性或方法。例如 Thisformset. Release 或 Release Thisformset 都可释放表单集。

【例 6-10】 用表单集实现查看课程表的信息情况。

操作步骤如下。

（1）首先设置表单 Form1 的数据环境，添加 SC.dbf 表。并将数据环境中 SC.dbf 窗口标题拖放到 Form1 表单窗口，Form1 表单就会产生一个关于课程成绩的表格，如图 6-47 所示。

（2）为表单 Form1 创建表单集，选择"表单"菜单中的"添加新表单"命令，"表单设计器"窗口中就会出现 Form2 表单。

(3) 在数据环境中添加 Course.dbf 表,并将 SC.dbf 表与 Course.dbf 表按课程号建立关联,如图 6-48 所示。

(4) 将数据环境中 course 窗口标题拖放到 Form2 表单窗口,Form2 表单就会产生一个关于课程情况的表格,如图 6-49 所示。

(5) 运行表单后,用户单击 Form1 窗口中的某行后,相应的课程信息就会出现在 Form2 窗口中,如图 6-50 所示。

图 6-47 例 6-10 Form1 表单设计效果图

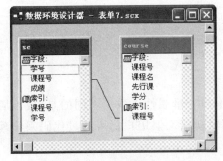

图 6-48 例 6-10 "数据环境设计器"窗口

图 6-49 例 6-10 Form2 表单设计效果图

(a) Form1 窗口

(b) Form2 窗口

图 6-50 例 6-10 表单运行效果图

6.5.2 用户定义属性与方法程序

用户定义的属性类似于变量,用户定义的方法程序则相当于过程。用户定义属性或方法程序的作用范围是整个表单文件。对于单表单的表单文件仅在该表单内有效,对于表单集的表单文件,用户定义的属性或方法程序对表单集的所有表单有效。用户定义的属性和方法程序的用法与系统给出的属性、方法程序一致。

1. 用户定义属性

用户定义属性主要包括变量属性和数组属性。

（1）变量属性

① 变量属性的创建

打开"表单设计器"，选择"表单"菜单中的"新建属性"命令进行变量属性的创建。在"新建"对话框中创建新属性。与其他属性一样，用户可在"属性"窗口更改变量属性的值。

② 变量属性的编辑

可以选择"表单"菜单中的"编辑属性/方法程序"命令编辑属性。在打开的"编辑属性/方法程序"对话框中不仅可以修改用户定义的属性和方法程序的名称与说明，而且还可以删除属性与方法。

③ 变量属性的引用格式

```
ThisFormset.变量属性名
Thisform.变量属性名
```

（2）数组属性

数组属性的创建、删除、引用格式及作用范围与变量属性一致。不同的是，数组属性在"属性"窗口中以只读方式显示，因而不能立即赋初值。但用户仍可通过代码来管理数组。例如：

① 在某表单集中创建数组属性 A(10,2)。

② 在一个表单的 Load 事件代码中为数组属性元素赋值：

```
ThisFormset.A(1,1)=98
ThisFormset.A(1,2)="WINDOWS"
```

③ 在另一个表单的 Click 事件代码中显示元素值：

```
WAIT WINDOW ThisFormset.A(1,2)+STR(ThisFormset.A(1,1),2)
```

2. 多表单应用程序的有效参数

多表单应用程序的有效参数有 3 种：用 PUBLIC 设置的公共变量，用户在表单集中自定义的属性，DO FORM …WITH …TO 命令传递的参数。

（1）公共变量与用户定义属性参数特点

PUBLIC 设置的公共变量对所有表单文件有效，而用户定义属性的作用范围只是一个表单文件。公共变量在运行后仍不清除，而用户定义的属性在表单或表单集关闭后，内存中就不存在。两者比较来看，用户定义的属性较为规范。

（2）父表单与子表单间的参数传递

```
DO FORM <表单名>[WITH <参数表>][TO <变量名>]
```

功能：运行表单，并将参数传入表单，或接收其返回值。

① 参数传入子表单的方法：在父表单中设置 DO FORM 命令，该命令 WITH 子句的<参数表>提供发送参数，然后在子表单的 Init 事件代码中设置 PARAMETERS 语

句来接收参数。

② 从表单返回值的方法：在 DO FORM 中设置 TO ＜变量名＞子句，其中＜变量名＞将接收返回值；将子表单的 WindowType 属性设置为 1，使它成为有模式表单；同时在该表单的 Unload 事件代码中设置一条 RETURN ＜表达式＞命令。

3. 用户定义方法程序

很多应用程序需要用户为表单集或表单定义过程。

（1）方法程序的创建

若要在表单或表单集中创建一个新方法程序，可在"表单"菜单中选择"新建方法程序"命令，然后在"新建方法程序"对话框中输入方法程序的名称，并在需要时输入有关这个方法程序的说明。与系统定义的方法程序一样，用户定义的程序也可以在"属性"窗口的"方法程序"选项卡中列出。

（2）过程代码的编辑

用户可在"属性"窗口列表中先选择某个用户定义方法程序，然后双击它，在随后打开的编辑窗口中输入程序代码。

（3）用户定义方法程序的调用

调用方法程序即运行该方法程序代码。

对于表单集的方法程序，调用格式为：

`ThisFormset.方法程序名`

对于表单的方法程序，调用格式为：

`ThisForm.方法程序名`

6.5.3 多文档界面

用户熟悉的 Microsoft Word、Microsoft Excel 等应用程序，运行后本身具有一个窗口（表单），而后每建立或打开一个文档、电子表格时，将在应用程序的窗口内另外打开一个窗口（表单），像这样的应用程序界面称为多文档界面（Multiple Document Interface，MDI）。若本身仅能打开一个窗口（表单），称为单文档界面（Single Document Interface，SDI）。

1. 3 种表单类型

在 MDI 中，用户把应用程序所在的表单称为父表单，把文档、电子表格所在的表单称为子表单。另外还可以定义浮动表单。

（1）顶层表单

没有父表单的独立表单称为顶层表单。顶层表单用作 SDI，也可用作 MDI 应用程序中其他子表单的父表单。顶层表单与其他 Windows 应用程序同级，可出现在其前台或后台，并且显示在 Windows 任务栏中。

（2）子表单

子表单包含在另一个窗口中，用于创建 MDI 应用程序的表单。子表单不可移至父表单（主表单）边界之外，当其最小化时将显示在父表单的底部。若父表单最小化，则子表单也一同最小化。要创建 MDI 应用程序，首先创建一个顶层表单，作为应用程序的主窗口，需要时再创建子表单，在子表单中创建其他对象。

（3）浮动表单

属于父表单（主表单）的一部分，但并不是包含在父表单中，而且浮动表单可以被移至屏幕的任何位置，但不能在父窗口后台移动。若将浮动表单最小化时，它将显示在桌面的底部。同子表单一样（其实浮动表单是由子表单变化而来），若父表单最小化，则浮动表单也一同最小化。

浮动表单是创建 SDI 的又一种方法。一般情况下，先创建一个顶层表单，作为应用程序的主窗口，需要时再创建浮动表单，用于显示对话框（如打开文件的对话框）或消息框等。

浮动表单也可用于创建 MDI 应用程序。有些应用程序综合了 SDI 和 MDI 的特性。如在 Visual FoxPro 的集成环境中，其主窗口是一个顶层表单，命令窗口、各种设计器等是子表单，"新建"、"打开"、"保存"等对话框是浮动表单。

顶层表单、子表单、浮动表单均作为一个单独的文件. SCX 存储。应用程序首先执行顶层表单，需要时用 DO FORM 命令运行子表单或浮动表单。

2. 指定表单类型

创建各种类型表单的方法是.相同的，只需设置 ShowWindow 属性即可。ShowWindow 属性指定表单类型或表单显示的位置。其设置含义如表 6-13 所示。

表 6-13　ShowWindow 属性说明

ShowWindow 属性的值	含　　义	说　　　明
0	在屏幕中（默认）	子表单的父表单是 Visual FoxPro 主窗口
1	在顶层表单中	当子窗口显示时，子表单的父表单是活动的顶层表单。如果希望子窗口出现在顶层表单窗口内，而不是出现在 Visual FoxPro 主窗口内时，可选用该项设置
2	作为顶层表单	没有父表单的独立表单，与其他 Windows 应用程序同级

（1）指定顶层表单

创建有关表单，设置该表单的 ShowWindow 属性为"2-作为顶层表单"即可。

（2）指定子表单

创建一个表单，设置该表单的 ShowWindow 属性为"0-在屏幕中（默认）"或"1-在顶层表单中"即可。

注意：

- 如果设为"0-在屏幕中（默认）"，子表单的父表单将为 Visual FoxPro 主窗口。如果设为"1-在顶层表单中"，子表单的父表单是活动的顶层表单，而不是出现在

Visual FoxPro 主窗口。

- 如果希望子表单最大化时与父表单组合成一体,并共享父表单的标题栏、标题、菜单以及工具栏,可设置表单的 MDIForm 属性为.T.;如果希望子表单最大化时仍保留为一个独立的窗口,则表单的 MDIForm 属性为.F.。

(3) 指定浮动表单

浮动表单是由子表单变化而来,因而要创建一个浮动表单,也要设置该表单的 ShowWindow 属性为"0-在屏幕中(默认)"或"1-在顶层表单中"。

另外,若要使子表单浮动,还要将其 Desktop 属性设置为.T.,当 Desktop 属性设置为.F.(默认值),表单不能浮动。

(4) 隐藏 Visual FoxPro 主窗口

在运行顶层表单时,可能不希望 Visual FoxPro 主窗口是可视的,可设置应用程序对象(Application)的 Visible 属性来隐藏 Visual FoxPro 主窗口。

例如,在表单的 Init 事件中,包含下列代码行。

```
Application.Visible=.F.
```

在表单的 Destroy 事件中,包含下列代码行可显示 Visual FoxPro 主窗口。

```
Application.Visible=.T.
```

也可以在配置文件中包含以下代码行,用于隐藏 Visual FoxPro 主窗口。

```
Screen=Off
```

如设为 ON,则显示 Visual FoxPro 主窗口。

6.5.4　Visual FoxPro 中自定义类的使用

在面向对象的程序设计中,类和对象都是应用程序的组装模块。类是已经定义了的关于对象的特征和行为的模板。在"表单控件"工具栏中,每个控件都代表一个类,即系统提供的基类,用户利用它可创建各种控件对象,对每个对象可分别设定它的属性、事件和方法。提供的基类完全可满足用户程序设计的需要,然而为了提高工作效率,避免重复劳动,把一些应用系统开发中常用到的对象模块封装起来,构成用户的类,即在基类的基础上创建自定义的类。例如,关闭一个运行的表单,移动表的记录指针,为表添加记录等。这些功能应用程序中经常要用到,而且它们的代码都是一致的,不受具体环境的影响。这时可以为这些功能定义自己的命令按钮类(封装通用功能),定义自己的类,在以后的程序设计中,只要创建该类的对象即可,无须再编写代码。这样就可大大提高用户系统工作效率。

1. Visual FoxPro 中的类

BaseClass(基类):基类是内部定义的类,用户使用它们创建自定义类。Visual FoxPro 表单和所有控件就是基类,Visual FoxPro 提供了两种类型近 30 个基类。用户可在基类上创建新类,这样的类称为子类,子类继承了父类的全部特征,并在此基础上增添自己需要的功能。

- Class(类):派生该对象的类名。
- ClassLibrary(类库):该类隶属的类库,如对象直接由基类产生,则此项可为空。
- ParentClass(父类):派生该对象的父类名。

2. 创建自定义类

由于类有继承性,所以父类拥有的属性和方法程序子类都拥有。但用户还可以为子类创建父类所没有的新的属性和方法程序。在创建新类的时候,可以为新类创建新的属性和方法程序。在创建新属性时要指定属性名、可视性和说明。在创建新类的方法程序时要指定方法程序名称、可视性和说明。

其中的"可视性"有 3 个选项:公共、保护和隐藏。

- "公共"选项:该属性或方法程序能被对象实例访问及修改。
- "保护"选项:该属性或方法程序不能被对象实例访问,但可以被子类访问。
- "隐藏"选项:该属性或方法程序只能被该类的定义内成员所访问,不能被对象实例或子类访问。

创建新属性后,可在"属性"窗口中设置新属性的默认值。如果用户不指定默认值,则Visual FoxPro 默认其属性值为"假"(.F.)。创建新的方法程序后,可在代码窗口中设置该方法程序的过程代码。

例如:

(1) 设计一个统一风格的表单。用"类设计器"在 Class(类名)中输入"题库建设",在BaseClass(基类)中选择 Form 类,在 ClassLibrary(类库)中输入用户自己路径下的类库名(如 C:\题库建设\Myclass.vcx)。然后表单类中添加统一的标题(Caption="学生管理")、图像和特殊颜色的背景(BackColor=RGB(100,168,168)),并且把它作为所有被创建表单的模板。当然也可以创建具有独特外观(如带阴影效果的文本框类),并在应用程序中所有需要文本框的地方使用这个类。

(2) 设计记录指针移动的通用类。用"类设计器"在"类名"文本框中输入类的名字为"指针移动"。"派生于"下拉列表框选择容器类为 Container。类是存储在类库文件中的,一个类库文件能够包含多个类,既可以为将要设计的类创建一个新的类库,也可以选择用户已经建立的 C:\学生管理\Myclass.vcx 类库,此处用户将新类"指针移动"添加到其中。此时"C:\学生管理\Myclass.vcx"类库中有两个类,即"学生管理"和"指针移动"。然后在"类设计器"窗口添加 4 个命令按钮,设置有关属性,编写 4 个命令按钮的 Click 事件代码,如表 6-14 所示。

3. 使用自定义的类

在设计表单时,要使用自定义的类,并且要让一个类库在每个表单设计期间都可获得,必须注册这个类库。选择"工具"菜单中的"选项"命令,然后选择对话框中的"控件"标签。接着选择"可选类库"选项,并单击"添加"按钮将自定义的类库文件"C:\学生管理\

表 6-14　表单控件属性与事件代码

对象名	属性名	属性值	Click 事件代码
命令按钮 1	Name	CmdFirst	GO TOP Thisform.Refresh
	Caption	为空,显示为"无"	
	Picture	VFP 例程\bitmaps\top.bmp	
	ToolTipText	首记录	
命令按钮 2	Name	CmdPrev	SKIP -1 IF BOF() 　GO TOP ENDIF Thisform.Refresh
	Caption	为空,显示为"无"	
	Picture	VFP 例程\bitmaps\back.bmp	
	ToolTipText	上一记录	
命令按钮 3	Name	CmdNext	SKIP +1 IF EOF() 　GO BOTTOM ENDIF Thisform.Refresh
	Caption	为空,显示为"无"	
	Picture	VFP 例程\bitmaps\next.bmp	
	ToolTipText	下一记录	
命令按钮 4	Name	CmdLast	GO BOTTOM Thisform.Refresh
	Caption	为空,显示为"无"	
	Picture	VFP 例程\bitmaps\end.bmp	
	ToolTipText	末记录	

Myclass.vcx"类库加入到"选定"列表框中。单击"设置为默认值"按钮后就注册了自定义的类。

在注册了一个或多个类库后,只要单击"表单控件"工具栏中的"查看类"图标按钮,在下拉菜单中选择想要的类库,就可以使此工具栏转到注册过的类库上。用户就可以像使用常用的控件类一样来使用自己的类了。除此之外,还可以选择下拉菜单中的"添加"命令打开一个没有注册过的类库,但以这种形式打开的类库只在当前的 Visual FoxPro 工作期间内有效。此时,如果用户要设计一般性的学生信息浏览、查询表单,只需添加"C:\学生管理\Myclass.vcx"类库中的"学生管理"和"查询"两个类即可迅速完成任务。

4. 属性和过程代码的继承

在表单中创建了一个基于用户自定义类的对象后,该对象就拥有了和父类相同的属性、事件和方法,以及事件和方法中的过程代码。如果在创建的对象中,没有修改属性的默认值,那么当类的属性被修改以后,这些修改会自动反映到类的对象中。但是如果在创建的对象中修改了属性的默认值,那么即使以后修改了父类中的该项属性,也不会影响对象中的属性。

同属性的继承类似,如果在类的对象中不输入事件和方法的过程代码,那么当对象的事件被触发或方法被调用时,就会自动在父类中寻找相应的过程代码,如有就被执行。但如果在对象的事件或方法中输入了过程代码,那么就只执行对象中的过程代码,而不执行父类中的相应代码。

6.6 单 元 实 验

6.6.1 利用向导建立表单

【实验目的】

(1) 掌握利用向导建立表单的方法。
(2) 掌握表单文件的运行方法。

【实验内容】

(1) 利用"表单向导"创建单表表单。
(2) 利用"一对多表单向导"创建一对多表单。
(3) 表单运行。

【实验步骤】

1. 利用"表单向导"创建单表表单

实验要求:

(1) 使用表单向导,建立一个访问 Student. dbf 表的表单 S1. scx。表单的运行结果如图 6-51 所示。"表单向导"引导用户通过 4 个步骤完成一个表单的设计过程。4 个步骤分别是:选取字段、选取表单样式、排序次序和完成。

(2) 详细实验步骤参照例 6-1 完成。

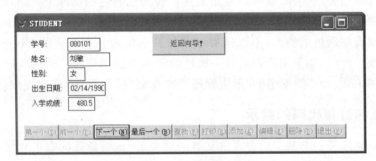

图 6-51   S1 表单运行效果图

2. 利用"一对多表单向导"创建一对多表单

实验要求:

(1) 利用一对多表单向导,建立一个访问 Student. dbf 和 SC. dbf 表的表单 S2. scx,

表单的运行结果如图 6-52 所示。

（2）详细实验步骤参照例 6-2 完成。

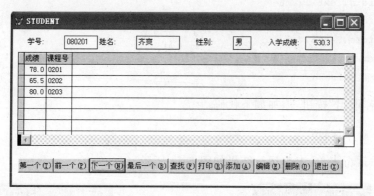

图 6-52　S2 表单运行效果图

3. 表单运行

实验要求：表单设计完成后，使用以下方式运行。

（1）在"表单设计器"窗口右击鼠标，在弹出的快捷菜单中选择"执行表单"命令。

（2）单击常用工具栏上的"运行"按钮。

（3）单击"表单"菜单，选择"执行表单"命令。

（4）使用命令方式：DO FORM ＜表单名＞.scx。

6.6.2　标签、文本框、命令按钮的使用

【实验目的】

（1）掌握利用表单设计器建立表单的全过程。

（2）掌握表单、标签、文本框、命令按钮的基本属性、事件和方法。

【实验内容】

（1）建立表单文件 S3.scx，用于计算长方体的体积。

（2）建立表单文件 S4.scx，用于显示 Course.dbf 表相关记录信息。

（3）建立表单文件 S5.scx，用于运算数值。

【实验步骤】

（1）建立表单文件 S3.scx，用于计算长方体的体积。

实验要求：

① 建立一个空白表单，向表单中添加 4 个标签控件，修改其 Caption 属性；添加 4 个文本框，修改其 Value 属性值为 0.0；添加两个命令按钮，修改其 Caption 属性；表单设计界面如图 6-53 所示。

② 双击"计算"按钮,添加如下代码:

```
A=Thisform.Text1.Value
B=Thisform.Text2.Value
H=Thisform.Text3.Value
Thisform.Text4.Value=A*B*H
Thisform.Refresh
```

③ 双击"退出"按钮,添加如下代码:

```
Thisform.Release
```

④ 最后运行表单,表单运行结果如图 6-54 所示。

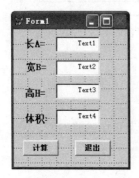

图 6-53　S3 表单设计效果图

图 6-54　S3 表单运行效果图

(2) 建立表单文件 S4. scx,用于显示 Course. dbf 表相关记录信息。

实验要求:

① 建立表单文件 S4. scx,用于显示 Course. dbf 表相关记录信息,并实现记录的定位。表单设计界面如图 6-55 所示,表单运行结果如图 6-56 所示。

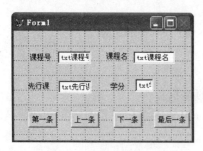

图 6-55　S4 表单设计界面

图 6-56　S4 表单运行效果图

② 完成表单数据环境设置,如图 6-57 所示。通过鼠标拖动方法将相应字段拖动到表单上。设置每个 Command 命令按钮的 Click 事件代码,详细实验步骤参照例 6-6 完成。

(3) 建立表单文件 S5. scx,用于运算数值。

实验要求:

① 建立如图 6-58 所示的 S5. scx 表单文件,完成指定运算。

② 详细实验步骤参照表单 S3. scx 文件建立过程。

图 6-57 "数据环境设计器"窗口

图 6-58 S5 表单设计界面

6.6.3 复选框的使用

【实验目的】

(1) 掌握利用"表单设计器"建立表单的全过程。
(2) 掌握复选框的基本属性、方法和事件。

【实验内容】

建立表单 S6. scx 文件。

【实验步骤】

(1) 建立表单 S6. scx 文件,在表单上设计 3 个复选框,标题分别为"粗体"、"斜体"和"下划线",通过选择复选框来控制标签显示的文本效果。实验步骤参照 S3. scx 表单文件建立过程。表单的设计界面如图 6-59 所示。

(2) 当鼠标单击复选框时,设置相应文字格式,鼠标再次单击时,取消设定。复选框的 FontBold 属性表示指定文字是否为粗体;BorderStyle 属性表示指定对象的边框样式;FontUnderline 属性表示指定文字是否带有下划线。

Check1 复选框的 Click 事件代码:

```
Caption="粗体"
Procedure Click
Thisform.Label1.FontBold=This.Value
```

Check2 复选框的 Click 事件代码:

```
IF Thisform.Check2.Value=1
    Thisform.Label1.BorderStyle=1
ELSE
    Thisform.Label1.FontBold =0
ENDIF
```

Check3 复选框的 Click 事件代码：

```
Thisform.Label1.FontUnderline=This.Value
```

（3）运行表单进行测试，表单的运行结果如图 6-60 所示。

图 6-59　S6 表单设计界面

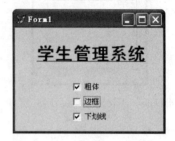

图 6-60　S6 表单运行效果图

6.6.4　选项按钮组的使用

【实验目的】

（1）掌握利用"表单设计器"建立表单的全过程。
（2）掌握选项按钮组的基本属性、方法和事件。

【实验内容】

建立表单 S7.scx 文件。要求在文本框内输入 3 个数字，比较它们的大小，并将其按指定顺序排列。

【实验步骤】

（1）建立表单 S7.scx 文件。在表单上添加如图 6-61 所示的控件并设置相应属性。实验步骤参照 S3.scx 表单文件建立过程。
（2）编写代码。
命令按钮 Command1 的 Click 事件代码：

```
A=Thisform.Text1.Value
B=Thisform.Text2.Value
C=Thisform.Text3.Value
FOR I=1 To 3
    IF A>B
        Temp=A
        A=B
        B=Temp
    ENDIF
    IF B>C
```

```
            Temp=B
            B=C
            C=Temp
        ENDIF
    ENDFOR
    IF Thisform.Optiongroup1.Value=1
        Thisform.Text4.Value=A
        Thisform.Text5.Value=B
        Thisform.Text6.Value=C
    ELSE
        Thisform.Text4.Value=C
        Thisform.Text5.Value=B
        Thisform.Text6.Value=A
    ENDIF
```

（3）运行表单进行测试，表单的运行结果如图 6-62 所示。

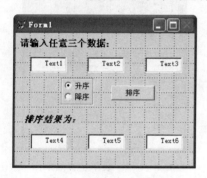

图 6-61　S7 表单设计界面

图 6-62　S7 表单运行效果图

6.6.5　列表框的使用

【实验目的】

（1）掌握利用"表单设计器"建立表单的全过程。
（2）掌握列表框的基本属性、方法和事件。

【实验内容】

建立表单 S8.scx 文件，要求使用 Student.dbf 表，当选择列表框中不同的学生学号时，在标签上显示对应的学生姓名。

【实验步骤】

（1）建立表单 S8.scx 文件，在表单上添加如图 6-63 所示的控件并设置相应属性。
（2）将表 Student.dbf 添加到表单数据环境中。
（3）用鼠标右击列表框，在弹出的快捷菜单中选择"生成器"命令，打开"列表框生成器"对话框。

（4）在"列表框生成器"对话框中选择"列表项"标签。

（5）单击"用此填充列表"下拉列表的下三角按钮，从中选择"表或视图中的字段"选项。

（6）在"数据库和表"下拉列表中，选择 Student.dbf，在"可用字段"列表框中选择"学号"字段，单击"确定"按钮。

（7）观察列表框的 ControlSource 属性。

列表框 List1 的 InteractiveChange 事件代码：

```
GO RECNO()
Thisform.Label3.Caption=Student.姓名
Thisform.Refresh
```

（8）运行表单并测试结果，表单的运行结果如图 6-64 所示。

图 6-63　S8 表单设计界面

图 6-64　S8 表单运行效果图

6.6.6　计时器的使用

【实验目的】

（1）掌握利用"表单设计器"建立表单的全过程。

（2）掌握计时器控件的基本属性、方法和事件。

【实验内容】

（1）建立表单 S9.scx 文件，要求在表单上设计文字滚动与随机变色。

（2）建立表单 S10.scx 文件，显示当前时间。

【实验步骤】

1. 建立表单 S9.scx 文件

（1）建立表单 S9.scx 文件。在表单上添加如图 6-65 所示的控件并设置相应属性。实验步骤参照 S3.scx 表单文件建立过程。

注意：计时器 Timer1 的 Interval 属性设置为 500。

（2）编写代码。

使用随机函数 Rand 来改变标签颜色。通过对标签 Left 属性的增加或减少来控制标签的运动。当标签的 Left 属性值大于 0 时，可以让标签向左运动；当标签的 Left 属性值小于或等于 0 时，让标签向右运动。测定标签到达表单右边界时的 Left 属性值为 238，当标签的 Left 属性值大于或等于 238 时，让标签向左运动。

① 表单中控件 Form1 的 Init 事件代码：

```
PUBLIC Flag
Flag=1
```

② 计时器 Timer1 的 Click 事件代码：

```
Thisform.Label1.ForeColor=RGB(Int(Rand() * 255),
Int(Rand() * 255),Int(Rand() * 255))
DO CASE
    CASE Flag=1
        IF Thisform.Label2.Left>0
            Thisform.Label2.Left=Thisform.Label2.Left-50
        ELSE
            Flag=0
        ENDIF
    CASE Flag=0
        IF Thisform.Label2.Left<238
            Thisform.Label2.Left=Thisform.Label2.Left+50
        ELSE
            Flag=1
        ENDIF
ENDCASE
```

③ 运行表单并测试结果，表单的运行结果如图 6-66 所示。

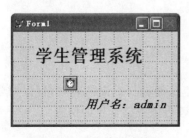

图 6-65　S9 表单设计界面

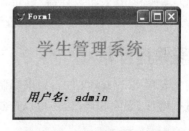

图 6-66　S9 表单运行效果图

2. 建立表单 S10. scx 文件

要求在表单的 Label1 上显示当前时间，可通过命令按钮控制开始或停止，实验步骤参照 S3. scx 表单文件建立过程。表单的设计界面如图 6-67 所示，表单的运行结果如

图 6-68 所示。

实验要求：

（1）Timer1 的 Interval 属性设置为 1000。

（2）Timer1 控件的 Timer 事件代码如下。

```
Thisform.Label1.Caption=Time()
```

（3）Command1 控件的 Click 事件代码如下。

```
Thisform.Timer1.Enabled= .T.
Thisform.Command2.Enabled= .T.
This.Enabled= .F.
```

（4）Command2 控件的 Click 事件代码如下。

```
Thisform.Timer1.Enabled= .F.
Thisform.Command1.Enabled= .T.
This.Enabled= .F.
```

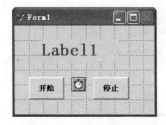

图 6-67　S10 表单设计界面

图 6-68　S10 表单运行效果图

6.6.7　表单综合设计

【实验目的】

（1）掌握利用"表单设计器"建立表单的全过程。

（2）掌握各种控件的基本属性、方法和事件。

【实验内容】

建立表单 S11.scx 文件。要求编制一个学生信息编辑与查询的表单，可以对学生的信息进行增加、删除和修改，还可以按学号、性别或姓名来查询学生的信息。

【实验步骤】

说明：此表单要用到 Student.dbf 表，包含学号、姓名和性别 3 个字段。

参照步骤如下。

（1）创建一个表单文件 S11.scx。

（2）如图 6-69 和图 6-70 所示，在表单上添加需要的控件。利用生成器功能，将列表框控件 List1 与表 Student. dbf 进行数据绑定，将 Text1 与学号绑定，将 Text2 与姓名绑定。

图 6-69　S11 表单设计界面(1)

图 6-70　S11 表单设计界面(2)

（3）编写 List1 控件的 Click 事件代码，使单击列表框中的学号时，在右侧的两个文本框中会显示出相应的内容。

```
N=Thisform.Pageframe1.Page1.List1.Listindex
GO N
Thisform.Refresh
```

（4）编写"性别"选项按钮组的 Click 事件代码。

```
DO CASE
    CASE This.Value=1
        Thisform.Pageframe1.Page1.Text3.Value='男'
    CASE This.Value=2
        Thisform.Pageframe1.Page1.Text3.Value='女'
ENDCASE
```

（5）编写"添加"命令按钮的事件代码。

```
APPEND BLANK
REPL 学号 WITH Thisform.Pageframe1.Page1.Text1.Value
REPL 姓名 WITH Thisform.Pageframe1.Page1.Text2.Value
REPL 性别 WITH Thisform.Pageframe1.Page1.Text3.Value
Thisform.Refresh
```

（6）编写"删除"命令按钮的事件代码。

```
DELETE
Thisform.Refresh
```

（7）将表格控件 Grid1 与表 Student. dbf 绑定，选定字段为学号、姓名、性别。

（8）编写"查询"命令按钮的 Click 事件代码。

```
N=Thisform.Pageframe1.Page2.Optiongroup1.Value
```

```
X=Thisform.Pageframe1.Page2.Text1.Value
DO CASE
    CASE N=1
        Select 学号,姓名,性别 FROM Student INTO DBF Xsda1 WHERE 学号=X
    CASE N=2
        Select 学号,姓名,性别 FROM Student INTO DBF Xsda1 WHERE 姓名=X
    CASE N=3
        Select 学号,姓名,性别 FROM Student INTO DBF Xsda1 WHERE 性别=X
ENDCASE
Thisform.Pageframe1.Page2.Grid1.RecordSource="Student"  && 虽然前面用生成器做了,
                                                        && 但此处,不可少

Thisform.Refresh
```

（9）运行表单并测试结果，表单的运行结果如图 6-71 和图 6-72 所示。

图 6-71　S11 表单运行效果图(1)

图 6-72　S11 表单运行效果图(2)

6.6.8　设计自定义类

【实验目的】

（1）了解自定义类的建立及使用过程。

（2）了解自定义工具栏建立过程。

【实验内容】

自定义一个指针工具栏来实现对表中记录的移动操作。工具栏能将所打开的表的记录指针移到第一条、上一条、下一条、最后一条及实现关闭表单。

【实验步骤】

工具栏类 Rectool 操作步骤如下。

（1）新建项目文件 Jxgl.pjx。

（2）选择"项目管理器"中的"类"标签，单击"新建"按钮，进入"新建类"对话框，如图 6-73 所示。

（3）在"类名"文本框中输入 Rectool 类名，在"派生于"栏中选择 Toolbar，在"存储于"文本框中输入"D：\DBC\Jxgl. pjx"。

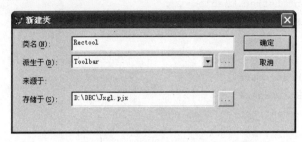

图 6-73　"新建类"对话框

（4）单击"确定"按钮，进入"类设计器"对话框。

（5）设置工具栏标题为"指针工具栏"。

（6）使用"控件"工具栏添加 5 个命令按钮，按钮之间用"分隔符"控件增加按钮之间的间距。

（7）参照表 6-15 设置按钮的 Name、Picture 和 ToolTipText 属性。（图片位于 C：\Program Files\Microsoft Visual Studio\vfp\samples\tastrade\bitmaps），如图 6-74 所示。

表 6-15　工具栏添加对象的主要属性设置

对　　　象	Name	Picture	ToolTipText
Command1	Frsrec	Frsrec_s. bmp	第一条
Command2	Prvrec	Prvrec_s. bmp	上一条
Command3	Nxtrec	Nxtrec_s. bmp	下一条
Command4	Lstrec	Lstrec_s. bmp	最后一条
Command5	Close	Close. bmp	关闭

（8）添加如下代码。

图 6-74　指针工具栏

```
Frsrec.Click()
    GO TOP
    This.Enabled=.F.
    This.Parent.Prvrec.Enabled=.F.
    This.Parent.Nxtrec.Enabled=.T.
    This.Parent.Lstrec.Enabled=.T.
    Thisform.Refresh
Prvrec.Click()
    SKIP-1
    IF Recno()=1
        This.Enabled=.F.
        This.Parent.Frsrec.Enabled=.F.
    ELSE
        This.Enabled=.T.
        This.Parent.Frsrec.Enabled=.T.
```

```
        ENDIF
        This.Parent.Nxtrec.Enabled= .T.
        This.Parent.Lstrec.Enabled= .T.
        Thisform.Refresh
    Nxtrec.Clik()
        SKIP
        IF Recno()=Reccount()
            This.Enabled= .F.
            This.Parent.Lstrec.Enabled= .F.
        ELSE
            This.Enabled= .T.
            This.Parent.Lstrec.Enabled= .T.
        ENDIF
        Thisform.Refresh
    Lstrec.Click()
        GO BOTTOM
        This.Enabled= .F.
        This.Parent.Nxtrec.Enabled= .F.
        This.Parent.Frsrec.Enabled= .T.
        This.Parent.Prvrec.Enabled= .T.
        Thisform.Refresh
    Close.Click()
        Thisform.Parent.Release
        IF Recount()=0
            This.Frsrec.Enabled= .F.
            This.Prvrec.Enabled= .F.
            This.Nxtrec.Enabled= .F.
            This.Lstrec.Enabled= .F.
        ELSE
            GO TOP
            This.Frsrec.Enabled= .F.
            This.Prvrec.Enabled= .F.
            This.Nxtrec.Enabled= .T.
            This.Lstrec.Enabled= .T.
        ENDIF
```

（9）新建一个表单，在数据环境中添加 Student.dbf。

（10）在表单上通过鼠标拖动添加相应控件，如图 6-75 所示。

（11）在"表单控件"工具栏中单击"查看类"按钮，选择"添加"选项，打开 Jxgl.vcx 类，如图 6-76 所示。

（12）将 Rectool 类添加到表单上，若打开的表单为单个表单，则创建表单集（工具栏必须添加到表单集中），如图 6-77 所示。

（13）为工具栏的各个按钮添加如下代码。

图 6-75　鼠标拖动添加相应控件效果图　　　　　　　图 6-76　"表单控件"工具栏

Frsrec. Click()代码如下：

```
Rectool.Frsrec::Click
Thisformset.Refresh
```

Prvrec. Click()代码如下：

```
Trctool.Prvrec::Click
Thisformset.Refresh
```

Nxtrec. Click()代码如下：

```
Rectool.Nxtrec::Click
Thisformset.Refresh
```

Lstrec. Click()代码如下：

```
Rectool.Lstrec::Click
Thisformset.Refresh
```

运行结果如图 6-78 所示。

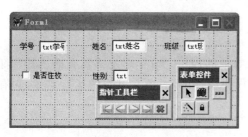

图 6-77　添加 Rectool 类效果图　　　　　　　图 6-78　表单运行效果图

6.7　学　习　指　导

6.7.1　知识结构

本章主要介绍了表单及常用控件的用途，主要属性、事件及方法；对面向对象程序设计，简单介绍了类和对象的基本知识，以及表单高级设计。知识结构如图 6-79 所示。

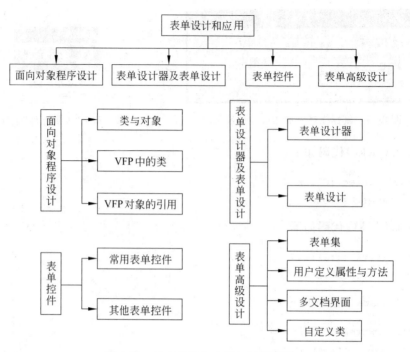

图 6-79　表单设计与应用知识结构图

6.7.2　知识点

1. 面向对象程序设计基础

（1）类与对象

① 对象

对象（Object）是反映客观事物属性及行为特征的描述。每个对象都具有描述其特征的属性，以及附属于它的行为。在面向对象的程序设计中，对象是基本的运行实体，它有自己的属性和行为特征。

② 类

类描述了一组有相同特性（属性）和相同行为（方法）的对象。在程序中，类和数据类型比较相近，例如整数、小数等。整数也有一组特性和行为。

类具有的特性如下。

- 封装性：简单说是一种把对象的方法和属性代码捆绑在一起，使这两者不受外界干扰和误用的机制。
- 继承性：是在已有类的基础上创建新的类，新类可以从一个或多个已有类中继承属性和方法，而且新类还可以重新定义或加进新的属性和方法。
- 多态性：是指在类的层次结构中，各层次中的对象对同一个函数调用是不同的。多态性的特点在 Visual FoxPro 中应用并不突出。

（2）Visual FoxPro 中的类

① Visual FoxPro 6.0 中类的主要类型

Visual FoxPro 6.0 中的类可以分为两大主要类型：容器类（Container Classes）和控件类。

② Visual FoxPro 6.0 中对象的分类

- 容器类对象（简称容器）：在现实生活中，容器是用来装东西的。
- 控件类对象（简称控件）：可以包含在容器中，但它本身不能作为其他对象的父对象，并且组成控件的组件不能被单独访问。

（3）Visual FoxPro 对象的引用

① 容器类中对象的层次

一个容器内的对象本身也可以是容器。一般把一个对象的直接容器称为父容器。在调用对象时，明确该对象的父容器非常重要。

② 对象的引用

在对象的嵌套层次关系中，要引用其中的某个对象，需要指明对象在嵌套层次中的位置。对象的引用有两种方式：相对引用和绝对引用。

2. 表单设计器及表单设计

（1）表单设计器

与"表单设计器"窗口有关的内容包括表单界面、"表单控件"工具栏、"属性"窗口、代码窗口、"数据环境设计器"窗口、"布局"工具栏、"表单设计器"工具栏等。

① 表单界面（Form Canvas）

表单界面是表单设计的画布，属容器，可以在其上面添加其他控件。

② "表单控件"工具栏（Form Controls）

"表单控件"工具栏是 Visual FoxPro 提供的标准控件。可以将"表单控件"工具栏中的控件添加到表单上。另外，有些表单控件可以通过生成器快速地在表单中创建其对象的属性。

③ "属性"窗口

"属性"窗口由对象列表、属性和过程列表组成。对象列表中列出了表单中包含的所有对象的名称，属性和过程列表中的内容与对象列表中选中的对象相对应。属性列表中列出了对象的属性，属性设置可以在"属性"窗口中设置，也可以在代码窗口中设置。

在代码窗口中设置属性的方法为：

```
Thisform.对象名.属性名=属性值
```

④ 代码窗口

代码窗口由对象列表、过程列表和代码区域组成，用来对表单中对象的事件进行编写代码。

⑤ "布局"工具栏

"布局"工具栏可以通过"显示"菜单显示和隐藏。利用"布局"工具栏，可以方便地调整表单中被选控件的相对大小和位置。

⑥ 数据环境设计器

"数据环境设计器"窗口可以添加表或视图到"数据环境设计器"窗口中。表单可以与表有关,也可以与表无关。如果表单与表有关,在建立表单时应该首先通过"显示"菜单打开"数据环境设计器"窗口或右击表单,在快捷菜单中选择"数据环境"命令,在打开的对话框中选择要添加的表或视图。

⑦ "表单设计器"工具栏

选择"显示"菜单中的"工具栏"命令,可以显示或隐藏"表单设计器"工具栏。

(2) 表单设计

在 Visual FoxPro 系统中,可以通过表单向导(Form Wizard)和表单设计器(Form Designer)两种方式设计表单。

① 利用"表单向导"创建表单

Visual FoxPro 提供了两类表单向导:一种是基本的单记录表单,另一种是一对多的表单。

② 用"表单设计器"建立表单

在 Visual FoxPro 系统中,主要是使用系统提供的"表单设计器"创建新的表单,可以在命令方式或菜单方式下进行。

3. 常用表单控件

具体包括表单控件、标签控件、文本框控件、命令按钮控件、命令按钮组控件、选项按钮组控件、复选框控件、列表框控件、组合框控件、编辑框控件的使用。

4. 其他表单控件

具体包括页框控件、计时器控件、微调控件、图像控件、形状控件、线条控件、容器控件、表格控件的使用。

5. 表单高级设计

(1) 表单集

表单集是包含一个或多个表单的父层次的容器。可以将多个表单包含在一个表单集中,作为一组处理。

① 表单集的创建和删除

• 创建表单集。

• 删除表单集。

② 编辑使用表单集

创建了表单集以后,可使用表单集中的对象,在表单集中添加新表单或删除其中的表单。

③ 释放表单集

释放表单集和释放表单的方法一样,用 Release 属性或方法。例如 Thisformset.

Release 或 Release Thisformset 都可释放表单集。

（2）用户定义属性与方法程序

① 用户定义属性

用户定义属性主要包括变量属性和数组属性。

② 多表单应用程序的有效参数

多表单应用程序的有效参数有 3 种：用 PUBLIC 设置的公共变量；用户在表单集中自定义的属性；DO FORM …WITH …TO 命令传递的参数。

③ 用户定义方法程序

- 方法程序的创建。
- 过程代码的编辑。
- 用户定义方法程序的调用。

（3）多文档界面

① 3 种表单类型

在 MDI 中，把应用程序所在的表单称为父表单或顶层表单，把文档、电子表格所在的表单称为子表单。另外还可以定义浮动表单。

- 顶层表单：没有父表单的独立表单称为顶层表单。
- 子表单：子表单包含在另一个窗口中，用于创建 MDI 应用程序的表单。
- 浮动表单：属于父表单（主表单）的一部分，但并不是包含在父表单中。

② 指定表单类型

创建各种类型的表单的方法是相同的，只需设置 ShowWindow 属性即可。ShowWindow 属性指定表单类型或表单显示的位置。

（4）Visual FoxPro 中自定义类的使用

① Visual FoxPro 中的类

BaseClass（基类）：基类是内部定义的类，用户使用它们创建自定义类。Visual FoxPro 表单和所有控件就是基类，Visual FoxPro 提供了两种类型的近 30 个基类。用户可在基类上创建新类，这样的类称为子类，子类继承了父类的全部特征，并在此基础上增添自己需要的功能。

② 创建自定义类

在创建新类的时候，可以为新类创建新的属性和方法程序。在创建新属性时要指定属性名、可视性和说明。

③ 使用自定义的类

在设计表单时，要使用自定义的类，并且要让一个类库在每个表单设计期间都可获得，必须注册这个类库。

④ 属性和过程代码的继承

在表单中创建了一个基于用户自定义类的对象后，该对象就拥有了和父类相同的属性、事件和方法，以及事件和方法中的过程代码。

单元测试 6

一、选择题

1. 以下关于 Visual FoxPro 类的说法中,不正确的是_____。
   A. 类具有继承性　　　　　　　B. 用户必须给基类定义属性,否则出错
   C. 子类一定具有父类的全部属性　D. 用户可以按照已有的类派生出多个子类

2. 下列基类中是容器类的是_____。
   A. 表单　　　　B. 命令按钮　　　　C. 列表框　　　　D. 单选按钮

3. 下列关于"类"的叙述中,错误的是_____。
   A. 类是对象的集合,而对象是类的实例
   B. 一个类包含了相似对象的特征和行为方法
   C. 类并不实行任何行为操作,它仅仅表明该怎样做
   D. 类可以按其定义的属性、事件和方法进行实际的行为操作

4. 能被对象所识别的动作与对象可执行的活动分别称为对象的_____。
   A. 方法、事件　　B. 事件、方法　　C. 事件、属性　　D. 过程、方法

5. Show 方法用来将_____。
   A. 表单的 Enabled 属性设置为 .F.　B. 表单的 Visible 属性设置为 .F.
   C. 表单的 Enabled 属性设置为 .T.　D. 表单的 Visible 属性设置为 .T.

6. 表单的 Name 属性用于_____。
   A. 作为保存表单时的文件名　　　B. 引用表单对象
   C. 显示在表单标题栏中　　　　　D. 作为运行表单时的表单名

7. 在文本框中要显示当前表中的"姓名"字段,应设置_____。
   A. Thisform.Text1.Value＝姓名
   B. Thisform.Text1.ControlSource＝姓名
   C. Thisform.Text1.Value＝"姓名"
   D. Thisform.Text1.ControlSource＝"姓名"

8. "表单向导"可以创建_____。
   A. 单表表单　　B. 表　　　　C. 类　　　　D. 报表

9. 可用表单的_____属性来设置表单的标题。
   A. Style　　　　B. Text　　　　C. Caption　　　　D. Name

10. "窗体控件"工具栏用于在表单中添加_____。
    A. 文本　　　B. 命令　　　C. 控件　　　D. 复选框

11. 将复选框控件的 Value 属性设置为_____时,复选框显示为灰色。
    A. 0　　　　B. 1　　　　C. 2　　　　D. 3

12. 在"窗体控件"工具栏可以创建一个_____控件来保存多段文本。

A. 命令按钮　　B. 文本框　　　　C. 列表框　　　　D. 编辑框

13. 以下关于文本框和编辑框的叙述中,错误的是_____。

A. 在文本框和编辑框中都可以输入和编辑各种类型的数据

B. 在文本框中可以输入和编辑字符型、数值型、日期型和逻辑型数据

C. 在编辑框中只能输入和编辑字符型数据

D. 在编辑框中可以进行文本的选定、剪切、复制和粘贴等操作

14. 设计表单时,可以利用_____向表单中添加控件。

A. "窗体设计器"工具栏　　　　　　B. "布局"工具栏

C. "调色板"工具栏　　　　　　　　D. "窗体控件"工具栏

15. 在 Visual FoxPro 中,表单(Form)是指_____。

A. 数据库中各个表的清单　　　　B. 一个表中各个记录的清单

C. 数据库查询的列表　　　　　　D. 窗口界面

16. 确定列表框内的某个条目是否被选定应使用的属性是_____。

A. Value　　　　　　　　　　　B. ColumnCount

C. ListCount　　　　　　　　　　D. Selected

17. 命令按钮组中有 3 个按钮 Command1,Command2,Command3,在执行如下代码后: ThisForm. CommandGroup1. Value=2,则_____。

A. Command1 被选中　　　　　　B. Command2 被选中

C. Command3 被选中　　　　　　D. Command1,Command2 被选中

18. 要想使在文本框中输入数据时屏幕上显示的是"＊"号,则该设置的属性是_____。

A. Alignment　　B. Enabled　　　C. Maxlength　　D. PasswordChar

19. 在 Visual FoxPro 中,运行表单 T1. scx 的命令是_____。

A. DO T1　　　　　　　　　　　B. RUN FORM T1

C. DO FORM T1　　　　　　　　D. DO T1. scx

20. 下列关于数据环境的说法中,错误的是_____。

A. 如果添加到数据环境中的表之间具有在数据库中设置的永久关系,这种关系也会自动添加到数据环境中

B. 如果表之间没有永久关系,也不可以在"数据环境设计器"中为这些表设置关系

C. 编辑关系主要通过设置关系的属性来完成,要设置关系属性,可以先单击表示关系的连线选定关系,然后在"属性"窗口中选择关系属性来设置

D. 通常情况下,数据环境中的表或视图会随着表单的打开或运行而打开,并随着表单的关闭或释放而关闭

21. 表单中可包含各种控件,其中组合框的默认 Name 属性是_____。

A. Command1　　B. Label1　　　C. Check1　　　　D. Combo1

22. 要使某表单中的文本框 Text1 显示 Jsqk. dbf 中"姓名"字段的值,应将该文本框的_____属性设置为 Jsqk. xm。

A. ControlSource   B. Source

C. RecordSource   D. RowSource

23. 当单击表单的"首记录"按钮时,表单显示第一条记录内容,同时该按钮变为灰色不能使用的按钮,应在其 Click 事件代码中将_____属性的值赋值为.F.。

A. Visible   B. Enabled   C. Value   D. Caption

二、填空题

1. 类是一组具有相同属性和相同操作的对象的集合,类中的每个对象都是这个类的一个_____。

2. 若想让计时器开始工作,应将_____属性设置为真。

3. 文本框控件的 Value 属性的默认值是_____。

4. 在文本框中,_____属性指定在一个文本框中如何输入和显示数据,利用_____属性指定文本框内显示占位符。

5. 要为表单设计下列拉式菜单,首先需要在菜单设计时,在"常规选项"对话框中选择"顶层表单"复选框;其次要将表单的 ShowWindow 属性值设置为_____,使其成为顶层表单;最后需要在表单的_____事件代码中添加调用菜单程序的命令。

6. 确定列表框内的某个条目是否被选定,应使用的属性是_____。

7. 在表单中要使控件成为可见的,应设置控件的_____属性。

8. 在 Visual FoxPro 中,为了将表单从内存中释放(清除),可将表单中退出命令按钮的 Click 事件代码设置为_____。

9. 将文本框的 PasswordChar 属性值设置为星号(＊),那么当在文本框中输入"电脑2004"时,文本框中显示的是_____。

10. 对于表单及控件的绝大多数属性,其类型通常是固定的,通常 Caption 属性只用来接收_____。

11. 利用数据环境,将表中备注型字段拖动到表单中,将产生一个_____。

12. 在命令按钮组中,决定命令按钮数目的属性是_____。

13. 在 Visual FoxPro 表单中,当用户用鼠标单击命令按钮时,会触发命令按钮的_____事件。

单元测试 6 参考答案

一、选择题

1. B   2. A   3. D   4. B   5. D   6. B   7. B   8. A   9. C

10. C   11. C   12. D   13. A   14. D   15. D   16. D   17. B   18. D

19. C   20. B   21. D   22. A   23. B

二、填空题

1. 实例

2. Enabled

3. 空字符串

4. PasswordChar,InputMask

5. 2-作为顶层表单,Init 或 Load

6. Selected

7. Visible

8. ThisForm. Release

9. ********

10. 字符型数据

11. 编辑框控件

12. ButtonCount

13. Click

第 7 章

报　　表

报表是 Visual FoxPro 系统中的一种数据组织形式。通常利用报表，把从数据库表中提取出的数据打印出来。

报表由两个基本部分组成：数据源和数据布局。数据源指定了报表中的数据来源，可以是表、视图、查询或临时表。数据布局指定了报表中各个输出内容的位置和格式。报表从数据源中提取数据，并按照布局定义的位置和格式输出数据。报表定义文件的扩展名为.FRX，报表备注文件的扩展名为.FRT。

报表中并不存储数据源中实际数据的值，而只存储数据的位置和格式，这一点和视图的特性有些相似。所以每次打印时，打印出来报表的内容不是固定不变的；会随数据库内容的改变而改变。创建报表的方法有两种：使用"报表向导"创建报表和使用"报表设计器"创建报表。

7.1　建　立　报　表

通常设计报表时，可以使用 Visual FoxPro 提供的"快速报表"功能来快速生成常用格式的报表，或者使用 Visual FoxPro 提供的"报表向导"功能生成某固定格式的报表，然后再使用"报表设计器"进行修改和加工，直到设计出满足实际应用需求的报表。

7.1.1　报表向导

使用向导可以创建简单报表和多表报表。使用向导创建报表与使用向导创建表单类似，用户只要按照向导提供的步骤，回答向导提出的问题，就可以正确地建立报表。Visual FoxPro 6.0 提供了两种类型的报表向导：报表向导和一对多报表向导。

1. 报表向导

启动报表向导有以下 4 种常用方法。

- 打开"项目管理器"，选择"文档"选项卡中的"报表"选项，单击"新建"按钮，在弹出的"新建报表"对话框中，再单击"报表向导"按钮。

- 选择"文件"菜单中的"新建"命令,在"文件类型"选项组中选择"报表"选项,然后单击"向导"按钮,如图 7-1 所示。
- 打开"工具"菜单中的"向导"子菜单,选择"报表"命令。
- 直接单击"报表"工具栏上的"报表"按钮图标,也可以启动"报表向导"。

无论用上述哪种方法启动报表向导,都会弹出"向导选取"对话框,如图 7-2 所示。如果数据源是一个表,应选择"报表向导",如果数据源包括父表和子表,则应选择"一对多报表向导"。

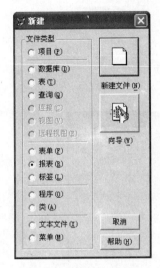

图 7-1 "新建"对话框

图 7-2 "向导选取"对话框

下面以 Student. dbf、Course. dbf、SC. dbf 数据表为例,介绍如何使用"报表向导"创建报表。

【例 7-1】 使用报表向导,创建一个基于表 Student. dbf 的简单报表。

操作步骤如下:

(1)选择"文件"菜单中的"新建"命令,选择"报表"选项,如图 7-1 所示,单击"向导"按钮,这时屏幕出现一个"向导选取"对话框。

(2)选择"向导选取"对话框中的"报表向导"选项,如图 7-2 所示,单击"确定"按钮,出现"报表向导"对话框,如图 7-3 所示。首先要求用户确定报表中所包含的字段,本例选取表"Student. dbf"中的学号、姓名、性别、入学成绩和是否住校 5 个字段。

(3)在选取字段后,单击"下一步"按钮,出现"分组记录"对话框。报表中的记录可以按一定的条件进行分组。向导提供了 3 个条件,这 3 个条件并不是并列关系,是分层关系。分组时,先按第一个条件进行分组,再将多个组中的记录按第二个条件进行分组,以此类推,如图 7-4 所示。单击"分组选项"按钮,可以确定分组字段的字段间隔。单击"总结选项"按钮,可以对数值字段进行求和、求平均值,以及设置报表中是否包含有小计和总计等。

本例中只按性别字段进行分组,"总结选项"中选择入学成绩的平均值。

(4)在"分组记录"对话框中,选择好"分组选项"和"总结选项"后,单击"下一步"按钮,出现"选择报表样式"对话框,在"选择报表样式"对话框中,提供了 5 种报表样式:经

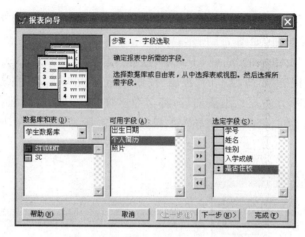

图 7-3 "步骤 1-字段选取"对话框

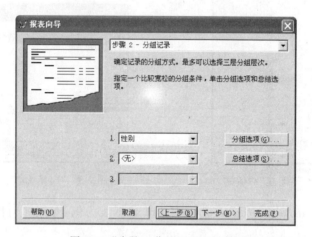

图 7-4 "步骤 2-分组记录"对话框

营式、账务式、简报式、带区式和随意式。本例选择"简报式"报表样式,如图 7-5 所示。

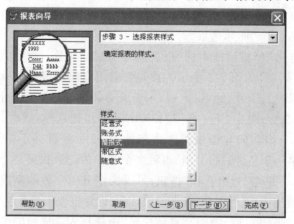

图 7-5 "步骤 3-选择报表样式"对话框

（5）确定报表样式后，单击"下一步"按钮，出现"定义报表布局"对话框，如图 7-6 所示。用户可以根据需要确定报表的布局，向导提供了两种布局方式：列布局和行布局。

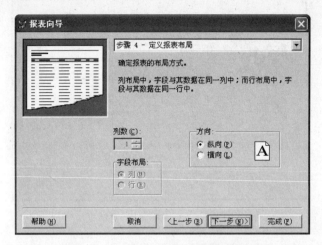

图 7-6 "步骤 4-定义报表布局"对话框

（6）在"报表布局"对话框中，单击"下一步"按钮，出现"排序记录"对话框，可以确定报表中记录的输出次序，最多设定 3 个用于排序的字段，按"选定字段"列表框中字段的先后顺序进行排序，排在前面的优先排序，如图 7-7 所示。

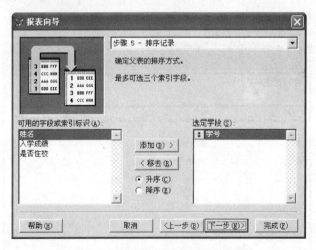

图 7-7 "步骤 5-排序记录"对话框

（7）在"排序记录"对话框中，单击"下一步"按钮，出现"完成"对话框。在"完成"对话框中，要求用户为所创建的报表输入一个标题。该标题出现在报表的顶部，并选择相应的方式保存报表，如图 7-8 所示。在完成报表前，最好先单击"预览"按钮，观察报表结果，如果对结果不满意，可单击"上一步"按钮进行修改。

报表处理方式说明如下。

- 保存报表以备将来使用：表示把设计的结果保存为扩展名为.FRX 的报表文件，以后既可以使用此文件在"报表设计器"中进行修改，也可以打印报表。

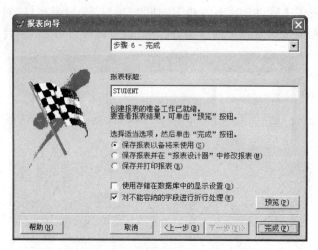

图 7-8 "步骤 6-完成"对话框

- 保存报表并在"报表设计器"中修改报表：表示把设计的结果保存为扩展名为 .FRX 的报表文件，并且直接进入"报表设计器"进一步修改报表的布局等。
- 保存并打印报表：表示把设计的结果保存为扩展名为.FRX 的报表文件，然后直接打印报表。

(8) 完成报表，以 Stu.frx 为名保存新创建的报表。单击"预览"按钮，就可以观察到报表格式及数据，如图 7-9 所示。

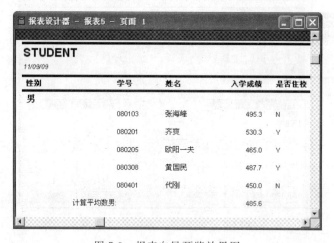

图 7-9 报表向导预览效果图

如果要创建基于多个表或视图的报表，必须先创建一个视图，视图中包括所需要的字段，再创建报表。

2. 一对多报表向导

一对多报表是指具有关系的两个数据表中的记录打印在一个报表中。这里的"一"称为父表，"多"称为子表。该报表上半部分的内容来自父表，下半部分的内容来自子表，两部分数据之间通过一对多关系相连接。

下面通过 Student.dbf 和 SC.dbf 来介绍如何创建一个一对多报表。

【例 7-2】 创建一个一对多报表,以 Student.dbf 数据表为父表,SC.dbf 数据表为子表。操作步骤如下。

(1)选择"文件"菜单中的"新建"命令,选择"报表"选项,并单击"向导"按钮。这时屏幕出现一个"新建报表"对话框,单击"报表向导"按钮,则出现"向导选取"对话框。再选择"一对多报表向导",单击"确定"按钮,屏幕出现"一对多报表向导"对话框,如图 7-10 所示。

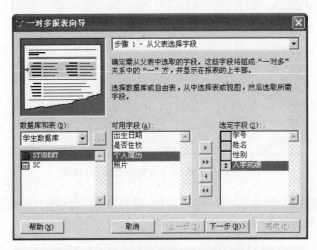

图 7-10 "步骤 1-从父表选择字段"对话框

(2)在"一对多报表向导"对话框中,首先确定父表及父表中的字段,该报表上半部分的内容来自父表。本例从数据库的表中选择 Student.dbf 为父表,从"可用字段"列表框中选择父表中的"学号"、"姓名"、"性别"和"入学成绩"字段。单击"下一步"按钮,出现"从子表选择字段"对话框。该报表下半部分的内容来自子表,这里选择 SC.dbf 为子表,并选择其中的"课程号"和"成绩"字段,如图 7-11 所示。

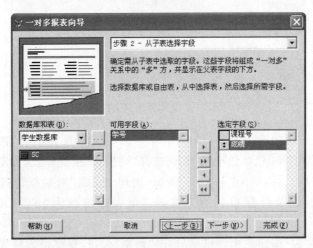

图 7-11 "步骤 2-从子表选择字段"对话框

（3）确定子表及其字段后，单击"下一步"按钮，屏幕出现"为表建立关系"对话框。建立两个表之间的关联表达式，两部分数据之间通过一对多关系相连接。这里建立的关联表达式为"Student. 学号＝SC. 学号"，如图 7-12 所示。

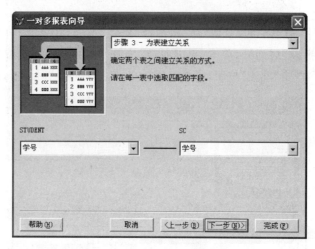

图 7-12 "步骤 3-为表建立关系"对话框

（4）确定表间关系后，单击"下一步"按钮，屏幕出现"排序记录"对话框，确定父表中记录的输出次序，本例按 Student. 学号升序排序，如图 7-13 所示。

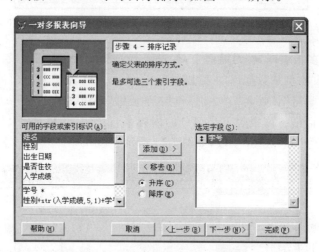

图 7-13 "步骤 4-排序记录"对话框

（5）确定父表记录的输出次序后，单击"下一步"按钮，屏幕出现"选择报表样式"对话框，确定"报表样式"及"总结选项"。本例选择"简报式"报表样式，如图 7-14 所示。

（6）选择报表样式后，单击"下一步"按钮，出现"完成"对话框，在这个对话框中，要求用户输入报表标题及保存报表的方式等。报表标题设为"STUDENT"，如图 7-15 所示。

（7）在单击"完成"按钮之前，可以先单击"预览"按钮，观察报表样式及内容是否满足要求。预览结果如图 7-16 所示。如果对报表结果不满意，单击"上一步"按钮，修改相关

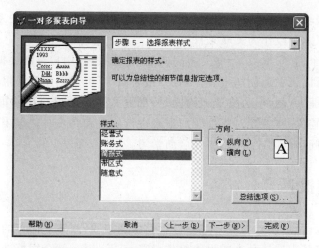

图 7-14 "步骤 5-选择报表样式"对话框

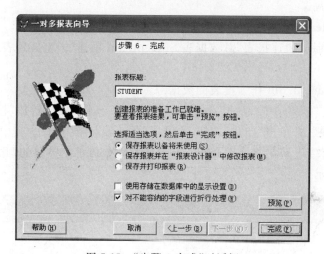

图 7-15 "步骤 6-完成"对话框

的内容,直到满意为止。单击"完成"按钮,输入报表文件名"StuSc. frx",保存以上创建的一对多报表文件。

从报表结果可以看出,上半部分内容来自父表 Student. dbf,下半部分内容来自子表 SC. dbf,两个表之间通过学号字段建立起关联。在本例中,使用"报表向导"所创建的报表,可以通过后面将要学到的"报表设计器"进行修改。

"一对多报表向导"引导用户通过 6 个步骤完成一个报表的设计过程,和单一报表的设计最大的区别在于:"步骤 1-从父表中字段选取"、"步骤 2-从子表中选择字段"和"步骤 3-为两个表建立关

图 7-16 "一对多报表向导"预览效果图

系"。在一对多报表设计中为两个表建立关系是关键性的操作,建立关系的两个表必须包含相同的字段,以此字段作为关联条件。

通过以上两个例子,学习了利用"报表向导"创建报表,用户只需根据需要来回答向导提出的问题,就可以正确地创建报表。利用"报表向导"可以创建简单报表和一对多报表,这种方法比较快捷、方便,但是格式较为固定,因此常用来创建简单的报表。当需要在报表中添加字段和控件,或者要对所创建的报表进行修改和完善时,"报表向导"就无法满足需要。关于这个问题的解决办法,将在后面学习。

7.1.2 快速报表

除了用"报表向导"创建报表外,还可以用"快速报表"来建立简单的报表,这是一项省时的功能,只需在其中选择基本的报表组件,Visual FoxPro 就会根据选择的布局,自动建立简单的报表布局。

下面以 Student.dbf 数据表,说明创建"快速报表"的操作步骤。

【例 7-3】 利用"快速报表"对数据表 Student.dbf 创建"学生信息表"报表。

操作步骤如下。

(1) 打开 Student.dbf 作为报表的数据源。

(2) 选择"文件"菜单中"新建"命令或单击常用工具栏中的"新建"按钮,在"新建"对话框中选择"报表",并单击"新建"按钮,打开了"报表设计器"窗口。其中的几个白色区域称为"带区",在 7.2.2 节中将详细介绍。现在所有的带区都是空白的,此表是一个空白报表,如图 7-17 所示。

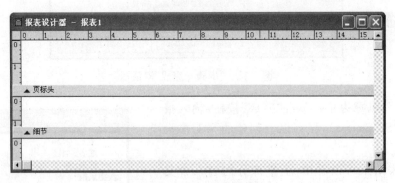

图 7-17 "报表设计器"窗口

(3) 在主菜单栏出现的"报表"菜单中选择"快速报表"命令,则弹出"快速报表"对话框,如图 7-18 所示。

在这个对话框中可以为报表选择所需的字段、字段布局以及标题和别名选项,其选项的含义如下。

- 字段布局:选择左侧为列布局可使字段在页面上从左到右排列;选择右侧为行布局可使字段在页面上从上到下排列。本例选择列布局。
- 标题:确定是否在报表中为每一个字段添加一个字段名标题。

- 添加别名：确定是否在报表中的字段前面添加表的别名。如果数据源是多个表则选择此项，否则别名无实际意义。
- 将表添加到数据环境中：确定是否自动将表添加到数据环境中作为报表的数据源。
- 字段：单击"字段"按钮，显示"字段选择器"对话框。在此可为报表选择要输出的字段或全部字段（通用型字段除外），如图 7-19 所示。

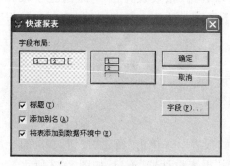

图 7-18 "快速报表"对话框

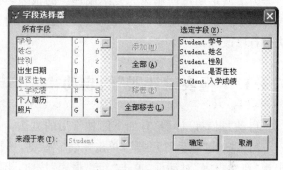

图 7-19 "字段选择器"对话框

（4）单击"字段选择器"对话框中的"确定"按钮，返回"快速报表"对话框，再单击"确定"按钮，选中的选项就出现在"报表设计器"的布局中，如图 7-20 所示。

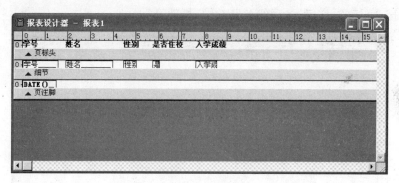

图 7-20 "报表设计器"界面

（5）单击常用工具栏中的"打印预览"按钮图标，在预览窗口中可以看到快速报表的输出结果。如果对报表满意，可选择打印输出，如图 7-21 所示。

图 7-21 报表预览效果图

(6) 进行"保存"操作,在保存窗口中输入报表名"学生信息表"。报表保存在以.FRX 为扩展名的文件中。

7.2 使用报表设计器

为了满足用户创建较为复杂或理想的报表,可以利用"报表设计器"。通过把字段和控件添加到空白报表中,设计出实用的报表,同时还可以对使用向导、快速报表创建的报表进行修改和完善。

7.2.1 "报表设计器"的启动

启动"报表设计器"有如下两种常用的方法。

(1) 打开"项目管理器",单击"文档"标签,选择"报表",并单击"新建"按钮,在屏幕上出现"新建报表"对话框,单击"新建报表"按钮,出现"报表设计器"窗口,如图 7-22 所示。

(2) 选择"文件"菜单中的"新建"命令,在打开的"新建"对话框中选择"报表"选项,并单击"新建文件"按钮,出现"报表设计器"窗口,如图 7-22 所示。

"报表设计器"提供的是一个空白布局,从空白报表布局开始,就可以添加各种控件,如表头、表尾、页标题、字段、各种线条及 OLE 控件等。

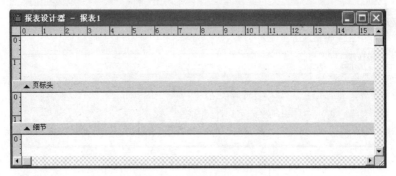

图 7-22 "报表设计器"窗口

7.2.2 "报表设计器"的带区

报表中的每个白色区域,称之为"带区",它可以包含文本、来自表字段中的数据、计算值、用户自定义函数以及图片、线条等。在"报表设计器"的带区中,可以插入各种控件,它们包含打印报表中所需的标签、字段、变量和表达式。

每一带区底部的灰色条称为分隔符栏。带区名称显示于分隔符栏的左侧,蓝箭头指示该带区位于栏之上,而不是之下。默认情况下,"报表设计器"默认的窗口包含有 3 个带区:页标头、细节和页注脚。表 7-1 列出了各个带区的名称、作用和添加方法等。

表 7-1 "报表设计器"中各个带区的名称、作用和添加方法

带区名称	作　用	添加带区方法
标题	每报表一次	选择"报表"菜单中的"标题总结"命令
页标头	每页一次	默认可用
列标头	每列一次	选择"文件"菜单中的"页面设置"命令,设置"列数">1
组标头	每组一次	选择"报表"菜单中的"数据分组"命令
细节	每记录一次	默认可用
组注脚	每组一次	选择"报表"菜单中的"数据分组"命令
列注脚	每列一次	选择"文件"菜单中的"页面设置"命令,设置"列数">1
页注脚	每页一次	默认可用
总结	每报表一次	选择"报表"菜单中的"标题总结"命令

在"报表设计器"中,带区用来放置报表所需的各个控件。有时需要根据控件的多少、字体的大小及报表中各部分内容之间的距离来调整带区的大小。调整时,只要将鼠标指针指向要调整带区的分隔条,这时鼠标指针变成上下双箭头,上下拖动鼠标,带区的大小随之调整。也可以双击带区分隔条,设置带区的精确高度。如果带区内有控件,带区的高度不能小于其中控件的高度。改变大小后的带区,反映在报表上,页标头、页注脚和记录的行间距也随之发生改变。

7.2.3　报表工具栏

1. "报表设计器"工具栏

为了方便报表设计,Visual FoxPro 提供一组工具栏,其中"报表设计器"工具栏在打开"报表设计器"时自动打开,如图 7-23 所示。也可以选择"显示"菜单中的"工具栏"命令来显示或隐藏"报表设计器"工具栏。"报表设计器"工具栏中的按钮及含义如表 7-2 所示。

图 7-23　"报表设计器"工具栏

表 7-2 "报表设计器"工具栏中的按钮及含义

图标	含　义
	打开"数据分组"对话框按钮,用于建立报表中的数据分组,并为其指定属性
	打开"数据环境设计器"窗口按钮,为报表设计数据环境
	显示/隐藏"报表控件"工具栏按钮
	显示/隐藏"调色板"工具栏按钮
	显示/隐藏"布局"工具栏按钮

2. "报表控件"工具栏

"报表控件"工具栏提供了建立报表时需要的控件,如图 7-24 所示。可以选择"显示"菜单中的"报表控件工具栏"命令,或单击"报表设计器"工具栏中的报表控件工具栏按钮

来显示或隐藏"报表控件"工具栏。"报表控件"工具栏中的按钮及含义如表 7-3 所示。

图 7-24　"报表控件"工具栏

表 7-3　"报表控件"工具栏中的按钮及含义

图标	含　义
	选定对象按钮,当要删除、移动或更改控件的尺寸时,用于选定控件
A	标签控件按钮,在报表中建立一个标签控件
abl	域控件按钮,在报表中建立一个域控件
┼	线条控件按钮,用于手工绘制一个线条
□	矩形控件按钮,用于手工绘制一个矩形框
○	圆角矩形控件按钮,用于手工绘制一个圆角矩形框
	图形、图像或 ActiveX 绑定控件按钮,用于显示图片或通用型字段的内容
	锁定按钮,允许连续添加多个相同类型的控件,而不用重复选择控件

7.2.4　报表控件的使用

报表是由各种控件组成,用控件来定义页面上的数据,如标题、图标、页标头、日期及时间等,都需要用添加控件的方法来实现。添加报表控件的方法类似于添加表单控件的方法。

如果利用报表工具栏在报表上添加了控件,那么可以双击报表上的该控件,在显示的对话框中设置、修改其属性。

1. 标签控件

在报表中,标签控件是最常用的一种控件,它可以单独使用,也可以和其他控件结合使用,在报表中显示文本内容。如标题、页标头、细节等,都需要用添加标签控件的方法来创建。操作步骤如下。

在"报表设计器"窗口中,单击"报表控件"工具栏中的标签按钮,然后将鼠标指针指向标题带区,单击鼠标,在光标处输入标签文本内容"学生基本情况一览表"。用同样的方法,在页标头带区输入"学号"、"姓名"、"班级"、"性别"、"出生日期"、"入学成绩",页标头内的这些文本最好分别使用标签控件,不要使用一个文本控件,这样便于调整它们之间的间距。在总结带区内添加"总平均成绩:"标签,结果如图 7-25 所示。

此外,标签控件还可以用来设计报表细节、页注脚、总结带区等。可见标签控件是一种应用范围很广的控件。

2. 域控件

"报表设计器"中的域控件包括字段、变量和表达式。报表打印时,将它们的值打印出

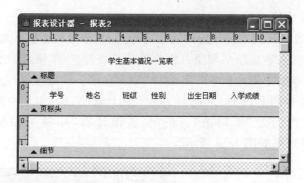

图 7-25　"报表设计器"设计界面

来。添加域控件有两种方法:一种是从数据环境中添加,另一种是利用"报表控件"工具栏的域控件添加。

从数据环境中添加:在"数据环境设计器"窗口中,选择要添加数据表中的字段,如图 7-26 所示。拖动鼠标,将该字段拖动到报表区域。本例中将 Student. dbf 数据表中的"学号"、"姓名"、"班级"、"性别"、"出生日期"、"入学成绩"字段分别拖动到细节带区内,并与页标头带区内的相应的标头对齐。

图 7-26　"数据环境设计器"窗口

从"报表控件"工具栏中添加:步骤如下。

(1) 单击"报表控件"工具栏中的域控件按钮,将指针指向要放置域控件的位置,并单击鼠标,这时屏幕打开"报表表达式"对话框,如图 7-27 所示。

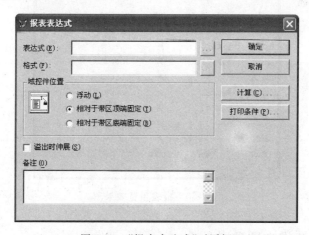

图 7-27　"报表表达式"对话框

(2) 在"报表表达式"对话框中的"表达式"文本框中,可以直接输入一个字段表达式,如 Student.学号,也可以单击该框后的"…"按钮,打开"表达式生成器"对话框,双击选定的字段名。再单击"确定"按钮,返回"报表设计器"窗口。

此时一个域控件就添加到了报表中。输出时,将其值显示出来。利用域控件可以创建一个表达式,显示表或视图中没有的数据。

(3)除了在细节带区内添加相应的域控件外,在总结带区还应添加域控件,分别计算人数、入学成绩总和、入学成绩平均值。操作方法是在图 7-27 所示的"报表表达式"对话框中的"表达式"文本框中输入相应的字段,如 Student.学号,然后单击"计算"按钮,打开"计算字段"对话框,如图 7-28 所示,选择表达式的计算方法。本例中要计算入学成绩平均值,应选择计算方法为"平均值"。在"报表设计器"中适当添加文本框控件,如图 7-29 所示。预览效果如图 7-30 所示。

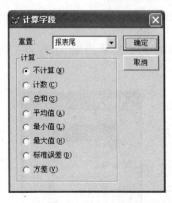

图 7-28　"计算字段"对话框

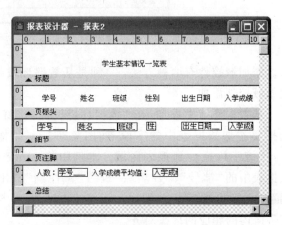

图 7-29　"报表设计器"设计界面

图 7-30　报表预览效果图

3. 图片/OLE 绑定控件

为美化报表,有时在报表中需添加图片,如标志、校徽等。在报表的细节带区中添加 OLE 绑定控件,如随着显示记录的不同,显示每个学生的照片等。操作步骤如下。

(1)单击"报表控件"工具栏中的"图形/OLE 绑定控件"按钮,将鼠标指针指向标题带区的适当位置上,单击鼠标,屏幕上出现"报表图片"对话框,如图 7-31 所示。

图 7-31 "报表图片"对话框

（2）在"报表图片"对话框中,指定"图片来源"以及图片的剪裁或缩放后,单击"确定"按钮,则在"报表设计器"中显示选定的图片。

7.2.5 报表布局

在"报表设计器"中,构成报表的每个元素都是报表控件,它们又分为域控件和标签控件。例如字段变量、内存变量、函数和表达式等都属于域控件,而标题、栏目名等文字性内容都是标签控件。下面介绍几个与调整布局有关的操作。

1. 删除控件

当某个控件确实不需要时,可以直接在"报表设计器"中删除该控件,具体方法如下。

（1）选择要删除的控件:单击一个要删除的控件,或按下 Shift 键的同时,单击多个要删除的控件,或直接用鼠标拖动选择多个要删除的控件。

（2）当确认要删除的控件被选中后,按 Delete 键完成删除控件的操作。

2. 移动控件

在"报表设计器"中可以用鼠标拖动的方法将一个控件从原来的位置移动到目标位置,甚至可以将控件从一个带区拖动到另一个带区。例如,将日期从标题带区拖动到页标头带区或页注脚带区,使得在报表的每一页都有日期。

3. 布局排列

在创建报表时,往往需要调整整个控件的布局排列,包括控件对齐、间距相等、文本对齐方式等。操作时选择要调整布局的一个或一组控件,然后选择"格式"菜单中的"对齐"

选项,选择一种布局。"对齐"选项中包括左边对齐、右边对齐、顶端对齐、底边对齐、垂直居中对齐、水平居中对齐等,用户可以根据需要采用其中的一种方式。如顶端对齐,使选中的一组控件中以最上边的一个为参照控件,其余控件全部和它顶端对齐。其他几种方式请读者在创建报表时灵活使用。

4. 设置字体和字号

报表中的不同栏目可以设置不同的字体和字号,以增强报表的效果。在创建报表时默认中文标签的字体为宋体,字号为小5号字。设置控件字体和字号的方法是:在"报表设计器"窗口中,选择相应的控件,单击"格式"菜单中的"字体"命令,屏幕显示"字体"对话框,选择合适的字体和字号。

5. 为报表控件添加注释

创建或更改控件时,有时希望包含对控件的描述。"文本"或"表达式"对话框为每个控件提供了注释框。这些注释保存在布局文件中,但不出现在打印的报表或标签中。向控件添加注释的方法:双击该控件,在该控件的对话框中的"注释"文本框内输入注释,单击"确定"按钮。

6. 绘制线条

使用"线条"控件,可以在报表布局中添加垂直和水平直线。通常需要在报表主体内的详细内容和报表的页眉和页脚之间画线。方法是从"报表控件"工具栏中,单击"线条"按钮图标,在"报表设计器"中,拖动鼠标以调整线条。

7. 页面设置

通过"页面设置"可以设置报表的栏目数和打印的报表的大小等。选择"文件"菜单中的"页面设置"命令,打开"页面设置"对话框,如图7-32所示。

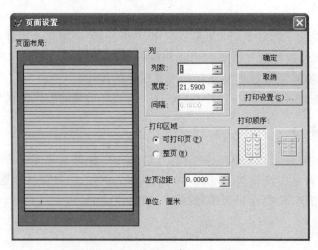

图7-32 "页面设置"对话框

如果报表只占打印纸不到左边半页的空间,可以将报表设置为多个栏目,方法是在"页面设置"对话框中完成以下操作。

(1) 在"列"选项组中调整列数的值、栏目的宽度和栏目的间隔。

(2) 选择"打印顺序"。另外还可以设置"打印区域"和"左页边距"。

报表默认是打印在 A4 纸上,如果是其他规格的打印纸,则在"页面设置"对话框中单击"打印设置"按钮,打开"打印设置"对话框,然后将纸张大小调整为所需要的大小。

7.3　报表的预览和打印

7.3.1　预览报表

报表设计好后,可以选择"文件"菜单中的"打印预览"命令,或者直接单击常用工具栏中的"打印预览"按钮,便可进入预览窗口。通过预览报表,不用打印就能看到页面外观。预览窗口有其自己的工具栏,使用其中的按钮可以一页一页地进行预览,也可以直接转到某一页进行预览,如果满意还可以从预览窗口直接打印报表。

例如,可以检查数据列的对齐和间隔,或者查看报表是否返回所需的数据。有两个选择:显示整个页面或者缩小到一部分页面。

操作方法如下。

(1) 选择"显示"菜单中的"预览"命令。

(2) 在打印预览工具栏中,单击"上一页"或"下一页"按钮来切换页面。

(3) 若要更改报表图像的大小,选择"缩放"列表。

(4) 若要打印报表,单击"打印报表"按钮。

(5) 若想要返回到设计状态,选择"关闭预览"按钮。

注意:如果得到提示"是否将所做更改保存到文件?",那么在关闭预览窗口时一定还选取了关闭布局文件。此时可以单击"取消"按钮回到预览窗口,或者单击"保存"按钮保存所做更改并关闭文件。如果选择了"否",将不保存对布局所做的任何更改。

7.3.2　打印报表

如果对打印预览的结果满意就可以打印报表。方法为选择"文件"菜单中的"打印"命令,打开如图 7-33 所示的"打印"对话框,再单击"选项"按钮打开图 7-34 所示的"打印选项"对话框。对打印选项进行设置,最后单击"打印"对话框中"确定"按钮开始打印。

注意:使用"报表设计器"创建的报表布局文件只是一个外壳,它把要打印的数据组织成令人满意的格式。它按数据源中记录出现的顺序处理记录。在打印一个报表文件之前,应该确认数据源中已对数据进行了正确的排序。

在命令窗口或程序中使用 REPORT FORM 命令也可以打印或预览指定的报表。

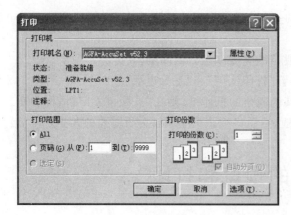
图 7-33 "打印"对话框

图 7-34 "打印选项"对话框

格式:

REPORT FORM <报表文件名> [<范围>] [FOR<条件>] [HEADING 表头文本] [PREVIEW] [TO PRINTER] [TO FILE <文本文件>]

说明:

(1) 打印的报表文件如果不在默认目录中,必须在报表文件名中指定路径。

(2) [<范围>]: 指定要包含在报表中的记录范围,默认的范围是"全部(ALL)"。

(3) [FOR <条件>]: 如果包含此选项,只有 FOR 后面的条件为真时,才会打印报表中的记录。利用 FOR 可以有条件地打印记录中的内容,而过滤掉不需要的记录。

(4) [HEADING 表头文本]: 使用 HEADING 指定一个附加在每页报表上的页眉。

(5) [PREVIEW]: 表示是用页面预览的方式在屏幕上显示报表,而不是通过打印机打印出来。

(6) [TO PRINTER]: 把报表输出到打印机,打印到纸张上。

(7) [TO FILE <文本文件>]: 将报表输出到指定的文本文件中,文本文件的默认扩展名为. TXT。

7.4 单 元 实 验

7.4.1 使用报表向导建立报表

【实验目的】

(1) 掌握"报表向导"的使用。

(2) 学会创建基于单个表的报表。

(3) 学会创建一对多报表及快速报表。

【实验内容】

（1）使用"报表向导"，创建一个基于 Student. dbf 数据表的学生档案简单报表。

（2）使用一对多报表向导，创建一个基于 Student. dbf 和 SC. dbf 数据表的简单报表。

（3）使用快速报表为 Student. dbf 数据表创建报表文件。

【实验步骤】

1. 利用"报表向导"创建学生档案简单报表

首先参照例 7-1 操作步骤启动"报表向导"，要求根据具体情况在每一步骤中选择具体设置。

（1）字段选取：确定报表中所需的字段。

（2）分组报表：确定记录的分组方式，最多可以选择 3 个分组层次。

（3）选择报表样式：确定报表的样式。

（4）定义报表布局：确定报表的布局方式。

（5）排序记录：确定父表的排序方式，最多可选 3 个索引字段。

（6）完成。

其次，打开"报表设计器"，对生成的报表进行修改，使各字段显示内容更合理、界面更美观。在修改的时候，注意"报表控件"工具栏、"布局"工具栏以及主菜单上"显示"、"格式"、"报表"3 个菜单中各命令项的使用，并注意用预览方式了解报表的实际布局情况。

2. 利用一对多报表向导创建简单报表

（1）首先参照例 7-2 操作步骤启动报表向导，要求根据具体情况在每一步骤中选择具体设置。要求用到 Student. dbf 和 SC. dbf 两个数据表作为数据源，其中 Student. dbf 作为父表，SC. dbf 作为子表，关联条件是"学号"。

（2）其次，打开"报表设计器"，对生成的报表进行修改，使各字段显示内容更合理、界面更美观，并注意用预览方式了解报表的实际布局情况。

3. 利用快速报表为 Student. dbf 数据表创建报表文件

（1）选择"文件"菜单中的"新建"命令，在打开的窗口中选择文件类别为"报表"，单击"新建文件"按钮来打开"报表设计器"。

（2）选择"报表"菜单中的"快速报表"命令，打开"打开"对话框，选择报表的数据源为 Student. dbf 数据表，单击"确定"按钮，出现"快速报表"对话框。

（3）选择字段布局为"列布局"，选中"标题"等复选框。

（4）选择字段，设置了报表布局后，单击"字段"按钮，进入"字段选择器"对话框，为报表选择"学号"、"姓名"、"性别"、"入学成绩"等字段。

（5）单击"确定"按钮，返回"报表设计器"窗口。

（6）预览报表：选择"显示"菜单中的"预览"命令来预览报表。

(7) 选择"文件"菜单中的"保存"命令,保存报表。

7.4.2 利用"报表设计器"设计报表

【实验目的】

(1) 掌握"报表设计器"的设计方法,达到利用"报表设计器"设计多种不同形式报表的目的。

(2) 掌握利用"报表设计器"修改报表的方法。

(3) 熟悉报表控件的使用方法。

【实验内容】

使用"报表设计器"创建和修改报表。

【实验步骤】

(1) 选择"文件"菜单中的"新建"命令,打开"新建"对话框,选择"报表"选项,单击"新建文件"按钮,打开"报表设计器",生成一个空的报表。

(2) 选择"显示"菜单中的"数据环境"命令,打开"数据环境设计器"窗口。

(3) 在"数据环境设计器"窗口中右击鼠标,从弹出的快捷菜单中选择"添加"命令,则打开"添加表或视图"对话框,分别将 SC. dbf 和 Course. dbf 数据表加入到数据环境中。

(4) 为这两个表建立关联,用鼠标拖动 SC. dbf 表中的"课程号"字段到 Course. dbf 表的"课程号"索引上,如图 7-35 所示。

(5) 从"数据环境设计器"中分别将 SC. dbf 和 Course. dbf 数据表相应字段拖动到报表设计器的细节带区,然后关闭"数据环境设计器"窗口。

(6) 使用报表工具栏中的"标签"工具设计报表的文字信息,使用"线条"工具绘制直线,从而得到设计报表的格式。

(7) 执行"显示"菜单中的"布局工具栏"命令,打开"布局"工具栏,对"报表设计器"中的对象进行布局设置。

(8) 选中要设置的文本,选择"格式"菜单中的"字体"命令,打开"字体"对话框,对字体进行设置。

(9) 选中线条,选择"格式"菜单中的"绘图笔"命令,对线条进行设置,如图 7-36 所示。

(10) 添加一个域控件到页注脚带区,单击"报表表达式"对话框中的"表达式"文本框后面的"…"按钮,在弹出的"表达式生成器"对话框中的"变量"列表中用鼠标双击"_pageno"变量,如图 7-37 所示,单击"确定"按钮返回"报表表达式"对话框,如图 7-38 所示。

(11) 单击"确定"按钮完成。返回"报表设计器"窗口,显示结果如图 7-36 中页注脚区域中的域控件,即显示页码。

图 7-35 "数据环境设计器"窗口

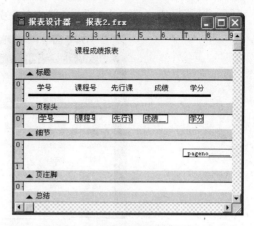

图 7-36 "报表设计器"界面

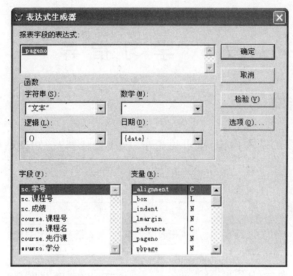

图 7-37 "表达式生成器"对话框

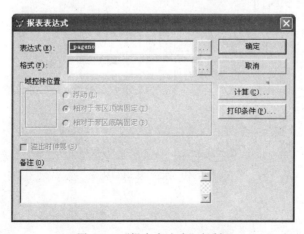

图 7-38 "报表表达式"对话框

（12）保存报表。选择"文件"菜单中的"另存为"命令。预览效果如图 7-39 所示。

图 7-39　报表预览效果图

7.5　学习指导

7.5.1　知识结构

本章介绍了报表的基本操作，重点讨论了"报表设计器"。知识结构如图 7-40 所示。

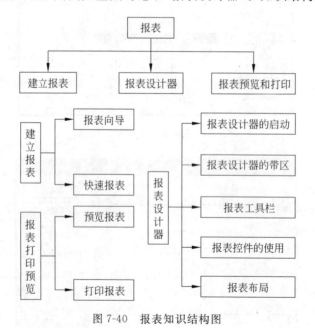

图 7-40　报表知识结构图

7.5.2　知识点

1. 建立报表

（1）报表向导

① 步骤 1-字段选取

在"数据库和表"中选择一个数据库中的表、视图或自由表

　　选择可用字段单击添加按钮 ▶ 添加到选定字段 ┐

──── 选择全部字段单击全部添加按钮 ▶▶　　　　　　　单击"下一步"按钮。

② 步骤 2-分组记录

如果没有分组要求则直接单击"下一步"按钮进入步骤 3。通过分组记录确定记录的分组方式，最多可以选择 3 层分组层次。

　　选择分组字段单击"分组选项"按钮显示"分组间隔"对话框确定分组间隔单击"确定"按钮返回"报表向导"对话框单击"总结选项"按钮显示"总结选项"对话框选择对数据的汇总方式单击"确定"按钮返回"报表向导"对话框单击"下一步"按钮。

③ 步骤 3-选择报表样式

报表样式有经营式、账务式、简报式、带区式和随意式，可以从中选择一个与自己设计的布局相近的样式，然后在"报表设计器"中进行修改。

　　选择报表样式单击"下一步"按钮。

④ 步骤 4-定义报表布局

字段布局可以按"列"方式或"行"方式；可以定义报表输出方向，默认是"纵向"，或选择"横向"；还可以定义"列数"，默认是 1，当报表中字段较少时，可以将报表设置成两栏或 3 栏。

⑤ 步骤 5-排序记录

从"可用的字段或索引标识"列表中选择排序字段 单击"添加"按钮选择排序方式"升序"或"降序"单击"下一步"按钮。

⑥ 步骤 6-完成

输入报表标题选择报表处理方式单击"完成"按钮。

（2）一对多报表向导

一对多报表向导引导用户通过 6 个步骤完成一个报表的设计过程，和单一报表的设计最大的区别在于："步骤 1-从父表中字段选取"、"步骤 2-从子表中选择字段"和"步骤 3-为两个表建立关系"。在一对多报表设计中为两个表建立关系是关键性的操作，建立关系的两个表必须包含相同的字段，以此字段作为关联条件。

（3）快速报表

① 命令方式

使用 CREATE REPORT 命令直接打开"报表设计器"。

② 菜单方式

单击"文件"菜单 → 选择"新建"命令 → 显示"新建"对话框 → 选择"报表"选项 → 单击"新建文件"按钮。

使用"快速报表"功能建立报表,需要按以下几步操作。

① 单击"报表"菜单 → 选择"快速报表"命令 → 显示"打开"对话框 → 选择报表的数据源 → 单击"确定"按钮 → 显示"快速报表"对话框。

② 在"快速报表"对话框中 → 单击"字段"按钮 → 显示"字段选择器"对话框 → 选择字段 → 单击"确定"按钮返回"快速报表"对话框。

③ 在"快速报表"对话框中 → 单击"确定"按钮。

2. 使用报表设计器

(1) 报表设计器的启动

① 菜单方式

单击"文件"菜单 → 选择"新建"命令 → 显示"新建"对话框 → 选择"报表" → 单击"新建文件"按钮。

② 命令方式

使用 CREATE REPORT 命令建立报表。

(2) 报表设计器的带区

在"报表设计器"中将报表的不同部分分成不同的带区。在这些带区中可以插入各种控件,可以根据需要修改指定带区,可以添加新的带区等。其中:

- 标题:每个报表有一个标题。
- 总结:每个报表有一个总结。
- 页标头:报表每页有一个页标头,默认可用。
- 页注脚:报表每页有一个页注脚,默认可用。
- 列标头:每列有一个列标头。
- 列注脚:每列有一个列注脚。
- 组标头:每组有一个组标头。
- 组注脚:每组有一个组注脚。
- 细节:每条记录,默认可用。

(3) 报表工具栏

① "报表设计器"工具栏

为了方便报表设计,Visual FoxPro 提供一组工具栏,可以选择"显示"菜单中的"工具栏"命令来显示或隐藏"报表设计器"工具栏。

② "报表控件"工具栏

"报表控件"工具栏提供了建立报表时需要的控件,可以选择"显示"菜单中的"报表控件工具栏"命令,或单击"报表设计器"工具栏中的报表控件工具栏按钮来显示或隐藏"报表控件"工具栏。

(4) 报表控件的使用

添加报表控件的方法类似于添加表单控件的方法。若利用报表工具栏在报表上添加了控件,那么可以双击报表上的此控件,在显示的对话框中设置、修改其属性。

(5)报表布局

和调整布局有关的操作:删除控件、移动控件、布局排列、设置字体和字号、为报表控件添加注释、绘制线条和页面设置。

3. 报表的预览和打印

(1)预览报表

报表设计好后,可以选择“文件”菜单中的“打印预览”命令,或者直接单击常用工具栏中的“打印预览”按钮,便可进入预览窗口。

(2)打印报表

① 菜单方式

单击“文件”菜单选择“打印”命令→显示“打印”对话框→单击“选项”按钮→显示“打印选项”对话框→设置相应内容→单击“确定”按钮。

② 命令方式

打印报表的命令是 REPORT FORM,其命令格式为:

REPORT FORM <报表文件名>[FOR <条件>] [<范围>] [TO PRINTER [PROMPT]]

单元测试 7

一、选择题

1. 设计报表不需要定义报表的_____。

    A. 标题   B. 细节   C. 页标头   D. 输出方式

2. 创建报表的命令是_____。

    A. CREATE REPORT   B. MODIFY REPORT

    C. RENAME REPORT   D. DELETE REPORT

3. 报表的数据源可以是_____。

    A. 数据库表、自由表或视图   B. 表、视图或查询

    C. 自由表或其他表   D. 数据库表、自由表或查询

4. 报表设计器的默认 3 个带区分别是_____。

    A. 组标头、组注脚和细节   B. 页标头、页注脚和总结

    C. 组标头、组注脚和总结   D. 页标头、细节和页注脚

5. 报表控件没有_____。

    A. 标签   B. 线条   C. 矩形   D. 命令按钮控件

6. 使用_____工具栏可以在报表或表单上对齐和调整控件的位置。

    A. 调色板   B. 布局   C. 表单控件   D. 表单设计器

7. 用于打印报表中的字段、变量和表达式的结果的控件是_____。

    A. 报表控件   B. 标签控件   C. 域控件   D. 列表框控件

8. 预览报表可以使用命令_____。

    A. DO   B. OPEN DATABASE

    C. MODIFY REPORT   D. REPORT FORM

9. 在"报表设计器"中,要添加标题或其他说明文字,应使用的控件是_____。

    A. 域控件   B. 标签控件   C. 文本框控件   D. 列表框控件

10. 下列关于报表预览的说法,错误的是_____。

    A. 如果报表文件的数据源内容已经更改,但没有保存报表,其预览的结果也会随之更改

    B. 只有预览了报表后,才能打印报表

    C. 在"报表设计器"中,任何时候都可以使用预览功能查看页面设计的效果

    D. 在进行报表预览的同时,不可以更改报表的布局

11. 下列关于域控件的说法,错误的是_____。

    A. 从"数据环境设置器"中,每拖放一个字段到报表设置器中就是一个域控件

    B. 域控件用于打印表或视图中的字段、变量和表达式的计算结果

    C. 域控件的"表达式生成器"对话框中的"表达式"文本框中必须要有数值表达式,否则将不能添加该域控件

    D. 如果域控件的"表达式生成器"对话框中的"表达式"文本框中没有数值表达式,可在"格式"文本框中设置表达式添加该域控件

12. 下列关于创建报表的方法中,错误的是_____。

    A. 使用"报表设计器"可以创建自定义报表

    B. 使用"报表向导"可以创建报表

    C. 使用"快速报表"可以创建简单规范的报表

    D. 利用"报表向导"创建的报表是快速报表

13. 分组报表的布局类型属于_____。

    A. 列报表   B. 行报表   C. 分栏报表   D. 一对多报表

14. 在"报表设计器"中,基本带区不包含_____。

    A. "标题"带区   B. "页标头"带区   C. "细节"带区   D. "页注脚"带区

15. 在"报表设计器"中,打印数据表中每条记录的带区,主要是_____。

    A. "标题"带区   B. "细节"带区

    C. "页标头"带区   D. "总结"带区

二、填空题

1. 报表文件的扩展名是_____。

2. 设计报表可以直接使用命令_____启动"报表设计器"。

3. 报表标题要通过_____控件定义。

4. 报表是由_____和_____两部分组成的。

5. 从面向对象的角度来看,报表可看成是由各种_____构成的,因此报表的设置主要是对_____及其_____的设计。

6. _____用来定义报表的打印格式。

7. 第一次启动"报表设计器",其默认包含的 3 个带区是_____、_____和_____。

8. 在 Visual FoxPro 中,多报表数据分组报表基于_____。

9. 进行报表分栏后,在"报表设计器"中,会自动包含_____和_____两个带区。

10. 在报表打印过程中,_____和_____带区中的数据,自始至终只打印一次。

11. 为报表添加域控件,一是从_____中添加,二是直接使用_____工具栏中的"域控件"按钮。

12. 利用报表的_____功能,可随时查看报表的打印效果。

13. 在命令窗口中使用_____命令,可以打印或预览指定的报表。

单元测试 7 参考答案

一、选择题

1. D 2. A 3. A 4. D 5. D 6. B 7. C 8. D 9. B
10. B 11. D 12. D 13. B 14. A 15. B

二、填空题

1. .FRX

2. MODIFY REPORT

3. 标签

4. 数据库,布局

5. 控件,控件,布局

6. 报表布局

7. 页标头,细节,页注脚

8. 分组表达式

9. 列标头,列注释

10. 标题,总结

11. 数据环境,报表控件

12. 预览

13. REPORT FORM

第 **8** 章

菜单和工具栏的设计

菜单是用户使用应用程序的主要操作接口,起着组织、协调全部数据库对象的关键作用。本章介绍菜单设计的知识,对下拉式菜单、快捷式菜单和工具栏分别做了详细介绍。

8.1 菜单的组成

菜单在 Windows 应用程序中很常见,比如 Windows 的资源管理器,还有经常使用的 Visual FoxPro 的主菜单等。菜单是应用程序的一个重要组成部分,菜单即是一系列选项,每个菜单项对应一个命令或程序,能够实现某种特定的功能。

菜单包括主菜单和快捷菜单,主菜单是显示在标题栏下方的菜单,快捷菜单是用鼠标右击某个对象而出现的菜单。单击每一个主菜单选项可打开一个下拉菜单,其中包含若干菜单命令。有些菜单命令还有级联菜单,以级联的方式显示在该菜单命令的右边,依次排列,直至最后一级级联菜单,如图 8-1 所示。

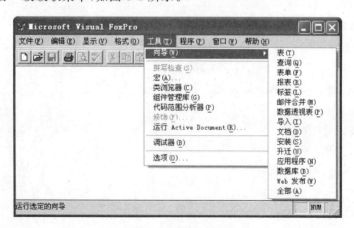

图 8-1　菜单示例

对于菜单的使用,需要说明如下几点。

(1) 子菜单标志:在有些菜单项的右侧有一个黑色三角形,它表示该菜单项后有一个子菜单,当鼠标指向该菜单项时,它将自动打开一个子菜单。如"向导"菜单项。

（2）菜单项分隔线：在菜单中为了将某些功能相关的菜单项分在一起，在中间用一条直线和其他菜单项分隔开来，便于用户阅读使用。

（3）访问键：每一个菜单项后面都有一个用小括号括起来的英文字母，该字母代表可访问菜单项的访问键，它可以是 A～Z 的任意一个英文字母。使用访问键访问某一菜单项时，按住 Alt 键，再按括号中的英文字母即可执行相应的操作。

（4）快捷键：在某些菜单项的右侧有"Ctrl＋字母"，这是该菜单项的快捷键标志。

（5）状态标志：用于设置或取消某设置的菜单命令，通常用来改变某特殊选项的状态，这些命令常用复选标记"√"或单选标记"·"来表明该选项是否处于有效状态。在有效状态情况下，再次执行该命令则产生相反的效果。

（6）对话框标志：这些命令通常在最右边有一个省略号作为指示符号，用于启动对话框，具体操作在对话框中进行，操作完毕后单击"确定"按钮确认或单击"取消"按钮取消，如图 8-2 所示。

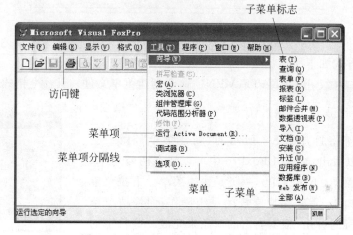

图 8-2　Visual FoxPro 6.0 的系统菜单

8.2　使用菜单设计器创建菜单

菜单创建主要通过 Visual FoxPro 系统提供的"菜单设计器"工具来设计下拉式菜单与快捷菜单。

8.2.1　菜单设计器

打开"菜单设计器"的方法如下。

（1）菜单方式有如下两种。

- 选择"文件"菜单中的"新建"命令或单击常用工具栏上的"新建"按钮，打开"新建"对话框，文件类型选择"菜单"，单击"新建文件"按钮。

- 使用"项目管理器"：打开"项目管理器"后，选择"全部"或"其他"标签，文件类型选择"菜单"，单击"项目管理器"中的"新建"按钮，在打开的"新建菜单"对话框中，选"菜单"命令，如图 8-3 所示。

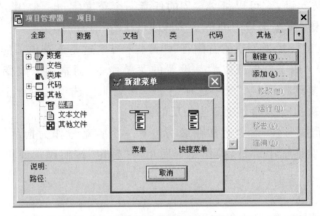

图 8-3 "项目管理器"窗口

（2）命令方式如下所述。

在命令窗口中使用 CREATE MENU 命令创建菜单文件。其命令格式为：

CREATE MENU [菜单文件名|?]

以上方法都将打开图 8-4 所示的"新建菜单"对话框。从图 8-4 中可以看出，Visual FoxPro 中可以建立两类菜单，一类是普通的菜单（下拉菜单），一类是快捷菜单。下拉菜单通常显示在接口上，用来完成常规的系统操作；而快捷菜单通常在右击鼠标时弹出，根据右击的对象来完成一些特定的操作功能。

图 8-4 "新建菜单"对话框

"菜单设计器"窗口可分为 4 个部分，如图 8-5 所示。左侧是"菜单名称"列表框，用于输入要定义的各个菜单项的名称；右上角为"菜单级"列表框，

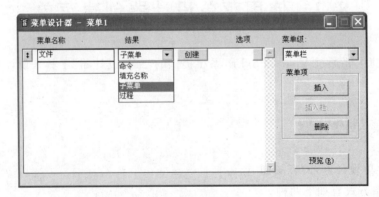

图 8-5 "菜单设计器"窗口

用于切换菜单的层次；右侧的中部是 3 个命令按钮："插入"、"插入栏"和"删除"；右下角是"预览"按钮，单击该按钮可预览设计的菜单的效果。

菜单设计器选项说明如下。

- 菜单名称：菜单名称是菜单运行时显示的菜单项名称。
- 移动控件："菜单名称"列左边的双向箭头按钮。在设计时允许可视化地调整菜单项。
- 结果：结果是菜单运行时，选择此菜单项产生的动作，包括命令、子菜单、过程和填充名称。
- 创建：允许指定菜单标题或菜单项的子菜单或过程。
- 选项：显示"提示选项"对话框，可在其中定义键盘快捷键和其他菜单选择。
- 菜单级：允许用户选择要处理的菜单或子菜单。
- 预览：显示正在创建的菜单。
- 插入：在"菜单设计器"窗口中插入新的一行。
- 删除：从"菜单设计器"中删除当前行。
- 插入栏：显示"插入系统菜单条"对话框，可以插入标准的 Visual FoxPro 菜单项。

8.2.2 设计菜单

以"成绩管理系统"菜单为例说明菜单建立的全过程。

1. 建立主菜单

（1）在"菜单设计器"中的"菜单名称"栏中分别输入已经规划好的主菜单中的各个菜单标题：数据录入、数据维护、统计报表、退出，并设置"结果"栏的选项，如图 8-6 所示。

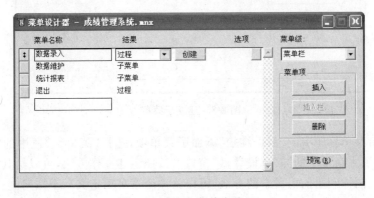

图 8-6　建立主菜单步骤(1)

（2）设置主菜单热键。在菜单名称中，可以设置热键，热键用带有下划线的字母表示。例如，Visual FoxPro 环境的"文件(F)"菜单使用 F 作为热键。设置热键的方法是在菜单名称后面输入"(\<英文字母)"。如图 8-7 所示设置热键。

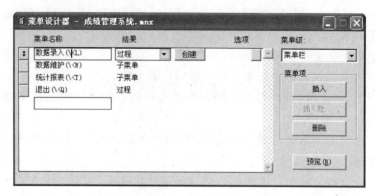

图 8-7　建立主菜单步骤(2)

2. 添加子菜单

创建好主菜单后,就可以为主菜单中的各项添加子菜单项,如果子菜单还有下一级子菜单则继续添加,直到架构起整个菜单结构。

（1）在图 8-7 所示的"菜单设计器"窗口中选择要添加菜单项的菜单标题,如"数据维护"菜单,并单击其右侧的"创建"按钮,这时屏幕显示一个新的"菜单设计器"窗口。

（2）出现的"菜单设计器"窗口是要创建的二级菜单,即菜单项,它所对应的上级菜单可以从"菜单级"下拉列表中反映出来。为"数据维护"设置其子菜单项,如图 8-8 所示。

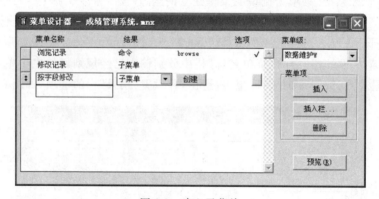

图 8-8　建立子菜单

这样就给菜单标题中的"数据维护"添加了菜单项,选择"菜单级"框中的"菜单栏"选项,又返回到了主菜单中的"菜单设计器"窗口。按照上述操作方法,可以给其他菜单标题添加子菜单。同样利用前面所学的方法,可以给每个菜单项定义一个访问键。

3. 设置菜单的快捷键

除了给菜单项设置访问键外,还可以给菜单或菜单项定义快捷键。使用快捷键与使用访问键的方法类似,一般用 Ctrl 或 Alt 键与另一个键相组合,完成快捷键的操作。快捷键与访问键的区别是:使用快捷键可以在不显示菜单的情况下选择菜单上的某一个菜单项。

设置"浏览记录"的快捷键为 Ctrl＋X。单击"浏览记录"行中的"选项"按钮，出现"提示选项"对话框，如图 8-9 所示。单击"键标签"文本框，然后按键盘上的 Ctrl＋X 组合键，单击"确定"按钮后返回"菜单设计器"窗口。

图 8-9 "提示选项"对话框

利用定义快捷键的"提示选项"对话框，还可以设置菜单项的状态。在"跳过"框中设置一个条件表达式，执行菜单时，根据表达式的逻辑值来确定菜单项是否可用。当表达式值为真时，该菜单项为灰色显示，表示该菜单项不可用。否则，该菜单项为黑色显示，表示该菜单项可用。另外还可以在"显示"框中输入状态信息，当用户选定该菜单项时，此信息就显示在状态区中。

4. 菜单项分组

为增强可读性，可使用分隔线将内容相关的菜单项分隔成组，如图 8-10 所示。

对菜单项分组，操作步骤如下。

（1）在"菜单名称"栏中，输入"\－"，便可以创建一条分隔线。

（2）拖动"\－"提示符左侧的按钮，将分隔线移动到正确的位置，如图 8-11 所示。

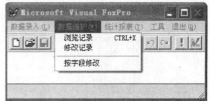

图 8-10 菜单运行效果图

5. 指定菜单项任务

在"菜单设计器"窗口中的"结果"列表框中列出了 4 个选项：命令、菜单项、子菜单和过程。下面分别来介绍如何使用这 4 个选项。

（1）命令

在"结果"框中选择"命令"选项，它表示为菜单项或子菜单指定一条 Visual FoxPro 的命令，用于完成指定的操作。在本例中为菜单标题"数据维护"中的菜单项"浏览记录"定义命令，所完成的功能是浏览数据表信息。结果如图 8-12 所示。

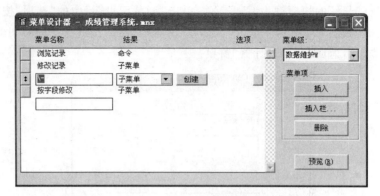

图 8-11　设置菜单分隔线

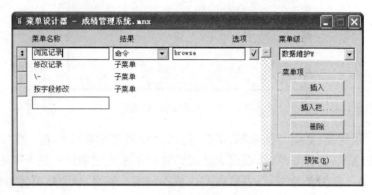

图 8-12　设置菜单项命令

（2）过程

过程与命令相似，它是一组命令的集合。操作步骤如下。

① 为"退出"菜单定义过程代码。在"菜单级"列表框中选择"菜单栏"，返回到"菜单设计器"窗口，如图 8-13 所示，单击"退出"菜单项的"创建"按钮。

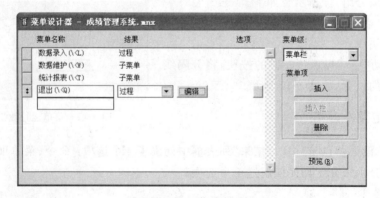

图 8-13　设置菜单项过程

② 在"过程"编辑窗口中输入代码，如图 8-14 所示。

Visual FoxPro 程序设计实用教程

图 8-14　编辑过程代码

（3）添加系统菜单项

在利用"菜单设计器"创建菜单时，也可以将系统菜单中的部分菜单项加载到正在创建的菜单中。在"菜单设计器"中，新建"工具"菜单，并创建一个子菜单"向导"，"向导"菜单中包含报表、查询和窗体 3 个选项。

操作步骤如下。

① 在"菜单设计器"中选择"向导"菜单，将其"结果"框设置为"子菜单"，并单击其右侧的"创建"按钮，进入"向导"子菜单设计窗口。

② 单击"菜单设计器"中的"插入栏"按钮，屏幕显示"插入系统菜单栏"对话框，如图 8-15 所示。依次选择报表、表单和查询，完成插入，如图 8-16 所示。

图 8-15　"插入系统菜单栏"对话框

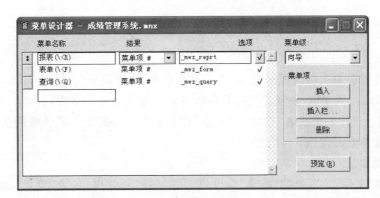

图 8-16　设计菜单项

6. 保存菜单定义，生成菜单程序

定义菜单的描述信息将存储在扩展名为.MNX 和.MNT 的菜单中。菜单文件要执行，还需要生成扩展名为.MPR 的菜单程序，具体步骤如下。

(1) 选择"菜单"中的"生成"命令，显示"生成菜单"对话框，如图 8-17 所示。

(2) 在"生成菜单"对话框中指定菜单程序文件的名称和路径。

(3) 单击"生成"按钮生成菜单程序。

图 8-17　"生成菜单"对话框

7. 运行菜单

(1) 菜单方式

选择"程序"菜单中的"运行"命令，在"运行"对话框中找到要运行的菜单文档，单击"运行"按钮。

(2) 命令方式

在命令窗口用 DO 命令运行，格式为：

DO <菜单程序文件名.MPR>

说明：扩展名不能省略，因为在 Visual FoxPro 中，DO 命令后省略扩展名默认为.PRG文件。

例如：

DO D:\成绩管理系统.mpr

8.3　创建快捷菜单

当在控件或对象上右击鼠标时，弹出的菜单称为"快捷菜单"。Visual FoxPro 支持快捷菜单，在 Visual FoxPro 中创建快捷菜单的方法与普通菜单基本相同。

【例 8-1】　设计一个具有"撤销"、"剪切"、"复制"、"粘贴"4 个菜单项的快捷菜单，以便在浏览和维护表时使用。

操作步骤如下。

(1) 选择"文件"菜单中的"新建"命令，打开"新建"对话框，选择"菜单"选项，然后单击"新建文件"按钮，出现"新建菜单"对话框，选择"快捷菜单"按钮，打开"快捷菜单设计器"窗口，如图 8-18 所示。

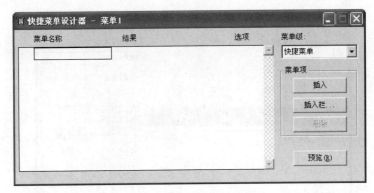

图 8-18 "快捷菜单设计器"窗口

（2）插入系统菜单栏。在"快捷菜单设计器"窗口中单击"插入栏"按钮，出现如图 8-15 所示的"插入系统菜单栏"对话框，选择"粘贴"选项，单击"插入"按钮。类似地，再插入"复制"、"剪切"、"撤销"几个选项，然后单击"关闭"按钮，返回"快捷菜单设计器"窗口，如图 8-19 所示。

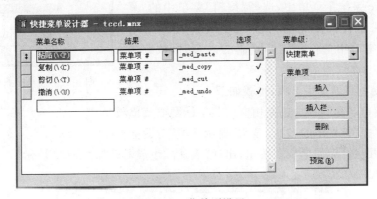

图 8-19 菜单项设置

（3）生成菜单程序。选择"菜单"菜单中的"生成"命令，保存菜单文件，在"另存为"对话框中输入菜单文件名为 TCCD.mnx，然后单击"保存"按钮，出现"生成菜单"对话框，再单击"生成"按钮，生成菜单程序 TCCD.mpr。

（4）编程调用快捷菜单。创建并生成了快捷方式菜单以后，就可将其附加到控件中。当用户在控件上右击鼠标时，就会显示典型的快捷菜单。在控件的 RightClick 事件中输入少量代码即可将快捷菜单附加到特定的控件中。

方法如下。

① 新建表单 Form1，在"属性"窗口中，单击"方法程序"标签，选择 RightClickEvent 事件，并双击它，这时屏幕出现过程编辑窗口，如图 8-20 所示。

② 在过程编辑窗口中输入"DO D:\TCCD.mpr"，然后保存该窗体。

经过上述操作后，就将快捷菜单"TCCD"文件附加到窗体 Form1 中，运行窗体 Form1，可以在窗体 Form1 的任意处右击鼠标，立即显示此快捷菜单，如图 8-21 所示。执行快捷菜单中的菜单项，可以完成相应的功能操作。

图 8-20　调用快捷菜单

用户可以根据不同的要求,对于当前不同的状态,可以根据逻辑条件启用或废止菜单及菜单项。例如,在 Visual FoxPro 系统主菜单中,选择"编辑"菜单中的"复制"命令,当未选择要复制的内容时,该菜单是不启动的;当在编辑窗口中选择所需要复制的内容时,该菜单被启动。

图 8-21　表单运行效果图

启用或废止菜单及菜单项,步骤如下。

① 在"菜单名称"栏中,选择相应的菜单标题或菜单项。

② 选择"选项"栏中的按钮,显示"提示选项"对话框。

③ 选择"跳过"后的生成器按钮,出现"表达式生成器",如图 8-22 所示。

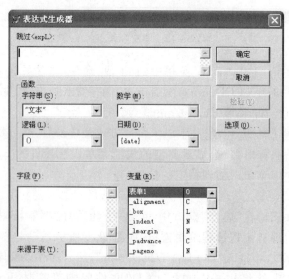

图 8-22　"表达式生成器"对话框

④ 在"跳过"框中输入表达式,此表达式将用于确定是启用菜单或菜单项,还是废止菜单或菜单项。如果此表达式取值为假(.F.),则启用菜单或菜单项。如果此表达式取值为真(.T.),则废止菜单或菜单项。

8.4 工 具 栏

在设计自定义类实验中介绍过"指针操作"工具栏,在使用 Visual FoxPro 系统时,经常使用系统自动提供的工具栏,当然也可以自己创建工具栏。工具栏在用户开发应用程序中,将经常要完成的操作命令,以按钮的形式添加到工具栏中。

1. 创建工具栏

创建工具栏的过程,就是一个创建工具栏类的过程,首先来创建一个工具栏类。

【例 8-2】 创建一个表单工具栏,包括打开、首记录、上一条、下一条、末记录和退出命令按钮。

操作步骤如下。

(1) 在"项目管理器"窗口中,选择"类"标签,然后单击"新建"按钮,这时屏幕出现"新建类"对话框,如图 8-23 所示。

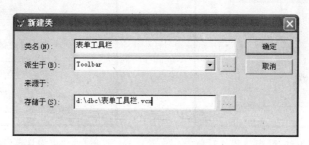

图 8-23 "新建类"对话框

(2) 在"新建类"对话框的"类名"文本框中,输入一个新类名字,如"表单工具栏"。在"派生于"框中选择 Toolbar,以使用工具栏基类。在"存储于"框中,输入一个类库名,保存新建的类,如"表单工具栏.vcx"。

(3) 单击"新建类"对话框中的"确定"按钮后,屏幕显示"类设计器"窗口,如图 8-24 所示。

(4) 在表单工具栏类上添加 Visual FoxPro 支持的对象。最常见的对象是命令按钮,通过命令按钮完成相应的操作。单击"表单控件"工具栏中的"命令"按钮,然后将鼠标指针移动到工具栏类中要放置对象的位置,并单击鼠标,这时系统就将选定的对象放置到工具栏类上,如图 8-25 所示。

(5) 设置对象属性。选择刚添加的命令按钮,在"属性"窗口中,设置 Picture 属性。如将 Picture 属性设置为"C:\Program Files\Microsoft Visual Studi\vfp98\…\new.bmp",这时在命令按钮上显示一个"新建"位图,如图 8-26 所示。

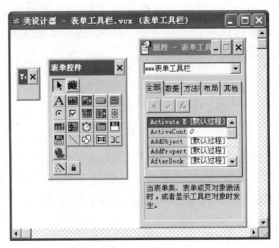

图 8-24 "类设计器"窗口

图 8-25 "类设计器"窗口添加对象

图 8-26 "类设计器"窗口设置位图

（6）重复上述（4）、（5）操作过程，添加多个对象。本例中，在表单工具栏分别添加了打开、首记录、上一条、下一条、末记录和退出命令按钮，结果如图 8-27 所示。保存以上创建的工具栏类，在"项目管理器"窗口中可以看到一个名为"表单工具栏"的工具类。

2. 定义对象操作

在向工具栏类添加对象后，必须定义各种对象所执行的操作才有意义。在定义操作时，一般都利用"属性"窗口中 Click Event 或 DblClick Event 来设置属性。

【例 8-3】 给"首记录"按钮定义一个操作，指针定位到第一个记录上。

操作步骤如下。

（1）在"类设计器"窗口的工具栏中，选定一个定义操作的对象。本例中选择"新建"命令按钮。在"属性"窗口中的"全部"选项卡中，双击所定义操作的属性，如双击 Click Event 属性，如图 8-28 所示，屏幕出现一个过程编辑窗口。

图 8-27 "类设计器"窗口设置结果　　　　图 8-28 "类设计器"窗口设置

（2）在过程编辑窗口中，输入对象所完成的命令代码，如图 8-29 所示。本例中"首记录"按钮所对应的命令代码如下。

```
GO TOP
This.Enabled= .F.
This.Parent.Command3.Enabled= .F.
This.Parent. Command4.Enabled= .T.
This.Parent. Command5.Enabled= .T.
Thisform.Refresh
```

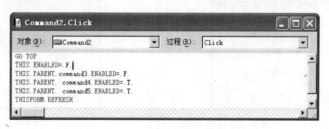

图 8-29 代码编辑窗口

按照上述方法，可以定义其他对象执行的命令代码。

3. 添加工具栏

在创建工具栏类后，就可以利用工具栏类创建工具栏。例如，当打开"表单设计器"时，要求同时显示工具栏，不过不能直接在单个表单上添加工具栏，应该先创建一个表单集，然后在表单集中添加工具栏。

【例 8-4】 在表单集 Formset1 中，添加以上创建的工具栏。

操作步骤如下。

（1）利用"表单设计器"建立 Form1 表单，选择"表单"菜单中的"创建表单集"命令。本例中选择 Formset1。

（2）单击"表单控件"工具箱中的"查看类"按钮，显示对应的子菜单，如图 8-30 所示。

（3）单击"查看类"子菜单中的"添加"命令，显示"打开"对话框，输入所需要打开的工具栏类，本例中输入刚创建的"表单工具栏"，如图 8-31 所示。

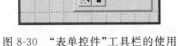

图 8-30 "表单控件"工具栏的使用

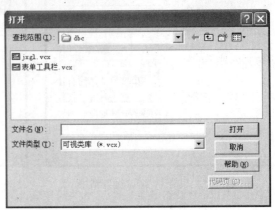

图 8-31 "打开"对话框

（4）单击"打开"对话框中的"打开"按钮，这时"表单控件"工具箱中显示已打开的工具栏，如图 8-32 所示。

（5）单击如图 8-32 所示的"表单控件"工具箱中新添加的工具栏类按钮，然后在"表单设计器"中要放置工具栏的位置上单击鼠标，这时就在表单集上添加了此工具栏，结果如图 8-33 所示。

图 8-32 "表单控件"工具箱显示工具栏类按钮

图 8-33 添加工具栏的结果

保存并运行添加工具栏的表单集 Formset1，屏幕在显示表单集的同时，添加的工具栏也被显示出来。

8.5 单元实验

【实验目的】

（1）掌握"菜单设计器"的使用。

（2）掌握设计菜单的方法。

（3）掌握设计快捷菜单的方法。

【实验内容】

（1）系统菜单的设计。
（2）顶层窗体的菜单设计。
（3）快捷菜单的设计。

【实验步骤】

1. 利用"菜单设计器"设计系统菜单

设计"学生选课系统"菜单，菜单结构如图 8-34 所示。

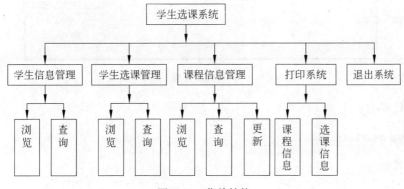

图 8-34　菜单结构

操作步骤如下。

（1）启动 Visual FoxPro，选择"文件"菜单中的"新建"命令，选择"菜单"选项，然后单击"新建文件"按钮，进入"新建菜单"对话框。

（2）在"新建菜单"对话框中单击"菜单"按钮，进入"菜单设计器"窗口。在"菜单设计器"中按照"学生选课系统"设计菜单项。如图 8-34 所示设计菜单结构。

（3）在"菜单设计器"中，单击"插入"按钮，在"菜单名称"栏中输入菜单的标题"学生信息管理"。在"结果"栏中，选择"子菜单"选项。

（4）单击"插入"按钮，重复执行上一步直到插入所有菜单项，如图 8-35 所示。

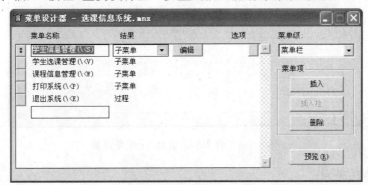

图 8-35　主菜单项设置

（5）添加子菜单。

① 在"菜单设计器"中选择"学生信息管理"菜单项，单击右边的"创建"按钮，打开"菜单设计器"的下一级，菜单名称输入为：浏览、查询。结果为：过程、命令。界面如图 8-36 所示。

图 8-36 "学生信息管理"子菜单设置

命令代码为：

```
DO FORM CHAXUN1.scx
```

过程代码为：

```
USE D:\DBC\Student.dbf
GO TOP
BROWSE
USE
```

② 在"菜单设计器"中选择"课程信息管理"菜单项，单击右边的"创建"按钮，打开"菜单设计器"的下一级，菜单名称输入为：浏览、查询、更新。结果为：过程、命令、命令。界面如图 8-37 所示。

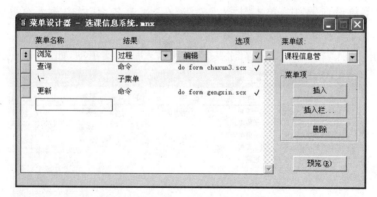

图 8-37 "课程信息管理"子菜单设置

查询命令代码为：

```
DO FORM CHAXUN3.scx
```

更新命令代码为：

```
DO FORM GENGXIN.scx
```

浏览过程代码为：

```
USE D:\DBC\SC.dbf
GO TOP
BROWSE
USE
```

选项后面的"√"表示为菜单项设置了快捷键。这里 3 个菜单项的快捷键分别为 Ctrl＋A,Ctrl＋S,Ctrl＋D。快捷键操作可以在不打开菜单的情况下运行此菜单项。

"\－"菜单项表示菜单分组。在菜单运行后,会在其上下菜单项之间出现分隔线,进行分组显示,如图 8-38 所示。

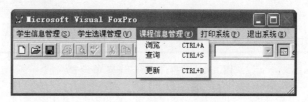

图 8-38 菜单运行效果图

③ 在"菜单设计器"中选择"学生选课管理"菜单项,单击右边的"创建"按钮,打开"菜单设计器"的下一级,菜单名称输入为：浏览、查询。结果为：过程、命令。界面如图 8-39 所示。

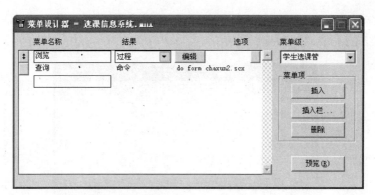

图 8-39 "学生选课管理"子菜单设置

查询命令代码为：

```
DO FORM CHAXUN2.scx
```

浏览过程代码为：

```
USE D:\DBC\Course.dbf
GO TOP
BROWSE
USE
```

④ 在"菜单设计器"中选择"打印系统"菜单项,单击右边的"创建"按钮,打开"菜单设计器"的下一级,菜单名称输入为:课程信息、选课信息。结果为:命令、命令。界面如图 8-40 所示。

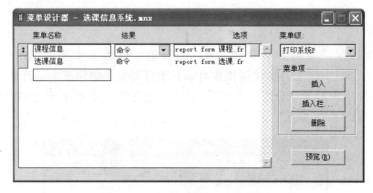

图 8-40　"打印系统"子菜单设置

课程信息命令代码为:

REPORT FORM 课程.FRX

选课信息命令代码为:

REPORT FORM 选课.FRX

(6) 保存菜单。菜单设计完成后,选择"文件"菜单中的"保存"命令,将菜单保存为"选课信息系统.mnx",如图 8-41 所示。

图 8-41　"另存为"对话框

（7）生成菜单程序。选择"菜单"菜单中的"生成"命令,在打开的"生成菜单"对话框中输入要保存的文件名,然后单击"生成"按钮,如图 8-42 所示。

图 8-42 "生成菜单"对话框

（8）运行菜单。选择"程序"菜单中的"运行"命令,并选择主菜单程序文件,运行结果如图 8-43 所示。

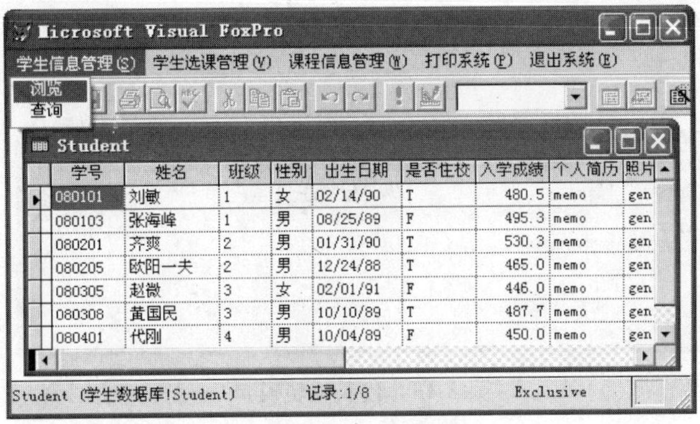

图 8-43 菜单运行效果图

2. 设计窗体菜单

在系统开发中,窗体顶层菜单也是经常使用的,先设计一个系统菜单,然后把设计的菜单添加到窗体中,作为窗体的顶层菜单使用。要求设置窗体 Form1 的顶层菜单为选课信息系统.mpr。

操作步骤如下。

（1）选择"文件"菜单中的"打开"命令,在"打开"对话框中选择"选课信息系统.mnx"。

（2）在"菜单设计器"中,选择"显示"菜单中的"常规选项"命令,打开"常规选项"对话框,如图 8-44 所示。选择"顶层表单"复选框,创建顶层窗体的菜单。

（3）保存菜单并选择"菜单"菜单中的"生成"命令重新生成菜单。

（4）打开要添加菜单的表单文件,将该表单 ShowWindow 属性设置为"2-作为顶层窗体",如图 8-45 所示。

（5）在表单的 Init 事件中,输入如图 8-46 所示代码。

说明调用菜单程序文件的命令格式：

DO <菜单程序文件名>WITH THIS , <菜单名>

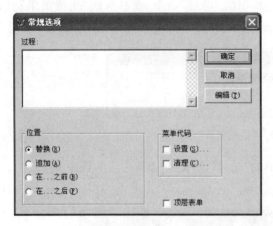
图 8-44 "常规选项"对话框

图 8-45 "属性"窗口

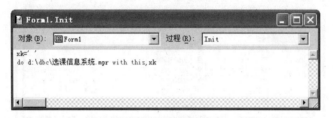
图 8-46 代码编辑窗口

其中,"菜单名"是为添加到表单的菜单指定的一个内部名字。要求菜单名变量必须赋初值。

(6) 保存表单,运行显示结果如图 8-47 和图 8-48 所示。

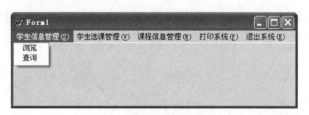
图 8-47 菜单运行效果图(1)

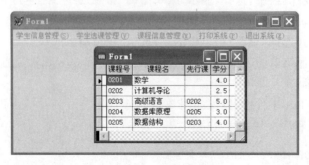
图 8-48 菜单运行效果图(2)

Visual FoxPro 程序设计实用教程

3．设计快捷菜单

要求创建快捷菜单，菜单项为"清除"、"复制"、"粘贴"和"剪切"。

操作步骤如下。

（1）选择"文件"菜单中的"新建"命令，在打开的"新建"对话框的"文件类型"中选择"菜单"选项，单击"新建文件"按钮，打开"新建菜单"对话框，如图8-49所示。

（2）单击"快捷菜单"按钮，进入"快捷菜单设计器"。

（3）添加菜单项。单击"插入栏"按钮，在"插入系统菜单栏"对话框中选择"清除"后，单击"插入"按钮，"清除"菜单项出现在"快捷菜单设计器"对话框中，用同样的方法添加"复制"、"粘贴"、"剪切"几个菜单项，如图8-50所示。

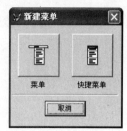

图 8-49　"新建菜单"对话框

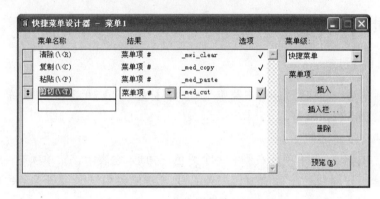

图 8-50　"快捷菜单"设置

图 8-51　快捷菜单运行效果图

（4）单击"关闭"按钮，返回"快捷菜单设计器"。

（5）保存菜单并选择"菜单"菜单中的"生成"命令，生成菜单程序文件 kj. mpr。

（6）打开表单，设置表单的 RightClick 事件，输入代码 DO kj. mpr。

（7）保存表单，并运行表单，如图8-51所示。

8.6　学 习 指 导

8.6.1　知识结构

本章介绍了菜单的类型、菜单的组成和设计原则，详细介绍了"菜单设计器"和菜单文件的建立过程，并且通过实例介绍了快捷菜单和工具栏的设计过程。知识结构如图8-52所示。

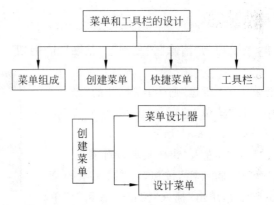

图 8-52　菜单和工具栏的设计知识结构图

8.6.2　知识点

1. 菜单的组成

菜单包括主菜单和快捷菜单,主菜单是显示在标题栏下方的菜单,快捷菜单是用鼠标右击某个对象而出现的菜单。

菜单特殊符号标记如下。

(1) 子菜单标志:菜单项的右侧有一个黑色三角形,它表示该菜单项有一个子菜单。

(2) 菜单项分隔线:在菜单中用一条直线与其他菜单项分隔开来,便于用户阅读使用。

(3) 访问键:每一个菜单项后面都有一个用小括号括起来的英文字母。

(4) 快捷键:在某些菜单项的右侧有"Ctrl+字母",这是该菜单项的快捷键标志。

(5) 状态标志:复选标记"√"或单选标记"·"。

(6) 对话框标志:菜单项的右侧的省略号"…"。

2. 使用"菜单设计器"创建菜单

(1) 菜单设计器

① 打开"菜单设计器"的方法

- 单击"文件"菜单选择"打开"命令显示"打开"对话框选择文件类型"项目"选择项目文件名单击"确定"按钮。

- 使用"项目管理器":打开"项目管理器"选择"全部"或"其他"选项卡选择"菜单"单击"新建"按钮显示"新建菜单"对话框选择"菜单"命令。

- 使用 CREATE MENU 命令。格式为:

CREATE MENU [<菜单文件名>|?]

② "菜单设计器"的组成

"菜单设计器"分为如下 4 个部分。

- "菜单定义"列表框,用于输入要定义的各个菜单项的名称。
- "菜单级"列表框,用于切换菜单的层次。
- "插入"、"插入栏"和"删除"按钮。
- "预览"按钮,用于预览设计的菜单的效果。

(2) 设计菜单

主要步骤如下。

① 建立主菜单

在"菜单名称"栏中输入菜单标题。然后设置主菜单热键。

在菜单名称中,可以包含热键,热键用带有下划线的字母表示。设置热键的方法是在菜单名称后面输入"(\<英文字母)"。

② 添加子菜单

选择菜单标题 $\xrightarrow{}$ 单击"创建"按钮 $\xrightarrow{}$ 显示新的菜单设计器窗口 $\xrightarrow{}$ 设置子菜单项。

③ 设置菜单的快捷键

选择要定义快捷键的菜单名称 $\xrightarrow{}$ 单击"选项"按钮 $\xrightarrow{}$ 显示"提示选项"对话框 $\xrightarrow{}$ 在"键标签"文本框中按下一组合键 $\xrightarrow{}$ 单击"确定"按钮。

④ 菜单项分组

可以根据各菜单项功能的相似性或相近性,将子菜单的菜单项分组,分组方法是在两组之间插入一条水平的分组线,方法是在相应行的"菜单名称"框中输入"\—"。

⑤ 指定菜单项任务

在"菜单设计器"窗口中的"结果"列表框中列出了 4 个选项:命令、菜单项、子菜单和过程。

- 命令:在"结果"框中选择"命令"选项,它表示为菜单项或子菜单指定一条 Visual FoxPro 的命令。
- 过程:过程与命令相似,它是一组命令的集合。
- 添加系统菜单项:插入系统菜单的操作方法如下。

单击"插入栏"按钮 $\xrightarrow{}$ 显示"插入系统菜单栏"对话框 $\xrightarrow{}$ 选择所需要的菜单命令(按住 Ctrl 键可以多选) $\xrightarrow{}$ 单击"插入"按钮。

⑥ 保存菜单定义,生成菜单程序

单击"菜单"菜单 $\xrightarrow{}$ 选择"生成"命令 $\xrightarrow{}$ 显示保存确认对话框 $\xrightarrow{}$ 单击"是"按钮 $\xrightarrow{}$ 显示"另存为"对话框 $\xrightarrow{}$ 输入文件名 $\xrightarrow{}$ 单击"保存"按钮 $\xrightarrow{}$ 显示"生成菜单"对话框 $\xrightarrow{}$ 设置生成文件位置 $\xrightarrow{}$ 单击"生成"按钮。

⑦ 运行菜单

- 菜单方式

单击"程序"菜单 $\xrightarrow{}$ 选择"运行"命令 $\xrightarrow{}$ 显示"运行"对话框 $\xrightarrow{}$ 选择要运行的菜单文件 $\xrightarrow{}$ 单击"运行"按钮。

- 命令方式

在命令窗口中用 DO 命令运行,格式为:

DO <菜单程序文件名.MPR>

扩展名不能省略,在 Visual FoxPro 中,DO 命令后省略扩展名,则默认为.PRG
文件。

3. 创建快捷菜单

在 Visual FoxPro 中创建快捷菜单的方法与普通菜单基本相同。只是在"新建菜单"
对话框中选择"快捷菜单"选项,打开"快捷菜单设计器"。

为了使控件或对象能够在右击鼠标时激活快捷菜单,需要在控件或对象的
RightClick 事件中添加执行菜单的语句。

格式为:

DO <快捷菜单程序文件名.MPR>

4. 工具栏

工具栏在用户开发应用程序中,将经常要完成的操作命令,以按钮的形式添加到工具
栏中。

(1) 创建工具栏类

创建工具栏的过程,就是一个创建工具栏类的过程,首先来创建一个工具栏类。

(2) 定义对象操作

在定义操作时,一般利用"属性"窗口中 Click Event 或 DblClick Event 来设置属性。

(3) 添加工具栏

在创建工具栏类后,就可以利用工具栏类创建工具栏。不过不能直接在单个窗体上
添加工具栏,应该先创建一个窗体集,然后在窗体集中添加工具栏。

单元测试 8

一、选择题

1. 下列说法中错误的是_____。
   A. 如果指定菜单的名称为"文件(-F)",那么字母 F 即为该菜单的快捷键
   B. 如果指定菜单的名称为"文件(\<F)",那么字母 F 即为该菜单的热键
   C. 要将菜单项分组,系统提供的分组方法是在两组之间插入一条水平的分组线,
      即在相应行的"菜单名称"列上输入"\-"两个字符
   D. 指定菜单项的名称,也称为标题,只是用于显示,并非内部名字

2. 在定义菜单时,若要设计菜单项的子菜单,应在结果中选择_____。
   A. 填充名称　　　B. 子菜单　　　　C. 命令　　　　D. 过程

3. 在定义菜单时,若要编写相应功能的一段程序,则在结果一栏中选择_____。

A. 命令　　　　　　B. 填充名称　　　　C. 子菜单　　　　　D. 过程

4. 在定义菜单时,若按文件名调用已有的程序,则在菜单项结果一栏中选择_____。

A. 命令　　　　　　B. 填充名称　　　　C. 子菜单　　　　　D. 过程

5. 下面的说法中错误的是_____。

A. 热键通常是一个字符

B. 不管菜单是否启动,都可以通过快捷键选择相应的菜单选项

C. 快捷键通常是一个字符

D. 当菜单启动时,可以按菜单项的热键快速选择该菜单项

6. 选择"菜单"菜单中的"生成"命令,生成的菜单程序的扩展名是_____。

A. .MNX　　　　　B. .DBF　　　　　C. .MPR　　　　　D. .IDX

7. 利用"菜单设计器"创建的源程序的扩展名是_____。

A. .MNX　　　　　B. .DBF　　　　　C. .MPR　　　　　D. .IDX

8. 为菜单选项加入热键的方法是在"菜单设计器"中该选项的名称后加_____。

A. 该字母名称　　　B. \一　　　　　　C. \<字母 C　　　D. Ctrl＋字母

9. 在编辑子菜单时,可以返回主菜单编辑窗口的操作是_____。

A. 选择"菜单级"列表框中的"菜单栏"

B. 选择"菜单"菜单中的返回

C. 按 Ctrl＋F4 组合键

D. 选择"文件"菜单中的"关闭"命令

10. 假设已经生成了名为 mymenu 的菜单程序文件,执行该菜单文件的命令是_____。

A. DO mymenu　　　　　　　　　B. DO mymenu. mpr

C. DO mymenu. pjx　　　　　　　D. DO mymenu. mnx

11. 若当前定义的是菜单栏,则"菜单设计器"窗口的"结果"下拉列表框中出现的是_____。

A. 命令、过程、子菜单和菜单项 4 个选项

B. 命令、过程、子菜单和填充名称 4 个选项

C. 命令、子菜单、填充名称和菜单项 4 个选项

D. 过程、子菜单、填充名称和菜单项 4 个选项

12. 在 Visual FoxPro 中,扩展名为.MNX 的文件是_____。

A. 备注文件　　　B. 报表文件　　　C. 窗体文件　　　D. 菜单文件

13. 将一个设计好的菜单存盘,再运行该菜单,却不能执行,是因为_____。

A. 没有放到项目中　　　　　　B. 没有生成菜单程序

C. 要用命令方式　　　　　　　D. 要用菜单方式

二、填空题

1. "菜单系统"是由_____、_____和多个菜单选项组成。

2. Visual FoxPro 中提供的设计菜单的工具是_____。

3. 在菜单的"提示选项"对话框中,若设置某选项的"跳过选项"表达式结果为_____,则执行时该选项为灰色,表示此选项_____。

4. 利用"菜单设计器"可创建_____菜单和_____菜单。

5. 在命令窗口中输入 MODIFY MENU 命令,执行的操作是_____。

6. 在"菜单设计器"的窗口中,"结果"栏的 4 个选项内容分别是:_____、填充名称、_____和_____。

7. 进入"菜单设计器"后,系统的主菜单将增加的菜单项是_____。

8. 菜单的"常规属性"对话框中的"位置"选项是用来设置用户设计的菜单和_____的相对关系的。

9. 在完成菜单系统的设计后,可利用"菜单设计器"的_____按钮浏览菜单的运行结果。

10. 在"菜单设计器"中,单击"插入"按钮,可在当前菜单或菜单项位置之前_____一个菜单标题或菜单项;单击"删除"按钮将_____当前选中的菜单标题或菜单项。

11. "菜单标题"相对应的热键,可以为用户使用_____来访问菜单系统提供了方便。

12. 使用"菜单设计器"提供的键盘访问键一般是同时按下_____和设置的键盘"访问键",就可以启动菜单。

13. 生成菜单程序的方法是:在 Visual FoxPro 系统菜单上,选择"菜单"中的_____命令,就可生成一个扩展名为.MPR 的菜单程序。

14. 在 Visual FoxPro 中生成菜单程序后,就可用命令来调用执行菜单,要执行菜单 myMenu 的命令为_____。

15. 设计一个菜单选项的功能为退出 Visual FoxPro,则应设置其"结果"栏为_____,并在其后输入命令_____。

单元测试 8 参考答案

一、选择题

1. A   2. B   3. D   4. A   5. C   6. C   7. A   8. C   9. A
10. B   11. B   12. D   13. B

二、填空题

1. 菜单栏,下拉菜单

2. 菜单设计器

3. .T.,禁用

4. 下拉,快捷

5. 修改菜单

6. 命令,子菜单,过程

7. 菜单

8. 主菜单

9. 预览

10. 插入,删除

11. 键盘

12. Alt

13. 生成

14. DO myMenu. mpr

15. 命令,QUIT

第 9 章

项目管理器

项目管理器是 Visual FoxPro 中处理数据和对象的组织工具,是 Visual FoxPro 的控制中心。通过它可以集中创建和管理数据库及其应用程序的所有内容。包括程序、表单、菜单、数据库、报表、查询以及一些其他类型的文件,它是文件、数据、文档和 Visual FoxPro 对象的集合,项目管理器对应的项目文件扩展名为.PJX。

9.1 项 目 管 理

9.1.1 创建项目

创建项目通常使用菜单、常用工具栏和命令方式 3 种方法。

1. 菜单方式

单击"文件"菜单,在下拉菜单中选择"新建"命令,打开"新建"对话框,如图 9-1 所示,选择"项目"选项,单击"新建文件"按钮。在弹出的"创建"对话框中选择欲保存项目文件的路径并在"项目文件"文本框中输入项目文件名,如图 9-2 所示,单击"保存"按钮即可。在常用工具栏上单击"新建"按钮后操作与上述类似,也可以完成项目的创建。

2. 命令方式

用命令创建项目文件,其命令格式如下:

CREATE PROJECT [<项目文件名>|?]

例如创建一个"学生信息管理系统"的项目,在命令窗口输入命令:

CREATE PROJECT 学生信息管理系统

上述命令执行完,就会创建一个项目,文件名为"学生信

图 9-1 "新建"对话框

息管理系统.pjx",并打开如图 9-3 所示的"项目管理器"窗口。创建项目后,可以在"项目管理器"中创建或添加已经存在的数据库、表、表单、报表等。

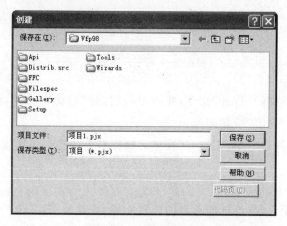

图 9-2 "创建"对话框

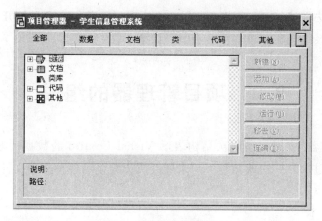

图 9-3 "项目管理器"窗口

在新建立项目文件后,若项目中没有新建或添加任何文件,则在关闭"项目管理器"时系统会弹出如图 9-4 所示的对话框,用户则依据对话框提示完成相应操作即可关闭"项目管理器",否则直接单击"项目管理器"窗口右上角的"关闭按钮"即可关闭"项目管理器"。

图 9-4 关闭项目文件提示对话框

9.1.2　打开项目

打开一个项目时，也可以使用菜单、常用工具栏和命令方式。

1．菜单方式

选择"文件"菜单中的"打开"命令，在弹出的"打开"对话框中选择或输入要打开的项目文件名，然后单击"确定"按钮即可。

同样，在常用工具栏中单击"打开"按钮后操作与上述类似也可实现打开项目。

2．命令方式

使用命令打开项目，修改已经存在的项目文件，格式如下：

```
MODIFY PROJECT [<项目文件名>|?]
```

上述几种方法都将打开如图 9-3 所示的一个项目。若一个项目打开，则对应的"项目管理器"被打开，系统会在菜单栏中显示"项目"菜单。

9.2　项目管理器的组成

在"项目管理器"中用树型层次结构表示 Visual FoxPro 的数据和对象，如图 9-3 所示。用户可以通过加号（＋）或减号（－）来展开或折叠显示各种类型文件。

9.2.1　选项卡

"项目管理器"由"全部"、"数据"、"文档"、"类"、"代码"和"其他"6 个选项卡构成，每一个选项卡分别控制和查看不同类型的信息。

1．"全部"选项卡

"全部"选项卡控制和查看所有类型的信息。在该选项卡中，集中了其余 5 种选项卡的全部内容，实现了 5 个选项卡的全部功能。

2．"数据"选项卡

"数据"选项卡用于数据管理，包括数据库、自由表、查询和视图等。在一个数据库中又可以管理表、本地视图、远程视图、连接和存储过程，如图 9-5 所示。

数据库是表的集合，在"项目管理器"中可以单击"新建"按钮打开"数据库设计器"来创建一个数据库。

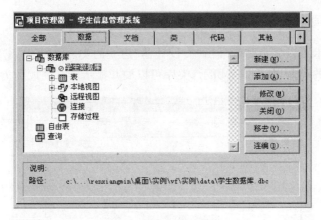

图 9-5 "数据"选项卡

　　自由表是不属于任何数据库的表,其扩展名为.DBF。在 Visual FoxPro 中创建表时,如果当前没有打开数据库,则创建的表是自由表。在"项目管理器"或"数据库设计器"中都可以很方便地将自由表添加到数据库中,使之成为数据库表,也可以将数据库表从数据库中移出,使之成为自由表。

　　在"项目管理器"中也可以实现视图和查询的建立以及相关的操作。

3. "文档"选项卡

　　在"文档"选项卡中包含处理数据时所用的全部文档,用于显示与管理表单、报表和标签文件,如图 9-6 所示。

图 9-6 "文档"选项卡

4. "类"选项卡

在"类"选项卡可以显示和管理由"类设计器"建立的类库文件(. VCX/. VCT)。"类"选项卡包含所有的类库,如图 9-7 所示,类库可以展开显示所有的成员类。

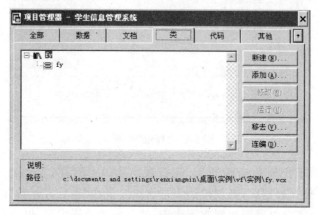

图 9-7 "类"选项卡

5. "代码"选项卡

在"代码"选项卡可以显示和管理代码文件,如图 9-8 所示。选项卡中包含了用户的所有代码程序文件。如由 Visual FoxPro 编辑器建立的程序文件(. PRG)、由 LCK (Library Construction Kit)建立的 API Library 库文件(. FLL)、由 Visual FoxPro 建立的应用程序(. APP/. EXE)等。

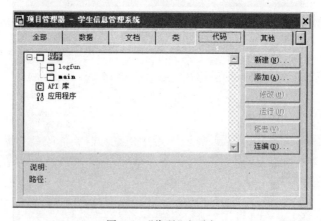

图 9-8 "代码"选项卡

6. "其他"选项卡

在"其他"选项卡可以显示和管理所有其他类型的 Visual FoxPro 文件,如图 9-9 所示,包括菜单文件、文本文件、其他文件(. BMP/. ICO)等。

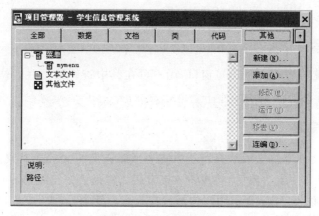

图 9-9 "其他"选项卡

9.2.2 命令按钮

在"项目管理器"的右侧有一列命令按钮,这些命令按钮的名称会随着所选选项卡中内容的不同而发生变化,无法使用的命令按钮将显示灰色。

1. "新建"按钮

创建一个新文件或对象,新文件或对象的类型与当前选定项的类型相同。创建一个在"项目管理器"中所选定类型的新文件,如数据库、表、表单、报表或查询等,即将其添加到项目文件中。

2. "添加"按钮

在"项目管理器"中添加一个已经存在的文件。若单击此按钮,系统显示"打开"对话框,用户可从"打开"对话框中选择一个文件添加到项目文件中。

3. "修改"按钮

在相应的设计器中打开选定项,用于打开一个设计器或编辑器来修改选定的文件。当在"项目管理器"中选中一个数据库、自由表、查询、表单、报表、标签、类库、程序、菜单或文本文件时,该按钮有效。

4. "打开"按钮

用于打开一个数据库。只有在"项目管理器"中选中一个数据库后,该按钮才会出现。如果选中的数据库已经打开,这个按钮将变成"关闭"按钮。

5. "关闭"按钮

用于关闭一个数据库,该按钮只有在选中数据库的时候才可用。如果选中的数据库已经关闭,那么这个按钮将变成"打开"按钮。

6. "浏览"按钮

用于打开选定表或视图的浏览窗口,用户可在其中查看数据并做修改。只有在选中表或视图的时候该按钮才出现。

7. "移去"按钮

用于从项目文件中移去或从存储器中删除当前选定的文件或对象。只有在"项目管理器"中选中一个文件或对象后,该按钮才被激活。单击该按钮后,Visual FoxPro 将显示如图 9-10 所示对话框,用于提示用户选择操作方式。其中"移去"按钮只把文件从项目文件中移走,而不影响其在磁盘上的存在,"删除"按钮则不仅把文件从项目文件中移走,还同时将其从磁盘上删除。

图 9-10　移去提示对话框

8. "预览"按钮

用于预览选定的报表或标签文件的打印情况。只有在"项目管理器"中选中一个报表或标签文件后,该按钮有效。

9. "运行"按钮

运行选定的查询、表单、菜单或程序文件。只有在"项目管理器"中选中一个查询、表单、菜单或程序文件时,该按钮有效。

10. "连编"按钮

用于将所有在项目中引用的文件合成为一个应用程序文件或重新连编一个已存的项目文件。当单击该按钮时,系统将打开一个"连编选项"对话框,如图 9-11 所示。

在图 9-11 所示的对话框中设置所需的连编选项,如下所述。

- 重新连编项目:创建和连编项目文件。
- 连编应用程序:连编项目,编译已经过时的文件,并建立一个扩展名为 .APP 的

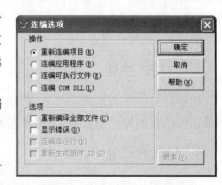

图 9-11　"连编选项"对话框

文件。
- 连编可执行文件：由一个项目创建可执行文件。
- 连编 COM DLL：使用项目文件中的类信息，建立一个具有.DLL 文件扩展名的动态链接库。
- 重新编译全部文件：用于保证项目中所有的元素都被重新构造。当文件被编辑时，系统日期/时间发生改变，"项目管理器"比较所有元素在项目文件中的日期和在目录中的日期，若更新，该文件将被重新编译。
- 显示错误：正常情况下，Visual FoxPro 将编译过程所遇到的错误存放在与应用程序同名但扩展名为.ERR 的文件中。若设置了"显示错误信息"，在构造应用程序的最后一步将打开一个编辑窗口显示错误信息。
- 连编后运行：当用户选择生成应用程序或可执行程序时，若选择此项，则在系统生成程序后将立即执行它。
- "重新生成组件 ID"：安装并注册包含在项目中的自动服务程序。选定时，该选项指定在连编程序时生成的 GUID（全局唯一标识）。只有"类"菜单中"类信息…"对话框中标识为"OLE 公共"的类能被创建和注册。当选定"连编可执行文件"或"连编 COM DLL"，并已经连编包含 OLE 公共关键字的程序时，该选项可用。

设置完连编选项后，单击"确定"按钮，系统将生成一个扩展名为.APP、.EXE 或 .DLL 的文件。其中，APP 文件是一个运行于 Visual FoxPro 环境下的应用程序，它是由一组程序、表单、菜单和其他文件经编译后形成的。而.EXE 文件也是一种应用程序，它是运行于 Windows 环境下的可执行文件。

9.3　项目管理器的应用

"项目管理器"以可视化、结构式的显示方式呈现所管理的文件和数据，而且提供醒目的标签与归类。通过使用"项目管理器"，可以方便地组织管理在应用程序中使用的文件，如创建表和数据库，生成查询文件，建立表单和报表文件，构造整个应用程序等。除此之外，还可以使用"项目管理器"向项目文件中加入或删除一个文件，创建一个新的文件或修改一个已有的文件，查看表的内容以及连接不同项目文件中的程序等。

1．查看数据

在"数据"选项卡中包含了一个项目所需的全部数据，因此，当要对这些数据进行添加、修改、删除、查看等操作时，可使用该选项卡完成相应操作。

2．浏览文档

当要对表单、报表及标签进行相应操作时，可使用"文档"选项卡。

3．添加和移去文件

使用"项目管理器"可以在项目中添加已存在的文件或者创建新的文件。当要在项目中添加文件时，首先选择相应的选项卡，在该选项卡中选择要添加项目的类型，单击"项目管理器"的"添加"按钮，在弹出的"打开"对话框中，选择要添加的文件名，然后选择"确定"按钮即可。

如果要从项目中移去文件，可选定要移去的内容，然后单击"项目管理器"的"移去"按钮，并在提示对话框中单击"移去"按钮，若单击"删除"按钮则不仅完成移去而且还会从磁盘中删除该文件。

4．创建和修改文件

"项目管理器"简化了创建新文件和修改已存在文件的过程。用户只需选择要创建或修改的文件类型，然后单击"新建"或"修改"按钮，Visual FoxPro 就会显示与所选文件类型相符的设计工具。

5．添加文件的说明

在"项目管理器"中创建、编辑某个文件或对象时，可以为其加上描述性的说明，这些说明信息将显示在选定文件所在"项目管理器"的底部。具体操作为：在"项目管理器"中选择欲添加说明的文件，选择"项目"菜单中的"编辑说明"选项，然后在"说明"对话框中输入说明信息，单击"确定"按钮即可。

6．项目间文件的共享

在 Visual FoxPro 中，可以同时打开多个项目，一个文件可以同时与多个不同的项目关联和组织在一起，这样就可以达共享文件的目的。但被共享的文件不是复制到要共享它的项目文件中，而只是保存了对该文件的引用。具体操作为：打开要共享文件的多个项目，从一个"项目管理器"中选择被共享的文件，将其拖动到另一个项目的管理器中即可。

7．定制"项目管理器"

默认的"项目管理器"是一个独立的窗口。用户可以根据自己的习惯定制"项目管理器"，包括移动其位置，改变其尺寸或者将其折叠起来只显示选项卡标题。
- 移动：将鼠标指针指向标题栏，然后将"项目管理器"拖动到欲移动的新位置。
- 改变大小：将鼠标指针指向"项目管理器"窗口的边界或四角，待指针形状变为双向箭头时拖动鼠标即可扩大或缩小"项目管理器"的尺寸。
- 折叠：单击"项目管理器"窗口右上角的向上箭头，显示如图 9-12 所示，在折叠情况下，"项目管理器"只显示选项卡标签。若要恢复"项目管理器"，可单击图 9-12 右侧的向下箭头。
- 拆分"项目管理器"："项目管理器"处于折叠状态时，用户可拆分选项卡。被拆分

图 9-12　折叠状态的"项目管理器"

的选项卡可以放在 Visual FoxPro 主窗口中的任意位置,如图 9-13 所示。当要分离某一选项卡时,可在折叠"项目管理器"的情况下选定一个相应的选项卡,将它拖离"项目管理器"。若要让选项卡置于屏幕的最顶层,可以单击选项卡上的图钉图标,该选项卡就会处于"顶层显示"的状态,再次单击图钉图标,即可取消选项卡的"顶层显示"状态。若要取消拆分的选项卡,可以单击被拆分选项卡上部的关闭按钮▣,或者将其拖回到"项目管理器"即可。

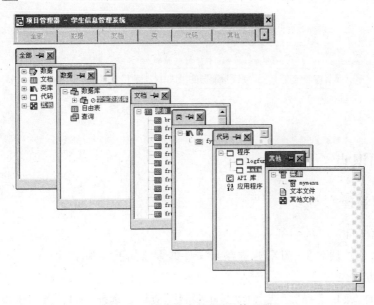

图 9-13　拆分状态的"项目管理器"

9.4　单元实验

【实验目的】

掌握项目管理器的使用。

【实验内容】

建立项目文件"学生信息系统.pjx",练习项目管理器中各按钮的使用。

【实验步骤】

(1) 建立项目文件。

（2）将 2.5 节、3.3 节、5.6 节、6.6 节的实验添加到项目文件中。

（3）在项目文件中运行和调试上述各个实验。

9.5　学 习 指 导

9.5.1　知识结构

本章介绍了项目文件的基本操作,"项目管理器"的组成及应用,知识结构如图 9-14 所示。

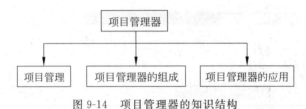

图 9-14　项目管理器的知识结构

9.5.2　知识点

1. 项目管理

（1）创建项目

项目文件的扩展名是.PJX,建立项目文件的方法如下。

① 菜单方式

单击"文件"菜单选择"新建"命令显示"新建"对话框选择"项目"选项单击"新建文件"按钮。

② 命令方式

命令格式:

CREATE PROJECT <项目文件名>

项目文件建立后,显示的是"项目管理器"窗口。

（2）打开项目

① 菜单方式

单击"文件"菜单选择"打开"命令显示"打开"对话框选择文件类型"项目"选择项目文件名单击"确定"按钮。

② 命令方式

命令格式为:

MODIFY PROJECT <项目文件名>

2. 项目管理器的组成

（1）选项卡

"项目管理器"由"全部"、"数据"、"文档"、"类"、"代码"和"其他"6个选项卡构成，每一个选项卡分别控制和查看不同类型的信息。

- "全部"选项卡：控制和查看所有类型的信息。
- "数据"选项卡：用于数据管理，包括数据库、自由表、查询和视图等。
- "文档"选项卡：用于显示与管理表单、报表和标签文件。
- "类"选项卡：显示和管理由类设计器建立的类库文件（. VCX/. VCT）。
- "代码"选项卡：显示和管理代码文件。
- "其他"选项卡：显示和管理所有其他类型的 Visual FoxPro 文件。

（2）命令按钮

在"项目管理器"的右侧有一列命令按钮，这些命令按钮的名称会随着所选选项卡中内容的不同而发生变化，无法使用的命令按钮将显示灰色。

- "新建"按钮：用于创建一个新文件或对象，如数据库、表、表单、报表或查询等。
- "添加"按钮：在"项目管理器"中添加一个已经存在的文件。
- "修改"按钮：用于打开一个设计器或编辑器来修改选定的文件。
- "打开"按钮：用于打开一个数据库。
- "关闭"按钮：用于关闭一个数据库。
- "浏览"按钮：用于打开选定表或视图的浏览窗口，用户可在其中查看数据并做修改。
- "移去"按钮：用于从项目文件中移去或从存储器中删除当前选定的文件或对象。
- "预览"按钮：用于预览选定的报表或标签文件的打印情况。
- "运行"按钮：运行选定的查询、表单、菜单或程序文件。
- "连编"按钮：用于将所有在项目中引用的文件合成为一个应用程序文件或重新连编一个已存在的项目文件。

3. 项目管理器的应用

"项目管理器"以可视化、结构式的显示方式呈现所管理的文件和数据，而且提供醒目的标签与归类。

- 查看数据：对数据进行添加、修改、删除、查看等操作时，可使用"数据"选项卡完成相应操作。
- 浏览文档：对表单、报表及标签进行相应操作时，可使用"文档"选项卡。
- 添加和移去文件：使用"项目管理器"可以在项目中添加、移去已存在的文件或者创建新的文件。

添加操作如下。

选择相应的选项卡 → 选择要添加项目的类型 → 单击"添加"按钮 → 弹出"打开"对话框 → 选择要添加的文件名 → 选择"确定"按钮。

移去/删除操作如下。

选择要移去的内容 → 单击"移去"按钮 → 显示移去操作提示框 → 选择"移去"按钮。
　　　　　　　　　　　　　　　　　　　　　　　　　　　　　　选择"删除"按钮。

- 创建和修改文件：选定要创建或修改的文件类型，然后单击"新建"或"修改"按钮，就会显示与所选文件类型相符的设计工具。
- 添加文件的说明：在"项目管理器"中选定欲添加说明的文件，选择"项目"菜单中的"编辑说明"选项，然后在"说明"对话框中输入说明信息，单击"确定"按钮即可。
- 项目间文件的共享：打开要共享文件的多个项目，从一个"项目管理器"中选择被共享的文件，将其拖动到另一个项目的管理器中即可。
- 定制"项目管理器"：移动位置、改变尺寸或者将其折叠起来只显示选项卡标签。
  - 移动：将鼠标指针指向标题栏，然后将"项目管理器"拖动到欲移动的新位置。
  - 改变大小：将鼠标指针指向"项目管理器"窗口的边界或四角，待指针形状变为双向箭头时拖动鼠标即可扩大或缩小"项目管理器"的尺寸。
  - 折叠：单击"项目管理器"窗口右上角的向上箭头，在折叠情况下，"项目管理器"只显示选项卡标签。若要恢复"项目管理器"，可单击其右侧的向下箭头。
  - 拆分"项目管理器"："项目管理器"处于折叠状态时，用户可拆分选项卡。

单元测试 9

一、选择题

1. 连编生成 Visual FoxPro 应用程序后，能够在 Windows 环境下独立运行，其连编生成的应用程序扩展名是_____。
   A. .DLL　　　　B. .PRG　　　　C. .APP　　　　D. .EXE

2. 创建一个项目的命令是_____。
   A. CREATE APP　　　　　　　B. BUILD PROJECT
   C. BUILD APP　　　　　　　　D. CREATE PROJECT

3. 打开一个项目的命令是_____。
   A. MODIFY PROJECT　　　　　B. BUILD PROJECT
   C. BUILD EXE　　　　　　　　D. CREATE PROJECT

4. "项目管理器"的"全部"选项卡可用于控制和查看_____。
   A. 表单、报表和和标签　　　　B. 数据库、自由表、查询和视图
   C. 类库、程序和菜单　　　　　D. 以上都是

5. "项目管理器"的"数据"选项卡用于显示和管理_____。
   A. 数据库、自由表和查询　　　B. 数据库、视图和查询
   C. 数据库、自由表、查询和视图　D. 数据库、表单和查询

6. "项目管理器"的"文档"选项卡用于显示和管理_____。

A. 表单、报表和查询　　　　　B. 数据库、表单和报表

C. 查询、报表和视图　　　　　D. 表单、报表和标签

7. 连编应用程序不能生成的文件是_____。

A. .APP 文件　　B. .EXE 文件　　C. .DLL 文件　　D. .PRG 文件

8. 下面关于运行应用程序的说法正确的是_____。

A. .APP 应用程序可以在 Visual FoxPro 环境下运行

B. .EXE 只能在 Visual FoxPro 环境下运行

C. .EXE 应用程序可以在 Visual FoxPro 和 Windows 环境下运行

D. .APP 应用程序只能在 Windows 环境下运行

9. 关于"项目管理器"在使用中不可以_____。

A. 移动位置　　B. 改变尺寸　　C. 折叠和拆分　　D. 全屏显示

10. 项目间文件的共享是指_____。

A. 从一个"项目管理器"中选择被共享的文件,将其拖动到另一个项目的管理器中

B. 从一个"项目管理器"中选择被共享的文件,将其复制到另一个项目的管理器中

C. 从一个"项目管理器"中选择被共享的文件,将其剪切到另一个项目的管理器中

D. 从一个"项目管理器"中选择被共享的文件,将其移动到另一个项目的管理器中

二、填空题

1. 初始化环境主要是用_____命令设置环境变量的值或状态。

2. 项目文件的扩展名是_____。

3. 扩展名为.PRG 的程序文件在"项目管理器"的_____选项卡中显示和管理。

4. 扩展名为.SCX 的文件在"项目管理器"的_____选项卡中显示和管理。

5. 扩展名为.MNX 的文件在"项目管理器"的_____选项卡中显示和管理。

6. 扩展名为.DBC 的文件在"项目管理器"的_____选项卡中显示和管理。

7. 视图文件在"项目管理器"的_____选项卡中显示和管理。

8. 项目管理器的"移去"按钮有两个功能:一是把文件_____,二是_____文件。

9. 项目管理器由 "_____"、"_____"、"_____"、"_____"、"_____"和"_____"6 个选项卡构成,每一个选项卡分别控制和查看不同类型的信息。

10. 在项目管理器中用_____层次结构表示 Visual FoxPro 的数据和对象。

三、设计题

请结合前面所学的知识,自己设计从创建一个项目,到生成一个单独的.APP 或.EXE 运行文件的完整过程。

单元测试 9 参考答案

一、选择题

1. B   2. D   3. A   4. D   5. C   6. D   7. D   8. A   9. D
10. A

二、填空题

1. SET
2. .PJX
3. 代码
4. 文档
5. 其他
6. 数据
7. 数据
8. 移去,删除
9. 全部,数据,文档,类,代码,其他
10. 树型

三、设计题

略。

第 **10** 章

应用程序系统开发

Visual FoxPro 是目前流行的数据库管理系统软件之一,用户使用它可以很方便地进行程序开发。本章将结合一个小型系统开发的实例,介绍应用系统开发的一般过程,以及如何设计一个 Visual FoxPro 的应用系统。应用程序的开发,将综合地运用前面各章所介绍的知识和设计技巧,是对 Visual FoxPro 学习过程的一个系统全面的运用和训练。

10.1　应用程序开发的过程

管理信息系统的开发是一个复杂的系统工程,它涉及计算机各种技术、管理知识等方面,一般要考虑以下几个问题。

(1) 系统要解决的问题:采用什么方式解决信息处理方面的问题,若用户提出新的管理需求应该如何解决等。

(2) 系统可行性研究:确定系统要实现的目标,通过用户需求进行调查和分析,提出可行性方案,具体可包括目标的可行性、方案的可行性、技术的可行性、经济方面的可行性和社会影响等。

(3) 管理信息系统应用程序开发一般包括准备、系统调查、系统分析、系统设计、系统实现、系统转换、系统运行与维护、系统评价等步骤。

(4) 系统开发的原则:遵循用户参与、规范操作、高效创新、团结协作、代码清晰等。

(5) 系统开发前的准备:有效组织开发所需要的人力、物力和财力。

(6) 系统开发方法的选择和开发计划的制订:根据已经确定的开发策略制定开发方法,例如是采用结构化系统分析和设计方法还是采用面向对象的方法。开发计划包括工作计划、投资计划、工程进度计划和资源利用计划等。

管理信息系统开发的方法主要有结构化生命周期开发方法、原型法、面向对象的开发方法等。目前较为流行的方法是结构化生命周期开发方法,其基本思想是用系统工程的方法,结构化、模块化自顶向下根据生命周期进行设计,主要分为以下几个阶段。

1. 系统开发准备

系统开发准备工作一般包括提出系统开发的要求,成立开发项目组,制订开发计划等。

2．系统调查

调查现行系统的运行情况,明确用户需求,确定开发方式。

3．系统分析阶段

系统分析又称逻辑设计,是开发的关键环节。在软件开发的分析阶段,信息收集是决定软件项目可行性的重要环节。程序设计者要通过对开发项目信息的收集,确定系统目标、软件开发的总体思路及所需的时间等。

4．系统设计

在软件开发的设计阶段,首先根据系统分析中系统的逻辑模型综合考虑各种约束,对软件开发进行总体规划,然后具体设计程序完成的任务、程序输入输出的要求及采用的数据结构等。

5．系统实施与转换

在软件开发的实施阶段的工作主要包括:系统硬件的购置与安装,程序的编写与调试,系统操作人员的培训,系统有关数据的准备和录入及系统调试与转换。

6．系统维护与评价

系统外部环境与内部因素的变化,不断影响系统的运行。例如,要经常修正系统程序的缺陷,增加新的功能,这就需要自始至终进行维护工作。系统运行后,要与系统预期目标进行对比,及时写出系统评价报告。系统维护与评价是最后一个阶段,其好坏将影响着系统生命周期的长短和使用效果。

10.2 应用程序开发实例

随着计算机技术的普及,各种管理系统正发挥着前所未有的功效,开发学生信息管理系统也是尤为必要。开发学生信息管理系统旨在抛砖引玉,使读者了解使用 Visual FoxPro 进行开发的过程,并能在此基础上进一步完善该管理系统的功能。

10.2.1 系统设计

1．目标设计

通过学生信息管理系统,使学校的学生管理工作规范化、自动化、系统化,从而达到提高档案管理效率的目的。

2. 开发设计思想

本系统的开发设计思想如下。

（1）尽量采用学校现有的软硬件环境，充分利用学校现有资源，提高系统开发水平和应用效果的目的。

（2）系统应符合学校学生管理规定，满足日常管理需求。

（3）系统采用模块化程序设计方法，便于系统功能的组合和修改，便于补充和维护。

（4）系统应具备数据库维护功能，能够对数据进行添加、删除、修改、备份等操作。

3. 开发和运行环境

开发工具：Visual FoxPro 6.0。

运行环境：Windows 9x、Windows NT、Windows 2000/XP 操作系统。

4. 系统功能分析

本系统主要用于学校学生的信息管理，主要任务是对学生的信息进行日常管理，如查询、修改、增加、删除等。

（1）系部信息管理

主要完成系部信息的添加、修改和删除，包括系部编号、系部名称、系部职能描述和上级部门等信息。

（2）学生信息管理

主要完成学生基本信息的添加、修改和删除，包括学生编号、姓名、性别、生日、所在系部等信息。

（3）学生照片管理

主要完成学生照片的添加、修改和删除，并将指定的图像文件存储到数据库中。

（4）学生主要家庭成员信息管理

主要完成学生主要家庭成员信息的添加、修改和删除，包括主要家庭成员的姓名、关系、工作单位等信息。

（5）学生主要教育经历管理

主要完成主要教育经历信息的添加、修改和删除，包括开始日期、截止日期、学校、职务等信息。

（6）考评管理

主要完成学生考评信息的添加、修改和删除，包括考评学期、奖励事由、奖励金额、处罚事由、处罚金额和总体评价等信息。

（7）日志管理

主要完成用户使用本系统情况的统计功能。

（8）系统用户管理

主要完成系统用户信息的添加和删除，包括用户名、密码、用户类型等信息。

5. 系统功能模块设计

根据系统的功能分析,确定如下模块。

(1) 主界面模块

该模块是学生信息管理的主界面,是系统的唯一入口和出口,该界面提供用户选择并调用各子模块,对于进入学生信息管理系统要核对用户名和口令。

(2) 基本信息管理模块

该模块提供对学生信息进行录入、增加、删除、打印、查询等功能。

(3) 考评管理模块

该模块完成考评功能。

(4) 系统日志管理模块

该模块用于工作日志管理。

(5) 用户管理模块

该模块完成对系统用户进行管理的功能。

(6) 帮助

该模块可为用户提供在线帮助、客户反馈、版本信息等。

学生信息管理系统的功能模块如图 10-1 所示。

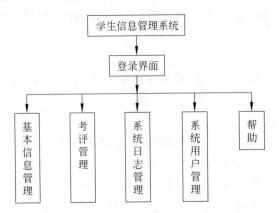

图 10-1　学生信息管理系统的功能模块

其中,基本信息管理模块的基本功能模块如图 10-2 所示。

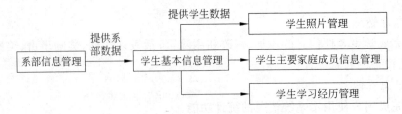

图 10-2　基本信息管理模块的基本功能模块

10.2.2 数据库设计

数据库应用系统开发时涉及两方面的开发工作,一方面是应用程序的设计,另一方面是数据库的设计。这两个方面在数据库应用系统开发时都是至关重要的。应用程序的开发可以遵循软件工程理论,正如上一节所说的。在开发工作中,数据库的设计是核心工作。这主要是由于数据库要为系统提供良好的数据环境,数据库结构的冗余性等的因素关系到系统的整体性能。数据库设计的主要任务是在数据库管理系统的支持下,按照应用的要求,为某一部门或组织设计一个结构合理、使用方便、效率较高的数据库及其应用系统。数据库的设计采用的方法很多,这些方法都是依据软件工程理论所提出的设计准则和规程,都属于规范设计方法。

数据库设计首先要进行数据需求分析。例如分析应用系统需要存储哪些数据,而且要从优化表结构和减少数据冗余的角度考虑,合理地创建一系列的表。用"表设计器"设计好表结构后,为了保持数据的完整性和一致性,这些表要添加到数据库中,并且要建立表间的永久关系和参照完整性。

本系统中所涉及的主要实体只有一个数据库,即学生数据库.dbc。其中有 6 个数据表,即系部表、学生表、学生家庭表、学生经历表、考评表和用户表。

各表的物理结构如下。

1. 系部表

用来保存系部的信息,如表 10-1 所示。

表 10-1　系部表结构

编号	字段名称	数据类型	说　明
1	编号	整型	主索引,升序排列
2	名称	字符型	宽度 40,普通索引,升序排列
3	描述	备注型	可以为空
4	上级编号	整型	用于保存上级部门的编号

2. 学生表

用来保存学生的基本信息,如表 10-2 所示。

表 10-2　学生表结构

编号	字段名称	数据类型	说　明
1	编号	字符型	主索引,升序排列
2	姓名	字符型	宽度 30,普通索引,升序排列
3	照片	通用型	可以为空
4	性别	字符型	宽度 2
5	民族	字符型	宽度 40,可以为空,默认值设为"汉族"

编号	字段名称	数据类型	说　　明
6	生日	日期型	可以为空
7	政治面貌	字符型	宽度40,可以为空
8	文化程度	字符型	宽度40,可以为空
9	婚姻状况	字符型	宽度20,可以为空,默认值设为"未婚"
10	籍贯	字符型	宽度60,可以为空
11	身份证号	字符型	宽度20,可以为空
12	学生证号	字符型	宽度40,可以为空
13	联系电话	字符型	宽度12,可以为空,输入掩码"999-99999999"
14	手机号码	字符型	宽度11,可以为空, 输入掩码"999999999999"
15	档案存放地	字符型	宽度20,可以为空
16	户口所在地	字符型	宽度100,可以为空
17	入学日期	日期型	默认值设置为Date()
18	所在系部编号	数值型	宽度10,小数位数为0,普通索引,升序排列
19	职务	字符型	宽度20,可以为空
20	学生状态	字符型	宽度10
21	备注	字符型	宽度200,可以为空
22	填表用户	字符型	宽度20
23	填表日期	日期型	默认值设置为Date()

3. 学生家庭表

用来保存学生家庭主要成员的基本信息,如表10-3所示。

表10-3　学生家庭表结构

编号	字段名称	数据类型	说　　明
1	编号	整型	普通索引,升序排列
2	学生编号	整型	对应学生表中的"编号"字段
3	姓名	字符型	宽度30
4	性别	字符型	宽度2
5	年龄	数值型	宽度2,小数位数为0
6	与本人关系	字符型	宽度20
7	工作单位	字符型	宽度40,可以为空

4. 学生经历表

用来保存学生的教育经历的基本信息,如表10-4所示。

表10-4　学生经历表结构

编号	字段名称	数据类型	说　　明
1	编号	整型	普通索引,升序排列
2	学生编号	整型	对应学生表中的"编号"字段

编号	字段名称	数据类型	说　明
3	开始日期	日期型	默认字段宽度 8
4	终止日期	日期型	默认字段宽度 8
5	学校名称	字符型	宽度 50
6	职务	字符型	宽度 20,可以为空

5. 考评表

用来保存学生学期考评的信息,如表 10-5 所示。

表 10-5　考评表结构

编号	字段名称	数据类型	说　明
1	考评学期	字符型	宽度 7
2	学生编号	整型	默认宽度 4
3	总体评价	备注型	宽度 200
4	奖励事由	备注型	宽度 200
5	奖励金额	数值型	宽度 10,小数位数为 2
6	处罚事由	备注型	宽度 200
7	处罚金额	数值型	宽度 10,小数位数为 2
8	备注	备注型	宽度 200,可以为空

6. 用户表

用来保存系统用户信息,如表 10-6 所示。

表 10-6　用户表结构

编号	字段名称	数据类型	说　明
1	用户名	字符型	宽度 40,主索引,升序排列
2	密码	字符型	宽度 40
3	用户类型	数值型	宽度 1

10.2.3　设计项目框架

项目框架包括创建项目文件、建立主文件、创建主表单、创建系统菜单和设计登录表单。

首先创建一个名为"学生信息管理系统"的项目文件,在项目文件中依次建立主文件、表单、系统菜单和设计登录表单等。

1. 创建菜单

创建菜单的方法请参照第 8 章。本系统菜单结构如图 10-3 所示。

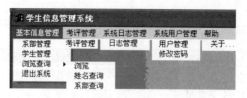

图 10-3　学生信息管理系统菜单结构

在项目文件中创建菜单并保存为 SISMenu.mnx，其属性如表 10-7 所示。

表 10-7　菜单 SISMenu.mnx 的属性

菜单名称	结果	菜单级	上级菜单	代　码
基本信息管理	子菜单	菜单栏		
系部管理	命令	新菜单项	基本信息管理	DO FORM form\frmXbg
学生管理	命令	新菜单项	基本信息管理	DO FORM form\frmXsg
浏览查询	子菜单	新菜单项	基本信息管理	
姓名查询	命令		浏览查询	DO FORM frmchaxun1
系部查询	命令		浏览查询	DO FORM frmchaxun2
退出系统	命令	新菜单项	基本信息管理	QUIT
考评管理	子菜单	菜单栏		
考评管理	命令	新菜单项	考评管理	DO FORM form\frmkp
系统日志管理		菜单栏		

日志管理	过程	新菜单项	系统日志管理	IF UserType = 1
				　　DO FORM form\frmSysLog
				ELSE
				　　MessageBox("没有权限")
				ENDIF

系统用户管理	下拉菜单	菜单栏		

用户管理	过程	新菜单项		IF UserType = 1
				　　DO FORM Form\frmUsers
				ELSE
				　　MessageBox("没有权限")
				ENDIF

修改密码	命令	新菜单项	系统用户管理	DO FORM Form\frmPwd
帮助	子菜单	菜单栏		
关于	命令	新菜单项	帮助	DO FORM Form\frmAbout

2. 创建主文件

所谓主文件就是一个应用系统的主控软件，是系统首先要执行的程序，是一个已编译应用程序的执行起点。主文件的设置是在"项目管理器"中，选择"代码"标签，然后在需要设置为主文件的文件名上右击鼠标，选择"设置主文件"命令，如图 10-4 所示。

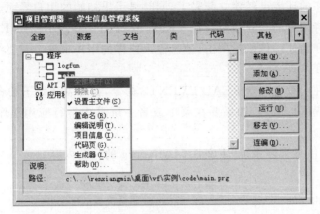

图 10-4 "项目管理器"中主文件的设置

在主文件中，一般要完成如下任务。

(1) 设置系统运行状态参数

主文件必须做的第一件事情就是对应用程序的环境进行初始化。在打开 Visual FoxPro 6.0 时，默认的 Visual FoxPro 开发环境将设置 SET 命令和系统变量的值，但对于应用程序来说，这些值不一定是最适合的。

例如，Visual FoxPro 6.0 中，命令 SET TALK 的默认状态是 ON，在这种状态下，在执行了某些命令后，主窗口或表单窗口中会显示出运行结果。这些命令如：APPEND FROM（追加记录）、AVERAGE（计算平均值）、COUNT（计数）和 SUM（求和）等。但在应用程序中一般不需要在主窗口或表单窗口中显示运行这些命令的结果，所以必须在执行这些命令之前将 SET TALK 置为 OFF。因此在主文件中都会有一条命令：SET TALK OFF。

(2) 定义系统全局变量

在整个应用程序运行过程中，可能会需要一些全局变量。例如：在"学生信息管理系统"主文件中，就定义了一个全局变量 UserName，UserType，用来确定系统用户名和用户类型是可用状态还是不可用状态，这个变量的作用类似于表单控件中的 Enabled 属性。

(3) 设置系统屏幕界面

系统屏幕就是指应用程序所使用的主窗口，在 Visual FoxPro 中有一个系统变量 "_SCREEN"，它代表 Visual FoxPro 主窗口名称对象，其使用方法与表单对象类似，也具有与表单相同的诸多属性。

例如，若想让主窗口标题栏显示"学生信息管理系统"，则在主文件中对应的语句为：

```
_SCREEN.Caption="学生信息管理系统"
```

(4) 调用应用程序界面

在主文件中应该使应用程序显示初始的界面，"学生信息管理系统"中的初始界面是系统登录表单，则在主文件对应的命令是：

```
DO FORM frmLogin.scx
```

（5）设置事件循环

一旦应用程序的环境已经建立起来了，同时显示出初始的用户界面，这时需要建立一个事件循环来等待用户的交互使用。在 Visual FoxPro 中执行 READ EVENTS 命令，该命令使应用程序开始处理像鼠标单击、键盘输入这样的用户事件。若要结束事件循环，则执行 CLEAR EVENTS 命令。

如果在主文件中没有包含 READ EVENTS 命令，在开发环境下的命令窗口中，可以正确地运行应用程序。但是，如果要在菜单或者主屏幕中运行应用程序，程序将显示片刻，然后退出。

以下是"学生信息管理系统"主文件 MAIN.prg 的完整内容。

```
SET SAFETY OFF                        && 关闭安全提示
SET STATUS BAR OFF                    && 关闭系统提示栏
SET CENTURY ON                        && 打开世纪开关
SET DELETED ON                        && 屏蔽删除项
SET SYSMENU OFF                       && 关闭系统菜单
SET NOTIFY OFF                        && 关闭提示
SET HELP TO [MyHelp.chm]              && 激活指定的帮助文件
&& 设置系统窗口属性
_SCREEN.MaxButton=.F.                 && 取消最大化按钮
_SCREEN.MaxWidth=780                  && 设置最大宽度
_SCREEN.MaxHeight=600                 && 设置最大高度
_SCREEN.Caption="学生信息管理系统"    && 设置窗口标题
_SCREEN.Picture='img\hr.bmp'          && 设置窗口背景图片
_SCREEN.AutoCenter=.T.                && 指定表单初次显示时,自动位于主窗口中央
&& 定义全局变量
PUBLIC UserName, UserType
&& 打开菜单
DO FORM Form\frmLogin.scx
DO mymenu.mpr
READ EVENTS
PROCEDURE OnQuit
  CLEAR EVENTS
  CLOSE ALL
  QUIT
ENDPROC
```

设置完主文件后，通过对项目进行连编可以查看项目的运行结果，如图 10-5 所示的系统主界面。

3. 设计登录模块

用户使用本系统，首先必须通过系统的身份验证，这个过程叫做登录。建立名为 frmLogin.scx 的表单，表单内容如图 10-6 所示。系统将根据用户名和密码判断是否为合法用户，以及根据用户类型判断用户拥有的权限。

图 10-5　系统主界面

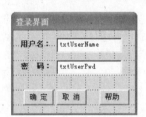

图 10-6　登录对话框的界面

（1）在"确定"按钮的 Click 事件添加代码如下。

```
IF ALLTRIM(Thisform.txtUserName.Value) == ''
  MessageBox("请输入用户名")
  RETURN
ENDIF
IF ALLTRIM(Thisform.txtUserPwd.Value) == ''
  MessageBox("请输入密码")
  RETURN
ENDIF
SELECT 用户表
&& 查找指定用户名的记录
LOCATE FOR Allt(用户名)=Allt(Thisform.txtUserName.Value)
IF Found() == .T.        && 如果找到
  IF Allt(密码) ==Allt(Thisform.txtUserPwd.Value)  && 比较密码,成功则进入
    MessageBox("欢迎光临", 64, "提示信息")
```

```
UserName=用户名
UserType=用户类型
&& 将用户登录信息放入系统日志
&& 激活过程,在不关闭当前已打开的过程文件的情况下打开其他过程文件
SET PROCEDURE TO [code\logfun.prg] ADDITIVE
LOCAL slog
&& 从类定义或支持 OLE 的应用程序中创建对象,创建 SystemLog 类的实例
slog=CreateObject("SystemLog")
&& 调用类的方法,传递指定参数
slog.LogFun('登录操作','用户登录',UserName)
&& 释放过程
RELEASE PROCEDURE [code\logfun.prg]
SELECT 用户表
RELEASE Thisform
        ELSE            && 比较密码不成功
          MessageBox("密码不正确", 16, "错误提示")
        ENDIF
      ELSE              && 没有找到指定用户
        MessageBox("用户名不存在", 16, "错误提示")
      ENDIF
```

（2）在"取消"按钮的 Click 事件添加代码如下。

```
RELEASE Thisform
ON SHUTDOWN DO OnQuit
QUIT
```

（3）在"帮助"按钮的 Click 事件添加代码如下。

```
HELP
```

10.2.4　应用系统中表单的设计

表单是与用户进行信息交流的界面,在一个系统中表单的数量很大。在建立表单的过程中,建立表单的步骤和主要考虑的问题如下。

（1）为表单设置数据环境。

所有表单中用到其中信息的表都需要添加到该表单的数据环境中。

（2）添加需要的控件。

可以使用许多方法添加控件,如一个一个添加,或使用"快速表单"添加,也可以用"表单向导"完成控件添加,然后通过"表单设计器"进行修改。但需要注意的是,使用控件的重点是使信息更清晰完整,让用户使用更便捷。

（3）属性的设置。

这与前一步是相联系的,也可以同时进行。

（4）事件代码的编写。

事件代码的编写应考虑代码的可靠性和容错性。而容错性是最容易被初学者忽视的。

（5）调试表单。

调试表单是为了检查整个表单的设计是否有错误或遗漏。可以使用 Visual FoxPro 提供的调试器进行调试。

1. 学生信息管理表单的设计

学生信息管理表单是"学生信息管理系统"的核心部分，是用来添加、修改和删除学生表中数据的表单。它的界面如图 10-7 所示。

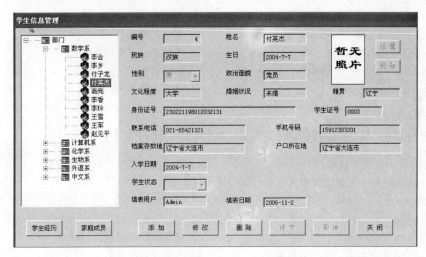

图 10-7　学生信息管理表单界面

（1）数据环境的设定

这个表单中需要在数据环境中加入两个表：系部表和学生表。

（2）添加控件、属性设置和代码编写

在这个表单中与系部表和学生表中字段相对应的控件，如姓名文本框，可以通过从数据环境中的学生表中拖动到表单中，也可以使用"表单控件"工具栏逐个创建。

① "添加"按钮

当用户单击"添加"按钮时，触发 Click 事件，对应代码如下。

```
IF Thisform.tree.SelectedItem.Image=2  && 必须选择系部结点,才能添加学生记录
    MessageBox("请选择系部")
    RETURN
ENDIF
LOCAL Bmbh
Bmmc =Thisform.tree.SelectedItem.Key
Bmbh=Val(Right(Bmmc, Len(Bmmc) -1))        && 提取系部编号
IF Bmbh ==0                                && 判断是否选择了根结点
    MessageBox("请选择所在系部")
```

```
      RETURN
   ENDIF
   Thisform.ModeEdit                          && 将编辑控件设置为可修改
   Thisform.fmode="add"                       && 设置表单属性 fmode 为"add",表示添加记录
   SELECT 学生表
   GO BOTTOM                                   && 移到最后一条记录
   LOCAL bh                                    && 定义局部变量
   bh=编号                                     && 保存最后一条记录的编号
   APPEND BLANK                                && 插入新记录
   IF File('img\no.bmp')                       && 插入默认的照片
      APPEND GENERAL 照片 FROM 'img\no.bmp'
   ENDIF
   Thisform.txt 编号.Value=bh+1                && 生成新编号
   Thisform.txt 填表用户.Value=UserName        && 自动生成当前用户名
   Thisform.txt 所在系部编号.Value=Bmbh         && 系部编号
   Thisform.Refresh                            && 刷新表单
```

② "修改"按钮

当用户单击"修改"按钮时,触发 Click 事件,对应代码如下。

```
   IF Thisform.txt 编号.Value=0                && 若当前记录为空则不能修改
      MessageBox("不能编辑当前记录",16,"提示")
      RETURN
   ENDIF
   Thisform.ModeEdit                          && 将编辑控件设置为可修改
   Thisform.txt 姓名.ReadOnly=.T.              && 不允许修改姓名
   Thisform.txt 填表日期.Value=Date()          && 设置填表日期为当天
   Thisform.fmode="modify"                     && 设置修改标记
```

③ "保存"按钮

当用户单击"保存"按钮时,触发 Click 事件,对应代码如下。

```
   IF Thisform.txt 姓名.Value ==''             && 必须输入学生姓名
      MessageBox("请输入学生姓名",16,"提示")
      RETURN
   ENDIF
   SELECT 部门表
   LOCAL Bmnum
   Bmnum=RECCOUNT()                            && 计算系部数量,为学生结点编号提供数据
   SELECT 学生表
   IF MessageBox("是否确定要保存当前学生信息?",4+32,"请确认")=6
      *!* 保存缓冲区中的数据
      TableUpdate(.F.)
      IF Thisform.fmode="add"
         && 如果是添加记录,则在 tree 控件中添加新结点
         Thisform.tree.Nodes.Add('N'+ALLTRIM(STR(所在系部编号)),4,'ND'+;
```

```
                    ALLTRIM(STR(编号)),ALLTRIM(姓名))
    Thisform.tree.Nodes(Bmnum+RECNO()+1).Image=2
  ENDIF
  Thisform.ModeRead
ENDIF
```

④ "删除"按钮

当用户单击"删除"按钮时,触发 Click 事件,对应代码如下。

```
IF Thisform.txt 编号.Value=0                    && 判断是否是空记录
  MessageBox("不能删除空记录",16,"提示")
  RETURN
ENDIF
LOCAL Rybh
Rybh=Thisform.txt 编号.Value                    && 提取学生编号
SELECT 学生表
&& 确认是否删除
IF MessageBox("是否删除当前学生",4+32,"请确认")=6
  * !删除学生家庭表中的相关记录
  USE 学生家庭表 IN 10
  SELECT 10
  DELETE FOR 学生编号=Rybh
  PACK
  * !删除学生经历表中的相关记录
  USE 学生经历表
  DELETE FOR 学生编号=Rybh
  PACK
  * !删除考评表中的相关记录
  USE 考评表
  DELETE FOR 学生编号=Rybh
  PACK
  SELECT 学生表
  DELETE                                        && 逻辑删除
  PACK                                          && 物理删除
  && 从 tree 控件中删除当前学生结点
  Thisform.tree.Nodes.Remove(Thisform.tree.SelectedItem.Index)
  Thisform.tree.NodeClick(1)
  Thisform.tree.Nodes(1).Selected=.T.
  Thisform.tree.Click
  Thisform.Refresh()
ENDIF
```

⑤ "取消"按钮

当用户单击"取消"按钮时,触发 Click 事件,对应代码如下。

```
IF MessageBox("是否确定取消保存?",4+32,"请确认")=6
```

```
        TableRevert(.F.)                    && 取消缓冲区中的变化,不保存到数据库中
        Thisform.tree.Click
        Thisform.ModeRead
        Thisform.Refresh()
   ENDIF
```

⑥ "关闭"按钮

当用户单击"关闭"按钮时,触发 Click 事件,对应代码如下。

```
RELEASE Thisform
```

说明:在图 10-7 中的左侧,使用了 TreeView 控件(树型结构),本书不做赘述,请读者查阅有关资料。

2. 其他管理表单的设计

其他表单的制作过程与"学生信息管理表单"的设计过程相似,如果需要多个表单同时使用,那么可以通过"表单集"的方式增加表单。对表单的管理可以充分利用"项目管理器"的各项功能。如图 10-8～图 10-12 是 5 个表单实例。

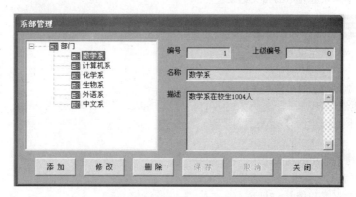

图 10-8　系部管理表单实例

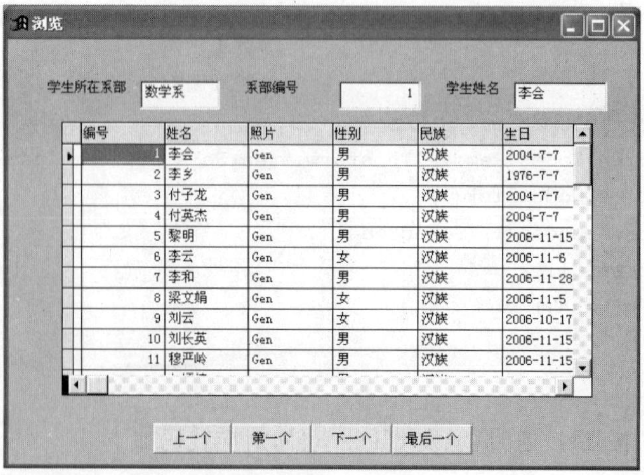

图 10-9　浏览表单实例

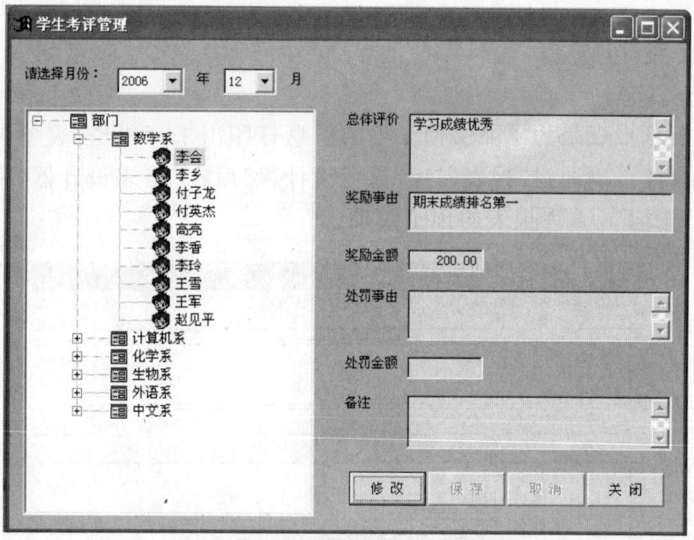

图 10-10 学生考评管理表单实例

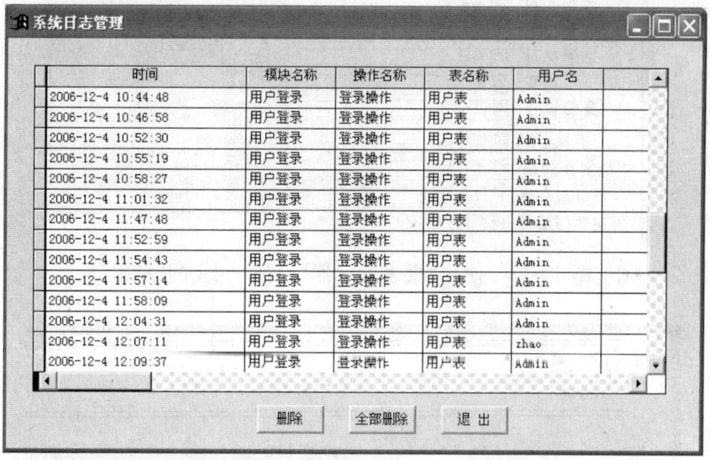

图 10-11 系统日志管理表单实例

图 10-12 系统用户管理表单实例

10.2.5 报表的设计

制作学生信息报表是为了能够使学生的信息打印出来,可以在表单中通过命令调用报表。报表的设计可以通过"报表向导"进行设计,然后在"报表设计器"中进行修改。如图 10-13 所示。图 10-14 为报表的预览效果。

图 10-13　使用"报表设计器"设计学生信息报表

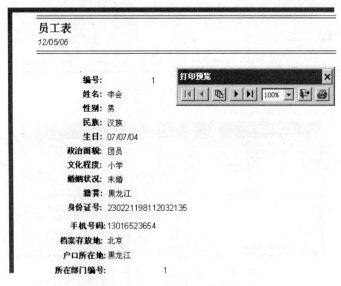

图 10-14　学生信息报表的预览效果

10.2.6　测试与连编

当完成所有的表单和报表的设计后,就可以进入调试阶段了。在调试阶段可以使用 Visual FoxPro 6.0 所提供的调试器进行调试。在开发过程中不可避免地会产生差错,系统中通常可能隐藏着错误和缺陷,未经周密测试的系统投入运行,将会造成难以想象的后果,因此系统测试是开发过程中为保证软件质量必须进行的工作。由于程序中隐藏的缺陷只在特定的环境下才有可能显露,系统缺陷通常是由于未考虑到某些特定情况造成的。因此测试不是为了表明程序正确;成功的测试也许存在没有发现的错误。因此软件测试的目标应该是以尽可能少的代价和时间找出软件系统中潜在的错误和缺陷。如果发现问题,就需要返回表单和报表设计阶段重新设计,甚至需要返回数据库和表设计阶段,重新设计数据库和表的结构。

当调试完成后可以进行连编,将应用程序连编为可执行程序。需要注意的是,在连编之前,不要忘记在"项目管理器"中设置主文件。还可以在 Visual FoxPro 系统菜单下,打开"项目"菜单,选择"项目信息"命令,在"项目信息"对话框中填写系统开发的作者信息、系统桌面图标以及是否加密等项目信息内容,如图 10-15 所示。

最后,在"项目管理器"中单击"连编"按钮,弹出"连编选项"对话框。选择"连编成可执行文件"选项,然后单击"确定"按钮。在"另存为"窗口中,输入可执行文件名"学生信息管理系统",即可编译成一个可独立运行的"学生信息管理系统.EXE"文件。

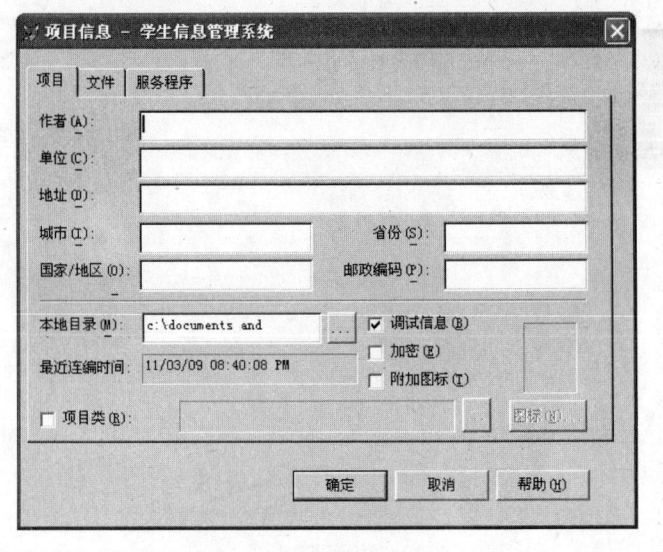

图 10-15　填写项目信息

参 考 文 献

[1] 黄国兴等. 计算机导论(第 2 版). 北京：清华大学出版社,2008.

[2] 杨海霞. 数据库原理与设计. 北京：人民邮电出版社,2007.

[3] 孔庆彦,任向民等. Visual FoxPro 程序设计与应用教程(第二版). 北京：中国铁道出版社,2009.

[4] 卢湘鸿. Visual FoxPro 程序设计基础(第 2 版). 北京：清华大学出版社,2006.

[5] 王珊等. 数据库系统概论(第四版). 北京：高等教育出版社,2006.

[6] 程玮,杨晓红等. Visual FoxPro 数据库管理系统教程学习与实验指导. 北京：机械工业出版社,
2007.

[7] 李雁翎. 数据库技术及应用——习题与实验指导(Visual FoxPro). 北京：高等教育出版社,2006.

[8] 张建伟. Visual FoxPro 实验指导、习题集. 北京：高等教育出版社,2004.

[9] 史济民. Visual FoxPro 及其应用系统开发. 北京：清华大学出版社,2002.

[10] 李雁翎. Visual FoxPro 应用基础与面向对象程序设计教程. 北京：高等教育出版社,2003.

[11] 张鸿静. Visual FoxPro 6.0 程序设计. 北京：中国铁道出版社,2006.

[12] 启明工作室. Visual FoxPro 6.0 数据库应用系统开发与实例. 北京：人民邮电出版社,2004.

[13] 邵洋等. Visual FoxPro 6.0 数据库系统开发实例导航. 北京：人民邮电出版社,2002.

[14] http://www.bianceng.cn/vfp.htm

[15] http://www.it521.com.cn/html/VFzhuanqu/

[16] http://www.bccn.net/